U0133469

满族口头遗产传统说部丛书

恰喀拉人的故事
小莫尔根铁闻

穆晔骏 李果钧 讲述

孟慧英
李可漫
董英华 整理

吉林人民出版社

图书在版编目（CIP）数据

恰喀拉人的故事；小莫尔根轶闻 / 穆晔骏，李果钧
讲述；孟慧英，李可漫，董英华整理 . -- 长春：吉林
人民出版社，2019.5
（满族口头遗产传统说部丛书）
ISBN 978-7-206-16924-3

Ⅰ . ①恰… Ⅱ . ①穆… ②李… ③孟… ④李… ⑤董
… Ⅲ . ①满族—民间故事—作品集—中国 Ⅳ .
① I277.3

中国版本图书馆 CIP 数据核字（2019）第 293972 号

出 品 人：常　宏
产品总监：赵　岩
统　　筹：陆　雨　李相梅
责任编辑：张明春　韩春娇　金　鑫
装帧设计：赵　谦

恰喀拉人的故事　小莫尔根轶闻
QIAKALAREN DE GUSHI　XIAO MOERGEN YIWEN

讲　　述：穆晔骏　李果钧　　　整　理：孟慧英　李可漫　董英华
出版发行：吉林人民出版社（长春市人民大街 7548 号　邮政编码：130022）
咨询电话：0431-85378007
印　　刷：吉林省优视印务有限公司
开　　本：720mm×1000mm　　1/16
印　　张：17　　　　　　　　字　　数：270 千字
标准书号：ISBN 978-7-206-16924-3
版　　次：2019 年 5 月第 1 版　　印　　次：2019 年 5 月第 1 次印刷
定　　价：65.00 元

如发现印装质量问题，影响阅读，请与出版社联系调换。

出 版 说 明

　　满族口头遗产传统说部是具有较高社会价值和文化价值的满族文化的百科全书。整理发掘满族说部的项目工作被文化部列为中国民族民间文化保护工作试点项目，并被国务院批准列入第一批国家级非物质文化遗产名录。

　　"满族口头遗产传统说部丛书"是千百年来满族各氏族对祖先英雄事迹和生存经验的传述，一代一代口耳相传，保留下来的珍贵的满族遗存资料。经过近三十年抢救整理，从二〇〇七年到二〇一七年的十年间，根据整理文本的先后，我社分四次陆续出版了五十部说部和三本研究专著。此套丛书无论从社会价值和文化价值来看，都是一套极具资料性、科研性和阅读性融为一体的满族文化的百科全书。

　　此次出版对以下两个方面做了调整：

　　一、在听取各方专家建议的基础上，对原丛书进行了筛选，选取最有价值、最有代表性的四十三部说部，删去原版本中与文本关系不紧密的彩插，对文本做了大幅的编辑校订，统一采用章回体表述方式，并按照内容分为讲述萨满史诗的"窝车库乌勒本"、讲述家族内英雄人物的"包衣乌勒本"、讲述英雄和历史人物的"巴图鲁乌勒本"、讲述说唱故事的"给孙乌春乌勒本"等，突出了说部的版本特色。

　　二、保留研究专著《满族说部乌勒本概论》，作为本丛书的引领，新增考古发掘的图片和口述整理的手稿彩色影印件。

　　特此说明。

吉林人民出版社

编 委 会

冯骥才

任何民族的文学都包括两大部分。一是个人用文字创作的、以书面传播的文学，一是民间集体口头创作的、口口相传的文学。后一部分文学是前一部分文学的源头，是根性的文学。中国作为东方文明的古国，口头文学的历史去之遥远。就像西方文学始于古希腊罗马的神话故事，我国文学史上第一部作品是《诗经》，即民间口头文学集，这表明口头文学是一个民族文学的源头。在漫长的历史中，这两部分文学一直同根并存，相互滋育，各自发展，共同构成一个民族文化与精神的极为重要的支撑。

中华民族有着巨大文学想象力和原创力。数千年间，各族人民以口头文学作为自己精神理想和生活情感最喜爱和最擅长的表达方式，创作出海量和样式纷繁的民间文学。口头文学包括史诗、神话、故事、传说、歌谣、谚语、谜语、笑话、俗语等。数千年来，像缤纷灿烂的花覆盖山河大地；如同一种神奇的文化的空气在我们的生活中无所不在；且代代相传，口口相传，直到今天。

我们的一代代先人就用这种文学方式来传承精神，表达爱憎，教育后代，传播知识，娱悦生活，抚慰心灵；农谚指导我们生产，故事教给我们做人，神话传说是节日的精神核心，史诗记录文字诞生前民族史的源头。它最鲜明和最直接地表现中华民族的精神向往、人间追求、道德准则和价值取向。中国人的气质、智慧、审美、灵气、想象力和创造力，充分彰显在这种口头的文学创造中。

这种无形地流动在民众口头间的口头文学，本来就是生生灭灭的。在社会转型期间，很容易被忽略，从而流失。

满族口头遗产传统说部丛书 序

特别是在这个现代化、城市化飞速推进的信息时代，前一个历史阶段的文明必定要瓦解。口头文学是最脆弱、最易消亡。一个传说不管多么美丽，只要没人再说，转瞬即逝，而且消失得不知不觉和无影无踪，所以联合国教科文组织把口头传统和表现形式，包括作为非物质文化遗产媒介的语言列为非物质文化遗产之一。

在中国，有史诗留存的民族并不很多，此前发现的有藏族史诗《格萨尔王传》、蒙古族史诗《江格尔》、柯尔克孜族史诗《玛纳斯》、苗族史诗《亚鲁王》。作为满族民族历史和文化传统的重要载体——"说部"，是满族及其先民世代相传的极其宝贵的精神财富。它最初用"乌勒本"（满语 ulabun，为传或传记之意）指称，后受汉文化影响，改称为"说部"或"满族书""英雄传"。说部最初用满语讲述，至清末满语渐废，改用汉语并夹杂一些满语讲述。在漫长的历史进程中，满族各氏族都凝结和积累了精彩的"乌勒本"传本，如数家珍，口耳相传，代代承袭，保有民族的、地域的、传统的、原生的形态，从未形成完整的文本，是民间的口碑文学。"满族说部迥异于其他文类，不仅涵盖了口头传统，也吸纳了民俗学中多种民间文艺样式，包容性极强。"

我以为，对于无形地保留在人们记忆与口口相传中的口头文学，抢救比研究更重要。它是当下"非遗"工作的重中之重，要清醒地认识到文化和文明于人类的意义。当社会过于功利的时候，文化良知就要成为强音，专家学者要在抢救非物质文化遗产中勇于承担责任，走进民间帮助艺人传承与弘扬民间艺术，这也是知识分子的时代担当。

让人感到欣喜的是，经过吉林省的专家学者近三十年的抢救、发掘和整理，在保持满族传统说部的原创性、科学性、真实性，保持讲述人的讲述风格、特点，保持口述史的原汁原味的基础上，将巨量的无形的动态的口头存在，转化为确定的文本。作为"人类表达文化之根"的满族说部，受东北地域与多族群文化的影响，内容庞杂，传承至今已逾千万字。此次出版的《满族口头遗产传统说部丛书》为四十三部说部和一本概论。"说部"分为讲述萨满史诗的"窝车库乌勒本"、讲述家族内英雄人物的"包衣乌勒本"、讲述英雄和历史人物的"巴图鲁乌勒本"、讲述说唱故事的"给孙乌春乌勒本"四大部分。概论作为全套丛书的引领，从学术研究的角度对乌勒本产生的历史渊源、民族文化融合对其的影响、发展和抢救历程等多方面深入思考。

多年来"非遗"的抢救、保护、研究和弘扬，已取得卓越的成就。但未来的路途依然艰辛漫长，要做的事情无穷无尽。像口头文学这样的文化遗产的整理和出版，无法立即带来什么经济利益，反而需要巨大的投资和默默无闻的付出，能在这个物质时代坚守下来，格外困难。

文化传统和传统文化不是一个概念，我们的终极目的不是保护传统文化，而是传承文化传统。传统文化是固定的、已有既定形态的东西。我们所以要保护它，是因为这些文化里的精神在新时代应以传承，让我们的文化身份不会在国际资本背景下慢慢失落。

现在常把文化自觉与文化自信并提，这两个概念密切相关同时又有各自的内涵。文化自觉是真正认识到文化的重要性和自觉地承担；文化自信的关键是确实懂得中华文化所具有的高度和在人类文明中的价值。否则自信由何而来？

对传统文化的抢救与整理，不仅是为了传承，更为了弘扬。我们的民族渴望复兴，复兴的重要精神支撑在我们的传统和文化里，让我们担负起历史使命，让传统与文化为民族的伟大复兴发挥它无穷的力量。

冯骥才

二〇一九年五月

目录

《恰喀拉人的故事》

恰喀拉人的故事

恰喀拉故事传承及其特征

孟慧英

　　恰喀拉人世居锡霍特山，是东海女真的一支，满族形成后成为满族的一支部族。他们基本上居住在锡霍特山脉西北之牤牛河、尼满河一带和锡霍特山脉东南沿海一带。关于恰喀拉人的历史文化情况在我国史籍上以及苏联等国家的民族调查材料中多有记载。

　　关于恰喀拉这一名称各国学者有不同解释。据我国满语专家穆尔察·晔骏教授认为，恰喀拉为满语Kiya hala，汉译为"蜂氏族"。穆教授的解释同《五体清文鉴》《满和辞典》上对Kiya一词的释义相同，他还以恰喀拉人明清以来养蜂为主要经济活动之一的事实，证明这一解释的正确性。

　　现在东海恰喀拉人为苏联的少数民族之一，称为乌底盖人。我国境内的恰喀拉人为数不多。十七世纪初努尔哈赤、皇太极统一女真诸部时，恰喀拉部的许多壮丁被编入旗籍，随军南下。后来这批人中不少留居内地。十九世纪中叶，沙皇俄国通过强加给中国的《瑷珲条约》和《北京条约》等不平等条约，吞占了乌苏里江东部的大片领土，留居原地的许多恰喀拉人不愿做沙俄的奴隶，从锡霍特山沿海而行，历尽辛苦回到祖国怀抱。

　　这些恰喀拉故事是我国境内的恰喀拉人传承下来的。故事讲述者穆尔察·晔骏是恰喀拉最大氏族之一穆尔察氏族的直系后裔。据穆尔察氏族的宗牒及谱书记载，在金代金熙宗登基那年秋八月，穆尔察氏族的先祖领协霍猛安千户长（锡霍特山东麓），下辖浩路敦、撒克撵、穆尔察三个谋克。明朝时仍为千户长。清朝继任为恰喀拉满洲正黄旗协领，受宁古塔按班章京辖制。它的北部是比拉干窝集，南端是达尔欢河。清朝末叶穆尔察氏族有七八百户，四万多人。

　　穆先生现已到花甲之年，他生长在今黑龙江省的拉林河畔。这里的恰喀拉人有随八旗军南下，后又在乾隆年间以京旗苏拉①移垦而来的；也有十九世纪中叶在姓长、族长的带领下，迁到今吉林省珲春，后又迁到此地的。恰喀拉人崇敬祖先，有讲述祖先英雄事迹的传统。许多有关祖先生产和生活的传说、故事一代一代传下来。穆先生承袭了恰喀拉人的血统，也饱吸了恰喀拉人的营养。他自幼就跟随族里的长辈们劳动、生活。拉林河上的鱼舱、拉林河畔的岩石，隆冬温暖的农舍，都是他听故事的好地方。他很小就参加了族里的各项传统活动，还曾因违犯俗规受到长辈的责罚。他从小就迷恋恰喀拉人的传说、故事，族长和父母也有意识地向他传授这些故事。他博闻强记，幼时听来的、看来的许多故事和事物，至今默记不忘。直到后来他参加了革命，进入高等学府学习，他对恰喀拉的传统文化始终热爱如故。他曾走访了许多满族恰喀拉人的家庭，了解恰喀拉人的民俗并搜集了他们讲述的传说和故事。他从事满族研究多年，在语言考察中，他搜集了许多各地的民间故事作为研究语言的资料，他对这些故事科学的和冷静的态度是显而易见的。但对恰喀拉故事他始终怀有溢于言表的热情。一九八四年他牺牲许多时间，向我们讲述了他记忆犹新的一部分恰喀拉故事。他不愧是一位令人尊敬的恰喀拉故事传承人和讲述家。他那缓缓的语调犹如涓涓小溪，从我们心田流过。这条小溪倒映着雄伟壮观的锡霍特山、波涛荡漾的东海之水和恰喀拉人生机勃勃的生活。我们把这些美妙的故事全部进行了录音，并忠实地记录了它们。我记录、整理完故事书稿交给他看，他一一过目，并在个别地方做了认真改动。以下整理的恰喀拉故事都是穆晔骏先生当时讲述的真实记录。

一

恰喀拉故事丰富的内容，向我们揭示了恰喀拉人曾经有过的各种生活。这些生活和他们的今天显得那么遥远。但却十分生动、逼真，以至于我们能够极自然地按照历史生活逻辑去认识它们。

故事告诉我们，恰喀拉人是巍峨苍莽的锡霍特山、烟波浩渺的东海之子孙。在漫长的历史中，他们既向大自然摄取了所需的物资，也同它展开了无数次英勇的搏斗。就在同自然密切的依赖和顽强的奋争中，恰

① 苏拉：指无职之闲散旗人。

喀拉人创造了自己的生活内容和规律，培养出了自己的性格、道德和本领。

恰喀拉人最主要的生产活动是渔猎。故事塑造了一批渔猎能手，描绘出十分壮阔的渔猎生活场面，反映了渔猎生产自身以及和它相关的其他生活规则。恰喀拉的渔猎能手基本上是男人，这反映了他们社会生活的分工情况。能手们一个个身强力壮，有同自然奋争的神箭力刀，也有顽强耐劳的精神。

虎是山里最凶猛的野兽之一，它给狩猎带来很大威胁，甚至它还窜到村里伤害孩子。虎害成为人们生活中的一大祸患。因此敢与恶虎搏斗并能战胜它，成为人们推崇的英雄标准的重要内容。对这样的英雄，人们佩服他、崇敬他，并到处传颂他的事迹。

《卯日根维克》中的维克是一个勤劳、勇敢、善良的小伙子。一天他出去打猎，突然见一只虎嘴里衔着一个小孩儿。他立即向虎射了一箭，箭正中老虎屁股，把老虎穿透。老虎死了，孩子得救了。从此乌底哈人叫他卯日根^①维克。

《乌吉和他的孩子们》中，叙述了一个死去妻子的猎人和他三个孩子的生活故事。一天乌吉进山打猎，猛见树旁卧一只老虎，乌吉急忙躲开，但已经晚了，老虎看见了他，并张牙舞爪地向他扑来。他赶紧把箭搭上向虎射去。箭正中老虎心窝，但中得很浅，没穿透。老虎急眼了，扑向乌吉。乌吉又一力射，终于射死老虎。邻居们纷纷向他祝贺。由于他勇敢、勤劳及其他原因，人们要选他当嘎珊达^②。这位射虎英雄死得也很壮烈，他和一只非常大的恶虎进行肉搏，并同归于尽。当人们在山里找到他时，他手里拿着刀，正在捅老虎肚子，老虎死在他身边。他的儿子们为报父仇，决心把锡霍特山的老虎打光。他们到处寻虎迹。哪里有纵横交错的虎迹，哪里老百姓受到虎害，哪里就有他们。遇到老虎，他们"射"字出口，箭立即直奔老虎胸膛，虎跳个高，落在地上死掉了。他们一冬天竟打死了二十七只虎。虎在英雄的面前尚且如此，更不要说其他野兽了。我们看到猎手们冬猎成果常常是满载而归，狍子、鹿、水獭、貂等堆满仓，可以想象出他们狩猎野兽的本领和神武之姿。

如果说同野兽搏斗充分显示出恰喀拉人勇武素质的话，那么同自然

---

① 卯日根：英雄。
② 嘎珊达：村长、屯长。

环境的搏斗则更清楚地展示恰喀拉人的顽强韧性。

《貂姑娘》中讲述道，一年冬天雪特别大，奥苏进山了。雪大山道不好走，一步一步很艰难。雪地上的脚踪非常清楚，从这些痕迹上，能看出有什么动物。这地方熊多、鹿多，它们把这些地方踩得特别乱。打熊是不太容易的，人和熊搏斗很激烈、很危险。奥苏在这冰天雪地中，在随时都可能同熊遭遇的恶劣环境下，并没有退缩，他与之搏斗整整一个冬天，获得了大量的收获。《乌鲁的故事》中，乌鲁一人驾着小船，在东海捕鱼，开始时风平浪静，可第二天，天气阴沉沉的，刮起了西风，海风吹得人发冷，一阵风把船吹到大东边。突然海上又刮起邪风，船又向南漂去。风一吹就把船吹到很远很远的地方。海浪高得像小树，大浪像山一样高。越走天越黑，黑云遮住了整个天，水的光亮也看不见，很黑很黑的。尽管乌鲁迷了路，但他坚持使小船靠了一个陌生的岛上，开始了新的生活。

恰喀拉人夏天捕鱼，冬天打猎，一年之中的劳动都是在恶劣的生产环境和艰苦的生活条件下度过的。这没有使恰喀拉人屈服，他们一代代在这里繁衍生息，积累了丰富的生活斗争经验，也锻炼了他们坚韧沉着的性格。故事中的许多人物几乎都处于各自为战的情态下，他们沉默、坚韧、顽强，极有规律地进行生产与生活。恰喀拉人的生产、生活顺应着他们所处的自然环境，形成了他们的独特节奏。

每年大雁飞来的时候，山边小河开化了，青草开始发芽，林子开始放绿，这时候家家户户准备好船，收拾渔具，准备下海捕鱼了。夏季人们主要在海上捕鱼。入冬以前，人们总要到山里修修住的地窖子，夹好障子，修好马圈、肉窖，准备好干柴，挖好鹿窖，等等。冬天一般要住在山里捕猎，直到开春才下山。从事渔猎生产的主要劳动力是男人，妇女则在夏天男人打来鱼后，洗鱼、剥鱼皮、晒鱼干；冬天男人把猎物拉回后，扒兽皮、拉肉条、晾肉干。她们大部分时间是晾肉干、缝皮子、缝衣服、做被子、做褥子、做其他家务活儿。有时进山采点果子、弄点野禽。这些生活规律，我们在《苦媳妇》《卯日根维克》《奴鲁的故事》等故事中都可窥见。它说明恰喀拉人对生活环境十分熟悉，不失时机地去获得大自然的赐予。为了向大自然索取更多的物资，他们对自己的生活进行了合理地分工和安排，一年的生活井井有条，极富于生活节奏和生命力。

尽管恰喀拉人处于自给自足的封闭式的经济生活状态，但外界社会经济、政治的影响不能不使恰喀拉人的生活发生变化。这种影响主要来自经济、政治两方面。但同外界的联系是不经常的，由于社会发展水平的限制，不难看出恰喀拉人的行为、观念还处在较原始的状态，但他们反抗压迫的精神却表现了突出的进步性。

《护路神查克大》中叙述的是恰喀拉人的一次贸易活动。这次贸易活动是集体行动，一屯子的人约在一起，带着一年积攒的皮子、珍珠、药材、虎骨、咸鱼、蜂蜜等到宁古塔。在宁古塔，大家住在一起，一起逛街，一起吃喝。他们的货币观念很淡薄，不懂得钱在他们中间的用处，不懂得钱该怎么花。他们所换取的都是些生活食、用品，如铁锅、粉条、黄米、布匹等。他们的商品观念还很原始，认为带出来的东西必须全卖出，卖不出去东西是叫人笑话的，人家会说你人品不好、不诚实，卖东西都没人要。由于贸易路途遥远，他们信奉能保护人物平安的护路神查克大，幻想它能扫平贸易路途上的妖魔鬼怪，使他们换来所需物资后，平安到家。《讷吉的遭遇》中通过讷吉兄妹对待陌生人的不同态度和讷吉受蒙骗的事例，说明恰喀拉人初与外界交往时的观念和原则。要么不信任他们，不和非恰喀拉人深交；要么即使上当也要按骗子的条件给他们财物。因为恰喀拉人不重视财产，讲究诚实。但他们从心底厌恶骗子们，鄙视他们，在满足他们后，把他们赶走。

《收珍珠的故事》中讲的则是恰喀拉人同外界联系的又一大方面，即向中央皇权纳贡的问题。恰喀拉人要定期向朝廷交纳贡品。每年恰喀拉人中的地方长官负责在他们之中收贡。有时朝廷还派钦差直接到下面收缴。这个故事讲了金国皇帝索要贡珠的事情。它说明朝廷的贡赋，成了对恰喀拉人的无穷压榨。一方面索求贡品苛刻，一方面讨贡钦差借机巧取豪夺，进贡变成恰喀拉人难以逃避的灾难。故事中乌卡河岸六户人家为了交纳贡珠，泡在冰冷刺骨的海水里不停地寻找珍珠，好不容易凑齐贡品，打发走钦差，下一年的差官接踵而至。珍珠有数，差官无穷。贡珠实在难寻，为躲差官，他们舍弃了富庶的家乡，逃进偏远的深山之中。人能逃，贡债躲不了。人们多么盼望能够结束这无穷的灾难啊。他们曾设计杀死过无恶不作的差官，但不能从根本上解除贡患。于是人们塑造了一个除灾灭患的海神。海神使计，利用皇帝之手，杀死了所有认识通往恰喀拉道路的钦差，终于使恰喀拉人安宁了。尽管这种结果出于幻想，但可以想见恰喀拉人不屈的反抗压迫的精神。

恰喀拉人通过对自己丰富的经济生活的描述，表达了对生活的信心和乐观精神以及纯朴的道德观。他们不畏艰难，不怕挫折，勇于在困境中搏斗，相信能够创造美好的未来。他们热爱劳动，勤劳、勇敢，默默地、扎扎实实地创造生活，并全心全意地热爱它。

恰喀拉人的社会制度是一些民族调查者常涉及的问题，故事对它的反映是十分突出的。这种反映既包括氏族或村落内部的各种联系，也包括与外氏族、外地人们的交往。

故事说明恰喀拉人中比较有权力的人物之一是地方长官，每逢重大活动、重大事件，他们具有决定和操纵的权力。如《收珍珠的故事》中莫合长官①平时负责收贡品，同差官交涉。当钦差突然自己到乌卡河村索贡时，人们不肯立即照交，他们还是找到莫合长官，让他出主意。由于莫合长官的权威，他管辖下的族民都听他的安排。他说到各家收珠子，帮助这六户人家过贡赋关，大家就把珠子献出来；他见差官连年不断，把六户人家逼得无路可走，就安排了他们躲逃的计划；在朝廷钦差威逼下，他不得不又让六户人家继续下海捞珠。这些人虽然远离村庄，但自认为仍是莫合长官的下属族民，毫无怨言地服从这种安排。《讷吉的遭遇》《奴鲁的故事》中出现了恰喀拉人同外地人的冲突。嘎珊达是处理纠纷的最高权威。如他决定讷吉偿还骗子索要的债，同时赶走了骗子。他还亲自组织各家各户帮助讷吉还债的支助活动。甚至在有的故事中，嘎珊达还是人们认为较有权威，使人光彩的说媒人。姑娘们让父母向嘎珊达说情，使自己能够嫁给心上人。

恰喀拉人之间的社会关系是融洽的。他们的许多生活方面还有很大的集体性。常常是一家有事，大家相帮，人们互相关心、互相照顾。如乌吉、乌鲁失踪后，嘎珊里的人都行动起来，分头去找；乌卡河嘎珊人讷吉遇到困难，人们都拿出家珍，无私相助。在恰喀拉人结婚时，附近村落的人都来祝贺。每一家都抬来好多东西，如狍子肉、鹿肉、野猪肉、老虎肉，还有各式各样的东西。大家欢聚一堂，欢欢喜喜，又蹦又跳，整个婚礼就像人们的共同节日。在《蜂妈妈的故事》《卯日根维克》《貂姑娘》等篇中这类描写十分细腻。恰喀拉人每家都有自己的仓库，里面装有各种兽肉、鱼干、肉干和各种皮子。哪一家缺吃少穿，可以到邻居家的仓房里去取。不必告诉主人，只要在里面放块桦皮就行。一旦有了偿还能力，便立即归还所借物品，取回桦皮。他们认为借物必还，表现一个人诚实、忠厚的人品。尽管如此，人们还是提倡自己克服困难，尽

---

① 莫合长官：部落长，相当于现在的乡长。

量少骚扰邻居的克己品德。比如，乌吉死后孩子多负担重，日子过得十分艰苦。冬天孩子连桦树皮都穿不上，连灰鼠皮做的褥子都没有。全家吃的肉类不多，每天都吃烤鱼干。但乌吉想自己有把力气，不愁过不上好日子，能挺下去，不向邻居们求借。即使嘎珊达亲自问他有什么困难，他还是坚持说没有困难，谢绝帮助，不上邻居仓库拿东西。他越是这样，全嘎珊的人就越尊敬他。

故事中恰喀拉人同外界的联系是多方面的，它含有不同层次的历史要素，特别是婚姻和血亲复仇方面的表现更具认识价值。

在婚姻方面，恰喀拉人实行严格的族外婚，几乎所有涉及婚配关系的故事都证明了这一点。如《蜂妈妈的故事》中的帝希里和蜂姑娘，《卯日根维克》中的维克和他的媳妇，《乌鲁的故事》中的乌鲁夫妻，等等，每对夫妻都来自两个不同的氏族，两个相隔很远的氏族，有的甚至要行走几天几夜。族外婚的表现不尽相同，有抢婚，有靠父母包办定亲，也有经过邻居等旁人作证结婚的。抢婚有集体抢婚和个人抢婚不同的表现形式。

《石门的故事》中讲，黑峰山的小伙子由于居住偏僻，好多没有娶上媳妇。沿海有个村庄里许多姑娘还没有许配人家。黑峰山的小伙子趁这个嘎珊里的男人们都出去渔猎的时机，带着弓箭刀枪来抢亲。他们顺利地抢走姑娘们，把她们绑在船上，大胜而归。胜利使他们忘乎所以。他们大唱着、大嚷着，说些不敬神的话。结果海神发怒，把小伙子们都压在海里的像门一样的石柱子下面。姑娘们被海神送到岸上，嘎珊里闻讯赶来搭救的人们把姑娘们接了回去。不难看出抢婚是在两个地区间发生的，活动具有集体性质，企图是达到整个嘎珊没有妻室的年轻人都得到婚配。还有一种抢婚表现为个人行为。《卯日根维克》中的维克姐姐是在维克出去打猎时被抢走的。后来维克找到了姐姐，得知她被一个住在树洞里的男人抢为妻室，两人的生活很美。《乌鲁的故事》中，黑风怪奥东奥奇强硬抢走了乌鲁的妹妹。萨满带着全嘎珊的小伙子披刀挂箭，在风神的帮助下夺回了被抢去的姑娘。

在另一些表现恰喀拉婚俗的故事中我们看到，他们从订婚到结婚不是男女之间的个人行为，而是整个家族行为。双方父母要了解各自的家庭情况，双方的人品。家庭殷实富裕、人勤劳能干、孝敬老人是最基本的条件。缺少哪一方面，婚姻都会遇到阻碍。但恰喀拉人还没有形成送彩礼的风气，双方交换物品的主要意义在于表现相互的诚心。

这些故事既表现了恰喀拉人婚姻的发展进程，也显示了不同过程的具体表现。如抢婚习俗常常由于居住偏僻，婚配关系失调促成抢婚动机形成；男子多外出生产，留下妇女儿童守家看户，无力抵抗抢婚者的暴力行为，常常使抢婚成功；被抢的一方竭力夺回女子，夺女行为有时也表现为集体行动；等等。显然，不同历史时期的婚俗表现，为我们认识恰喀拉人的婚配史提供了形象材料。

恰喀拉人极为重视血亲关系。一旦自己的血亲人员被害，复仇的欲望是不可遏制的。

在同恶劣的自然条件进行斗争中，在同一切现实的、幻想的敌人搏斗中，恰喀拉人付出了极大的牺牲。但对待这些势力恰喀拉人是不屈服的，他们顽强地坚持以牙还牙、以眼还眼的复仇原则，不惧任何艰难，一定达到复仇目的。

恰喀拉人的复仇对象包括一切造成他们的亲人死亡的敌人。乌吉是同恶虎搏斗而死的，他的儿子们怀着报杀父之仇的强烈渴望，杀尽了锡霍特山上所有老虎；阿玛估的妹妹被奥克珠吃掉，他毅然力射这个恰喀拉中的恶魔，成为铲除恶魔斗争的主力；乌鲁妻子的父母、弟妹都被妖怪恶奇吞吃，他们悲愤交加，跪在神仙面前五天五夜不吃不喝，终于感动了它，答应帮他们报仇；朝廷钦差索珠要员，杀死乌卡河村十几个老少，激起民愤。他们共同献计献策，讨还血债，终于借老虎之口，杀死了钦差。

这些血亲复仇故事显现了不同的观念层次。仅就复仇对象来说，有的是动物，有的是妖怪恶魔，也有压迫他们的统治者、外地人，其中含有人与动物平等的原始意识，含有原始信仰的功能表现，也含有人们在社会斗争中积累的经验，培养的智慧。所有这些都使我们有可能充分认识恰喀拉血亲复仇观的系统性。

恰喀拉人种种社会制度的描述，概括了恰喀拉各方面社会生活的秩序和发展过程。通过它们可以窥见恰喀拉的社会发展水平和各种制度形成的历史轨迹，从而更深刻地认识恰喀拉人严格遵守、自觉维护它们的历史必然性。

恰喀拉人的信仰表现是故事描述的重要内容之一。许多故事再现了恰喀拉人丰富的信仰生活，通过它们我们能够得到关于信仰生活在恰喀拉人整个生活节奏中的地位和表现规律的一些认识。

恰喀拉人每逢重大生产活动开始以前，都要进行祭神活动。例如

《乌鲁的故事》中描写道，春天大雁飞来，该下海捕鱼了。家家户户准备好船、网具，到郊外祭祀水神，祈祷水神保佑在海上平安无事，多打鱼，多打虾，多得珍珠、宝物，祈祷完才能入海打鱼。同样，进山行猎前也要敬山神，祈求同样的目的。这类信仰活动构成恰喀拉生产节奏的重要部分，它的意义犹同人们打来了野兽，捕到了鱼一样实际。同时在人们的日常生活中和最细微的感觉上，神灵观念都充分地表现着。如人们认为用红色宝石做的头花戴在头上不怕风、不怕火，任何妖怪也伤不着，一枚鱼刺别在身上，能使风浪回避，在海上畅通无阻，穿上海鲅鱼皮制的衣，冬天防寒，夏天防暑，风刮不着，雨浇不着，火烧不着。不难看出人们的生活情趣、劳动规律、物质追求，等等，同神灵信仰基本协调，从而奏出和谐的生活乐章。

恰喀拉信仰的神灵包括善恶两类。恶者名之曰妖怪、恶魔。如《卯日根维克》中的虎妖、《护路神查克大》中的豹妖、《尼素萨满寻奥利草》中的蛇怪、《乌鲁的故事》中的黑风怪、《恶魔傲克珠》中的傲克珠。这些妖魔鬼怪以伤害人为能事，给恰喀拉的生活带来极大灾难。身受其害的恰喀拉人产生了强烈的制服它们、根除它们的愿望和行为。故事中人们从来不对恶神作祟听之任之，其中最主要的表现是制服他们。同恶神相对立的势力是人、萨满、善神。斗争常常是胜利的，它表明人们认为同恶势力斗争的力量存在于恰喀拉人的现实能力和现实精神追求中。例如，尼素萨满发现了能治多种疾病的奥利草，解除了许多人的病痛，因此惹恼了专与人类作对的蛇妖，它企图吃掉他。尼素萨满同它展开了智斗，同时组织善射的弓箭手共同对付它。在尼素萨满和大家的共同协力下，终于烧死蛇怪。故事肯定了人的能力，认为人可以战胜想象中的妖怪，歌颂了人类本身的力量。恶神的另一强有力的对手是善神。《护路神查克大》中查克大战胜了偷吃马匹的豹妖；《找月亮》中大力神战胜了蛇妖；《乌鲁的故事》中风神降服了黑风怪。对恶神的斗争中，有时铲除了恶魔，绝了后患；有时恶魔暂时告饶，后来又不断兴风作浪。如恶魔傲克珠虽然被赶跑了，可还常来骚扰恰喀拉的生活，使他们常闹瘟疫、死人。没办法，人们只好把它供起来，祈求它少造点灾害。每年祭祀先人时，人们要扔出许多东西给傲克珠吃用。故事表明，恰喀拉人是敢于同恶势力做斗争的。有时他们还没有足够能力战胜强大的、占支配地位的困难。这类困难如魔鬼一般。为了减少祸害，人们对魔鬼采取了供祀手段，试图用这种方式满足他的要求，使它安定些。

恰喀拉故事中还出现了一大批善神，从它们身上闪现着恰喀拉人的经验、要求、道德、理想和充实乐观的健康精神。

这些善神有职能差别，某些神职是相对确定的。如蜂妈妈是养蜂业信仰的生产神，靰鞡草妈妈是猎人的保护神，查克大是保佑人平安的护路神，月亮妈妈是给恰喀拉带来光明的善神。有些神职能范围更大些，如风神、大力神、海神等。以海神为例，它无微不至地帮助受丈夫虐待的苦媳妇，减轻她的劳苦和悲哀，使她最后得到幸福。它帮助冒着刺骨的海水采珍珠的恰喀拉人，使他们战胜贪婪的皇帝，解除了贡赋之患。但这类神的能力也是有限的。海神管不得山里的事，即使海上的事情，有时它也无能为力。《乌鲁的故事》中，海神没有治住妖怪恶奇，它打发人们去请更有本事的神仙。由于善神的功德，供祀崇敬善神成为恰喀拉的道德观念。人们认为对这类神要虔诚、驯服，如果对善神不敬，必受惩罚，并且咎由自取。黑峰山抢婚的小伙子们对海神口出狂言，惹恼了它，它使法力，让他们变成了东海螃蟹。乌鲁和媳妇对外形十分肮脏的神仙恭敬跪请，神仙受到尊敬，于是帮助他们制裁仇敌。

从这些故事中不难看出，恰喀拉人的原始思维表现十分浓重。他们从自身现实利益出发来解释实现的、未实现的和想要实现的事物。这些解释借助于现实经验、现象和信仰，同时它们又是一个综合体，相互渗透影响，呈现一种互相制约而又大致完整的文化特色。

恰喀拉人经济生活、社会制度、信仰表现故事所给予的揭示是丰富的、深刻的。这些揭示同我们所掌握的关于恰喀拉历史文化的各种资料上的反映有许多共同性，它证明故事具有珍贵的科学价值，是我们认识恰喀拉人历史文化的一部有意义的资料。

二

恰喀拉故事反映如此丰富的生活内容，给我们提供了认识恰喀拉社会的一面镜子。但故事对生活不是原封不动的复写，而是通过艺术创作来表现。这种表现依赖于恰喀拉人的口头传承，但故事讲述者个人的因素也不能不参与其中。故事的艺术表现是有特色的，它主要表现如下几个方面：

（一）人物形象、行为、环境同故事观念的统一

恰喀拉故事显现的观念主要围绕生活、道德、信仰方面。比如肯定

勤劳、否定懒惰；崇尚诚实、勇敢；恶神代表恐怖、危害，善神表现合理、希望、光明。这些观念都是通过艺术形象自然而然地反映着。许多故事不像一些民间故事那样注重情节发展，或主要依据情节模式完成故事，而是根据人物行为的必经过程，同完成行为所经历的环境结合起来，进行大量描述，在各种行为同环境的谐调或冲突中，不断加强形象具有的并贯穿始终的某种意义。

例如，乌吉的故事中说他爱劳动，为人忠厚老实，性格不贪。我们通过乌吉没日没夜地捕鱼、狩猎，给三个孩子做吃的、穿的等一连串的劳动中；从乌吉本来很困难，恰喀拉人又有可以到邻居仓库拿东西的习俗，可他一直坚持自己克服困难，从来不向邻居索借的表现上；从他为了一家人的温饱在浪掀得像大树一样又高又大，山顶上的石头都刮下来，干草刮到天上去，飞得无影无踪的气候下，仍然进山打猎，并在这种环境下与虎搏斗，并战胜它的行为中，自然对乌吉的形象有了具体、深刻的理解。乌吉反映了恰喀拉人典型的人生道德规范，诚实、勇敢、勤劳、自立。《尼素萨满寻奥利草》中的妖怪形象也反映了人们对于这类形象普遍的、传统的看法。这个妖怪来时刮起西风，都是些黄风，把树木刮断，石头直滚，不结实的房盖都刮掉了。风住了以后，在风的末尾处发现一个黑东西，这个东西很粗很大，它挨着房子，房子倒；擦过树木，树也倒；碰着人，人就死。妖怪的形象和伴它而来的特殊场面描述，都极鲜明地印证这些是"恶"的象征，它代表着危害和恐怖。故事中的同类形象和场面是很多的，但绝不雷同，形象各异，每种描写都是具体的、细腻的，很少形式化。由于壮阔的生活环境和形象行为联系密切，故事的各种观念和形象极为统一。乌吉可以作为比较完美的恰喀拉猎人代表，尼素也能代表关心民众疾苦、本领高超的萨满。这一特点表明，在一定意义上说，恰喀拉故事的创造是以具体的事件和环境为基础的，运用既成的故事形式进行口头创作的表现还不普遍，或者说某些故事形式的创作表现还没形成或者还没成熟。由此观之，故事呈现的文化性质的相对性是十分明了的。

(二) 故事幻想中具有坚实的现实基础

幻想不论在哪个地区、哪个民族，甚至于至今为止的任何时代都存在着。但幻想的内容和方式却不相同，同时它们也是有限的。洞察故事幻想表现的形成和结构是十分复杂，而且是很有意义的课题。恰喀拉故事的某些表现提供了一些有价值的线索。恰喀拉故事幻想，表现的突出特点是它与现实生活关系密切。比如故事中的神、怪、人各类形象，神、怪、人所处的环境都是恰喀拉人熟悉的、经历过的。即使一些幻想中的情境，也是他们所熟知的，因为它是人们普遍的生活经验和信仰结成的已被大家接受的东西。如《苦媳妇》中讲有孩子死后变成鱼，伴随妈妈捕鱼的情节，很容易使我们联想到恰喀拉人对早夭儿童进行水葬，即将孩子尸体放在木板上送到海边，随海漂流的习俗。关于妖魔鬼怪的描述，也使我们自然地想到人们信仰中存在的那些关于恶神的传统的、普遍的印象和联想。恰喀拉故事幻想表现同现实联系的重要表现，是虚构的故事同现实生活实际水平和由此产生的要求颇为一致。如恰喀拉的渔猎经济基本上处于自给自足的较原始状态，很少进行贸易活动，况且这些活动路途艰险而遥远，因此能够创造关于护路神查克大的故事，而不是关于财神招财进宝的故事。恰喀拉的故事幻想基本上是在恰喀拉生活基础上产生的。当然别处的文化，当它适应恰喀拉人的种种情况后也会被吸收、改造，融入它的故事中。

（三）形象刻画具有个性

故事中出现了众多人物、神、怪和生活画面。如此众多的形象尽管在职业、能力、相貌诸方面有相似性，但故事的描写绝非千人一面，基本上各具个性。以萨满形象为例，一般来说他们都具有请神、治病、治妖怪的本事，但却显现了不同的品质和本领。尼素萨满很关心生病的恰喀拉人，以解除病人痛苦为快乐，并希望通过自己的治疗结果，建立很高的威信，受到人们的热爱。他的功劳被人们铭记着，被奉为神。《找月亮》中的萨满决心为恰喀拉人解决夜间照明问题，他亲自组织了一次向东海找太阳、求月亮的旅行。通过漫长的海上颠簸以及征途上同妖怪的几番较量，终于达到了自己的目的。月亮妈妈睁开了眼睛，给恰喀拉的夜晚带来了光明。但这个萨满没有建立自己威信的欲望，他也没得到尼素萨满那样的荣耀。他始终和普通猎人一样出征、战斗、返航。所不同的是由于他的功劳大些，月亮妈妈赏给他的珍珠也大些。萨满形象也有本事小的、自私的、懒惰的。《恶魔傲克珠》中的萨满出于侥幸心理来到阿马估家看灾情。他想的是"我去看他一趟，他们就得请我喝酒，招待我好吃的"，满口答应能驱走妖怪。可当他看出扰乱的恶魔是傲克珠的时候，吓傻了，极力推脱差事。这个萨满已经很少有为民除害的热心了，他染上了职业特权，流露出搜刮百姓的自私行为。《苦媳妇》中的萨满也如此。他好吃懒做，完全利用职业之便寻求吃喝，懒得出了名，失去了大家的信任，而且还拉拢别人和他一样靠别人劳动养活自己，给人家造成了家庭悲剧。故事中其他形象的刻画也如此。每个形象都有自己的特色，有自己的存在根据。形象姿态各异，性质差别也很明显，它们一般是不能替代的。

（四）故事类型具有个性特点

故事中常见的故事形式为数不多，但在这些表现中，很有恰喀拉文化特点，所以很值得重视。

兽妻或异类妻故事在世界民间故事中是常见的。恰喀拉故事中也出现了这一故事形式。如《貂姑娘》《奴鲁的故事》等。它们的基本情节是：①猎人救了动物或动物亲属。②动物变作女性前来报恩，如做饭、和猎人陪伴。③猎人与姑娘建立了感情，后同她结婚。④从此家庭所需物品应有尽有，姑娘生了孩子。⑤萨满或蛮子[①]、外地猎人发现了姑娘，看出她的本来面目。⑥姑娘逃走或被杀。⑦猎人悲哀、众人惩罚多事的识宝人。在恰喀拉人的观念中，人们很爱护、尊敬一些动物神。认为它会给人们带来所需要的吃穿用品。故事中的异类妻子都给猎人带来许多貂皮、狍子等物品，使他吃穿问题空前顺利，变得十分富足。显然故事不像某些该类型故事，把观念局限在获得妻子方面。

《金子客人》也是民间故事中常见的类型。它的大致情节是一个衣衫褴褛的乞丐，十分肮脏。他来到某地受到善良人的热情接待，尽管主人很拮据、困难，但仍对他给予特殊照顾，让他住好、吃好。原来乞丐是个神仙，他使善待他者得到了金银财宝。《乌鲁的故事》中出现了一个叫阿堪玛的神仙，她是一个老太太，身上非常脏，相貌特别难看，满头白发。但乌鲁夫妻认准了她就是神仙，对她长跪五天五夜，使她感动，于是答应帮助他们帮助报仇。这里的神仙形象同《金子客人》是类似的，所不同的是一个要达到血亲复仇，一个希望善良生财。但共同含有恭敬神仙，必得神助的观念因素。两相比较不能不引起我们对形式演变或形式利用问题的思考。

故事中还有一些普遍的形式因素表现。如蛮子识宝（或萨满、外地人识宝）、树洞中藏人、沙子和珍珠互变等。它说明口头故事形式有它不成熟或分别的部分存在的表现，它们的适应性是比较活泼的。

[①] 旧时泛称某些少数民族，带有轻视的意思。为保持《满族说部》历史原貌，本书未予改动，特此说明。

这类表现引导我们从形式产生和流传等方面深入思考，同时还应提出恰喀拉故事中含有非遗文化的可能性。

恰喀拉故事的艺术表现还有不少值得探讨的东西。仅就上述四方面表现来说，不难看出，恰喀拉人的口头艺术创作已经达到相当高的水平。它对生活反映的力度，塑造形象的手段，构思故事的媒介充实、淳朴、自然，能够焕发人们的欣赏情趣。

恰喀拉是满族中的一个成员。由于这个部族社会发展比较缓慢，它的故事保存了许多古老的东西。因此这些故事对研究满族早期的社会形态具有珍贵的资料价值。

恰喀拉故事展现了口头艺术与现实生活的多种关联和丰富的艺术表现。它对研究民间口头艺术的产生、成熟、发展、形态有很重要的认识价值。

故事形式的形成、变异是民间文艺学研究的重点问题之一。恰喀拉故事形式以它的多种表现，对探讨这一课题提供了有意义的材料。

一九八六年三月

第一章　恰喀拉人是怎么来的

　　远古的时候，大地上生有很多树林、花草，什么动物都有。这么大的森林里，连个人影都看不见。有一个老妈妈，自己在林子里生活，一个人感到很寂寞，闲着没事，就用石片刀刻几个木头人，把它们拿到太阳底下晒，一晒这些人就活了。这么一来，世界上就有人了，有男有女，有老有少。

　　恰喀拉人后来也用木头刻神。用木头刻各式各样的神。不许用石头刻，也不许用泥捏。刻神不许用一般的木头，必须用椴木一类的木头刻。刻完后，就把它们当作神供起来。

　　因为神用木头刻人，人用木头刻神，人供神时，神一定知道。人刻的是哪个神，就一定是它。恰喀拉的神大部分是老太太神。男神少，妖怪大部分是男的，不善良。神善良，他们能治妖怪，常常一种神治一种妖怪。

第二章　收珍珠的故事

乌卡河岸住着六户人家，他们生活得很美满，丰衣足食。他们有很多匹皮料足够穿的，他们家家有很多兽肉足够吃的，另外还种点糜子、豆类。这样不管是祭神用的还是年节吃的、平时吃的用的都不缺。这里的小伙子能跳舞，姑娘爱唱歌，日子过得顺顺当当，快快乐乐。他们一年之内大都出海打鱼，春天海风大的时候，他们就歇一些日子，该到山里狩猎的冬天，他们才停止打鱼。这一带的渔民看他们这个嘎珊①过得幸福都很羡慕。

有一天从安楚国来了三个当差的，他们是来收贡品的。一进嘎珊他们就恶狠狠地说："你们这个嘎珊的人最藏奸，给皇上的供品数你们的不好，送去的皮子都是夏天打的直掉毛，送去的珍珠都是小的，一点光亮都没有，你们手里那么多大珍珠为什么不交出来！皇上差我们亲自来收贡，拿不出来就要你们的命！"

三个钦差就在这里住下了。他们在这里横行霸道，对嘎珊里的人说打就打，说骂就骂，对人们的东西看上什么就拿什么，人们大气不敢出，还得用好吃好喝的招待他们。这几个人天天催贡，六户人家也不敢怠慢，说："我们一定给皇上拿好贡。"

嘎珊里几户人家商量，往年都是莫合长官到我们这里收贡，从来都说我们这儿的贡品是头等的，没说过什么不好，今年这是怎么了？是不是专门勒索我们来了？那可怎么办呢，他们是钦差，惹不得，还是大家凑点珍珠给他们吧。大伙儿手里还有些珠子，都是好珠子，家家户户从家里挑出最好的珠子拿出来给当差的，告诉他们这是最好的了，当差的看这些珠子，嫌不够大，不够亮，不要。人们合计，没有再好的珠子了，除非下海去捞，也许能碰到又大又亮的珠子。这时正是秋天，海水凉了，

———————

① 嘎珊：乡村、屯子。

下海脱衣服捞珠子太冷了，人受不了。怎么办？大家插伙找莫合长官去了。莫合长官说："他们听说你们屯子富裕，直接到你们那里去了。看来这次准是躲不过去了。这样吧，有难同当，咱们这几十户人家，几百口人的莫合都动手找一找，大家想办法串换一下。"莫合长官派几个人到各家各户去找，整个莫合找遍了，也没有当差的要的那样的珠子。这些当差的赖在嘎珊里不走，对人们更厉害了，还说，要是再缴不出来珠子，就把每户人家绑起来，严刑拷打。大伙很着急，合计半天没主意。有个叫乌盖的小伙子说："不要着急，水怎么凉，海多么深我都不怕，我看咱还是下海找找吧！"大伙一想除了下海没别的办法。

于是六户人家一户出一个人，摆着船出海了。出珠子的地方得有岛礁，有海草、有海蛤蜊。他们找了好多天，费了很大力气也没找到。带的东西快吃光了，这时他们的船划到嘎珊偏东方向上很远的一个小岛子。他们几个把船拴到岸上，上了岛。在岛上安上锅，支上棚子，把住的地方准备好了，想在这里试探一下，看有没有珠子。他们下海里一探，这里还真有珠子，但都是些小珠子。

第二天，大伙儿准备了一下，又下了海。这一次采的东西倒不少，有蟹子、海参，还有很多蛤蜊。打开蛤蜊一看，又全是小珠子。没办法，再采采看吧。珠子采了一方[①]多，都不够个头，他们还接着采。又采了好多天，一天，人们发现海底有两个非常黑、冒蓝光的大蛤蜊，又大又重，一个人抱不上来，可乌盖一猛劲儿把它们抱上来，一看里面长了几百颗珠子，又大又亮，和皇上要的个头差不多，有的还比皇上要的大。大伙儿想，这回可有救了，不怕当差的绑人了。他们又在海里采了几天，采了很多很多蛤蜊，光是珠子就有三四方。大伙儿一想别贪多了，赶快回去交差，把这几个皇差打发走，好过几天舒心日子。

其实这个时候家里早出事了。三个当差的把六户人家的大人、孩子轮番吊打，已经死了十几口子。他们是皇上派来的钦差，莫合长官也不敢多说话。他不断地求情，给他们做好吃的、弄好吃的，可是他们吃饱喝足照样打人，说是不缴出好珠子，把这一嘎珊的人都打死。仅有六户人家的屯子死了这么多人，家家户户都垂头丧气的。

下海的人不知道这些事，高高兴兴地往回走，他们还以为皇上见这么多珠子会满意，会开恩呢。在海上走了好多天，走了好些弯路才到家。

① 一方：一斗。

到家一看，家家户户都死人，既伤心又生气。心想我们拿命采这么大的珠子给你们，你们还这么对待我们，他们都想报仇。乌盖的妹妹也被当差的打死了，他下决心要给屯里人报仇。大伙儿商量报仇的方法。都觉得直接把他们杀死不好办。他们是钦差，是皇上派来的，杀了他们皇上派兵来怎么办？最好让他们自己死。怎么个死法呢？六户人家找莫合长官商量。莫合长官向着当地人，想了想说："咱们不能动手，先稳他们几天。皇上给我们一些红缎子，我们用它给他们一人做一身衣裳，他们穿这身红袍就过不去锡霍特山，穿上它一定会被安巴①吃掉。"大伙儿一想对，山里人忌穿红色，红色是鲜肉色，豹子、老虎见到准没命。

第二天，他们挑了一些大珠子送给差人，说这一方是送给皇上的。差人一见很高兴，心想，揍死这些人果然弄出这么多好珠子。这些人本来是勒索来了，得到好珠子，就都偷着把大个儿的藏起来。回过头来，他们又说珠子数量不够，还得交。大伙儿说，我们再齐点儿吧，你们再等两天，打发他们喝酒、吃饭、休息。这工夫，家家户户的女人们赶制红袍子。又过两天，这些差人把行装打好，又来催珠子，大伙儿让他们再宽限两天，一定把珠子交上。又齐了一些貂皮、水獭皮，送给他们，一个个囊袋全饱了。

两天后，他们又来要珠子，大伙儿把珠子交给他们，又拿出红袍子，说，你们来这儿一趟不容易，我们送给你们每人一身红袍做个念想，你们穿上再走吧。当差的说，我们安楚国人不穿红。恰喀拉人说，穿红在我们这儿可是吉祥的，穿上它才能过锡霍特山，要不过不去。这几个人一听，只得穿上大红袍子，系上腰带，上路了。他们来的时候长了，回去的道儿记不清了，莫合长官派了几个小伙子送他们过山，乌盖也在里面，他身佩弓箭，腰挎腰刀，穿上熊皮靰鞡，带上火镰火石，走在前面。

走过一条河，穿过一道山，又过了一道沟。秋天涨水，把山沟两岸的地冲得很滑，好些树木被冲倒，横躺竖卧的。道路难走，好不容易到了山顶，这儿树少，平滑。从这儿再往西就是乌苏里江了。几个当差的惦记着腰里的东西，想再鼓捣鼓捣分赃，嫌当地人碍眼，就说："就到这儿吧，你们不要送了。这一路挺安全，什么也没碰着，我们也认识路了，你们回去吧。"

几个当差的走了。乌盖心里直想报仇，心想安巴怎么还不来。要是

---

① 安巴：老虎。

安巴来一准儿把他们吃了。他紧紧地跟在他们后边瞟着。天黑了，几个差人搭起帐篷，拢上一堆火。乌盖在离他们不太远的树杈上看着他们。他不敢拢火，吃些生东西。天亮时，见他们拆了帐篷，又拢起火，在火上烧些东西吃，然后他们又上路了。这几个差人挺听话，几个人分完赃，又穿上红袍子，朝西山坡走了。西山坡底下，森林的树都古老粗大，在林子里走路看不见阳光。树叶树枝密密层层，阳光照射不到林子里边。乌盖一看，这里正是安巴出没的地方，他紧紧地盯着差人。走到树林子中间没发生什么事，快走到林子头时，只见林子边上趴两只安巴。这几个差人大模大样地往前走，忽然看见老虎，一下子吓呆了。安巴一见红东西就猛扑过去，把三个人扑倒后，就吃起来。不一会儿就吃得饱饱的，只剩下脑袋、身子、衣服这些东西。乌盖一看心里很高兴，这下安巴替我们报仇了。心想，这些尸首我不能动，把他们给皇上进贡的珠子留下，其余的东西都拿回来。他很快处理完，高高兴兴地回嘎珊了。

回到家里，乌盖把情况和邻居们说了，大伙儿说这可好了，不用我们杀他们，他们自己让安巴吃掉，这是神的意思。莫合长官想得多，他说，这几个人死了，时间一长，朝廷还会派人来，还得做好准备。朝廷里知道往恰喀拉来的道儿的人不多，还有那么七八个。没过几天，这七八个人就来了。一来收贡，二来找那几个人。他们一来就问："那三个差人到哪儿去了？"大伙儿说："不清楚。"他们心想，安楚国的人不能到别处去啊，是不是让当地人给杀了？他们想一定找到这几个人，弄明白。就说，这几个人下落不明，你们得帮我们找到。

乌盖带着他们找开了。乌盖很精明，不带他们直接去找尸首，东拐一下西拐一下，在山里转来转去，转了三四天，才找到山尖，还是没有。就这样，乌盖领着他们瞎找，又费了几天力气，找到他们被虎吃的地方。几个人朝红的东西走去，一见那几个差人的脑袋、身子、衣服都在，被掏得乱七八糟的。又在他们口袋里搜出很多珠子。皇上要珠子，死几个人不在乎。朝廷来的人一看，珠子又大又放光挺高兴。这几个人确实是老虎吃了，也就不疑心了。他们对乌盖说："这些人不死在你们恰喀拉这地方，说明不是你们杀的，是老虎吃的。因为别的东西嚼脑袋，虎这东西不嚼。"他们没再说什么，就回去进贡珠子了。乌盖告诉大伙这个消息，大伙儿很高兴。

乌盖他们以为坏小子被杀掉了，官方又没追究，这下子太平无事了，每家照常过自己的日子。莫合长官心里明白，虽然珠子拿走了，但是朝廷非常贪婪，头一年来要，第二年准还来要。往后也断不了年年要珠子，麻烦事还在后头呢。莫合长官对这六户人家说，你们这个嘎珊得搬走，要不然谁能年年拿出那么多好珠子？谁能顶住不交皇上的贡品？几户人家商量来商量去，还得搬家。他们就把家搬到远远的大北边一个叫格莫塔的地方。

人走了，莫合长官成天提心吊胆。他管辖下的名户丢了，他是有责任的。他成天盼着新户搬来。好长时间过去了，一天过来几个安楚国的猎人，他们不打鱼也不打猎，专捕海东青。莫合长官急急忙忙请他们在这个嘎珊里住，心想，皇上再来收珠，就朝他们收。这些人住下了。

果然皇上见到珠子非常喜欢，奖赏了这几个人。第二年，又派他们来收珠子。这几个人找到了这个嘎珊，一听嘎珊里人说话不用翻译，能听懂。很奇怪，他们问："你们是哪国人？"嘎珊里人说："我们是安楚国到这来的捕牲户。"他们一听赶紧打听："当地的人哪儿去了？"他们说："不知道。我们来时，这个嘎珊只有房子没有人。"差人找到莫合长官，问："这个嘎珊的人呢？"莫合长官说："不知道他们什么时候搬走了。"当差的说："你是莫合长官，这里的百姓搬走能不告诉你吗？你得把他们找回来，皇上要他们交珠子。"莫合长官说："你们不就是要珠子吗？我们给你珠子算了。那些人搬哪儿去谁也不知道，我们得慢慢找呀。"差人说："那好，今年还要那么大的一方珠子。"莫合长官没有办法，又差很多人下海，采了几十天，一粒珠子也没找到。莫合想，那六户人家还有原来采的珠子，让他们先交贡，对付过去，来年再说吧。

莫合长官派人到了格莫塔。这个地方是个草甸子，山外是大黑树林，不容易让人发现。这几家人见来了家乡人非常高兴，他们一听收珠子的事，心想救人要紧，赶紧凑了一方珠子让他们拿去。几个差人一见珠子很满意，可嘴上却说，这个珠子有疤瘌，那个珠子不圆乎。莫合长官心里明白，他们这是故意挑剔，想多要点儿。为了把他们快点打发走，他就说："你们是不是想再要点珠子？那好这些珠子给皇上上贡，我再想办法，给你们这几个兄弟弄一些。你们知道采这些珠子可不易，要跑很远的路，用很珍贵的皮子换来的。"这几个人眉开眼笑，等着珠子。

莫合长官又派人到了格莫塔。这几家人很为难，因为凑到一块儿还剩一方珠子，来年再要就没办法了。可又一想前年死人的惨劲儿，还是解决眼下难处要紧，就把这方珠子让他们带走。

差人们得到了珠子，非常高兴。他们要回去了，说这儿的道儿不安全，想让几个人护送出山。莫合赶紧派人送他们走。他们又把珠子送给皇上，皇上以为这个地方出这么大的珠子，就让这几个人来年还去收。

第三年，收珠子的又来了，整个莫合受不了了。大伙儿提心吊胆。他们想实在没办法，就动武的，把他们赶出去。家家户户磨好了刀，心想，要说好的，就想想办法；要动武的，就和他们拼。莫合长官对差人说："我们实在没办法，这里和黄豆粒一样的珠子都难得，哪里去弄皇上要的塔娜①？"这几个人就赖着不走。动武吧，动不得，动文就得采珠子去。莫合没办法，又打发这六户人家下海采珠。乌盖他们虽然人逃出去了，但还归莫合长官管辖，只好出海了。

在海上，他们想按原来的方向走，找到那个岛子。可是在海里找个目标是很难的。他们走出很远，望见一片沙滩，就把船拢到沙滩上。在沙滩上支上锅和帐篷，一看附近找不到烧柴，就到沙滩东部找点小树毛，划拉一点干柴，住下了。这里海水比较浅，发白、发蓝。他们在这一带用小船试探好几天，很少有蛤蜊。净是石头，石头礁。没有海泥，不长蛤蜊。人们很着急。他们在海上转悠了一天又一天。有一次他们碰到一个礁岛，就来到这个岛子上。一看岛子上长着一棵独挺树，除此之外，什么也没有。他们仔细探海，一看礁岛底下有海泥，就决定在这里住下。第二天他们下海试探一下，海泥不少，一采没有大珍珠，蛤蜊很少，找起来很吃力。晚上大伙围在篝火旁，唉声叹气。谈着唠着，时过半夜了，大伙才回到帐篷睡觉。刚一进帐篷，就听外边起了风。风越刮越大，越刮越猛，嗷嗷怪叫，一时天昏地暗。海水漫到礁岛上，哇哇直响。他们睡不了，赶紧起来保护帐篷和锅灶。海水把锅漂走了，他们追着捞回来，风把帐篷刮得乱成一团，他们拽着，拖着，整整忙活了一夜。天快亮了，风也消了。晚上大伙儿没歇好，可白天不敢耽搁，照样找珠子。到了晚上又刮起大风，比前晚还要大。大伙儿扑了这个，拽着那个，累得筋疲力尽。人们实在难受，心想我们的命真不好，活着图个太平日子，可皇上的贡品弄得我们不安宁。家里的人被打死，我们打点儿珠子除了上贡，就是被官吏皇差搜刮去。我们拼着命采珠子，下冷水，挨风吹，受浪打，成天在海上干，可我们一天好日子也没有。大伙儿越想越愁，越想越恨，说了许多怨愤的话。风刮到后半夜稍稍停一点儿，大伙儿赶紧把帐篷支起来。一看海里出现一道白光，好像很多灯火似的朝他们这儿奔来。不

---

① 塔娜：满语，东珠，是东北产最好的珍珠。

知谁喊了一声："海妖过来了！"马上有人说："不要吱声！"这些亮灯越走越近，不一会儿灯没了，过来一个白头发、身上穿白衣裳的老太太。就听老太太说话了："你们不要怕，我是海神。我在这儿待好几天了。看着你们成天在海上转，在海里游。你们不是打鱼的，是采珠子的，采珠子不是自己用，是为保护村落人的安全。我看你们挺辛苦，特意来告诉你们，这一带没有珠子，有珠子的地方离这儿挺远，要走几天路，路不好走，我也不想指点你们去。你们太累了，我给你们变几个珠子带回去，早点歇息。我这些珠子一准能让当差的满意。"老太太说完，抓把沙子用嘴一吹，沙子变成挺大挺大的珠子。她把珠子递过来说："你们拿这一方给皇上进贡。"又抓一把沙子，吹一口气，变成一方大珠子，她又说："拿这些珠子给那些官吏。他们拿到珠子以后就会变成沙子，以前的珠子碰到它们也不会再发光了。皇上会判收珠子的人欺君之罪，会治他们的。以后你们就没有进贡珠子的灾难了。"大家一听这番话，一肚子的愁全没了，赶紧跪下给海神奶奶叩头，谢谢她的保佑。海神说："你们天亮就走吧，这岛子不是你们待的地方。这里有妖怪。这几天刮风就是为了抓妖怪，可没抓到它，它逃了，早晚它还得回来。你们在这里时间长了很危险。"海神奶奶说完，就见一群灯火向海里走，越走越远，后来就看见一道白光。第二天早上，他们把行李、帐篷、锅放上船，拿着海神奶奶给的珍珠上了船。不知什么时候海神奶奶站在岸上，她说："我送你们回去吧！"她在海边吹了一口气，海里一下子起了大风，浪像树一样高，可小船前边的路像平道儿一样，船在上面走，就像有人推着一样飞快。

采珠子的人回来了，把他们一路上的遭遇告诉了莫合长官。大伙儿说，这是海神奶奶在保佑我们，秋天一定给她祭典。他们把沙子变的珠子交给安楚国当差的。他们拿到珠子很高兴，很快就回到安楚国的上京。皇上一看，这回的珠子真大，马上说要封这几个差人的官。这几个小子高兴透了。皇上正要封时，再一看珠子变成了沙子。皇上来气了，问道："你们几个用什么妖法来唬我？"这几个人你瞅我，我瞅你，干瞪眼。他们也奇怪，珠子怎么变成沙子？没等他们明白过味儿，就让皇上杀了头。皇上刚杀死他们就后悔了。因为除了这几个人没人知道去恰喀拉的道儿，以后再派谁去讨珠子？从这以后向恰喀拉要珠子的就断了根，人们过上了太平日子。

第三章 卯日根维克

在北恰喀拉沃斯盖河两岸，住了很多乌底哈人[1]。他们不缺吃、不缺穿，生活得很富裕。嘎珊里有一家子姐弟两个过日子，姐姐叫璃日，弟弟叫维克。他们的父母都去世了，家里没有其他人，有些亲属距离他家也很远。

一天维克出去打猎，走到一个地方，突然见一只老虎，嘴里叼着一个小孩儿。维克一见，立即朝虎射了一箭，这箭正中老虎屁股，把老虎穿透。老虎死了，孩子得救了。维克问了孩子家在哪里，就把他送回了家。从这以后，乌底哈人叫他卯日根维克。

维克为人正直，从不说谎，不骗人，办事情诚实。他在谁家仓房拿了东西准还给人家，还常常多给。整个山里人对他都有好感。

可维克家里生活比较困难，家里一粒米也没有，吃不上粥，吃不上豌豆，只能吃些兽肉、鱼过日子。每天出去打猎，他先告诉姐姐一声，打猎回来时，姐姐也经常在房子旁边迎接他。家里的活计全由姐姐操劳。他每天都要走百八十里的路去打猎，非常勤劳，从不偷懒。这样，左右四邻小伙子、姑娘对卯日根维克的评价都很高。

一年春天，刮起大风，树叶刮得老高，山上的石头刮得直动，维克照样去打猎。进山以后他打了好几只鹿和狍子，打了一只野猪。他费了老大劲儿才把这些东西运回家。回到家里，不见姐姐像往常一样在门口迎接他，感到很奇怪。进屋里发现姐姐不在，更是疑惑。他等了一会儿，不见姐姐回来。又等一会儿，还不见姐姐回来。他等了好长好长时间。到天黑了，半夜了，姐姐还没回来。姐姐到哪儿去了？是不是让野兽叼走了？让老虎吃了？他在家等了两三天，还不见姐姐的踪影。他感到出事了，就出去找。他一口气儿跑了几千里路，北边找到黑龙江，东边找

---

① 乌底哈人：恰喀拉住在森林中的人。

到大海，西边找到乌苏里江，南边找到豆尔番河。可哪儿也没有姐姐的踪影。好几个月没见到姐姐了，他想坏了，姐姐一定让野兽吃掉了。他只好自己过日子。

姐姐失踪以后，维克的日子够难的了。他每天自己做饭，还要忙着出去打猎。自己缝兽皮和鱼皮衣裳。一过两年多，又是一个春天来了。他出去打野雁、水鸭、天鹅。他顺着北边河流走，走了一天什么也没见到，非常疲劳。天快黑了，他很着急，心想打不到东西就回去吧。他往回走，就觉得腿不好使。找到一棵大树，在树底下休息。一边唉声叹气，一边叨念自己的姐姐。没想到有人接他的话茬儿，问："谁在这里？是不是维克？"维克一听是姐姐的声音，也问："姐姐你在哪儿？我是维克。"姐姐说："我在树里边，你进来吧。从树洞钻进来，这里挺宽敞。"维克找到树洞，钻了进去，一看姐姐在里面迎接他。树洞里面到处是亮光，很多大珍珠，把屋里照得白亮白亮的。屋里还有狗皮褥子、灰鼠子被子，很珍贵的貂皮被子。维克问姐姐是怎么来到这里的，姐姐说："那年刮大风，你去打猎，我正在家里为你准备饭。忽然来了一个很精神的小伙子向我求婚，我没答应。他说，你先到我那儿去看看，我的家是什么样子，再回答也行。我答应了，随他忽忽悠悠来到这儿。一看他的家很好，他也很勤劳，我就嫁给了他。"维克这才知道姐姐结婚了，也挺高兴。他给姐姐讲起怎么找她，怎么一个人过日子的事，姐姐挺难过。姐姐给他煮了雁肉，用从山里采的野菜和雁肉一起炖，他很爱吃，吃完饭，他就觉得浑身有力气，疲劳劲儿过去了。姐姐说："你别走了，就住两天。"他问："我姐夫呢？"姐姐说："他出远门了。"维克答应，就在姐姐家住下了。

维克住了两天，第三天早晨他要回去了，忽然外边刮起一阵风。姐姐说："你姐夫回来了。"维克说："正好，他回来了，我见见他。"姐姐说："你别见，我先看看你姐夫对你咋样，不好，你就溜走，好，你就见他。"维克奇怪地问姐姐："怎么，我姐夫挺凶恶？"姐姐说："不，他一见生人就觉着别扭。"维克只好藏起来。

就见一个小伙子走进屋来，身穿鹿皮衣服，很漂亮，腰上系两只大雁。他一进屋就说："这屋里味道不太对头，是不是来了生人？"姐姐说："没有！"他还说："不对，今天屋里的味道特别刺鼻子。"姐姐说："是你喝酒，闻错东西了吧？"他说："我没喝酒，屋里的味儿就是不对劲儿。"姐姐说，"啥生人也没有，你就放心歇会儿吧，我给你做饭去。"

吃完饭，两人唠起来。男人说，他这次出去走了很远的路，翻过了锡霍特山，到了梅托一带。他要找的宝贝没找到，来年有机会再去一次。说着就睡了。

维克藏在被底下，闷得受不了，满身是汗，身子动了动。他姐夫赶忙掀开被子，一下掀出个小伙子。他问："这是怎么回事？怎么来个生人？"姐姐吓了一跳，忙说："这不是生人，是我弟弟。那年他出去打猎，你把我接到这儿，他出来好几年找我没找到。前天打猎到这里，累了，靠树歇一会儿，碰巧到了我们这儿。我把他接到这里。"他姐夫一听，忙说："自家人何必外道。来，小舅子，咱哥儿俩喝一顿。快把好酒拿出来，好乌云粥①端上来！"姐夫和维克一边喝一边吃，一边唠扯。姐夫对维克挺感兴趣，说："听说你很勇敢，打死过老虎。虎横行霸道，威胁乌底哈人，你为他们除了害，大家敬佩你，叫你卯日根，我也挺佩服你。"唠着唠着，天太晚了，各自睡觉去了。

第二天早晨，维克和姐姐、姐夫说："你们住的地方我知道了，我得回家了，过些日子来看你们。"姐姐、姐夫留不住他，就放他回去了。

维克朝东北方向走，前边碰到一条河，过了河在路上打了几只雁，顺利地到家了。到了家又想起和姐姐、姐夫在一起的事，起初挺想念。后来越想越觉得不对劲儿。姐夫到底是干什么的？他怎么一动起来就有风，还怕生人味？他是人，还是妖怪？他开始对姐姐不放心，心想是不是姐姐已经死了，她的魂灵给他做饭？可她的声音对，一点儿也不差味儿？他照常打猎。心想到秋天，我再去看看姐姐。

到了秋天，他照原道走到大树底下，又敲树，就听姐姐问："是谁在外面敲啊？"维克说："是维克。"说完就钻进树洞里。

维克进了屋，一看还是原来那样子，好像珠子更多了，因为屋里更亮堂。维克看了看，没见到姐夫，他就问："我姐夫上哪儿去了？"姐姐告诉他，姐夫找宝贝去了。有一种宝石，是红色的，非常好看。他要给我做头花戴，找了好几年也没找到。维克一听，说："为了一个头花，那么费事干什么？"姐姐告诉他，这种头花不是一般的头花，戴上它，不怕风，走在深山里也不怕林子里起火，任何妖怪也伤不着。维克和姐姐唠扯，姐姐给他做好了饭，又给他安排好铺盖，让他住下。维克就在姐姐家住下了。

第二天，他姐夫回来了。进门一见维克，就说："你来了！这么长时

---

① 乌云粥：黏米粥。

间没见你，怪想的。"说着他又冲媳妇说："宝贝让我找到了，你看看。"他从怀里掏出个鹿皮包，包一打开，满屋子红堂的。宝贝把屋子照得通亮。全家人都挺高兴，姐姐又给弟弟、丈夫做了饭，他们一边吃一边唠。闲唠中，维克对姐姐、姐夫说起邻居给自己提亲的事。他说："我来以前，北边有人来提亲。我和姐姐、姐夫商量一下，你们看看这门亲事行不行。"姐姐忙问："是哪家的姑娘？"维克说："是哈鲁代河附近人家的。"姐姐说："那一家人家很好，姑娘挺勤劳，崇拜祖宗，尊重爹妈。就定下来吧。"维克说："你们同意，明天我就去应这门亲事。"姐夫说："你明天走，我送你。"他拎了很大一包东西给维克，说："你要成亲，这些东西送给你。"维克一看，包里有很多宝石，各个通明透亮。

第二天，姐夫送他一程，他回到家里。一个人生活，很不像样子。他把家里收拾收拾，将豹皮褥子铺巴铺巴，就去定亲。他朝哈鲁代河走去，来到姑娘家，告诉他们，自己的姐姐、姐夫同意这门婚事，他还带来了订婚的礼物。这家一看，维克带来的东西全是珍宝，从来没见过，看得眼花缭乱，觉得维克确实是个卯日根，就把姑娘许了他。

维克回到嘎珊里，告诉附近的乌底哈人说自己要结婚了，和一家好姑娘订了婚。大家也都认识这家人家，都说好。在月亮圆的那一天，很多小伙子抬着好多东西，来到维克家。东西里面有野兽肉，像狍子肉、鹿肉、野猪肉、老虎肉，还有各种各样的野禽肉、鱼肉，庆祝维克的婚礼。几个小伙子和维克一样，拿着弓箭、骑着马到老丈人家接姑娘。把姑娘接到家里，拜了索木奇特①。大家欢欢喜喜，又唱又跳，婚礼非常热闹。大伙看见，新娘的头花，脖子上挂的饰物都是宝贝，做得也好看，知道姑娘不仅勤劳，生活也很富裕。大伙对卯日根维克更敬佩了。

成亲后，维克的生活很美满。第二年四五月份，大雁飞来了。一天跑来一个乌底哈人，对维克说："不好了，我们那地方出现了一只虎，这只虎咬死了几个小孩儿了。大人也都躲避它。请卯日根帮助我们来除掉这一害吧。"维克听说，想了一下说："我的武艺不行，弓箭也不行。我们得想办法找一个好米旦②，才能射死老虎。我用的这个米鲁③要是和虎搏斗准不行。"来人说："林子西有一家有大弓箭，咱们去借来，除掉这一害。"维克说："一个人去不行，得多找几个人，摆好阵式。"就这样，他

①　索木奇特：神杆。
②　米旦：弓箭。
③　米鲁：小弓箭。

们借了弓箭，邀了几个小伙子，来到山口。

白天，虎没出来，太阳平西，天稍黑的时候老虎过来了。别的人都等着，观看老虎的动静，卯日根维克把箭上到弓上。虎一来，林子动弹，虎一叫，周围的野兽都吓跑了。维克照虎头射去，一箭没有射中，他又射了第二箭，老虎抖抖毛，还是没中。他又射了第三箭，这一箭射到老虎腿上，老虎发怒了，朝维克扑来。维克躲闪已经来不及了，被老虎一爪拿住了。旁边的一个小伙子见这情况，急忙射了一箭，射到老虎嘴上，老虎扔下维克逃跑了。维克受了伤，被大伙儿抬到家里。

维克到了家一看，他姐夫正在家等着，姐夫说："我已经算计到你会受伤，到这儿来看你。这只虎一般人治不了它，因为它是虎妖，一般的弓箭射不死它。"姐夫说完就看维克的伤，看完后他说："你的伤很重，恐怕要落下残疾，得给你弄点药吃。锡霍特山南头有一条大蟒，它身上有很多药材，要是把它弄来，人死了也能治活。"他姐夫说完，就出去找药材。不大一会儿，他回来了，拿到了药，给他喝，给他贴。他喝了药有精神，贴了药，伤也就不疼了。维克对姐夫的本事早有怀疑，趁这个机会，他对姐夫说："你帮我们除了这个虎妖吧，你的本事比我大得多。"他姐夫笑了笑，说："这虎妖我也治不了，这事还得求你媳妇。"姐夫说完就走了。

维克和媳妇商量治虎的事，媳妇说："我回家一趟，问问父亲，看他有什么办法没有。"维克说："你一个人回去我不放心，找几个小伙子陪你回去。"他们到了姑娘家，和姑娘父亲讲了虎妖的事。姑娘父亲说："这虎妖好治，杜波里地方有个神仙能治它。他是一个很好的山神，专门能治虎怪。"大伙问："怎样能找到这个山神？"老人说："我亲自去说说。"

姑娘父亲到了杜波里，把虎妖害人的事和神仙一五一十地说了。神仙同意去除虎怪。这个神仙是很多山的山神，最凶恶的安巴都怕他。神仙说："明天太阳要落山的时候，你们还到山口去，看我怎么除掉它！"

第二天，人们等在山口，太阳要偏西了，老虎又来了。大伙儿乱箭齐发，哪一箭也射不到它。这时就见从树梢下来一个白条子，把虎脖子捆上，拴到树上。老虎嗷嗷直叫。山神说："你做尽了坏事，我命你迁走。"老虎点头。山神对大伙儿说："我把它牵走，这个地方就太平了。你们要是伤害它，它也不会消停，会引好多虎来的。"山神说完，把虎牵走了，从此这个地方再也没有老虎来伤人。因为老丈人请了神仙治了虎，卯日根维克的威望更高了。后来这儿又来过一些小虎，人们请维克去打，他一打就中。他很勇敢，和他的妻子生活很幸福美满，那一带的人都羡慕他们。

　　维克和媳妇没忘了姐姐、姐夫，常去看望。维克见姐夫善良能干，每次去都给他们好多宝贝，也就不疑心了。他们和姐姐、姐夫相处很好，互相尊重，大家很和睦。

第四章　法拉图河的故事

法拉图河流是条富足的河。这条河出产大马哈鱼、白鲑鱼、鲤鱼、鳌鱼等好多种鱼。河流两岸的鸟雀也很多，鹌鹑铺天盖地，小孩子用木条弯过来扑棱一打，就能打掉好多好多。两岸的树也多种多样，山核桃、山榛子年年丰收。这儿风景秀丽，夏天满山遍野开出各种颜色的花。周围常有鹿、狍子到法拉图河喝水，在河边吃草。大雁、天鹅也都飞到河上来。这是条迷人的河。在河的中游有个嘎珊，住着十几户人家。这儿是个南北交通要道，常有外地人路过，河上从南到北有摆渡的，河里的水清澈见底，喝起来很甜。老百姓把这条河叫法拉图，就是说它是富裕的河流。河两岸景色好，人们就爱在河边溜达。夏天，姑娘们喜欢在河边玩耍，掐些花朵戴在头上，一边嬉闹，一边唱歌。小伙子们也常到河边上来，有的打鸟，有的追着鹿崽玩儿。萨满也爱在这里散步，采药材，这儿的药材特别多。

有一年河里涨大水，从西山冲来很多横档木，淤积很多泥沙。上流出现好多截住水流的大水泡子，下流还是清水河。接着就是一场从来没有过的大雨，大雨过后又出现好多积水泡子。再想吃大鱼可就难了。原来吃鱼现到河里捞，现在只能到下流的河里捞点小鱼。原来这里丰衣足食，办事不靠外地人帮忙，什么事本地人都可以办，有病有灾的很少。可在这场暴雨中，从天上掉下很多鱼，把地下的泥沙都卷起来了，这条河水变浑了。从这以后，这个嘎珊出现个怪事，嘎珊里养的猪经常丢，今天西家丢一头，明天东家丢一头。大家很奇怪，这儿没有狼啊，也没有多少野兽，鹿、狍子、獐子也不吃猪，猪在圈里怎么能丢呢？最后嘎珊里的猪只剩下几头了，大家想这得找萨满看看。

萨满来了，他挨家挨户地看，也没看出什么来，他说这得请神，看神说什么。萨满念咒请神，请来个青眼神，这个神专能看见人看不见的东西。这个神说话了："这个地方丢猪是因为河里有个河怪吃了。这个河怪是那次涨大水时从海里蹿上来的，海怪到这里成了河怪。它把上边泡子里的大鱼吃净了，不吃小鱼，就到岸上吃猪。往后还有更坏的事呢，它把猪吃完了就要吃马，还要吃人，尤其要先吃小孩儿。"萨满代神说完话，就劝这些人搬家，不要再住在这儿了，省得遭难。大家商量一番说，这么好个地方怎么能搬呢，我们祖先就生活在这里，把祖坟扔在这里也过意不去呀。恰喀拉人最敬重祖先，离开祖宗搬走，不合恰喀拉人的习惯。萨满劝说，恰喀拉人都不听。最后萨满说，你们不走，我也没有办法。要想在这里安稳生活，你们还是找比我更有本事的萨满来降妖。我不能再来这个地方了，把妖怪招来也不好。

从这以后家家害怕，每天很早就把门关上了，直到天大亮才敢开门。晚上嘎珊里没有一个行人。猪圈、马圈都用很高的木头杆子架起来，门很小，用很多皮绳子缠得牢牢的。嘎珊打发七八个人去打听能治河妖的萨满，他们到各地去找。走到北边的明格里窝集，这一带是赫哲人的居住地，他们在这儿找到一个赫哲萨满。这个萨满本事很大，他白天就能请到神，人们闹邪啦、有病啦，都找他，他治好很多人的病。他有一身武艺，能射箭会使刀。萨满听了他们的来意，就说，去那么远的路，我准备准备吧。赫哲萨满做了一番准备，他带上一些长箭、一张好弓、一口好刀，带着神铃、神鼓、神帽、神面具、神裙，穿着神靴子往法拉图来了。走了八九天到了地方。赫哲萨满一看，这个地方很富裕，可老百姓愁眉苦脸没精神。萨满直接到穆昆达家去了。穆昆达说："到我这儿不好办，我这儿没几户，你还是到嘎珊达家去吧。"萨满又到了嘎珊达家，他把这个屯子情况介绍一番。这十几户人家的嘎珊很富足、很太平。左右四邻经常上这儿来换东西，也常有外人打这里过。自打河里闹妖怪，白天船不能走，船行到河中间说什么也走不动，行人掉到河里后，船自个儿就漂到岸上来。"这儿的灾难太大了，请萨满多费心，帮我们除妖吧！你的本事比我们恰喀拉的萨满大多了。"嘎珊达知道赫哲人常在河边上住，对河的情况很熟悉。赫哲萨满说："我试试吧。"他从海口往河上游走，看上游几个大水泡子，再往上是几个小细流。水泡子不是白颜色，是蓝绿色，下游的水照样是清的。泡子里一定有怪物。赫哲萨满对嘎珊达说："河上游积水泡子里有妖怪，这妖怪的胆子很大，白天出来害行人，晚上又到屯子里来害猪。将来又要吃马、吃人。我请请神，让它想个办法。"一天晚上，赫哲萨满戴着神帽，穿上神裙，系上神锣、神铃，一手拿刀，一手拿铃，戴上神面具开始请神。他念起萨满曲子①，时间不长，神请来了，这个神是天地神巴那安都里②。巴那安都里说："请我做什么？"跪着的嘎珊里的人说："请巴那安都里来为我们除妖怪。我们这儿原来是最好的河，有一天下大雨，涨大水来了个妖怪。一开始没察觉，后来发现猪一个个丢掉，河里的大鱼也打不到了。以后这个妖怪还要吃马、吃人。请巴那安都里给我们做主，把妖怪降住。"巴那安都里说："好吧，我治一治它。"巴那安都里又到河边走一圈。他告诉嘎珊的人家家户户齐心合力把横档木搬开，挖去沙石，不让妖怪有藏身的地方。可要去掉横档木和沙石要费很大的力气，家家户户不能藏奸偷懒。大家都答应照办。萨满开始念咒语，只见他一只手扬出去，箭像一条火龙从下游往上游走，走到泡子时，箭在泡子上直打转，不往前走，后来落到水里，水里翻出浪花，水一翻花箭就出来，出来又进去，反复好几次，水不翻花了。萨满说："巴那安都里收箭"。巴那安都里收回箭说："妖怪让我打一下，没有治死，你们必须把横档木，堆石沙石挑开，人就得好了。"萨满把巴那安都里送走后又在嘎珊里住了几天。嘎珊人想，这是祖先住的地方，无论如何不能搬，大家一齐使劲儿把泡子挖走才是。男女老少拿镢头、锹去挖。有的用绳子拽档木，有的挖土。一拽，水里就冒出很长很粗的大水蛇，人们拽不动。一挖就出来很多蛇，有的人被咬伤了。这不好办，泡子没挑开，妖怪撵不走，又伤了这么多的人。没办法，人们又去找赫哲萨满。赫哲萨满说，这个妖怪的本事太大，上次撒了神箭都没治了它，你们还得回恰喀拉去请能破蛇的萨满。人们回来后到处寻找，大家都说一个离嘎珊不远的地方有一个女萨满，她能吃蛇，也能破蛇。人们到了她那里，可女萨满不干，她说，这我要害掉很多条命。妖怪聚了很多蛇来吓人，把它们都斩掉，我就制造了很多恶鬼，将来还要遭殃。嘎珊里的人左央告右央告，今天去，明天去，后天去，天天去央告，最后她同意了，因为除掉很多蛇能保护许多人。她带了一个鹿皮口袋，拿着神铃、神面具、神帽、神刀、神裙到了这个地方。看了一看，妖怪聚来很多蛇来保护堤坝。她说今晚请神把蛇装到鹿皮口袋中去。晚上，在泡子周围点上野猪油、熊瞎子油，明灯亮烛，她念咒请神。请来一个鹰神，它专治蛇。请来鹰神后，她把情况一说，鹰说，这些蛇好办。你们把蛇抓到

---

① 萨满曲子：咒语。
② 巴那安都里：天地神。这里由萨满装扮。

后都送到北边四十里外的地方，那儿有块黑石头，把鹿皮袋子压在石头底下，在上面垫上木头、草，点上火，压不死也烧死了。你们这儿才能太平。鹰神开始抓蛇，萨满把鹿皮口袋扔到天上。口袋在天上飞，以后老半天不回来。萨满打鼓点，越打越响，这是鹰神在抓蛇。后来鼓点不密了，时间不长口袋回来了，鼓鼓囊囊的。萨满把鹰神送回天后，和人们把鹿皮口袋送到北边的大黑石下，用黑石头压上，盖上很多草和木头。把火点着了，烧得小蛇直跑，大蛇直翻腾，最后全烧死了。萨满说这回你们可以挖堤坝了。白天人多妖怪不敢害人，你们争取白天挖净。白天嘎珊里的人拽横木、挖泥沙。用杠子支石头，不一会儿就把横档木抬到岸上，水从上游淌下来。就看水里一个黑东西越来越明显，"嗷"的一声，朝正东海的方向跑了。大家又把上边的泡子全挖开，河道通了。河水照样流，还像原来一样清澈。船又通了，人们再也不担心翻船了。河里的鱼几年后又长起来了。河里的大鱼还是那么多、那么肥，两岸的风景还是那么好、那么美，嘎珊里的人又过上了幸福的生活。

第五章　找　月　亮

　　很早很早以前，恰喀拉这个地方，白天有太阳，照得森林、嘎珊、小河通亮通亮的。可是，到了晚上，就一片黑。人走道儿常和野兽碰到一起，野兽伤人，把好些人吃掉。恰喀拉最好的猎手也没有能耐对付晚间的野兽。没办法，家家户户在太阳刚没的时候就把门关上，架障子，把障子门关上，怕野兽进来。家家户户都养看家狗，野兽一来狗就咬，野兽就吓跑了。大伙儿一听狗咬还能防备点。就这样，晚上照样办不了事。人们又想出了办法，人走夜道，点上火把松明，再就是用蒲棒蘸上熊油或野猪油点着。这样还是不行，由于天黑，好多地方经常闹鬼，晚上出来不是害牲口就是害人。人们白天都好好的，一到晚上都提心吊胆的。

　　有一年，在图拉河地方出了一个萨满，这个萨满很有本事。他能看天也能看地，天上地下各种各样的神他都能请来，能和它们要许许多多人间需要的东西。他看到恰喀拉这个地方晚上没有光亮，天总是黑黑的，人们只能白天干活，晚上干不了活，很着急。他想，人看不到东西就像盲人一样，恰喀拉人会被野兽和妖怪伤害，病人会增多，好多人会死掉。最好晚上天上还能有个太阳把恰喀拉照亮。他把自己的想法和百姓们说了。大伙儿说，恰喀拉这个地方太黑了，晚上只能听到大海的声音、刮风的声音，人们不敢出门，太闷气了。这还不算，人还要受到野兽和妖怪的伤害。萨满说，既然这样，咱们找太阳去吧，让太阳妈妈在晚上给照射一下。老百姓一听非常高兴，都说那太好了，请萨满去吧！这个想法要能实现，晚上就有光亮了，恰喀拉就有太平日子了。大家请求萨满办到这件事。

　　太阳在很远很远的地方，要走九万九千九百九十九里地。它在大东海的海里住，到那里要经过好多没有人烟的岛子，那些岛子有各种各样的妖魔鬼怪，能吃人、能毁船。就是到了太阳住的地方，白天也看不到它。因为白天它在天上，要走很远的路，要做很多活，到晚上才回来。

只有在晚上它睡觉的时候，才能找到它。要和太阳见面还得在他不睁眼睛的时候，你才能和它说话。他要一睁眼睛可就坏了，眼睛里有刺人的火花，能把人烧焦。找太阳是件危险的事，也是很难办到的。可恰喀拉人为了晚上能有光明，能使大家在晚上干活、办事，过上太平日子，还是要去。萨满开始做准备了。他要找九个勇敢机灵、武艺出众的小伙子和他一起去。因为路程遥远，需要走上好多个月，船上要带足够的肉干、鱼干和水。这一路上一定会遇到风浪，要把船修得大点儿、结实点儿。

选好了九个小伙子，萨满一看都是壮壮实实的恰喀拉好汉。他们每个人都背着弓箭、佩着刀，挺有气派。萨满对他们讲，这一道儿上，说不定遇上什么事。这海上什么妖魔鬼怪都有，你们遇事不要惊慌，都听我的。九个小伙子齐声说好，萨满领着他们出发了。

船出发后一直奔东走。海上常常刮起大风，海浪也挺大，有时能鼓起树那么高。九个小伙子使劲儿划船，渐渐地划不动了。大伙儿在海上整整划了三个月，带的东西吃光了，水也喝光了。萨满不让大伙歇着还是照样划。一天，船碰到一个海岛，大伙儿一见高兴了，都说上岛上弄点儿吃的，找点儿喝的。萨满不同意他们上岛，一看要吃没吃，要喝没喝，也没办法，就说，你们等一会儿，让我看看这个岛子，要是有妖怪你们就别去，要是没妖怪你们再去。萨满仔细地看了又看，没看出什么，就对他们几个说，你们上岛吧，不要贪多，早点回船。

大伙儿上了岛，一看这个岛上真平静。岛上有大森林，还有很高的山。萨满不让他们到高山、森林里面去，说是外地人路不熟，迷了不好办。可九个小伙子不干。他们只弄了点水喝，还没有吃东西，想进山打点狍子、打点鹿充饥。萨满还是不同意，自个儿便到船里休息去了。

九个小伙子带上弓箭、刀进了山。他们到山里一看，这儿的野兽真多，有大马鹿、梅花鹿、角鹿，还有野猪、狍子。大伙儿越打越爱打，不一会儿就打了很多猪、很多鹿、很多狍子。其中一个小伙子一看大伙贪猎，萨满会着急的，就吹起哨子，招呼大伙快回去。大伙儿听到哨声，一齐往回走，抬的抬、扛的扛，把猎物搬到了船上。萨满一看吃喝不缺了，人都平安地回来了，很高兴，招呼大伙上了船，刚要开船，萨满一看怎么缺了一个小伙？他数了数，又查了查，还是缺一个。怪事，明明刚才还九个人，怎么一上船就剩了八个。萨满说不好了，人丢了，那一定是被什么怪物抓去吃了，我们不能再等了，要不大伙儿都遭殃。船开走了，萨满来回察看，一看船底下有条大黑蛇，张着血盆大口，还在寻人。萨满明白了，丢的人一定让它吃掉了。见这个妖怪很凶，不好对付，就对大伙儿说："快开船，甩开它。"船开得飞快，蛇跟在船后面，一步不离。大伙划得更快了。到大海里风浪更大了，刮起了西北风，船借风力，越走越快。大伙儿回头一看，不知道什么时候蛇溜走了。看来这个妖怪没有多大本事，将来治治它，把这个岛夺回来。这个岛可是个好岛，能打好多东西呢。大伙儿说着，接着往东划。

又在海里走了三个月，吃的东西又没了，大伙儿饿得划不动桨，渐渐地，船越划越慢，风平浪静时，船直在原地打转儿。八个人使出全身劲儿船才动不了几步，怎么划，船也不动，就像长在水里似的。大伙儿泄气了，都歇着。忽然，萨满看见前面不远的地方像是块陆地，就对大伙说，别歇着，咱们再加把劲儿，往前不远就有陆地了，到那里找点吃的喝的。大伙儿一听有陆地，都高兴了，身上像长了不少劲儿，使劲儿一划，怪事，船没用费劲就动弹了，越划越轻快，一会儿就到了这块陆地。原来这里是个很大的岛子。大伙儿下了船，面前是一片沙滩，岛里面还有森林、高山。沙滩很深，一脚踩下去，沙子没脚面，不好往里走。大伙儿在沙子里淘点淡水灌起来，又掏点鱼。八个小伙子还惦着进山打点野兽，说鱼没有兽好吃，萨满百般不让。小伙子们不高兴，只好又在这儿打了很多鱼，还采了一些珍珠。吃的喝的弄得不少了，萨满说咱们该起船了。小伙子们上了船。萨满在船上数着，一看整整八个，一个不缺，就说起船。大伙儿一用劲儿，这个船一动不动，怎么起也动不了，一看船底下有几条水蛇，又粗又大，把船盘得紧登登的。不好，又碰到妖怪了。萨满对大伙说，不要动，都听我的。就见他挂上神铃，戴上神帽，穿上神裙，系上塔罗，穿上神鞋，开始请神。不一会儿，他请来了大力神，萨满对他说，我们是到东海找太阳的恰喀拉人，到这个岛子来找点吃的，没想到碰到这么多蛇，它们不放我们走，请大力神帮帮我们吧。大力神说，你们找太阳怎么走到这里来了？你们走错了方向。你们应该往偏东走，惹来这个麻烦怪你们。这里住的是东海最大的水怪，它的本领相当大，要治它得一番厮打，费好大力气。这样吧，我先把水蛇杀掉，你们人先走，我再和水怪较量。这时，就见萨满念着咒语，水蛇立即就断了，都死掉了，小船赶快走，脱离这个岛。

船刚走，就见空中有一团雾，雾里站着一个神，虎脑袋人身子，穿熊皮衣服，手里拿着长刀，看着小船里的人。大伙儿知道它就是大力神，都向它拜谢。恰喀拉人供的神很多，唯有这个大力神的脑袋不让人看，它的头总是包着的，只能看到它的身子。大伙儿这才明白原来大力神是虎头，它只想保护人，不想伤人，才不肯露脸。就见大力神举着刀向妖怪砍去，妖怪是什么样子人们看不见，就听着刀碰铁器的声音，好多人在呐喊，就像整个海里都在打仗。不一会儿，就听见天空中传来喊声，铁器相撞声，越打越激烈。小船上的人想，趁着它们打仗赶快走。风越刮越大，浪越起越高，船颠簸得晃晃悠悠，一会儿冲上浪尖，一会儿沉到水谷，人们还是拼命划，好不容易看不见这个岛子了，大伙儿才喘口气。就在这时，不知道什么东西又把船拖走。大伙一抬头，怎么又回到了这个岛？非常害怕。这时候还能听到岛上、天上、水里每个地方都有打仗的铁器声、喊声，大力神和水怪打得正是激烈的时候。人们在船上想办法起船，好像有个东西把他们一卷都扔到沙滩上。大伙儿说不好，咱们不能等着让海怪收拾，得和它拼一拼。每个人把自己的刀箭都披挂上，站在沙滩上，细听每个声响。就听到西边山上打得正激烈，叮叮当当的声音像神鼓似的越打越大，越打越急，忽然森林里传来"轰"的一声怪叫像炸雷一样，接着就出来一个黑脑袋、黑身子的怪物。就见大力神用手里的刀往这东西的脑袋上直戳乱砍，这个黑脑袋冒着火星。怪物抓到一根棍子朝大力神打去，大力神被打了个跟头，它翻过身来又来砍它。大家一看怪物现身了，操起弓箭朝它猛射，有一箭正好穿到妖怪的眼睛上，妖怪"嗷"的一声扑倒在地，岛子颤动了半天。大力神趁机一神刀把妖怪脑袋砍下来。它回头一看这些人还在岛上，就说，你们怎么不走？大伙儿说，我们走了好远，又被拖了回来。大力神说，我送你们一程吧。你们回来也不要走这条道儿，这个妖怪在这一带有好多亲属，它们都是水怪、海怪，都挺有本事。大力神告诉他们赶快找太阳去吧，不快点儿离开这儿，那些海怪来了就走不了了。大力神念咒，拿刀一指海上，顿时风浪大作，船借着风浪，忽忽悠悠地走了。船在大力神跟前走，它告诉大伙儿太阳白天不在家，它很忙。你们晚上去见它，还得在它没睁眼睛的时候去，要不就烧死了。大力神护送着这条船，好多天，都是大顺风，一天，船来到一个岛上。大力神说到了，你们先待着，晚上去见太阳，说完就没影了。大伙赶快向天空拜谢。

这正是白天，大伙儿在岛上搭起小帐篷休息。到太阳落下的时候，大家说，太阳快回来了，回来得休息一会儿。等它闭上眼睛的时候再去吧。到了晚上，这个地方非常亮。就见沙滩周围有好多珍珠闪着光，海水里游的鱼，也让海里的珍珠照得清清楚楚，整个岛上到处是放光的珍珠。

大家一想，太阳妈妈住的地方真好，这里没有黑夜啊，没有黑夜的晚上多好！时候到了，萨满说，你们等着，我去见太阳。萨满拿着神刀、神铃、神帽、神衣、神靴等好多神具，腰上系一个最新的神裙，上面的图案特别漂亮。他往东看看，上了船，一个人摆着船朝通亮的地方划。走到太阳的住地，海水都是热的，海里透明通亮。太阳正在底下休息，萨满在水上开始请神。他说："请太阳妈妈开开恩，给恰喀拉人一个太阳吧！那儿晚上漆黑，人做不了活，办不了事，野兽出来伤人，妖怪出来害人。太阳在夜晚出来，恰喀拉人就太平了。我们一定给你祭奠，报答太阳妈妈。"太阳妈妈说："就我这么一个太阳，干一个白天的活我很劳累。晚上我要是再照射就得不到休息。要想晚上有光亮，也有办法。你们再往东走，还有三四天的路，那儿有个月亮妈妈，她一天闲着没事做，玩珍珠度日子。你们找她，她会帮忙的。你们赶快走吧，一会儿我这儿变热了，你们受不了。"萨满谢了太阳妈妈，领着大伙儿继续往东走。

走了三四天，见前面一个地方非常亮，整个海都是透明的。到了，这就是月亮妈妈住的地方。小船停下来，萨满披挂上神具又开始请神。他说："我们从很远的地方来，在我们那个恰喀拉地方，黑天没有光亮，野兽妖怪出来害人，人也不能做事。请月亮妈妈帮助我们，给我们光亮吧。"月亮妈妈在水里听到了，她很乐意帮忙。她说："我正没事干，我白天休息，晚上给你们照亮儿。我不像太阳妈妈那样有力气，我的力气小得多。力气大时照得多点，力气小时照得少点。这样吧，每个月头，我休息几天，这几天没光，但不要紧，我把珍珠扔到天上给你们照亮。然后给你们一点儿小光，中间给大光，最后再给一点儿小光。这些光足够你们用了。你们回去吧，明年开春时，我给你们送光。"月亮妈妈一看这些人走了这么远路够辛苦的，顺手拿了几颗珍珠，对他们说："你们这一路上不容易，我知道你们遇到好些妖怪。我给你们一人一个放光的珠子，在回去的路上带上它能避妖。"她给萨满一个大珠子，给八个小伙子每人一颗。他们谢了月亮妈妈，开了船。从月亮妈妈那儿出来，他们一路上风平浪静。到了夜晚，那几颗珠子放着光，前边通亮。有时几个显形的妖怪朝着船来，又在很远的地方停下了。大伙儿一看这些珍珠真是宝贝，一个个都好好保存起来。他们顺利到了家，把一路上的遭遇和恰喀拉人一说，大伙儿都很高兴，盼着来年开春，月亮妈妈送光来。

第二年开春，月亮妈妈收拾收拾，把很多亮珠子镶到天上，然后把眼睛睁圆了，整个大地都照亮了，她闭上眼睛，月亮妈妈休息了。这时天上还有很多珠子，人们还能看见光亮。这样，月亮妈妈一年到头给人间照射光亮。

有一年，来个老太太到嘎珊里讨东西。给她什么她都不要，就要珍珠。她说姑娘要出嫁，用珠子给姑娘准备嫁妆，还点名要月亮妈妈送给萨满的珠子。大伙儿一看，老太太挺穷，要几个珠子算个啥，就把珠子给她了。其中一个人心眼儿不好使，他没把月亮妈妈给的珠子给她，给她一颗别的珠子。老太太心里明白，把他这一颗挑出来，把那七个小伙子给的珠子往天上一扬，只见一道道光亮上了天，七个珠子变成北斗星。她又把萨满的那颗星扔上天，变成了北极星。她又回过头来对交假珠子的小伙子说："你骗不了我，快把真的珠子拿来。"小伙子一看，这老太太原来是神仙，说不定就是月亮妈妈，赶紧把珠子给了她。她一扬就把珠子扔到月亮边，所以月亮旁边有个星星也是亮的。

第六章　讷吉的遭遇

　　恰喀拉注克梯音的地方有一对兄妹俩,哥哥叫讷吉,妹妹叫阿林。兄妹俩过日子,生活挺困难。讷吉常出海,没有大木船,一个人驾着小船,每天打回的海物也很少。阿林在家熟皮子、晒点干肉条什么的。这一带没有盐,兄妹俩常常换不起盐,没盐吃,就挨着。哥哥心想,妹妹这么大了,将来给她找一个勤劳能干、精明伶俐的主儿也就放心了。他妹妹长得漂亮,干活麻利。哥哥身强力壮,聪明英俊。妹妹想,家里生活困难,哥哥又穷,将来哥哥能找一家人口多一点儿、勤劳能干的姑娘该多好!她们家还能帮哥哥一把。

　　有一天,嘎珊来了一个宁古塔蛮子,这个人是卖药的,专门卖红伤药。谁要是被老虎、熊瞎子咬伤了,这药都能治。他在屯子里转悠黑了没地方住,就住在讷吉兄妹家。蛮子一看这家就兄妹二人,也不像一家人家,就对他们说:"在宁古塔像你们这样能干的小伙子和精明伶俐的姑娘找个主儿很容易,我来帮个忙吧。"他一边吃饭一边和兄妹俩唠,越唠越投机。讷吉看这个人不错,是个热心人。阿林想,一个外地人到这里来,咱得藏个心眼儿,防着点儿。这人第二天又去行医卖药,晚上又回来住,越说越近乎,满口答应上宁古塔给讷吉找个好媳妇,给阿林找个好人家。阿林不信,讷吉信了。他非常着急,一心想快点儿去,给妹妹找个好主。就说:"我什么时候能上宁古塔就好了。"那人说:"我再卖几天药,等药卖光了,我就领你到宁古塔看看。"讷吉答应了。妹妹和哥哥说,不能太信他的话,我看这个人挺奸诈。哥哥却说,我看挺好,他们外地人也是人,也有好人。妹妹一看哥哥主意已定,非去不可,就说,你要走就走吧。你走后我一个人在家住也不行,我先搬到邻居家住。你别惦着给我找宁古塔的主儿,我不想去。人地两生,说话都不通,怎么过日子?我就想找个恰喀拉人。讷吉也不和她掰对。有一天,卖药的和他说该走了,他身上没有钱,就抓了一把珍珠,心想到宁古塔拿珍珠换钱,吃、穿、用都够了。这样他们出门奔山西，过了江，走了很多弯曲的路到了宁古塔。

在宁古塔卖药地对讷吉说："这儿花销是要钱的，要银子和铜钱，你没什么花的吧？"讷吉告诉他，自己带些珍珠来。卖药地带着他到收珠宝的铺子把珍珠卖了，人家给了他好多铜钱，他一看身上装得鼓鼓囊囊的，还装不了。卖药的又领他去买个钱褡子，装铜钱。一上街就背着钱褡子，怕丢。在宁古塔，讷吉逛了东大街、西大街，又遛了南大街、北大街，这个热闹！拿几个大钱就可以吃到好饭菜。官府衙门口还有站岗的，挺新鲜！他看这儿挺不错。来了好多天了，卖药的就不提提亲的事儿。讷吉好几回想问都没好意思，后来憋急了就问："不是要给我们找亲吗？怎么到这儿没有哇？"卖药的说："这儿找亲不太容易，待我慢慢找吧！"讷吉说："这儿的人我和他们也讲不通话，合不来，我还是回去吧。"卖药的说："都是人，处上三两年，话就慢慢通了。"就这样，连唬带劝，讷吉又待了半年。后来，亲没提成，钱褡子也空了。讷吉就说了："实在不行了，我得回去了。"卖药的却说："不要紧，你的钱花没了就花我的，咱们谁跟谁呀！"讷吉心眼实，就花卖药的钱，又过了两三年，最后也没找到一个提亲的人家。讷吉说："我得回去了。"卖药的也没拦他，还说："你快回去吧，在这儿找主儿不太容易，东海来的鞑子人家瞧不起，没办法。"讷吉身上没有钱，背上弓箭，忍饥挨饿上路了。在路上打点鸟雀，打点小野兽填巴填巴肚子，回到家里。到家一看房子不像样子，妹妹还住在邻居家。兄妹俩收拾收拾家。妹妹说，住了好几年什么事也没有，这个人真不办事，再来咱就不理他。

兄妹俩照样又过了两年。有一天卖药的又来了，一进屯就奔讷吉家。他手里拿着账本说，你欠我多少多少钱。讷吉直愣神儿，他说："你一天吃我二两银子，两三年你吃了多少？你快还钱，要不就打官司。"讷吉一看，自己上当了，他骗我上城里，当挣钱的买卖了。他一天只花几个大钱，也用不上二两银子呀？可他也真花了人家的钱。恰喀拉人诚实，讷吉带着卖药地找嘎珊达断理。嘎珊达断了，欠钱得还，人家要多少给多少。讷吉说："我上哪儿去弄这些银子？"卖药的说："你没钱就用珍珠顶。"经他一算，这些银子折合珍珠一斗半。这个数字可不小，上哪儿去弄？嘎珊达知道讷吉家困难，就挨家挨户去齐珠子。大家很同情讷吉，东家凑一点，西家凑一点，最后凑合了一斗半给了卖药人。卖药人拿到珠子挺高兴，和嘎珊达说还要在这儿住。嘎珊达说，你赶快离开这儿，恰喀拉人不会总上你的当，你要住在这儿，我就叫人来绑你，卖药人灰溜溜地走了。

第七章　奴鲁的故事

在哦力河的源头有条小河，它是东西走向。河边住两户人家，一户就一个人，那就是小伙子奴鲁，另一户是一大家子人。奴鲁命苦，两岁死了娘，三岁死了爹，他爹原来是打猎的能手，是远近闻名的莫日根。后来在一次打猎中，他被熊瞎子扒拉死了。家里就剩下一个孤苦伶仃的奴鲁。没办法，叔叔把他接走了，就把一座空房扔在家乡。叔叔把他抚养大，可叔叔的家也很困难。婶婶有病，家里还有一大帮孩子。叔叔照顾不了他们，他每天要去打鱼、打猎。叔叔家离海边很远，他打鱼要走一天的路才能到海边。在海边临时搭个帐篷，驾着小船出海去。打到鱼用船把鱼拖到上游去，然后再搬到家。奴鲁很勤劳，他每天干很多活。叔叔教他一身好武艺，教他射箭打猎，怎么下地箭，怎样窨鹿坑，怎样围猎物，怎样使狗。一个人在山里该怎样行动，碰到野兽什么可打什么不可打。这一年奴鲁二十一岁了，叔叔看他长大了，就对他说，你在我家里这么多年了，我们一直很困难，你自己养活自己去吧，你看行不行。要是不行就还在这儿过。奴鲁想，这么大了，还让叔叔养活，也让邻居瞧不起呀。他对叔叔说他自己出去过，能行。告别了叔叔婶婶，奴鲁回到哦力河畔原来的家中。

自己过日子很辛苦。他夏天下海打鱼，用船把鱼拖回来，还得顶着海水拖。到了家里还得把鱼肠子、鱼肚子掏掉，晾上鱼干准备冬天吃和喂狗。冬天他一个人出去打猎，人手少，打大动物不易，最大能打个鹿、狍子什么的。用兽肉充饥，用兽皮做衣服。奴鲁的生活一直很简朴。奴鲁长到二十五岁了，邻居给他提亲。隔着山的南面有户人家姑娘大了要找个主儿，邻居催他去看看。奴鲁去看了，姑娘长得很好，人品也不错，就是个瘫巴，不能动弹。他说，这样的媳妇我娶来，什么也帮不了我，我还得受穷。他百般不干，这门亲事也就完了。周围嘎珊里也有好姑娘，可嫌奴鲁家底子不厚，不想嫁。奴鲁照样打光棍，他也没把这些事儿放在心上。

冬天了，他照样去打猎。他领着狗进了山，没有马匹，只好人和狗拉爬犁。夏天他已经在山里踩好了窝子，他照着窝子走到山里，在住处支起小锅，把炕烧得热热的，就在山里打猎。这儿鹿很多，奴鲁主要打鹿，他不用箭，因为他带着狗，狗一叫，鹿就跑了，根本射不着它。在道上他挖了很多窖子，这是夏天挖的，冬天就在上面平一平。鹿从上面走会陷到坑里，这样就打到鹿了。把鹿弄出来，再用雪把窖盖上，鹿再来再掉进去。这一年奴鲁打了二十多条鹿，他一个人吃不了。他把鹿肉割成条风干晒干，准备夏天吃，又把鹿皮存起来。第二年，根据去年的经验，他又多挖了几个鹿窖，把住的地窖子又修修，再整整存肉的窖，在房子周围插上栏杆，安上小门。这些活计在夏天都做完了，冬天他又进山打猎。这一年他又打到十几只鹿，周围邻居都夸他能干，有办法。他的能耐传嚷出来，就有很多人来提亲。奴鲁一想起娶媳妇这事儿就难过。前年人家提亲不是瘫子就是人家相不中自己，这回人家再相不中自己脸往哪儿放？干脆算了，打一辈子光棍吧。他不想让人提亲。他还照样去打鱼、打猎。

第三年，山里没下多少雪，没有雪鹿的踪迹。鹿窖都明显摆着，鹿看见封着这些树条子就拐弯了，根本不从这儿走。进山两个月了，他什么东西也没打着。他只好吃自己带来的肉干和鱼干。他很烦恼，但没灰心。他想，我就一个人打猎，不像人家人多，大家围起来打。明年我要穷了，可我夏天多打些鱼也许能把冬天的损失补回来。他天天在山里溜达，鹿窖还是老样子，哪个鹿也没窖上。有一天他发现一个大鹿窖被什么东西踩了，上面塌个坑，坑底下黑洞洞的。他用棍子拨拉，他以为是鹿，一听有人哼哼。他的窖底下没下地箭，人掉进去不会出事儿。他一看人掉进去了，想什么办法也得把人救出来。他把窖拆了，进去把人拉出来，一看是个十八九岁的大姑娘。他很奇怪，在这大冬天一个大姑娘在山里走道可是怪事。他把姑娘领到自己的小房子，问她："你从哪个地方来？叫什么名字？"姑娘扭扭捏捏不肯说。他一见这情景，便给姑娘做饭去了。奴鲁拿来一些鱼干、肉干，还有一碗黏米粥给姑娘吃。吃完后，他又问："你到底是谁？"姑娘说："我家离这很远。我走到这里迷了山，一看前面有堆树枝，想靠着休息，没想到掉到窖里去了。"两人搭了腔，就唠开了。奴鲁也向她说了自己的身世。谈话中间奴鲁发现姑娘长得漂亮，动作机灵，说话伶俐，暗暗看上了她。天要黑了，奴鲁说："我送你回家吧，以后有工夫再来串门。"姑娘很感激，说："你救了我的命，以后我一定报答你。"奴鲁把姑娘送出来，向西南方走了好远好远，到了一个山岗。姑娘说："你就送到这里吧，前边的路我认识了，你不要送了。"奴鲁说："前面还有很长的路，路上有许多野兽，你自己走不安全，我还是送你吧！""哪有野兽我都知道，你不用担心，回去吧！"奴鲁想，看来她不愿意让我送到家，好吧，他回去了。奴鲁回家躺到炕上想，一个大冬天，姑娘没人陪着，自己到山里来真是怪事，为什么我送她到半道，她就不让我送了？那儿离人家还挺远呢。奴鲁对这姑娘很有好感，总寻思她的事，想着想着就睡着了。第二天他照样遛窝子。鹿很机灵，可疑的地方它不走。奴鲁越走越觉孤单，心想，人家人多就可以围猎了，大家进山喊一喊、敲一敲，就可以打到野兽，可我一个人在这等鹿太难了。奴鲁这年在山里白待了一冬，只在山边上打几只兔子、两三只狍子。他只好带着这点儿成果回家。

到家时刚刚开化，他准备一下船网，开始出海打鱼。白天他在海里打鱼，晚上不睡觉接着打，一心想把冬天的损失补回来。他打了很多鱼，拖回来一趟又回去打。他晾了很多鱼干，扒了很多鱼皮。他这一夏天，把仓房装得满满的。邻居都夸他是个好小伙子，有志气。这时又有人来提亲，可奴鲁还是不敢去见。心想你姑娘相不中我，我也不干。娶不到媳妇我不娶，靠双手劳动，过好自己的日子也挺好。

第四年夏天，他进到山里又重新把打猎住的屋子修一下，拉来一些木头、干木枝准备修窖口用。他找了很多干木枝。干树枝脆，用它窖鹿，鹿一踩就断，湿的就不行。冬天，他又进山打猎。这一年山里的雪比较大，头一次就窖了几只狍子，他把狍子杀了，剥了皮，狍肉装进肉窖。接着又窖了几只三四岁的小鹿。一看这收获他很有信心，每天都在窖周围看一看。结果有一天，他听见窖里有人哭。他一看这个窖还没踩翻怎么有人掉进去呢，仔细一看，窖边上有两个不大的小脚印。他赶紧把窖门弄开，进去一看原来那个姑娘又掉到窖里。他很奇怪，就问："你怎么又掉到窖里？"姑娘说："我爹妈打发我来找你，他们都老了，没亲戚、没朋友给提亲。你救了我的命，他们让我跟你说。我刚才走急了，没见到窖，就掉进去了。你看我能做你的妻子吗？要是不能，我就给你干点零活。"奴鲁想，她这么远来跟我提亲，怎么办？就说，你先到房子里来吧！姑娘很高兴，可奴鲁琢磨开了。这里没有邻居没有家长，怎么答应她？就这么结婚了，人家说我是抢来的咋办？奴鲁心里挺愿意，可不好答应。姑娘一再请求他娶她，实在不行，就给他干零活，操劳家务。奴鲁只好和她说，我同意娶你，可我得想办法让旁边有人知道我奴鲁是好人，不抢人家的姑娘。让人知道我找的是一个相貌好、品德好的姑娘。奴鲁回到家里，把情况和邻居讲了，邻居说这是个好事，你奴鲁是个大好人，我给你们当证人去。邻居进山一看，姑娘果然不错。邻居当了证人，他们结婚了。

结婚后，奴鲁照样打猎。娶了这个姑娘后奴鲁窖到的狍子、兔子、野猪很多，就是窖不到鹿。这一冬奴鲁娶个好媳妇，又窖到很多东西，虽说少窖点鹿还是挺高兴。开春他和媳妇领狗拉着爬犁，把冬天的猎物一趟一趟地拉到家里。把这些东西化了，割成肉条，晾上。姑娘能干又勤劳，把家里收拾得利利索索。到了夏天奴鲁去打鱼，姑娘照料家。奴鲁鱼打得特别多，他一船一船往家拖，姑娘剥鱼皮，割鱼条，切鱼半儿，晾晒起来。奴鲁家富裕了，要什么有什么，媳妇戴上了珍珠项圈，过几年又生了个孩子。

一天，有几个蛮子猎手从奴鲁门口路过，在他家门口转了又转。奴鲁出了门，这些人对他说："你家养个大肥鹿不错，从哪儿得的？"奴鲁说："我家没有肥鹿啊。"可这几个人每天在他家转来转去。奴鲁媳妇对他说，她挺害怕。媳妇对他很有感情，把孩子养得胖胖的，把家里的生活也照顾得好好的。奴鲁对她说："你不用怕，我把他们撵走。"他出了门，对那几个人说："你们转悠什么，我家没有肥鹿，你们走吧！"可是这几个人还是不走。

一天，奴鲁在家正吃饭，媳妇说，她要出去解手，可出去半天也没回来。奴鲁出去一看，那几个人正用箭射她，她头上中了两箭，身上中了两箭，趴在地上不动弹。奴鲁大喊："你们怎么害人？大白天杀死我媳妇，太没道理了！"那几个人说，我们杀的是鹿不是人。前几年我们丢一条母鹿，它在你家养大了。奴鲁说，她是我媳妇，不是鹿。他们争吵起来，惊动了嘎珊达。人们要他来断。那些人一口咬定是鹿，嘎珊达说那得看看。走近前一看，真是一只鹿。奴鲁很伤心，他想就是鹿也是我妻子，你们不该打死她。大白天的，杀人，应该治他们的罪。嘎珊达把这几个人绑起来，说："你们破坏了人家的幸福，该受处罚！"他找来几个护手，这几个护手你一鞭子我一鞭子，把几个猎手打得遍体鳞伤。奴鲁伤心地把媳妇埋葬了。从此，奴鲁带着孩子过日子，生活很富裕，常常怀念着他美丽、善良的妻子。

第八章　恶魔傲克珠

有条河叫得古姆河，位于山区的小平原上。两岸地势平坦，北边是山，水由西往东流。河两岸住着九户人家，有的打鱼，有的打猎，生活过得很美满、很幸福。得古姆河水清亮亮的，能看清游来游去的鱼。岸边的树也多，有杨树、桦树，靠水的地方长着靰鞡草、沙草，开着兰花。远看是兰花遍布的草甸子。这些人家有的每天把船摆到海口去捕鱼，有的到河上游去打雁、打天鹅、打水鸭子。冬天猎人们出去打猎。这一带吃的不缺，穿的也不缺。他们习惯穿鹿皮衣，小孩子爱穿灰鼠皮，姑娘爱穿各种皮子拼的花纹衣。

这九户人家里有一户住在最西头，家里有三个姑娘，一个儿子。他家门前有一个大水泡子。大姑娘叫库吉，二姑娘就叫二，三姑娘叫三，小子叫阿马估。一家的日子比较富裕，姑娘能经常出海，到海里摸珍珠和吃的东西。阿马估是当地著名的射箭能手，每年夏天，他到河的上源去打大雁、打天鹅、打水鸭子，冬天进山去打猎。家里吃不愁、穿不愁。姑娘们都戴着珍珠项链，老太太的帽子上也钉珍珠。这一家的日子快快乐乐。

一天，外边下起雨来，越下越大，风雷大作，把河里的小船刮跑了，小子阿马估赶紧顶着风雨去撵船。回来时他看见家门前的水泡子原来是半下水，现在涨得满满的。他也没太往心里去。晚上该睡时都睡了。睡到半夜就听到水泡子里有个东西像牛似的"哞哞"叫。他们都醒了。全家人听这声音都很奇怪，心想，这个水泡子里就有点小鱼、蛤蟆，别的什么也没有，这是什么声音？老头打发阿马估出去看看。阿马估来到水边，他挺害怕。这儿有几棵树，他就影到树后边往水泡子里边看。就看水里有个黑乎乎的东西，又粗、又高、又大，样子像熊，比熊还大，在水里一动弹直起水泡。是水牛？阿马估想，可我们这儿没有水牛，宁古塔那儿才有。那是什么呢？阿马估越看越害怕，吓得都迈不动腿了，好不容易走进家门。他赶紧对父亲说："不好了，水里有个东西。""什么东西？""像熊又不像，是不是水妖？"老头想，不能啊。这些年这个水泡就是死泡子，不通河也不通海，雨水也不大。孤零零的一个泡子，不和别的什么河啦、海啦连起来，哪儿来的妖怪？如果是海怪，它也得走水路过来呀。要是熊，那熊在这么深的水里也只能露个脑袋，也不能在水上浮着，全露着！这不是个好东西，明天亮天时，请个萨满来看看吧。这家人家也都着急，因为他们住得离那些人家很远，遇到这么个事挺害怕。

第二天，阿马估去请萨满，萨满一听，心想，什么妖怪？我还没见过这地方有妖怪！他有点不相信。他们请我去，我就去看看，怎的他们也得请我喝酒，招待我点好吃的。他对阿马估说："有妖怪没关系，我能驱走，保佑这个地方太太平平。"萨满来到这家，他又吃又喝。这一家拿出各种各样的东西招待他，有鱼肉、禽肉，夏天打的鹿肉、狍子肉，喝的是最好的米酒。吃饱喝足了，他说："我看看水泡子里边有什么妖怪。"一到泡子边，他吓傻了，不敢说话了。赶快回去，连头都不敢回。他对这家人家说："可了不得了！这泡子里是恰喀拉最凶恶的妖魔傲克珠。"大家一听，也都没招儿了。怎么办呀？最后萨满说："咱们在泡子周围的树上挂一百个神像。"恰喀拉人供的神都是木头刻的，有熊神、鹿神、蛇神、天神、大力神，各式各样一百多个。这些神像需要找好多雕刻神像的人。你们分头去请，把这些人都请来。

在雕刻神像的日子里，有一天，二姑娘正和父母说话，说是哥哥出去打猎打来很多东西，要找点好皮子做件衣服，做副好珍珠项链。话刚说完，"嗷"的一声跳起来，跳完就倒在地上，父母赶紧去扶，一看已经死了。父母着急，神像还没雕完，家里就死了人，赶快请人雕门神、护身神，要是恶魔进屋就完了。二姑娘死了，大家很难过，加紧雕刻神像。神像雕好后，好多挂在树上，有的用粗木杆子吊着。各式各样的神像安排妥当，人们烧香叩头。萨满敲着鼓，一会儿请这个神，一会儿请那个神，请神都来，好镇住妖怪。就是这样还没镇住傲克珠，它进屋了，三姑娘又死了。三姑娘死了以后，大姑娘库吉躺在炕上说胡话，一会儿要吃人，一会儿要吃野兽肉。父母都说这是妖怪附体了。怎么办？大伙一想，阿马估能射箭，叫他晚上偷偷拿弓箭到泡子沿射妖。半夜时，阿马估拿弓箭到泡子旁边等着。他看见水里露出一个东西，心里很害怕，但还是朝黑的东西射一箭。一箭正中水中的东西，就见水一翻花，出现很高很高的水柱子，这东西跑了。阿马估回家和人们一说，父亲说："它逃了，可它要来报复，咱们赶快搬家吧。"老头老太太领着一儿、一女搬到库木河边。这里人家多，有几十户。

他们搬走后这一带就剩八家了。这几家可倒霉了。今天这家死人，明天那家死人，妖怪到处害人，没有办法，还得找萨满。萨满说："这事我可干不了。北边有个黑岭地方，有个很出名的萨满，你们打发一些棒实小伙子去请他吧。"几个小伙子骑着马到黑岭去请萨满。见到黑岭的萨满，他们把情况大体讲一下。这个萨满说："傲克珠是最凶恶的妖怪，不好除。有时候它有形，有时候看不见它，没影子。有时候它就在你跟前变成人、变成野兽、变成石头、变成树。你从它身旁走过也不知道是妖怪。这不好办，我试试看吧！"

萨满来了，一看妖怪还在水里藏身，周围的山、林都干干净净，就是水里有块黑东西。他打听一下死人的情形，一听都像二姑娘、三姑娘那样死的。他告诉大伙，这妖怪专喝人血，它在人没死的时候先喝血，到一定程度人才死。他和周围的百姓商量，让家家户户把头两年晾的干柴都堆到泡子边上。老百姓很听话，每家都套马、套牛把干柴、干木头架到泡子边上。萨满说，我要请神，治治妖怪，点火吧。火点起来了，这时妖怪正在水底下睡觉。萨满开始请神。请别的神不好使，得请大力神。大力神可以下水，可以上天，一只手就能把妖怪抓起来，把它治死。萨满念了很长时间咒语，妖怪还没醒。就听耳边刮来一阵风，在泡子外边转一圈，然后见水里"咕咚、咕咚"翻花，一个东西从水里被提上来，一下子又掉到水里，从这里喷一条水线，向正南方向跑了。萨满一看不好，大力神没抓住它。萨满说："你们这地方安宁了，别的地方要遭殃了。"后来大伙用木头灰填泡子，最后把泡子填平了。这个屯子从此安定了。

南边的库瓦河不安宁了。库瓦河沿岸住很多人家，也出现了这家死一个、那家死一个的事。萨满去了，和嘎珊里的人讲，你们嘎珊来了个妖怪，我请大力神都没拿住它，现在只好请好弓箭手来射。嘎珊人们听后非常害怕，都说快请弓箭手吧。请谁呢？很多人都说阿马估箭射得最好。最后萨满说，我请大力神来抓它，你们请阿马估来帮大力神射它。很多人去找阿马估，他非常愿意帮忙。他两个妹妹死在这妖怪手里，早想报这个仇。人们都聚到库瓦河边，萨满要请神，得先找着妖怪。库瓦河很大，妖怪藏在哪儿？萨满找了半天，最后知道妖怪在一棵大杨树里面住着。这杨树又粗又大，里边是空的。妖怪在里边能看到外边人走、人动，也能听到外边人说话。萨满开始念咒语，请神来治妖怪。他告诉阿马估等着，当大力神拖住树时就射它。萨满的鼓点儿越打越急，说明大力神到了。他一边打鼓，一边说：请大力神来降妖！时间不长，就见树洞里被拽出个东西，阿马估赶忙用箭射。第一箭没射中；第二箭射中了，没有声音；第三箭又射中了，妖怪嗷嗷叫，声音比牛叫还大。这时萨满让大家堆木头，把树圈起来堆火烧。萨满又请火神点火，用火烧这个妖怪。最后妖怪实在受不了了，"嗷"的一声冒一股烟向北跑去，周围的火全灭了。大家都看清了一股烟向北方飘去，这是火神撵它，可是没撵上。妖怪没有了，跑到哪儿谁也不知道，不知道哪儿的老百姓又要遭殃。大伙都担心它能不能再回来，萨满说，这可说不定。从这以后恰喀拉常有死人、闹瘟疫的事。没办法，只好供起恶神傲克珠。大伙刻神像的时候也刻这个妖怪，当神供起来，人们这才稍稍好受点。可有时它还出来伤害小孩儿和妇女。恰喀拉人每年在祭祀先人时，就要扔出许多东西，这就是给妖怪傲克珠吃的、用的。

第九章　尼素萨满寻奥利草

在特巴哈地方住着一个萨满，他的名字叫尼素。这个人很善良，对左右嘎珊的人很爱护。谁家有病人他主动去看，一年到头跑来跑去，总不闲着。他不仅经常给人看病，谁家有困难还帮助谁。他给孤儿寡母送皮子，让他们做衣服。周围百姓提起他没有不称赞的，他在老百姓中威信很高，百姓中有寻事斗架的，他一解劝就好了。他长年累月给人看病，看好了很多病人。

有一天，他看病路过乌凯底下，看到有三只鹿在乌凯底下的草地上吃草。这三只鹿很怪，它们不怕人，尼素萨满从旁边走过，这三只鹿连理都不理。他也没在意，就到左右四邻看病去了。回来时是个晚上，他一看这几只鹿没了。转天他再出来又看到这三只鹿。他想细看一下，就凑到它们跟前，一看原来有一只是瘸鹿，一只是癞鹿，长了满身疥子，另一只鹿后腿受了伤。他想这几只废鹿，打了怪可怜的，就让它们吃草吧。它们虽不说话，说不定怎么疼呢。他没惊动它们，又继续看病去了。这天他回来早一点儿，一看这几只鹿还在吃草。它们吃什么草呢？他想看看。一看，原来鹿不是随便什么草都吃，而是用鼻子先闻，闻老半天，才挑出草来吃了。他看了半天，见鹿东挑西拣地吃点儿草，他明白了，这些挑着吃草的鹿能分出哪种草有毒，哪种没毒。一晃半个月过去了，他常看这几只鹿挑草吃。一天他又到鹿跟前看看，奇怪瘸鹿不怎么瘸了，受伤的鹿伤口愈合了，长癞的鹿也基本好了。这几只鹿怎么好得这样快？是不是和它们吃的草有关系？是什么草能治瘸、治癞、治伤？我要得到这些草就能给大伙儿治好多病，解除大伙儿的痛苦，要是这样我的威望不就更高了吗？他想明天再详细观察一下。第二天，太阳还没出山他就到了乌凯下面，可是不见鹿了。他耐心地等着。太阳刚冒尖鹿就出来了。它们撒着欢又来寻草吃。鹿看见他像没事一样，他身上带着防身的弓箭、刀，可鹿就像和他熟了，根本不怕他，甩搭甩搭尾巴根儿就去挑草吃。鹿叼了一棵草刚要吃，他拽了下来，一看是常见的开小白花、圆叶的叫奥利的一种草。原来它是灵草！在周围嘎珊里，人们上山打猎，有被虎咬伤的，有被其他野兽咬伤的；东海边上寒冷、风大，睡的是地窖子，阳光少、屋子潮，有好多人闹腰腿病。对这些病人他都跳神，用各种各样的药治，可都治不好。这回有这仙草就好了。他把鹿哄到一边，采到好多好多奥利草，分把捆好，背着就到南边乐合河边上的嘎珊去了。

嘎珊人一见萨满来了，大家很欢迎。这里病人比较多，萨满一进村就打听谁家有患腿病的，谁家有长疥的，谁家有被野兽咬伤的。有几户人家都是男人病倒了。男人一有病，没人上山，家里生活就没着落。尼素萨满到这几家看病人。他念了萨满的咒语，点上了香。然后说，神我祈祷完了，现在给你的药也是好药。你把药熬成水，喝下去；把药打烂，贴到疼痒地方，吃半个月左右就能去根儿。他的话大家都信，按照他教的方法坚持吃药。临走了，尼素萨满告诉大家，这药到处都有，乌凯底下就有很多。那儿有三只鹿，你们无论如何不能打，它们是神鹿，是它们把药草教给萨满的。村里人很听他的话。

村里人按萨满说的到乌凯一带采药，每天服用。半个月左右，瘫痪的能起来了，受伤的好利索了，身上长疥的也好了。这一下，萨满的威望更高了。人们采药也都看到了那三只鹿，没有一个人打它们。周围很多嘎珊的人听说了，都到嘎珊来看情况，他们把萨满让用的药给大伙看，告诉他们就是它治好了大伙儿的病。这样一来请萨满的人更多了，萨满用这个草把很多人都治好了。

北边有个奥里巴嘎珊，嘎珊里有个病人久治不愈。冬天咳嗽，夏天也咳嗽，上不来气，干活还吐血。怎么也治不好，就等死了，人瘦得像树条似的。家里人请来尼素萨满，他听了情况，心想不太好办。他到了奥里巴，先念咒、祭祀神，用别的药看几天，一看不见好。他冒蒙用奥利草治治，一用上它，病人觉得见好，能喘上来气了。萨满一看，再继续用下去会好的。他用的是奥利草，又加上好多别味药来治这个病人。病人治好了。周围的人都说，这个萨满是神萨满，是真神仙。这个奥利草也是神草。

经过萨满医治好的左右四邻都健康快乐，生活富裕起来。秋天到了，大家愉快地出海打鱼，到周围甸子里、河边去捕雁。妇女们在屯子里穿珍珠、熟皮子，高高兴兴。一天，突然刮起西风，都是些黄风，把树木刮断，石头直滚，不结实的房盖都刮掉了。风住了以后，在风的木尾发现一个黑东西，这个东西很粗、很大。它挨着房子，房子倒；擦过树木，树木倒；碰着人，人就死。这个东西直奔特巴哈来了，它冲着尼素萨满说："尼素萨满，你多管闲事。这些人该死的就得死，该病的就该病，你为什么给他们治好？你到底有多大本事都拿出来吧，咱俩比试比试，要是我赢了就吃掉你，要是我输了，我就走。"萨满一看，原来是个像树一样黑不溜秋、没脑袋的东西。萨满说："你是人还是妖怪？是人，我不害你；是妖，我们就拼一场。""好吧，你把能耐都使出来，我不动，你用箭射、用刀砍，我哼一声就算我没本事。"萨满常外出，看到过好多怪事，不害怕眼前这个东西。他想，我看看它到底是个什么东西。他拿出弓箭，安上毒药，朝这个东西连射三箭，它没动弹，没哼也没哈。尼素想，连箭都穿不透它，这个东西够厉害的。我再用刀砍它，看看它的本事。他用刀向怪物砍来，开始砍得挺慢，怪物没吱声。后来越砍越快，力气大了，这东西哼了一下。萨满说："怎么样？你输了！"这家伙说："我和你比，让你先动手。你箭射刀砍完了，该我动手了。我用嘴咬咬你，看你能受得了不？"尼素想，这不是个好东西，怕打不过它，那我和它斗智吧。他们这时正在院子中间打，院子前面有个神像，是马纳吉西巴西的像[①]，它是用木头刻的神像，放在门旁边，保护门，好让妖怪进不来。尼素萨满站到神像旁边，神像刻得有鼻子有眼睛，一手拿矛，一手拿刀，刻的样子很凶。尼素想，我在神像旁边躲着，用神像当护身，它咬我可以咬到神像上去。妖怪这时说："我咬你，你可以躲，不管你怎么躲，反正我能咬着你。""那行，开始吧。"尼素站在马纳吉西巴西像前，它当的一口咬过来，他躲到神像后面，妖怪咬到木头，磕掉两个大牙。妖怪叫唤："你太厉害了，看我再咬你！"尼素站在神像左边，妖怪咬过来，他一下跑到右边。就这样，妖怪向左咬他向右躲，妖怪向前咬，他向后边躲。左一下、右一下、前一下、后一下，妖怪把所有的牙都磕掉了。这时尼素萨满也很累了，他对妖怪说："你的牙都掉没了，休息两天，过两天咱们再打。""好吧！"妖怪刮阵风走了。

　　尼素想，这个妖怪是挺凶，再来它也不会善罢甘休，我得到嘎珊里找人去，让几个好弓箭手帮我来治它。到了嘎珊里，大家都欢迎他。他把情况和大伙儿说了，告诉大家，妖怪是败走了，过两天它还得来。我看，得要几个神箭手和使刀手把快的身强力壮的小伙子。大伙一听很愿

---

　　① 　马纳吉西巴西：恰喀拉语，即门神。

意帮萨满除妖，这个说我去，那个说我去。他在周围嘎珊里挑了十几个人。尼素对他们说："那天我还站在门神前面，你们藏在门里边。妖怪朝我咬来的时候，你们就放箭。"这些箭手有的善射火箭，有的善射毒箭。用的都是大弓，弓都非常紧，体力弱的人根本拉不开。

过了两天，萨满在门神前面等着，时候到了，妖精刮一阵风，树刮断了很多。妖怪一到就大叫："你这个坏萨满，我今天非吃掉你，要你的命不可！""今天怎么办？""还咬你，吃掉你！"妖怪扑过来又前一口、后一口、左一口、右一口地咬起来。咬到木头上，它的牙床磕得特别疼，嗷嗷直叫唤。妖怪疲劳了，也急眼了，说什么也得吃萨满。尼素萨满左躲右躲也没劲儿了，妖怪张着嘴朝他来时，屋里放出了火箭，妖怪把嘴一闭，火着了，箭头上缠的靰鞡草，沾满熊油，一时半会儿火也不灭。妖怪受不了了。人们接着放箭，有的射中眼睛，有的射中鼻子。妖怪变了形，原来是条黑乎乎的大蛇。大家一看更来气了，一齐向它射箭，它已经不能咬人了。大家把一些草扔到它身上，浇上野猪油、熊油，点着，蛇被烧死了。从这以后，尼素萨满降妖的事就传开了。很多年以后，萨满死了，老百姓把他当奥利神来供。奥利神就是治病的神。

第十章　护路神查克大

查克大神是保护行人安全的神。人们走在山里、走在野地里有查克大神出来保护，它保佑人们不受歹人和野兽、妖怪的袭击。神跟人走，人走到什么地方，神就走到什么地方，它身穿熊皮衣，头带熊皮帽，脚穿熊皮靰鞡。身背弓箭，腰佩刀，是个老头子神，也是个善良的神。

一般恰喀拉人，用小木头刻神，用小皮条穿起来挂在身上的有两个神，一个是查克大，还有一个是护身神。人们远行住下时，支上帐篷把查克大神挂上，也挂护身神。恰喀拉人每年冬天出外做买卖，不是一个人去，要约嘎珊里的许多人一起去。带着一年攒的皮子、珍珠、药材、虎骨、咸鱼出去交换。一般是到宁古塔去换，那儿比较近，过了山就到了，还有到最远的三姓去交换。

有一年，黑松林地方有很多恰喀拉人带着自己的蜂蜜、药材、皮子上宁古塔去交换，一走就是几十个人，赶着马爬犁，穿着恰喀拉人的服装。一过江就到了满族聚居的地方，叫他们"熊皮鞑子、鹿皮鞑子过来了。"他们牵着马，带着狗，挎着弓箭到了宁古塔，找店住下了。恰喀拉人不懂钱怎么花，钱在他们中间没用处。他们想用带来的东西换钱，买回需要的铁锅、粉条、黄豆、豌豆、黄米、布匹。在宁古塔，他们看宁古塔人穿戴干净漂亮，说满口流利的满族话，他们能听懂那些人讲话，可宁古塔人听不懂恰喀拉人说的是啥。那时候开市要有时间，或初一、或十五。他们还得待几天，等着开市。他们满街溜达，吃吃宁古塔风味，到酒店喝喝酒。开市了，各地方推车牵马的、拉爬犁的到市场换东西、卖东西。恰喀拉人把自己的东西摆出来在市场上卖。卖了很多珍珠、皮子、药材。到晚上一看得了很多银子，他们也不知道这是多少钱，也不太在乎。第二天拿这些银子买锅、买粉条、买黄米，有的买豌豆。他们手里还剩些银子，还有些珍珠、皮子没卖出去。恰喀拉人卖不出去东西是叫人笑话的，人家说你人品不好，不诚实，卖东西都没人要。第三天，他们把所有的东西都卖出去，换回不少东西。有的还买了小孩的摇车。晚上，大伙把东西往爬犁上一绑，往马背上一背，捆巴捆巴就往回走了。东西收拾完了，有的人躺下睡了。没睡的人听到房上有磕烟袋的声音，抬头一看，还是空房梁柱，什么也没有。这一晚上房梁上一个劲儿地敲。人们又累又困，你敲你的，我睡我的，不当回事儿。第二天早上，声音没有了。该走的时候，大家牵马、领狗，照老路往回走。从宁古塔到黑松林七八百里地，得走七八天。宁古塔往东走，虽是平地，但也都是山沟，过了乌苏里江东边还是山。人们走得比较快。到天黑人们就支起帐篷住下。这不是住几个人的大帐篷，只能住一个人的小帐篷，一支就躺一个人。头天人们在靠旁边的地方支起小帐篷，点起了篝火，休息了。在马的四外圈点起几堆火，防野兽。大家进帐篷安歇，就听马直打喷嚏，狗嗷嗷叫，像嚎一样。那些人太累都睡着了。有一个人看火，就看马围子外有两个蓝眼睛朝马群看。他很害怕，这是什么东西，比虎眼还光亮。他壮着胆子围火堆坐着，就见那对眼睛不动弹，瞅着马群。他越来越害怕，他旁边有个帐篷，就把这个人叫起来。这个人起来一看也挺害怕，他又拽醒另一个人。就这样一个招呼一个，大家全起来了，这蓝眼睛还是一动也不动，它到底是什么？马围子外边的火很快就烧没了，需要添火，一个人不敢去，五六个人一起去，抱些大干枝把火添了。这些人在马围子外边没看到这对眼睛，回到里边这对眼睛还在，大伙一想，它是不是要吃马？后半夜大家困得不行了，这对眼睛还在，都不敢睡，都瞟着这东西。天亮了还得启程，人没休息好，就走得慢了。天黑了，大伙儿又在山沟住下。还和昨天一样，还有这对眼睛。第三天晚上，这对眼睛又出现了，大家见惯了，也就不在意了。留下两个人看火，其余的都睡觉了。这两个人盯住这双眼睛，就见从眼睛那儿伸出一只大手朝马一抓，马就没了，马还不吱声，眼睛也消失了。他们把大家都叫起来，谁也弄不清是怎么一回事。大家说，明天快点儿走吧，早点儿到家，少惹事。走了几天，又丢了三匹马，现有的马负担重了，又驮东西，又拉东西，越来越难了。进了锡霍特山还有一两天的路程。天黑了，大伙说，咱们祷告一下查克大神吧，让它保佑我们平安到家。大家就都跪在地上，请求查克大神来保佑。祷告完，大家都睡下了。两个看火堆的人，一看还是两只眼睛。一会儿一只手又伸出来，刚一抓就听扑哧一声，还有呵呵的人声。这只大手被砍断。看火的人很惊讶，把睡觉的人招呼起来，一看断手的手指比人的胳膊还要粗，这一定是妖怪的手！过一会儿，在眼前方向又伸出一只手，又听呵呵的一声，这只手也被砍断了。大家说，这是神保佑，它两只手都被砍断了，不会再有手抓马了。大家进了帐篷，刚进去，就听呵呵声又来了，原来两个眼睛的地方又露出一只手，这只手又被砍断了，眼睛不见了。他们仔细看看打断的妖怪手，是白树杈子。难道它是树怪？大伙挺疑惑。这些天，人马都没休息好，一商量就白天休息，夜间走吧。天亮了，有的进帐篷睡了，有的拢火烤点肉干、鱼干吃。一个人看着马，在周围采点草，再给马拌点小干肉块，马也吃足了。太阳偏西了，该回去了。他们收拾收拾往回走，就看两只眼睛在后面跟着，人走得快，眼睛也快，人走得慢，眼睛也跟着慢，就听后面"呵呵、呵呵、呵呵"声音不断。眼睛有时候出来，有时候没有。就听铁器碰到石头、木头上的声音。大伙说不好，神和妖怪打起来了。趁它们打的时候，咱们快走吧！铁碰东西的声音一夜也没停。到了白天，声音还有，只是小了点儿。大伙赶快吃点什么，喂喂马，傍下半晌，这些人又去赶路。过了锡霍特山快到家了，大家来了劲儿，催马加鞭赶快往回走。一直走到亮天，就看前面有一个像人似的东西，戴白帽子，穿白衣，眉毛胡子都挂白霜，披着弓箭、佩着刀，在前面站着。什么东西？是神？是妖？大家害怕也没用，还一劲儿朝前走。大家把箭和刀准备好了。越走越近，到了跟前一看是个老头，他说："你们站下吧！这几天够辛苦的，一路上有个豹妖想把你们的马都吃掉，让我给砍了。它用树枝晃你们，趁你们害怕的时候，它就吃马。现在你们不用怕了，它已经让我治服了。"大家一看是神仙，赶紧跪下，忙说："我们感谢神仙，以后要年年供奉您老人家。"老头说："不用谢，我就是护路神仙嘛，你们快走吧，要不还要有大难呐。"大伙谢过神仙，急急忙忙往回走。到家后，这一路上的事传开了。大家说护路神查克大保佑我们回到家，我们赶紧还愿吧。大伙竖起木杆子来祭祀护路神，各村男女老少也都来祭祀，很是热闹。

第十一章　德素抓鬼

　　有个村子，村子有条东西大道，西边通到山里，东边通到海。凡从山里出来的人必须走这条路。常常有人路过这儿就得病，病一辈子什么也不能干。有的人在这条路上看过怪物、怪事。没风天，大树能动弹，石头自个儿就骨碌。有时草棵子里面直摆动。看见这些事的人有的病倒了，有的死了。这条路上的怪事一吵嚷不少人都知道了，说这条路闹鬼，谁也不敢走了，这条道也就荒了，长了很高的草。

　　嘎珊有个小伙子叫德素，他不信神也不信鬼，不信萨满。有病时，自己采点儿药治好了。有些萨满劝他信神信鬼，他就是不信。大伙儿将他："你不信鬼，屯里这条大路你敢走吗？"德素说："这不算事，不管有什么我也照样走，有好吃的鬼，我吃了，有好抓的，我就抓来。"大伙儿说，你要真敢走那条道，我们一人给你十颗珍珠。德素说那好吧。当天晚上德素就到了那条道上，在那儿蹲着看那里到底有什么鬼。一晚上他也没睡，一看草棵子动弹，过去一瞧是条蛇。这算什么鬼？这天晚上什么事也没有。第二天，人们问他昨晚上的情况，他说，我什么也没见，就一条蛇还让我吓跑了。你们输了，一人给我十颗珍珠。大伙把珍珠给他，说，你今晚要敢再去，我们还给你十颗珍珠。第二天晚上他又去了，什么也没碰到，一个人又给他十颗珍珠。他怎么这么运气，是鬼怕他，还是他避鬼？大伙想再试试，就又将他，德素又去了。这天晚上德素想，在一个地方总蹲着干什么，不如溜达溜达。他在这条路上来回走，走到半夜看见路中央长出一棵树。他想真是怪事，我走了半天也没看见这棵树，是不是真有鬼？他身上带着刀、带着箭，还有打火的东西，他想要真是鬼我也不怕，我和你斗斗。他拿起箭照树当一声射去，正中树干，树一晃倒了。他走到跟前，什么也没见到。他接着在这条路上走。走累了，他蹲着歇一会儿。这时看见前面像走过一个人，个头不高，黑墩墩的，满身长毛，像人穿鹿皮衣服似的。他想这玩意儿值得看看，看它是不是鬼。一看它眼睛放亮，心想，这不是好东西，暗暗把刀准备好，当它走到跟前猛一刀把它左胳膊砍断。这东西要跑，他赶紧抓住它的右手，使劲儿一拽，用绳子把它捆起来，提溜回来。白天大伙来问他到底有没有鬼。他说有鬼，可让我抓来了。大伙一听抓到了鬼不算他输，痛痛快快把珍珠给他了。德素说，我抓的鬼在笼子里，你们看看吧。人们走进笼子一看，原来是个狍子崽，它的前腿缺了一个，正是它。从这以后谁都知道鬼什么样，也知道能治鬼，就没人怕鬼了。以后这条道又通开了。

第十二章 东海螃蟹的来历

有条河流叫阿其斯，河边住着几户人家。家家户户都过得挺好，有吃有穿，平平安安。这个嘎珊的小伙子都娶上了漂亮的姑娘，好多姑娘也嫁给其他地方的好小伙子，可有一些姑娘，年纪不小了还没有找到好人家。嘎珊里的嘎珊达希望姑娘们能找到理想的婆家。因为姑娘嫁的人家好，小伙子好，嘎珊也有好名声，如果找的婆家不太好，嫁个懒汉，这个嘎珊的名声也不好听。嘎珊里的人想好多办法想把姑娘嫁出去，可周围很难找到理想的人家。每当嫁出去一个姑娘，嘎珊里的人都高高兴兴送姑娘出门。恰喀拉人有抢亲的习俗，许多地方的男人娶不到媳妇就出外去抢。恰喀拉人嫁姑娘非常小心，要有好多人保护新媳妇，保护的人身上带着刀和弓箭，把她平平安安地送到婆家。这个嘎珊里待嫁的姑娘还是不少。

嘎珊北面有个黑峰山，山坡底下有一个小屯子叫赫图屯。这个屯子很偏远，和外界来往很少。屯里姑娘大了就嫁了出去，可小伙子找女的就挺难。他们到处寻找，这儿也找那儿也找，看哪儿姑娘好、姑娘多，想一下子把小伙子的婚事都办成了。他们知道了阿其斯河边的小嘎珊里姑娘多、姑娘好，就想去抢亲。从赫图屯到南面的阿其斯河要走旱路，得走好几道岭，这儿净是东西走向的河流，大多流到海里，还有几个东西走向的小岭。想来想去还是走海路方便。

小伙子们上了船，走到海里，来到石门。石门是由陡峭的岩石，经过海水的常年冲刷变成的两个石柱子，它们的形状像扇大门，在海上直挺挺地立着。每逢刮大风，人们就把船摆到石门里避风。船上的人需要休息，也到石门里躲躲。小伙子歇了一会儿，就又摆着船，带上弓箭、刀枪直奔河边嘎珊抢亲去了。

他们到嘎珊一看，这个地方很肃静，人们根本不知道来了抢亲的人。男的都不在嘎珊里，只有些妇女在家。这些人趁此机会放心大胆地抢了起来，嘎珊的人措手不及，让他们把好些姑娘都抢走了。

　　姑娘们都被绑着，她们在船舱又哭又闹的。恰喀拉人男女在婚前是要相互认识的。男的女的相看以后，经过嘎珊达、族长同意才能谈恋爱。然后要双方父母同意才能把姑娘嫁出去。他们不愿意嫁给不认识的人。黑峰山的小伙子可不管姑娘们高兴不高兴，他们痛快地唱歌、起哄，合计着回去怎么分她们。

　　船在海上走着，走到半路起了风，风越刮越大，他们把船驶到石门里背风。一面背风还一面发狂地笑闹唱歌。他们看石柱子上面落只喜鹊，一边骂它一边举起弓射箭。他们大骂水神，说水神专跟我们别劲，刮风不让我们顺利到家。还说水神不帮我们，我们照样到家，照样回去结婚。他们没想到，这只喜鹊就是水神变的。水神看到来了一船人，还有姑娘们的哭声，就想看看出了什么事，来的是些好人还是坏人。它一看是些不信神的狂人，还大骂它，很恼火，马上施起法来，把石柱推倒，一下子把船压翻，男的全压在里边。水神又想办法施法力变出很多大鱼，一条鱼驮一个姑娘上了岸。

　　阿其斯河嘎珊的男人们得知姑娘们被人抢去，赶快来追，追到石门，看到鱼把姑娘们送到岸边，知道是水神帮忙，都向它拜谢。赶紧给躺在海边上的姑娘们松了绑着她们的绳子，用船把他们救了回去。

　　黑峰山上的人们可着急了，家里的人等一宿不见回来，等两宿还不见回来，心想是不是出事了？是不是在抢亲中被人杀掉了？年纪长的一些人一合计，得赶紧去找他们。他们驶船来到石门，一看石门少了一根柱子，知道出事了。再看小伙子们让水神压到石柱子底下，柱子边上有些船帮漂了上来。这些人遇难了，怎样搭救他们？他们一想得求水神帮忙。赶紧祷告，请求水神帮助。水神听到这些人的乞求，变个老太太出来了。水神告诉他们，这些小伙子太狂妄，不讲道理、不信神，大骂水神。本来抢亲是件吉利事，得讲吉利话，可他们竟说些丧气话，惹得水神发怒，把他们压在柱子底下。这些人请求水神饶了他们，把他们救活。水神说，已经晚了，救不活了。大伙说这可怎么办？发发善心救救这些人。水神说，让他们变成人是不可能了，就让他们变成东海螃蟹吧，这样它们可以常到岸上活动。从那以后，东海就有了许许多多的螃蟹，这儿的螃蟹和别处的不一样，都是些又大又肥的方蟹子。

第十三章　乌吉和他的孩子们

　　在小黑河边上住着一户人家，这家女人得病死掉了，剩下男人和三个孩子。男人叫乌吉。没了女人，一个男人领三个男孩子过日子，家庭负担都落到乌吉身上，他很劳累，很苦恼。孩子小，干不了什么，他出海打鱼，把他们扔在家里，大的十二岁，二的十岁，小的八岁，每天巴望着爸爸早点回来。乌吉干了一天，家里三张嘴等着他，一天的收获将够一家人吃的。他们生活挺困难，吃不上，穿不上。大孩子还能帮父亲干点活，二的也能做点轻微活，最小的什么也不能干。两个大的帮爸爸到河边打水、喂马、喂狗，看见他们主动干活，乌吉挺高兴，腾出工夫来，给三个孩子缝制皮毛衣裳。一家人虽然日子穷，可也快快活活。

　　乌吉在方圆二三十里地的恰喀拉人中威望很高。他爱劳动，为人忠厚老实，性格不贪。恰喀拉人家家都有仓库，四脚占地。上边搭个棚子，里面装有皮子、兽肉、熊胆、鱼干……谁借什么，直接到仓库去拿，拿了以后往仓库里放块树皮就行了，等还给人家时，再把树皮拿去。乌吉一般不拿人家东西，自己再困难也不向别人借。周围嘎珊里的人都称赞他。他有困难，大伙都主动来帮忙，可他从来不让别人为他一家操心费力。

　　孩子多负担重，日子远不像女人在时那样好。嘎珊达看他总是拒绝别人的帮助，亲自来问他有什么困难，他好动员大家帮助解决，乌吉说什么困难也没有。其实他的孩子冬天连桦树皮都穿不上，连灰鼠皮做的被子也没有，那床花鼠子、松鼠子皮做的被挺冷。大人穿的是破破烂烂的鹿皮。全家吃的肉类不多，每天都吃烤鱼干。乌吉承担全部家庭生活重担，孩子们都听话。他想自己有把力气，不愁过不上好日子，他想挺下去，不向邻居们求借。

　　这年春天，河水刚开化，大雁刚刚飞来，突然刮起大风。这一年春风特别大，把大树刮断了，把海水刮得一蹿几个人高，浪掀得像大树一样又高又大，山顶上的石头都刮了下来，干草刮到天上去，飞得无影无踪。风太大，乌吉没出去干活。风不停，他着急了。还得出去干活，进山走走，看着什么野兽打点儿回来，填肚子要紧。乌吉告诉几个孩子在家好好待着，外面风太大，不要往出跑，省得跑丢了。乌吉走了，孩子在屋里等着。风越刮越大。恰喀拉人住的是土窑，像地穴似的，一半在地下，一半在地上。棚顶是用木枝支着草，再垫上土。孩子们在屋里一动也不敢动，伸着耳朵往外听，风太大听不到野兽叫，棚上的草和木杆被刮跑的声音听得清清楚楚。孩子们惦记着爸爸，怕爸爸碰到野兽让它们伤害了。

　　乌吉进到了山里，走了很远很远的路。就看树被刮得东倒西歪，什么野兽也看不见，什么鸟都没有。他想已经出来了还是打点儿东西回去，别饿着几个孩子。乌吉还往前走，冷不丁地走到一棵很粗很大的松树前，一见树根旁卧着一只老虎，乌吉急忙躲开，已经晚了。老虎看见了他，张牙舞爪地向他扑来。他赶紧把箭搭上向虎射去。这一箭正射中老虎心口窝，但没穿透。老虎更急眼了，又向乌吉扑来。乌吉连忙又射一箭，这下子才把老虎射死。

　　一看射死了虎，乌吉很高兴，家里有了吃的，孩子冬天铺的褥子有了。老虎挺大，乌吉剥下虎皮后，又割下很多虎肉，背着弓箭、虎皮、虎肉回到家里。

　　乌吉到了家，一看家里没出事，孩子们挺安全。土窑顶上的木杆刮掉了，他又用些木枝搭起，重新盖上土。他把虎皮抻开了，又让孩子们吃虎肉，孩子们很快活，围着爸爸又跳又笑。邻居们听说乌吉进山碰到虎，虎没伤他，反让他打死了都来祝贺，大伙这个来那个去，快活了两三天。

　　春天来了，还得出海打鱼。乌吉摆上船，出海了。这年的鱼还特别多。乌吉走了不远就打了满满一舱鱼，再捕就装不了了，他只好把船拖回来。把这几天吃的先留下来，晚些时候吃的用盐卤上，留着的就割开鱼肚，掏出肠子晾上鱼干。乌吉想，孩子们两三个月吃的就都有了。他养马、喂狗，收拾夏天的衣服。夏天得穿光板皮子做的衣服，这样要刮掉毛，熟好。一般鼠类小皮就可以了，能抗住蚊子咬、挡住风就行。乌吉给孩子们做些衣服，也给自己缝了一套，忙了一个多月，活儿完了，告诉孩子在家好好待着，就又出海打鱼去了。

　　他打了一船又一船，接二连三把鱼送回家里。为了给孩子弄点罗锅大马哈鱼皮做衣服，他特意到河里去抓罗锅大马哈。剥下它的皮可以做外套，里边套上皮子，外面罩上它，是很好的一套衣服。

乌吉的仓库差不多满了，里边净是鱼和皮子。他还采些蛇胆、野药储放里边，准备给孩子治病。忙忙活活就到了秋后。乌吉想今年冬天也许不错，好好准备一下，冬天进山打猎。他进到山里先踩个地方。他在山里支上马架窝棚，挖上一个肉窖，在周围砍些木头、树枝障子做扇小门。在窝棚旁边支起个锅台，准备冬天安锅用。障子边修几个狗窝，一个马圈，因为冬天打猎要用一匹马拖爬犁比人拉省劲得多。马圈很高，狗给马看门，野兽从外面扑不进来，马也跑不了。这一秋天，乌吉把猎点采好了，快快活活和孩子们在家待上几天，一家人日子好了，有说有笑。

到了冬天，乌吉牵马、拉爬犁，带领很多狗，背着弓箭，带着锅和盐进山了。到山里头几天拣点烧柴，看看窝子。看看雪地上踩的是什么脚印，判断什么野兽来过。他看得清清楚楚，这儿有野猪、有鹿、有狍子，没有老虎、熊瞎子。他一看挺安全。遇到虎是很危险的，就是熊也要几个人打，要带很多狗，一般一个人打猎要躲开熊瞎子。乌吉看情况挺好，就开始打猎。头几天，打了几只鹿、几只狍子。山里有条小河，东南西北走向。他一看河上游有貂的脚印，就想弄点儿貂皮给孩子穿。他又下了貂夹子。他猎了不少野兽，打了好几十只貂还有两只水獭。肉窖差不多满了，还得赶紧把东西送回家。要放在外面，来些凶猛的野兽，比如野豹什么的，连狗都治不了，东西就白捕了。他一爬犁一爬犁地往家运。他拉了很多爬犁，才把兽肉拉光。家里仓库满满登登，装不下了。他剥兽皮、割肉条，赶紧收拾，免得到春天坏了。乌吉妻子死了，自己带着三个孩子越过越好，能劳动，待人和气，周围的人们都赞扬他。都说再选嘎珊达就选他，老嘎珊达也说乌吉是好样的，能劳动，讲究信用，办事公道，将来就让他当嘎珊达。

又过了几年，乌吉的孩子长大了。大的十五岁，二的十三岁，小的十一岁了。他家的日子很充裕。小哥仨也像爸爸一样爱劳动，待人和气。冬天到了，乌吉把孩子们安排好，又进山打猎去了。他还用原来的肉窖、木架窝棚。把马、狗、锅灶都安置好，又去察看周围野兽的脚印。一看有鹿、狍子、野猪的脚印，还有星星点点的熊瞎子脚印。一看还算安全，就住下了。进山二十几天他打了很多狍子、鹿和貂。有一天，马在圈里总是嘶嘶叫唤，它平时老老实实的，不叫不闹，他觉得有点奇怪，是不是要出事？他看看马，打它也叫，不打它也叫。给它添草、拌些粮食、肉干，也不消停。是马遇到什么了？这周围有什么凶猛的野兽？是豹？是熊？他在四周看了看，没发现什么，也没在意。他睡了一晚上，第二天准备再去打猎。他把狗牵出来，拍拍它的脑袋，指指马圈，意思是让它看着马圈，这些狗在院子里别动，看着家。他进山打猎去了。进到山里打了一只鹿，往回走时又夹了三只貂。一边扛着东西，一边往木架窝棚走来。这时天傍黑了，他看见前面有两盏灯。森林里怎么有灯光？是什么东西？他注意地看着，就见灯光越来越近，再一细看，这哪里是灯光，明明是一对大虎眼睛。他扔掉鹿，牵着马跑到密林躲起来，灯光也朝他来了。他躲了又躲，老虎紧跟着不放，最后他躲进自己的木架窝棚，把狗轰出来。虎围着木架窝棚转，他把弓箭准备好，向外射。箭射出去，不等射到虎身上就落地了。好几十只箭射出去，就是射不中，他靠近一点射，还是射不中，箭射光了，老虎越来越近。这只虎很高，一下子就可能跳进木障子，他把刀拿到手，准备和虎拼。结果虎进了院子，狗上去咬它，老虎一口咬死一只狗，一口咬死一只，把狗咬光了。虎又朝马圈走去。马圈搭得很结实。下面是横栏杆，上边安的竖栏杆。虎围着马转，进不去。乌吉趁这机会，打开栅栏门跑了出去。老虎发现他跑了，随后跟来，一爪搭住乌吉，乌吉拿刀和它拼，捅了老虎的肚子，虎叼住他的头不放，乌吉挣扎几下，死了，老虎也让乌吉一刀捅死了。

开春了，冬天进山打猎的人，带着猎物都回家了。孩子们等爸爸，眼见人们都回来了，还不见爸爸的踪影，就到左邻右舍去打听。人们听说，也都觉着出什么事了，就结伙到山里去找。他们到山里一看乌吉死了，手里拿着刀还在捅老虎肚子，老虎死在他身边。人们都很悲痛。他们又找到乌吉的肉窖，里边有很多鹿、野猪、貂，就把这些东西运回去，把乌吉埋了，拉回了老虎。

家就剩下三个孩子了。父亲没了，留下的家底够他们吃一阵子。可他们到底还小，打鱼打猎都没经验。虽然也学些箭法，只能射些鸟类。没出过海，没进过山，打鱼打兽也不行。周围邻居可怜他们，出海打鱼、进山打猎时候常把他们带去。孩子们挺争气，两三年后都成了渔猎能手了。大孩子十八岁了，小伙子身材高大，体格雄壮结实，射箭可以把一搂粗的树射透，有一身力气。他们的父亲被虎咬死后，小哥仨立志打虎，为爸爸报仇。

离他家北十多里的地方有个萨满，听说他们要去打虎，就来劝他们不要去，说虎是神仙，打不好，反让虎害了。打猎躲着它还来不及呢，何必惹它呢？哥仨说，谁管它神仙不神仙，它咬死我父亲，我就非杀它给父亲报仇不可。他们除了打鱼、打猎外，每天都练箭。他们的日子过得好了，和邻里处得也好。冬天到了，老大老二让老三在家，哥俩带着弓箭，牵着马领着狗进山专门打虎去了。

进到山里，他们碰到一些鹿、狍子、水貂、水獭，他们想这些东西家里还有，弄两只新鲜鹿吃也就够了，也没贪打，继续寻虎踪，往北边去了。

锡霍特山北头虎多，老百姓常被虎咬伤，有的妇女、孩子，有的猎人也让老虎吃了。夏天妇女在山上采稠李子等，野果子很容易被虎叼走。哥俩来到一个四户人家的小村子。他们进到村里住下来，和这家人唠起这一带的情况。他们告诉哥俩，这一带虎伤人太厉害，已经多少年不敢进山打猎了。冬天天一黑就得赶快回家，怕碰到虎；夏天出海打鱼，有时虎就站在海边上，渔船不敢靠岸。哥俩一听正好，就在这地方打。

他俩牵着马在这一带寻虎。白天进山看看，一看有虎脚印还真不少。他俩报仇心切，牵着马在山里转悠。走到一个地方，就见马嘶嘶叫，一看前边有只虎，虎不太大，比马矮，是只小虎。小虎也打。哥俩一个朝虎头，一个朝虎尾射了一箭，都中了要害。一箭中虎头，一箭中虎心窝。两人回到屯里，人们一看打到一只虎，忙给他们做饭，又给他们准备最好的被，铺上最好的貂皮褥子。第二天哥俩又出去找，在北边村子又碰到一只虎，这一只很大，有马高，大脑袋，张着嘴，是只恶虎。它向哥俩扑来，哥俩上了箭，哥哥说一声射，两箭都射中虎胸口窝，虎跳个高，落地上死掉了。哥俩抬虎抬不动，太重。他们把两匹马连一块儿，驮着虎回来了。他们把虎肉给百姓分了，剥下虎皮准备做褥子。

哥俩一冬打了二十七只虎，百姓可高兴了。凡是虎多的地方野兽就多，这一下消灭了这么多老虎，可以进山打猎了。哥俩临走把虎皮卷卷，驮在马背上。可这儿的老百姓说什么也不让他们走。说你们救了我们这一带百姓的命，我们现在安居乐业了，有吃有喝，你们哥俩就留下吧。哥俩惦记老三，也想家里的邻居们，还是要回去。老百姓送给他们好多虎肉干，打发他们上路。

家里老三一个人在家，这年冬天特别冷，房子冷清清的，他收拾一下就到邻居家住了。哥俩到了村里，左邻右舍一看哥俩回来了，驮回这么多虎皮，都夸赞他们。哥俩把虎皮分给大家，大伙说，你们为父报仇，这些虎皮得来不易，还是自己用吧。哥俩说什么也让大家拿着。这家给一张，那家给一张。大伙收下了。说他们真是又勇敢又善良的卯日根。

来年冬天他们又到锡霍特山打虎，又打回来很多只。萨满极力阻拦他们，不让他们再去打虎，说你们把山神冲动了，打死这么多神仙，神仙能饶你们吗？他俩根本不听萨满唠叨，为父报仇，非把虎打绝根不可。几年后，他们真把锡霍特山的老虎打断根了。

这几年锡霍特山、明格里山南头山里老百姓过得很平安、很幸福。哥仨照样过日子。虎打光了，他们就打鹿、打狍子、打野猪。邻居家有几个姑娘看中了这家三个小伙子，想要嫁给他们。她们托爹妈找嘎珊达说情。嘎珊达想这几个姑娘聪明伶俐，长得很美，就同意了。嘎珊达找到哥仨，亲自来说亲。他们没有父母，只好互相做主。老大给老二、老三做主，老三、老二给老大做主，定了亲。开春，他们娶亲了。把姑娘接到家里，拜了天地，拜了祖宗神，拜了水神、山神，之后都成了亲。从此哥仨的日子越过越好。从这以后山西的老虎不敢上山东，都是让恰喀拉人打的。这地方野兽多、鱼多，足够人们吃的、穿的，人们的生活很平安、很富裕、很快乐。

第十四章　乌鲁的故事

有个村落叫阿古村，离村子二十箭地的西方都是高山。这个村落有五六户人家。这里男女老少全有。村东头住一户人家，老爹在打鱼的时候，被海水吞没了，老妈上山采野菜时被野兽吃了。家里剩下兄妹俩。村里好多小伙子都娶了媳妇，好多姑娘都找了人家。可姑娘有的认为这家小伙子没有父母，家里没有根底，太穷，不愿意嫁。小伙子名叫乌鲁，他彪悍、英俊、有志气。他每天到山上射点野兽度日，或者到海里打点鱼充饥。把好的兽皮、鱼皮割下来晾干，准备做衣服。兄妹俩的日子过得挺好，冷不着，饿不着。

一年春天山边小河都开化了，青草开始发芽，山西林子都放绿了。山东的林子让海风吹得还有些灰涂涂的，但也冒芽了。大雁飞过来，该下海捕鱼了。家家户户准备好船，要下海捕鱼了。乌鲁也收拾船网具。人们到郊外去祭祀水神，祈祷水神保佑在海上平安无事，多打鱼多打虾，多得到珍珠，得到更多的宝物。祈祷完，船要开了，乌鲁妹妹来送行。

乌鲁驾着船向东驶去。走时风平浪静，他打了一天，只打到几条小鱼，什么大东西也没打着。他垂头丧气回到家，和妹妹把小鱼吃掉了。第二天，天阴沉沉的，海风比较大，刮的是西风，风是从西边的锡霍特山刮来的。风一来，人都感觉冷。乌鲁驾小船往东海走很方便，一阵风就把船吹到大东边。突然海上又刮起邪风，船又向南漂去。风一吹，就把船吹到很远很远的地方。乌鲁打了几条大鱼，还打一条小鲨鱼，他打算收网往回走，结果来时被风吹得连路也找不着，加上阴天，东南西北也分不清了。海浪高得像小树，大浪像山一样高。往回走太困难，他很着急，摆着船拼命往回划。越走天越黑，云彩遮住整个天，水的光亮也看不见了，很黑很黑的。他顺着来时的方向往回划。划到一个地方，他发现一个海岛，是船撞在石头上才发现的岛子。他把船拴在海边的大石头上，放下船，扛着桨上了岛。岛很大，有山有树林。他一直往前走，走的方向已经不清楚了。前面过了一个水塘，再往前就看见灯光了。他以为到了陆地，是不是到家了？他朝灯光走去。一天又饿又渴，水早喝光了，他想先讨点水喝。

到灯光的地方一看，这里有很多房子，房子很漂亮，隐隐约约看见房子里有人影。他轻轻地招呼一声："屋里有人吗？我是打鱼的，走迷了路，想喝点水。"屋里回答一声"有人。"声音娇细。他一听是个姑娘的声音，不敢进去。姑娘可大方啦，她说："进来吧！"他走进去，一看姑娘穿着红的、蓝的、白的、绿的好几种颜色的鱼皮拼的衣服，拼出的花很美。姑娘头上插着一朵花，是海嘎拉、海贝壳磨制成的花。他在家里从没见过长得这么美、穿得这么美的姑娘。他不好意思看姑娘，低头喝了水，一尝这水非常好喝，甜丝丝的。姑娘见他喝完水要走，就说："你饿了吧？我有点吃的，你吃吧。"乌鲁真的饿了，他问："是鱼肉？还是兽肉？"她回答："是我存的一种干粮，放干了，吃起来很酥很脆。"乌鲁吃了饭菜，觉得很好吃，吃完后脑子就精明。吃完饭他愁了。到哪儿去住？他到船上去，海风太大，在姑娘这儿又不方便，想了想，还得走。他扛起桨准备出门，姑娘上前劝他："不要走了。这岛子大，有妖怪、有野兽，让妖怪害了、野兽吃了怎么办？就在这儿住吧。"乌鲁说："在这儿不方便。"姑娘说："我屋旁有个小房子，你到那里，我住这屋。"姑娘掌着油灯，把乌鲁引到小屋里住下了。天一亮，乌鲁醒来闻到一种从来没闻过的香味，他一看，是姑娘给他做的饭。他在屋里坐着，姑娘收拾好后，请他到姑娘房里吃了饭。白天，他再见姑娘，更美了。他想村里小伙子都有媳妇，就我没有，这个姑娘倒挺合适的。可他只是寻思，吃饭时连头都不敢抬。姑娘又递上一碗温水，喝后觉得很好，他真不想起来，也不想走。姑娘问他家在哪儿住？他说："我的家住锡霍特山的东边，住在阿古村。我们村子数我苦，父母都去世了，我领着妹妹过日子，一个人靠两手劳动过生活。"姑娘看小伙子长得好，又老实，对他有了感情，两个人又谈起来。乌鲁向她谈起了家乡的风土人情，讲阿古村怎么好，怎么富裕。又讲村里男男女女都有了配偶，因为他家人手少，有的姑娘不愿意嫁，有的姑娘愿意，老人不让也没办法。姑娘问他："你怎么到这里来了？"他说："风刮来的，我不知道到哪儿了，方向分不清，连家都找不到了。"姑娘说："不要紧，我想办法送你回去。"乌鲁问他："你一个人怎么过？"姑娘说："我有爸爸、妈妈，有姐姐、弟弟，他们都分开住着。"谈了一些时候，乌鲁提出要回家，怕妹妹在家惦记，怕妹妹饿着。姑娘说不要紧，你妹妹饿不着，就在这儿住下吧。乌鲁一来找不着道，二来姑娘答应送他，就住了下来。一住就是几天，他对岛子的情况已经很熟。他看到岛上有树林，有几个清泉、几个洼塘，满岛只住姑娘一家人家。这家人家身上穿的，头上、脖子上戴的全是珍珠宝石，非常美。看得出他们不仅生活好，还有很多宝物。他和姑娘常在一起谈，感情越来越深了。姑娘和乌鲁提出："咱们订婚吧！"乌鲁高兴极了，在家乡我娶不到媳妇，把这样一个姑娘带到家乡，我就心满意足了。他说："你愿意我就和你订婚。"他们和父母说了。姑娘的父母见了乌鲁，和他打听了家里有什么人，情况怎么样，村子怎么样，村里有没有坏人，有没有妖怪。乌鲁一条一条回答，告诉他们村里没坏人，也没有妖怪。姑娘父母见乌鲁人长得不错，挺能干，家住的地方也挺好，就同意了。亲事就这样定下来了。

一天在姑娘父母主持下，摆上一桌子供品，竖起神仙杆子，两人拜了天神、地神、喜神，又参拜了姑娘父母，他们成了亲。小舅子、大姨子也都来了，带来很多东西。有海里非常稀少的海虾海参、最好的蟹肉，带来一些鹿肉、狍子肉、野猪肉，摆上筵席。他们把家里最好的酒拿出来，一边喝，一边唱。小舅子、大姨子使劲儿唱，老丈人、丈母娘喝得大醉，退了席。

他们成亲后，夫妻相亲相爱。他和小舅子一起出海打鱼。小舅子说，这周围的海面你不熟悉，我来帮你打。这儿鱼特别多，海上的东西也特别多。他们打了很多鱼，还打上很多大海蛤蜊，里面有不少珍珠。他小舅子看珍珠太多就说："干脆下去拿吧。别用网打了，挺麻烦的。"他问："你的水性行吗？"小舅子说，没问题。小舅子下到海里，一把一把往上拣，捧了很多珍珠。把鹿皮口袋装满了，还剩好多。乌鲁发现这儿珍珠特别大，没有一般的尼撒格[1]，都是些他从来没见过的大塔娜。他俩高高兴兴地摆船回去，全家一看收获很大，都很高兴。这些珠子能做好些项链，做好些头上戴的饰物，还能换好多东西。冬天拿珍珠能换到贵重的皮子。新媳妇非常高兴，看自己的丈夫这么能干很骄傲。她的弟弟从来没打过这么多东西，今天和丈夫一起干活收获这么大，说明丈夫是个好人。小舅子也挺高兴，他对乌鲁说，咱们明天还去吧，乌鲁也很愿意多打几天。第二天他和小舅子又出海了，一天工夫又打下满满一舱鱼和一

---

[1] 尼撒格：普通珍珠。

口袋塔娜。第三天小舅子又来了，他俩又出海了，又打下满满一舱鱼和一口袋塔娜。他们接连打了半个多月，越打越多，有这些东西在恰喀拉人中是很富裕的。乌鲁一晃住了好长时间，时间一长，他就想家、想妹妹，惦记她的生活。媳妇说，你妹妹那么大了，自己能上山拣点儿吃的，天也不冷，饿不坏也冻不坏，放心好了。可乌鲁怎么也放心不下，就是要回家。媳妇说，我已经是你的人了，你要回去也行，我们得和父母辞别一下。他们和父母说了，要回乌鲁家乡。父母一听也就同意了。说，你们回去路远，要先祭祀一下水神，求个吉祥。不祭神就走，神会恼的，不给你们引路，你们到不了家。他们在月亮圆的时候祭祀了水神。老丈人告诉他们朝西北方向走，能到家。

　　夫妻俩上路了，正好海上风平浪静。乌鲁来的时候刮大风走得太快，现在这条路要走七天七夜才能到家。他们带着足够的吃的，有烤熟了的鱼干和水，省得路上渴着饿着。船离岛越来越远了，水连天，天连海，他们一直朝西北走去。走到第三天，海上起了风，刮的是东南风，风一刮，船走得像箭一样，很快就到了岸。乌鲁一看是自己家东边的一片黑松林，黑松林后边就是自己的屯子。船拢了岸，他领着妻子穿过树林，拿着三四口袋塔娜走进屯子。他家住在东头，走到家门一看，家房上冒烟，有人做饭。进屋一看是妹妹正煮大鱼吃。兄妹俩见面非常高兴，乌鲁把妻子给妹妹做了介绍，向妹妹讲了他的经历，妹妹非常喜欢嫂子，替哥哥高兴。她见哥哥成了家，家里有了帮手，零活有人干了，采集东西也多了一把手。村里人见乌鲁回来又带回个漂亮媳妇都来看。乌鲁打鱼没回来那阵子，村里人都很着急，大伙把船放出很远也没找到，都泄了气。现在看他回来了，又结了婚，像是喜从天降。全屯的姑娘、媳妇都来看乌鲁媳妇，谁也没有她长得美，对她戴的花、穿的衣服、挂的项链都很羡慕。

　　乌鲁一家日子过得很幸福，一晃媳妇生了个胖小子，全家更欢乐了。乌鲁照常打鱼，妹妹侍候嫂子坐月子。全屯的人庆贺乌鲁添子，都来送东西，有的送鱼，送野兽肉，有的送雁肉、鸭肉。他们一家和和气气，是屯子里最勤劳的一家。

　　孩子长到两岁了，媳妇提出要回家看看。她娘家离这儿很远，得走七天七夜，水路不好走，自己不敢走，带着孩子路上更危险。乌鲁想和媳妇一起去，把孩子留在家里，让妹妹看着，妹妹答应了。

　　夫妻俩上了路，走了七天七夜，没碰到海兽和妖怪。到了家，穿过林子，来到媳妇原来住的地方，一看房子没了，剩下破房架子。他们在全岛找遍了，也没找到家里的人。乌鲁媳妇急得大喊，可是这儿寂静得连个杂音都没有。两人很担心，想回去又很困难，只好把破房架修修，支巴支巴，苫些草，掌上松油子，在里面住下。半夜时就听到岛子起了风，是东北风。刮来了血腥味，风冰冷冰冷的。两人在屋里坐着非常害怕。四处露风，他们把松油子点得亮点。看看天，天上有星斗，没有云彩，怎么刮这种风，他俩挺奇怪。风越刮越大，把树刮倒，把他俩住的房子掀倒，就看一个非常黑、非常高大的东西，手里空着，长黑毛，张开像血盆的大嘴，在他们房前站着。这时风也停了。他俩从来没见过这种东西，它根本不是人，就听它喊："哈哈哈哈，我要吃掉你们，你们把我的子孙吃掉很多，我要报仇。"两人恍然大悟，是不是父母姐弟都让它吃了？乌鲁把箭偷偷拉到弓上，正要射，就见黑东西伸出手向乌鲁媳妇抓来，乌鲁一箭向黑手射去，就听"哎呀"一声，一阵狂风后，什么都不见了。两人不知道是怎么回事，一宿也没敢睡觉。

第二天，两人见吃的喝的都没了，就想打点儿鱼。他们不敢走太远，想吃饱后快点回去。两人在海边打点鱼，拢起一堆火，吃点儿鱼，摆着船往回走。两人刚离岛子不远，就听后面有人叫他们："你们别走，我来帮你们的忙。你们家的人都被妖怪恶奇①吃掉了，我帮你们报这个仇。"他们一听，就摆船回去看看。一看岛子上站个老头，身穿黄鱼皮衣服，鱼皮扎头，挂一根树根做的拐杖，相貌看上去很善良。两人忙给他跪下："我们感谢你老人家的恩德，帮我们报这个仇吧。"老人说："这个妖怪很厉害，它能兴风作浪，能降雨喷火。你射了它一箭，它跑了。可它还得来。今天我是专到这岛子来治妖怪恶奇的，它再来，我们一起拿它。"老人告诉他们，妖怪把他们家人吃掉以后，骨头埋在最北边的山包下，带着他们两人到了那里。两人痛哭一场，祭奠一番。

三个人又来到破房子，西边的小隔扇给老头留下，乌鲁和媳妇住东屋。老人告诉他俩，要和原来一样，什么也别怕，"有我在，不管它喷水、刮风、吐火，都伤不着你们。"晚上，又刮来一阵狂风，恶奇鬼又来了。它又伸出手向乌鲁夫妇扑去。他俩很机灵，巧妙地躲过去。乌鲁手疾眼快，拿起弓，就觉得手不好使，原来被恶奇鬼抓住了，弓也抓碎了。就见恶奇把乌鲁抓起来，往嘴里填。乌鲁媳妇急忙喊救命，就见老头手拿

---

① 恶奇：吃人妖怪。

拐杖，照恶奇鬼的头打了一下子，就看一溜火光，越溜越远，恶奇鬼逃跑了。老头追了一阵，没追上，回来对他俩说："你俩的仇不能报了，它逃跑了，不能再来了。"俩人再三恳求老人帮忙，除掉恶奇，为家人报仇。他们说："我们俩说啥也不回去，一定要报这个仇。老人家帮帮我们吧。"老人说："我的本事不大，只能用棍子打它，它发现得早，就逃跑了。要想整治它，你们还得去拜大能人。从这里往南去有一个岛，要走三天的路程。那里有个老太太叫阿堪玛，她的本事很大，准能制服它。你们去找阿堪玛吧。要报仇就得有决心，怕吃苦不行。阿堪玛有个脾气，你去一两次求她不行，你跟她又哭又闹，哀求也不行。你们得给下长跪，跪上三五天，缠住她不走，她才能答应帮你们。"两人赶忙向老头拜谢，谢谢他的指点。老头从兜里掏出一根鱼刺，让他们拿着，别在身上，说是带上它，什么风浪也阻拦不了他们。

乌鲁媳妇把鱼刺别在胸前，乌鲁摆着船。海上的风挺大，浪很高，可是他们的前面都是一条平道。他们向南划着，整整三天，来到一个到处是石头碴子的岛上。这正是春天，岛上的野花都开了，草地上、石头缝里到处都是五颜六色的花。一到岛上，他们就开始找阿堪玛神仙。他们见岛上有个大石头碴子，在它的山顶上，有一座房子，是海礁石砌的，房盖也是海礁石垒的。两人爬了上去。来到海礁石房子门外，跪下。不一会儿，就见一个老太太身上非常脏，相貌特别难看，满头白发，走了过来。见到他们也不说话。他俩跪着，把恶奇妖怪的事说了一遍，又讲了要老人家帮助报仇的话，老太太不吱声，反倒进屋休息去了。他俩一直跪着，多渴、多饿也不起来。

这样到了第五天头上，老太太说话了。她问："是谁告诉你们到这儿来？总给我惹事！"他俩说，是一个老爷子告诉的，他拿根树根做拐杖，把妖怪打跑了。老太太一听，说他是摩多神①，他的本事比我大，他都治不了，我能行吗？老太太说啥也不干。他们俩再三央求，老太太一看这俩人报仇心切，就答应了。她说，咱们得回岛上去，想办法让全家人的灵魂聚会，把情况搞明白，看看他们到底为什么死，怎么死的。两人赶紧随老太太驾船回去。

他们俩驶船，老太太在水皮上走，就见船走得飞快，来时走了三天，回来不到半天就到了岛子。一上岛，老太太说咱们明天去聚魂。第二天，

---

① 摩多神：海神。

太阳没出来，老太太聚起魂来。就见姑娘的爸爸妈妈、姐姐弟弟全来了，姑娘一见大哭起来，她的亲人们也哭了，亲人们说，你们晚回来一步，全家人没有见到，白白想你们好几年。大家越说，哭声越高。老太太走过来，她问起一家人的遭遇。原来，妖怪恶奇看上了姑娘的姐姐，要娶她做妻子，她见它长得蠢，嘴又大，太丑，不答应。它一听不答应就兴妖作怪，先是把她的父母吃了，她也不答应；又把她弟弟吃了，她还是不答应，最后把她也吃掉了。老太太问明了情况，觉得这一家人死得挺可怜，就说，我打发你们到福地去吧，那儿有吃有穿，和原来一样。老太太把魂儿打发走了，太阳就出来了。老太太说，今天咱们就在这儿找妖怪。你俩在北山包堆个土台子，我在上面坐着，你们在下面跪着，我念咒语把妖怪招来。他们一切都准备好，就见老太太把头上的簪子拔下来，它是亮晶晶的水晶石做的，老太太拿着它在前后左右各绕三圈，又朝空中地下两个方向各绕三圈。一边绕，一边嘟囔，就看天上很多云彩并在一起，天刮起黑风，海上的浪，山那么高，水声像雷一样。老太太说："妖怪快来了，你俩别怕。它可能要把你们俩抓起来，你们也不要怕。"

时间不长，就听"喀哒"一声，降下一个圆了咕咚的东西，比树还高，特别黑。它伸出手，向乌鲁夫妇抓来，一张嘴，把乌鲁装到嘴里，回头又来抓乌鲁媳妇。这时老太太用水晶簪子一指，它不动了。老太太说："你这个孽障，快把小伙子吐出来。"它不吱声也不吐。老太太用簪子往它下巴上一杵，乌鲁从它嘴里掉到地上，摔了一下。"你为什么伤人？"老太太问了好几遍，妖怪就是不吱声。后来老太太说："不管你吱声不吱声，你伤人，我就要你的命。"老太太用簪子敲它的头，把它的头敲开了。老太太说，你得变回原形。老太太又敲了几下，这个黑家伙恢复了原形，一看是很粗很大的海鲀鱼。老太太对乌鲁说："你们把它的皮割下来，骨头也给它拆了，把它的肉吃了，吃不了，扔到海里。"他俩剥下了鱼皮，这种鱼皮冬天防寒，夏天防暑，风刮不着，雨浇不着，火烧不着。老太太看着他俩做这一切，最后说："我只要它的两只眼睛。"他俩奇怪，问她："你为什么要它的眼睛？"老太太说："把它的眼睛放到屋里，晚上不用点松油亮、野猪油灯。"老太太把它的两只眼睛抠下来装到口袋里。

他们要分手了，俩人有些担心，从这里到家坐船要行七天七夜，刮起风来就更难驶船了。俩人把想法和老太太说了，她问："你们身上的鱼刺还在不在？"他们说在。老太太说，有它就什么也不用怕了。两人拜别了老太太，就见她踩着水皮走了。

两人把鱼皮、鱼骨剥下来，卸下来，装到船上，饱餐了一顿鱼肉，摆着船，顺利地到了家。船到了岸边，他们把东西抬到岸上，妹妹见哥哥、嫂子回来了，赶快来迎接。听说嫂子全家被妖怪害死的事也很伤心。他们回到家，继续过日子。他们的孩子长得很结实，很讨人喜欢，全家人每人用鲌鱼皮做一件衣服，剩下一些挂到门上。从这以后遇到风，风刮不着，遇雨，雨淋不着，到深山去打野猪，遇到山林着火，也烧不着，厉害的动物去咬，都咬不动。

他们的日子过得很好。有一天从山西刮起黑风，黑风中刮来沙子、泥土。可他们家的人都穿鲌鱼皮衣服，谁也刮不跑。随着黑风来了奥东奥奇①，它变作人形，来到乌鲁家。他对乌鲁说，他看中了乌鲁的妹妹，想要娶她做媳妇。乌鲁说："娶我妹妹可以，可是你必须是好人家的人，要不是这样就不行。"奥东奥奇一听，就胡编起来，说："我家住山西乌苏里江，家里生活挺富裕。"乌鲁说："提亲得由你们家老人出头，老人不来，我们也不好办。我们也得和妹妹商量，看看她同意不？"奥东奥奇说："我说娶，你就得给！我没有父母，家里就我一个人，我说了算！"乌鲁一看这个人真蛮横，也没怕他。说我们还得商量。妹妹一看，这个人长得不像样子，鼻子大，耳朵支棱毛，下巴一溜胡子，其他的地方精光，穿的倒挺好。几个人商量后，就对奥东奥奇说，我们商量过了，姑娘大了是要嫁人，但也不嫁给你。可奥东奥奇说："嫁也得嫁，不嫁也得嫁！三天以后我再来，你们当心点，再好好合计合计！"说完刮起一阵风，无影无踪了。

乌鲁想，这个东西到这儿风就停，走了就刮风，一定是个妖怪。就把全屯的小伙子召集起来，告诉他们妖怪来抢人一事。大伙儿说："不用怕，我们这些人能制服它！它再来，大伙一齐向它射箭，一齐用刀砍它，一定能把它治死！"

第三天，天上又刮起一阵狂风，落下前日来的那个人。他穿一件新衣服，嘻嘻哈哈朝乌鲁家走来。大伙一齐朝它射箭，干脆射不进去，又用刀砍它，什么也没砍着。它走进屋，把乌鲁妹妹一搂，就抱起来，刮了一阵风就没了。大伙拿着弓箭和刀眼看着它跑掉，没有办法。

乌鲁一看，大家降不住妖，还得请个萨满。人们告诉他，在岭北头

---

① 奥东奥奇：黑风怪。

住个大萨满，专门降妖。乌鲁骑了一匹马，牵了一匹马，来到岭北头。这儿是明格里的地方叫洪格里，小屯子不大，就四户人家。进屯子一打听，大伙说是有个萨满叫瓦旦。他年龄大了，腿脚不灵便，好些日子不降妖了，你得和他好好说说。

乌鲁见到了瓦旦，讲了妹妹被抢走的事情。瓦旦说："这个妖怪是由那乃^①地方过来的，它是黑风怪。那乃有棵很大的树，它就住在树里边，你妹妹很可能就在那乃的树里。到那里去，要过很多道山、很多条河。"乌鲁请瓦旦到他家里，瓦旦同意了。萨满骑着马到屯子里来降妖。他说："这个妖怪一般神降不了，得请风神。为了制服妖怪，全屯的小伙子都要披刀挂箭一起去，把乌鲁妹妹抢回来。"

临走前，大伙祭了路神屋锅妈妈。也祭了山神，因为山里有很多虎豹野兽特别凶猛，得求山神保护。大伙摆坛，堆起土堆，树上索木奇特^②把全屯老幼都召集起来，杀猪祭山神、路神。萨满念咒语、唱神歌，求神仙保佑他们一路平安，然后上路了。

他们绕过一个东西走向的山，又爬过一座南北走向的山。这儿最高的山是锡霍特山。他们从比较矮的地方穿过锡霍特山。过山不远，就到了那乃。那乃地方一片林子，树木非常茂盛，沙子多，骑马难走。走过一片林子，又过了一道山。走了很多路程，大伙站住了。萨满说："就在这一带。这儿山不太高，满山密林，山下长的是很粗很粗的杨树，有很多熊在里面过冬，很多蜜蜂在那儿酿蜜。那乃人不多，一屯子有五六户人家，七八户、十来户的屯子很少。那乃人靠在乌苏里江边打鱼，鱼很多，一般夏天不到山上打猎。现在正是夏天。前面就是妖怪住的地方，不能往前走，靠近了，让妖怪发现不好办。"他们在这儿修起土堆神坛，竖起索木奇特，请风神。小伙子在神坛周围跪下，萨满念咒、唱歌，还伴着舞蹈。足足请了三天时间，才把风神请来。

风神是个老妈妈，满头白发，浑身上下全是白。白衣服、白裤子、白腿带、白帽子。风神来了就问："你这个萨满好长时间不请我了，现在为什么事又来了？"萨满说："乌鲁的妹妹让妖怪抢走了，只有你才能降住它。"风神问："什么怪？"萨满说："黑风怪。"风神说："好吧，我来降它，你们跟着。"风神领着萨满、乌鲁和小伙子一边走一边跳，风神往西

---

① 那乃：赫哲。
② 索木奇特：神杆。

他们往西，风神拐回来，他们也回来。越走，靠杨树林越近。他们来到几个人搂不过来的大杨树跟前，风神说："你们备好弓箭，我去叫门。"就见风神从头上取下一个骨头做的簪子，朝杨树敲三下，树嗡的一声马上变成房子。房子朝东开门，里边出来一个很高个头、满脸黑胡子的男人。他问："风神找我有什么事？"风神问："你为什么抢人家姑娘？"黑风怪说："我没抢，是她自己来的。"风神又问他："你没抢她怎么能到这地方来？人家在恰喀拉，你在那乃。"黑风怪没话可说，只得说："你让我退回，我让她走不就是了。"他从屋里拎出一块桦树皮片，风神一看，正是乌鲁的妹妹，风神对黑风怪喊了一声："黑风怪，以后不许你再干这种事！"黑风怪不服气，问："怎么，还想较量？"风神没理它，朝桦树片吹口气，变成了乌鲁妹妹。风神对大伙说："别再惹黑风怪了，惹急了他要报复。"大伙没多说，萨满领着众人回到家里。

从这以后，他们生活像平常一样，打鱼、打猎、摸珍珠。到了秋天大雁往东南飞，大家高高兴兴，因为黄金季节的冬天很快就到了，人们可以打野兽，可以进山了。一天晚上，突然又刮起了黑风，黑风越刮越大，把屯子里的房舍刮坏一半，周围的树也被拔掉了。风刮到村东头乌鲁家，把他家的房子墙都掀倒，院东的几棵树也被掀倒了，乌鲁的媳妇、妹妹也被风夹到东边，一直刮到东海。从这以后，乌鲁媳妇、妹妹变成两块石头在东海耸立，一个叫板哥拉石，一个叫阿普嘎石。海水不停地咆哮，两块石头也在号叫，东海的浪越起越高。黑风怪也不在那乃住了，它到了东海。锡霍特山越来越灰涂涂的了，到春天也不绿。从这以后，恰喀拉也不安宁了。

第十五章　貂　姑　娘

　　有个小伙子叫奥苏，家住在东海边上，家里有爸爸妈妈。小伙子很勤劳，夏天出海打鱼，冬天进山打猎。每年冬天他穿着鹿皮衣服，毛朝外，这样虽然不如毛朝里那么暖和，可它能起保护作用，这样一穿，其他动物看不清。一般打猎的都穿鹿皮衣服。

　　这年冬天雪特别大，他进山了。雪大山道不好走，他走得很慢，一步一步很艰难，一直走到夏天选好的支锅的地方。他先安上锅，又准备好马草马料，在狗待的地方安了个狗圈，不让狗被风吹着，有一定温度的地方养狗，狗长得好、长得壮。他看肉窖、养马、养狗的地方都收拾好了，很坦然，就到屋里睡了。一大觉醒来，一看外面黑了，接着又睡，一直睡到第二天天亮。天亮后，他出去看看窝子。雪地上的脚印非常清楚，能看出是什么动物。这地方熊多、鹿多，它们把这块地方踩得特别乱。打熊是不太容易的，很危险。杀熊一般杀蹲仓的熊，它藏在树窟窿里好打，在外边走砣子的不好打。蹲仓的熊，它的掌怕雪，眼睛怕光，人容易杀掉它。奥苏辨踪以后，决定打鹿。因为人可以吃掉鹿肉，又可以穿鹿皮。这一带不出灰鼠子，灰鼠子皮可以给小孩做衣服、做被，给大人做衬衣、做被，这种皮不冷不热的。没有灰鼠子，就得靠鹿了，用鹿皮去换灰鼠皮也能用。

　　他每天都打几只鹿，半个多月过去了，窖里头放了好多鹿肉。他还继续打，想多打一些。一天，他一直往西打去，打到锡霍特山的山顶，山顶上光秃秃的，树木极少。他看见一个老人躺在山顶上直哼哼。奥苏奇怪，问他："你老人家怎么躺在这儿？"老人说："我被一个猎人打伤了。"奥苏想，猎人误伤人在山里是常有的事，也没多问，就说："你老人家到我那里住住吧，养几天就会好的。"老头同意了。他把老头搀到自己住的房子里，对老头说："我到山下去找个萨满给你看看吧！"老头说："不用了，你这儿有没有安克拉散^①这种草？要是没有你给我采一点，上到伤口就行了。"他每天出去打猎，回来给老头洗伤、做饭，一连二十多天的工夫，老头的伤好了，老头非常高兴，也很感激奥苏。这二十多天里，两人处得很好，谈了不少话。老头知道了小伙子的家庭情况，小伙子几次问老头他住在哪儿，打算以后到那儿去看望他，老头总是说："不必了，我家住得很远，在一条河流的上源，你打猎也到不了，你找也找不到。"送老头上路时，奥苏给老头带了许多东西，老头一瘸一拐地走了。这一年冬天，奥苏打了好多猎物。春天来了，他赶紧把猎到的东西往回拉。回到家里他把情况和家里人讲了，家里人很高兴，因为救人命是好事。

第二年，小伙子奥苏又到这儿打猎。这一年打的东西也特别多，杀了很多熊，打了很多鹿。他想给家里打点儿穿戴，打点儿毛皮动物，就寻找灰鼠子。找了几天也没见灰鼠子踪迹。心想，还是继续打鹿吧！这样他每天出去打猎，回来很晚。有时候他回来时，见小锅里热气腾腾的，煮了满满一锅肉。他心想，这是怎么回事？这一带也没有人哪？这种情况持续了好久，有时锅里还煮点儿拉拉粥^②。他很奇怪，什么人给我做饭呢？我一个年轻小伙子，和别人连点儿关系都没有。他想偷着看看，到底是谁做的事。

白天，他领着狗出去打猎，他想绕回来，又怕狗一回来惊动人，怎么能让狗不跟自己回来呢？他想了个办法。他打到一只鹿，把鹿顺手就拆巴了，让狗吃。趁狗吃肉的工夫他回来了。他一眼看见自己的房上冒烟，顺着门缝往里瞧，见一个十七八岁的姑娘，身上穿着最漂亮的一身貂皮，正在给他做饭。小姑娘看见他，想躲也来不及了。奥苏问她："你是谁？为什么来给我做饭？"她说："我父亲就是被你救过的那个老头，是我父亲让我来给你做饭的。"奥苏一听，有些纳闷。他问她："你家不是住得很远吗？为什么我一回来你就没影了？你怎么走得那样快？"姑娘说："我在附近搭了个窝棚，你一来，我就回去。"他知道她在说谎，也不细问。从这以后，姑娘也不避他，每天来给他做饭，他们常在一起唠扯，两人都有了感情。一天，小伙子瞅着姑娘的貂皮衣裳说："我们家的人穿的都是些鹿皮，别的人能穿些貂皮、水獭皮，可我就缺这种皮子。"姑娘说："我给你想想办法，这事不难办。"从此，姑娘每天都给他拿几张

第十五章　貂姑娘

---

① 安克拉散：獠牙草。

② 拉拉粥：米粥。

非常好的貂皮。两人在一起整整一冬天，感情很深了。到了春天，小伙子说："我该回去了，咱俩的事别忘了回去和老人商量，老人同意了，我们就订个日子结婚。"姑娘说："好吧。"两人分手了。小伙子把冬天打到的东西往家里拉了一趟又一趟。小伙子向爸爸妈妈说了姑娘的情况，家里也挺高兴。爸爸说："听你讲这姑娘是个善良人，勤劳能干。你也该成家了，你们的亲事，家里同意了。"

小伙子自和姑娘分手后，就惦记着快到冬天，盼望着两人见面。夏天，他在水边打点儿东西，打些鸭、雁、天鹅，捕鱼。冬天到了，他又进山了。姑娘在地窖子旁边迎接他。他把马拴好，把狗安排好。两人很高兴，越过越热乎。姑娘告诉他，自己家里都同意这门亲事，奥苏告诉她，他的父母也同意这门亲事。双方家里都同意，他们就商量起什么时候结婚的事。奥苏说："咱们春天结婚吧。在丰收祭祀的时候，我们就结婚。"姑娘说："好吧，春天燕子来后的第一个月亮圆的时候我们就结婚。"这一冬天，奥苏打猎，姑娘给他做饭，帮他拉肉条、扒皮子。他打了好多野兽，她又给他很多貂皮、獭皮、鼠皮。他们订好了结婚的日子，该各自回家了。临走，姑娘对他说："你不用到我家来接亲，你在你家房头等着迎亲，我自己到你家去。"

奥苏要成亲了，他把喜讯告诉了周围的邻居，大伙都夸他是一个好小伙子，娶了个好姑娘，邻居们都很赞佩。迎亲之前，邻居们抬的抬、扛的扛，带来好多肉、好多酒，姑娘还带来自己家的猪到奥苏家庆贺，大家准备欢欢乐乐吃一顿、喝一顿。

迎亲的一天到了，奥苏和邻里们按照姑娘说的在他家房头迎亲。这时来了一队小姑娘，都穿着貂皮，戴着头花，很漂亮。姑娘也打扮得很漂亮。两人交拜。男的跪一条腿，一手叉腰，女的双腿跪下，祭了天，祭了地，又祭了祖先，给长辈、亲朋磕了头，就这样他们成亲了。

姑娘过门后，家里所有的活她都能干。她做的针线活很细，缝的皮衣非常漂亮。她能磨花、磨项链，佩戴出去，大伙都喜欢。邻居们都夸奥苏娶了个好媳妇。邻居们有什么困难她都想办法帮着去做，人人说她善良能干。奥苏每年都打猎，姑娘也能下海拣些东西。拣些小鱼，烤点鱼肉喂狗。海里、河里有什么宝物她一看就知道。她把海里的珍珠拿上来不少，分给大家。几年后，她生下个小孩，家里的日子越过越好。

有一天，一个猎人从她家门口路过。他身穿光毛鹿皮衣服，头戴黑三角帽，身披弓箭。他对奥苏说："你家里有妖。"奥苏说："我家里生活得很和睦幸福，我家里没有妖。"那人说："你家里有妖，不信我给你请个萨满来。"过了几天，猎人领来一个萨满。萨满的头发像火烧一样卷卷着，满脸连毛胡子，戴着珍珠项链，穿的单靴鞋。奥苏和家里人都说："我们家没有妖，你们回去吧。"萨满说："我到你家来正是给你们取宝。你家里有妖精，这个妖精就是宝贝。"奥苏非常生气，他看好言好语这两人不听，就直接说："你们快走开，我家里没妖精，就是有，我们也不让你们拿。我们家很幸福，你们别到这儿捣乱。快走吧！"这两个人在屋里转了转，没敢动手，走了。

猎人和萨满走后，姑娘说："来这俩人不是好人，他们是来害我的。他们说是来取宝，是因为我这几年从东海拿了很多东西，分给了大家。这事惊动了海神，它们对我不满意，变人形来害我。"奥苏一听也挺担心，他们要真的害死她可怎么办？想来想去，他把她装在很长很大的箱子里，每天不让她出门。萨满和猎人来了好几次，见不到姑娘，也找不到人。他们说："奥苏，这个妖精就在你的家里，你把她交出来吧！"奥苏说："我说过，我家没有妖精，你们总来干什么？快走吧！"他把萨满和猎人撵走了。

萨满和猎人在这儿转着不走，姑娘很害怕，奥苏和家里的人也很着急。一天姑娘问："往北去的那条小河好走吗？"奥苏说："那两个人没在那边。"姑娘说："那就好了。有这条河我就能活命，这条河能通东海，我要走了。"

奥苏不明白妻子说的"要走了"是什么意思，他想只要能救她的命，就想办法帮她逃脱。他领着媳妇跑到河边，把孩子扔在家里，让爸爸妈妈看着。萨满和猎人看见他们，追了上来。猎人搭箭射来，小伙子用身子挡着，姑娘一猛子扎到河里，再也没上来。萨满说："坏了，你把妖精放走了。"猎人也说，"她是个貂精，变成人形，你们家里怎么看不明白？"奥苏见媳妇没了，很伤心。他没好气儿地说："我家自她来了，吃得好，穿得好，她是我的媳妇，是大伙都夸奖的好人，不是妖精。"

从此后姑娘不见了。奥苏带着孩子每天都到河边来，邻居们也常到这里找她，再也没见到她。

第十六章　靰鞡草妈妈

有一个小伙子名叫明突，一个人住在山里，天天出去打猎。他勇敢能干，把用不完吃不了的野兽皮、野兽肉送给周围的邻居，还特别照顾鳏寡孤独的人。人们对他很称赞。明突二十七八岁了，还没有配偶。周围有不少姑娘，可他住的地方偏僻，和他接不上头，很难谈。一些老人劝他下来，别在山里住，可他不肯。他自己住在山里养匹马、养条狗，伴随他过日子。他每天出去打猎，猎到的东西吃不完、用不完，可他的生活很俭朴。人家借他的东西还也行不还也行，还早了还晚了他都不在乎。因为恰喀拉人和人借东西有时能见面，有时见不着面，他一点私心眼也没有。

在山里过的日子长了，他对山道很熟悉，左一道沟右一条河，南一面岗北一座山他都很熟。他和别的恰喀拉人不一样，别人夏天要打鱼，他夏天连鱼都不打，仍然住在山里。夏天在山里可够遭罪的，有蚊子咬、瞎虻叮，还有很多长虫。他在山里艰苦度日。到了冬天，缝好熊皮靰鞡、鹿皮袜子穿戴上，带上弓箭，赶很多狗，一匹马爬犁去打猎。夏天的时候，他在山里都采好了窝子，也准备好了烧柴，修好了肉窖，准备把野物放进去，省得叫别的野兽叼跑了。冬天了，他一个人支上炉灶，用锅煮肉。有时还煮点拉拉粥豌豆，或者把夏天采的干菜和兽肉一起煮。他这一冬打了不少猎物，打到猎物后放到肉窖里。有时候回来得早一点，就把打来的肉拉成条，吹干，然后放进窖里。打来的皮子也吹吹干。冬天吹干的皮子柔软，好熟，好下针。他使的针都是些骨头做的，线不是皮条就是鹿筋。他白天出去打猎，回来早就割肉条喂狗喂马，狗很壮，马很肥。

春天一化雪，道挺难走，他把打来的东西自己储藏一部分，另一部分送给比较困难的人家。别人看他打这么多的东西都很羡慕。第二年冬天他还是去打猎。周围所有的山他都跑遍了，哪个地方狍子多，哪个地方出鹿、出野猪，哪个地方出安巴他都熟悉。该去打猎的地方他就去，需要躲着的地方他就躲着。

有一天出去打猎，他碰到一头很大的马鹿，马鹿在前面站着，他一箭射去，就看箭射到鹿，鹿带着箭跑了。他领着很多狗，跟了上去。渐渐的鹿跑远了，他顺着鹿的脚印、血踪跟下去，走了很远很远。看见鹿拐弯，他也拐弯，鹿照直走，他也照直走，天快黑了，东北一个大洼塘，鹿趴在里边。他已经累得浑身是汗，看见鹿趴着，他往前走，鹿起身又跑，他又撵了上去。

天黑了，什么也看不见了，等明天再追吧。这儿离原来住的地方已经很远了。他用火石磕火，拢了一堆火，周围是雪，他啃了几口雪，几条狗陪着他，他坐着，不一会儿就睡着了。他睡觉的时候火灭了。夜间风飕飕地吹，特别冷，可他很累，睡得死死的，什么都不清楚了。当他醒来时，想站起来，怎么也站不起来，两条腿不好使了，脚冻僵了。袜子和脚粘在一起冻得硬邦邦的，明突很难过，没想到自己年纪轻轻的，就要冻死在这里。他想方设法能使自己站起来，可是不行。他把狗放在腿底下取暖，可狗的热量有限，怎么焐也化不了，他还是不能动。想引火，又够不着干树枝，无奈，只好坐着等死。他一直等到太阳落山，这么长时间，他饿了，也没人来搭救。

天傍黑了，来了一个老头，他赶紧搭话。老头问："你是什么人？"他说："我是打猎的，为撵一只鹿跑到这里，鹿带伤跑了，我的脚也冻坏了。"老头说："出远门不多带几双袜子怎么行？就带一双袜子，脚准得冻坏"。明突说："现在说什么也来不及了，我的脚冻完了。我就是活下去也成了没有脚的废人，今后不能干活了。"老头说："我背你到我家去吧。前面不远有个大草甸子，草甸边就是我的房子，家里就我们老两口，你就到我家里去养养伤，腿好了再去打猎。"明突不相信自己的腿能好，一听老人的话，知道他是个善良的人，就想到他家里住几天看看。他告诉老人，林子里有他喂的马，还有很多肉。老人说："你放心，我把马牵来，东西不会丢。我往肉窖上多压些石头，野兽挖不开就行了。"老人过来背明突，可是背不动，他说，我回家找马拉爬犁来，把你拖回去。天黑了，老人回来了，赶着爬犁，把明突拉回家。

老太太对小伙子很好，仔细看了他的脚，一看冻得很厉害，怕不好治了。明突问老太太："这周围有没有萨满？能不能找来给我治病？"老太太告诉他，不用请萨满，我们会给你治。老太太给他端来饭菜，他吃好后，脚上的靰鞡已经化开了，又帮他脱下靰鞡，用皮子把他的脚包上。说："你睡吧，明天开始治病。"

他的腿疼得要命，睡不着。整整熬了一宿。第二天，老头端来一盆水，说："你把脚放到盆里洗洗吧。"他洗了一会儿，没什么知觉。老太太给他洗伤。这样，他们天天给他洗伤，一天洗好几次。老头又给他夏天采的药吃，又帮他祭了神。这样每天都吃药、敷药、祭神、洗脚。明突奇怪，这老人的家从来不烧水，可老头总从外面端来热气腾腾的水。他问老头，这是怎么回事，老头说："我们后边有个泉眼，泉里冒热水，这水可以治很多病。"

半个多月过去了，明突的脚有了知觉，能感觉疼了，腿也觉得发痒了，出现了好征兆，大家都挺高兴。他们接着祭神、洗脚、敷药。老头子每天都给他念几遍咒，祷告一番。又住了一个多月，明突的病全好了。明突病好了，又惦记着进山，老夫妻俩说："我们知道你是个勤劳的小伙子，在家里待不住。我们家里没儿子，你走了，我们还怪想的。"明突说："我以后一定来看望老人家。"老太太说："以后进山要注意，应该多带几双袜子。出了汗就赶快换下来，再不要冻坏了脚。我还有个东西送你，你别看它看上去不怎么样，你穿靰鞡时把它放进去就不冻脚了。"小伙子说："那是什么东西？一定是宝贝吧！"老太太从破箱子里掏出一包子草，草有红根的，有白根的，草梢都绿汪汪的。老太太告诉他，把草用槌子捶了，放到靰鞡中去，穿上准不冻脚。明突问："这叫什么？"老太太说："叫靰鞡草。"明突忙问："这草长在什么地方？我到哪儿能找到呢？"老太太说："哪儿都有，这种草什么地方都长。"明突特别高兴，带上老太太给的宝贝就要上路了。他问老太太叫什么名字，下次来时好谢谢她。老太太说："我的名字叫靰鞡草妈妈，你想我时，叫一声靰鞡草妈妈我就知道了。这种草你要一天一换。"小伙子再三感谢靰鞡草妈妈，他说等我打完猎，一定带来最好的皮子给你们做衣服，带来最好的肉给二位老人吃。

小伙子回到住地，进院子一看，肉窖被雪封上了，他清除了雪，把马槽收拾一下，装一些料喂马。又把住的地方收拾一下，安排好，又进山打猎了。

他两只脚恢复得很好。自从得了靰鞡草，他把它放进靰鞡里，感觉非常暖和，一天一换，又舒服，又不冻脚。他非常感谢两位老人，他们为他做了一件了不起的事，他们救了他。这一冬他打的猎物不少，春天往回拉时，他想先给老人送些好皮子好肉去。

他赶着爬犁来到大草甸子边上，一看两位老人住的房子不见了，原来住的房子连点痕迹都没有。再看房前的三棵杨树还在，东南角的小松林也清清楚楚。这是怎么回事？草甸子怎么能没有了呢？他想起两位老人给他治病的情形，心想，他们的本事那么大，一定是神仙吧？他记起靰鞡草妈妈告诉他的话，让他想她的时候就喊声靰鞡草妈妈。明突满山喊靰鞡草妈妈。喊一声就听见她答应一声，可是看不见人。最后，明突把带来的皮子、肉放在原来的草甸子上，对靰鞡草妈妈说："靰鞡草妈妈，我把皮子和肉给你送来了，就放在这儿，我谢谢你们了。"

明突回到了屯子，把冬天打的东西都拉了回来。他把自己的遭遇对邻居们讲了，大家一听，都来试试，一看靰鞡里垫上靰鞡草又舒服又保暖，感觉挺好，都说，这回可好了，以后进山不用带好几双袜子了，咱们就薅靰鞡草吧。大伙说这可得感谢靰鞡草妈妈，她给我们帮了大忙了。从那以后，每逢打猎时，人们要祭猎神，也要祭靰鞡草妈妈。靰鞡草妈妈是个非常善良的神，当地人们都很敬重她。

第十七章　苦　媳　妇

　　有个地方有这么两口子，过了几年还没有孩子。刚结婚的时候，日子过得很美满，夫妻恩爱，生活富裕，男的也挺勤快。他们的老人住的地方距离他们有二十多里，住在大山里头，他们两口子住的靠海边。男的天天出海打鱼，打来鱼以后，女的就洗鱼，剥鱼皮、晒鱼干。晒好后就放到仓里头。冬天，男的出去打猎，把肉拉回来，妻子就晾肉干。冬天晾的肉干比夏天晒的好吃。冬天冷，靠风吹干，肉自然风干，吃起来不硬，重新烤一烤就可以吃了。因此，媳妇就尽量在冬天多晾些肉干。他们的仓房里，鱼干、肉干、鱼皮、兽皮总是装得满满的。

　　刚结婚那几年，男的有点骨气，想把家里搞得富裕一些，很勤劳。在离他家二三里的地方有一个萨满，他不太正经，好吃懒做，靠嘴巴挣点吃的。给谁家跳个神治个病什么的，得点鱼肉、兽肉。这个萨满懒得出了名，好些人家都不找他。萨满和这家的男人经常在一起，两人吃吃喝喝，关系处得很密切。萨满劝他不要去干活了，每天出海打鱼、摸珍珠，到海边刮盐太累。冬天要到森林里去打猎，碰上熊、碰上虎没法躲藏，弄不好就丧命。不如当个萨满，有吃有喝，用不着干活。什么事也架不住熏染，小伙子成天和这个懒萨满泡在一起，越来越懒。该出海了，他不动弹。媳妇把出海的饭准备好，可他吃完饭，躺着不起来。这样就耽误了打鱼的季节，好多鱼没有打到。冬天该进山了，他还是不动弹。快没有吃的了他才往山里去。人家进山前都做些准备，在夏天或者秋天就到山里修修地窖子，夹好障子，修好马圈、肉窖，准备好干柴，可他进山很晚，什么准备也没有，没有肉窖，也没有个屋。靠个皮帐篷，非常冷。打点东西，就赶快送回家，要不，碰到野兽就坏了，连人带猎物准都剩不下。几年了，他都是这样。夏天懒，冬天还懒，生活很痛苦。

　　他自己不干活，就逼着媳妇去干。一般的妇女只是做点家务活，或者进山采点果子，再不就弄点野禽，下河捞点好打的鱼，像罗锅子、大马哈什么的。大部分时间晾肉干、缝皮子、缝衣服、做褥子、做被子。男的一懒，媳妇的劳动量就加重了。夏天，她要出海打鱼，她没有打过鱼，没有经验，力气也小，鱼打得很少。冬天，她还得弄点儿野兽肉，就进山打猎。她体力差，又没有打猎经验，顶多打几只鹿、几只狍子，根本打不到野猪、打不到熊。打不到野猪和熊，就没啥点灯的，因为人们都用猪和熊的油点灯照明。家里该有的东西都得不到，他们的日子越来越困难。

男的不学好，好吃懒做，一天到处溜达。萨满对他的影响很坏，劳动干活方面的好处他连想都不想，成天和萨满吃喝、瞎扯，他对媳妇的感情越来越冷，越来越生，经常虐待她。想打就打，想骂就骂。恰喀拉人有规矩，男的不许打女人、骂女人，女的也不许骂男人、打男人，他违背了这个规矩。女人想，虽说结婚这些年没有孩子，可这几年两人在一起也苦熬过来了。头两年，两人的感情还挺好。她有些迁就他，何况自己再嫁也不好办，出一家，进一家，对女人来说也不是件容易的事。两人对付着过，女人一再忍受。男的越来越不像样子，有时烤好的肉不许她吃，不让吃饭，还逼着她出海干活。女人出海时只好搞点儿海螺什么能吃的东西充饥，冬天就嚼嚼生肉条算吃一顿饭。日子长了，她受苦的事就让父母知道了，他们都可怜她，可又没有什么办法，他们都没法劝说她男人回心转意，又没有离婚的习惯，眼看着她的日子不能过。最后只好找男的父母去了。男的父母一听说，也很生气。说他头几年又能劳动又能过日子，两口子和和气气，日子过得不错。说要好好劝劝小伙子，让他改邪归正，重新好好干活，把日子过好。可是小伙子根本没有悔改之心，他把萨满当作最知心的朋友，说啥听啥，越来越坏，对媳妇的虐待变本加厉。

媳妇越来越伤心。出海时，一边打鱼一边哭，海里的风刮得呼呼地响，她的哭声比风还响。哭长了，泰木①就知道了。泰木一看这个人很苦，可究竟有什么苦处，它不清楚。它想帮助她。它看住这个媳妇，每次她来打鱼，泰木想办法帮她多打，她的鱼总是满船的。满船的鱼到了家，男的连手都不伸，不干活也不收拾。收拾鱼、剥鱼皮都是女的事，弄完还要装到仓里。这样，男的还嫌她干得少，骂个没完。海神到她家里看过，也听周围邻居讲过，知道是小伙子不像样子，虐待能干的媳妇。

---

① 泰木：海神。

一天，泰木变成个老太太在海边溜达，正赶上她打鱼回来，老太太说："我帮你卸吧！"媳妇一看，周围的邻居她都认识，怎么这个老太太从来没见过。她一看这老太太挺面善，就和她唠起来。媳妇不肯讲家里的事，老太太说："你真是个好人，你两口的日子不太好过，夫妻之间关系不好，不是不在你，劝他也劝不了。我想个办法，让你生个孩子，以后你的日子就好过了。"

一年以后，媳妇果真生了个孩子，男的一看，生了个小子，挺高兴。他重男轻女，认为生小子能干活，是件好事。男的有点转变，开始重新劳动。他长期不干活了，没力气，不如女的打的鱼多、肉多。可日子一长，他觉得干活不是件好事，厌弃劳动，对女的感情还不能缓和，日子越来越难。生了孩子也没啥转变，他对媳妇的虐待还和从前一个样。生了孩子反而是负担了，夏天她还要出海打鱼，冬天，她还要进山打猎，又要干家务，又要照看孩子，她再能干，负担也太重了。

时间长了，泰木就知道了。怎么办呢？想来想去，它想最好让女的再嫁人。可她有没有这个心思呢？一天泰木变个小伙子，在海边溜达，主动和媳妇搭话，媳妇不理他。泰木一看这女的没有外心，是个好人。泰木心想，我想办法让她的日子好过一点，让她生了孩子，可这个孩子反增加了她的痛苦，这可怎么办？还得另想办法。要减轻她的负担，只有让孩子死掉。不久，孩子得了病，病越来越重。男的一看孩子闹病也挺着急，找好多萨满，人家嫌他人性不好，都不来给治，只好去找那个懒萨满。萨满弄些草药，请了神，治了好长时间也不见好，最后孩子死掉了。小孩子死有两种葬法。一是用一块板放在海面上，把孩子漂起来，刮西风天，孩子顺风漂到大海里。二是山葬，把孩子放到山顶的树上，好多老鹰把孩子的肉鸽没了。这个孩子死后，就这么葬的。

女的很痛苦，结婚多少年才有一个孩子，还死了，以前男人虐待她，瞅瞅孩子，心里好受一点，现在这点安慰也没了。男的也有点难受，但一阵儿就过去了。女的每天到海边哭自己的孩子，出海打鱼也哭。海神一看，她这么想孩子，就想叫她再见见他。海神刮起一阵东风，把孩子吹回来，她一看孩子回来了，哭得更厉害。想下到水里去捞，不想，一下把木板碰翻，孩子掉到水里，她也想跟着跳下去，还没等跳，就见小孩子变条鱼，在船前船后转。她每天出海打鱼，这条鱼就跟着她。她回来，这条鱼就跟回来。她把这事告诉丈夫，男的不信。女的没法，成天哭孩子，看见鱼游来游去就更难过。他丈夫想，这条鱼惹得她成天哭天抹泪的，哪天我把它扣下，吃了它，让她总哭。

一天她丈夫摆着船，拿着网和媳妇一起到海里，一看鱼在他的船边左右游动，她只是哭。男的下网，把鱼打住了，往船上拽，女的不让。男的不听，他越往上拽，鱼越往下沉，他越沉越拽。船拽歪了，网拽折了。鱼没打上来，男的很失望。从这以后，女的再也见不到这条鱼了，她更哭了。

泰木很生气，心想，这个男人真混账，一再感化他，让他们生活幸福，可他不往好里赶。这回非治治他不可。一天泰木找到风神，对风神讲了这家男人的坏处，让它帮忙惩罚他。风神一听，也很气愤。世上哪有这样的人，太坏了。它答应了泰木，两个神定下个日子，在那天趁他家生火的时候，把它的房子刮着。几天以后，在他们家点火时，刮起了风，风越刮越大，着了火。女的左喊右喊没人帮忙。男的躺在屋里不动弹，看火越烧越旺，起身往外跑，出门正巧横梁木掉下来，压到他的脑袋上，把他砸死了。女的喊了半天，见他已经死了，挺难过，哭了起来。

女的生活挺困难，就回娘家去了。她的父母说："你已经嫁出去了，住在娘家，让周围邻居看了不好看，还是回去吧。"没办法，女的回到原来的家。她能干，人缘也好，邻居好些小伙子帮她支起马架窝棚，她又住下来，一个人生活。她夏天一个人出去打鱼，冬天一个人进山打猎。一个人的日子好过，有点东西就够用。日子长了，泰木一看，这样好的人，处境这么难，怎么能让她好一点？姑娘嫁出去了，再找男人也不好找，它就和风神商量，再帮帮她。

一天，她出海打鱼，刮起了西风，风把船直往东边刮，越走海越深，越走海越大，越走她越认不清方向、越迷糊。在水里漂了三四天，她来到一个小岛子。这岛子是泰木住的地方，泰木又变成老太太。她一上岛，看见泰木，一看前几年见过面。泰木告诉她，它就是海神，看她这一辈子挺辛苦，想把她接来，给自己当姑娘。她不干。她这么走不明不白的，邻居们会怎么说？她请求让她走。泰木同意了。她在海上转来转去，找不到家，最后又转回这个岛子。她只好住下，给泰木当姑娘，心想以后还得找到家。泰木看出她的心思，心想她既然想家，还是让她回去。就对她说："你上船走吧，我送你回去。"她很感谢泰木的恩情，向她拜了拜，就上了船。海上风平浪静，她往回走，很快就到了家。到家后，又重新一个人过起日子。

她的父母很惦记她。姑爷死了，外孙子没了，剩下一个姑娘过日子，够难的。他们经常给她送些东西。母亲希望她改嫁。母亲家的邻居中有个小伙子，挺能干，是个最好的猎手。这小伙子的媳妇头几年死了，也该再立个家。妈妈希望她嫁给这个小伙子。既然母亲说了话，她就听母亲的，她提出要见见他。母亲说不用看，这么些年我们都看着他长的，不会错，放心好了。可姑娘总想看看再说，母亲也怕姑娘不放心，就说："你俩还是先见见面好，看看对不对脾气。"

姑娘的母亲告诉小伙子，到能看到姑娘的地方去打鱼。他们在北边的海岸上见了面。两人见面一谈，都觉得挺好。女的撒网，男的一看，她干活这么利落，赶上个男人，觉得很不错。男的一撒网，女的一看，他真是个干活的能手，心里挺满意。两人经常在一起捕鱼，男的有了心，女的也有了意，感情越来越热，不久，两人结成了一对。

海神泰木变个老太太来看他们，对她说："这回你总算得到了幸福。我给你们一件宝贝。这是一颗大珠子，用这珠子，在海上打鱼，碰到风，船刮不翻。到山里打猎，碰到最凶恶的野兽，它们一见珠子的光，就不敢过来伤人。"两人谢了泰木。姑娘一看海神泰木这么些年来一直帮着自己，保护她，还给她送来了宝贝，不知怎样报答它才好，忙跪下，掉下了一串一串的眼泪。泰木说："快起来，你的心思我知道。以后你们和和美美过日子，我就不惦记你了。"说完泰木就走了。夫妻俩朝它走的方向拜了又拜，说一定要好好祭祀泰木，感谢它给我们带来的好处。

从这以后，两口子的日子很美满。俩人一起出海打鱼，一块进山打猎。回来一起剥鱼皮、弄兽皮、晾鱼干、拉肉条，日子过得比周围邻居都富裕。家里要什么皮子有什么皮子，鹿皮、貂皮、獭皮多得很，海里各种各样的大鱼皮也是穿不过来。吃的也很充足。他们总是帮助有困难的人，邻居们都夸他们是善良、勤劳的人。他们后来生了两个孩子，一个女儿，一个儿子，夫妻二人白头到老。

第十八章 蜂妈妈的故事

　　拉达河，东边是海，那儿是河口，南边是草甸子，到处开着野花。渔人打鱼常从这河边路过，出海的人，有的在河上支起筏子到海边去打鱼。这条河里鱼不太多，有大点鲑①，还有些细鳞鱼，这儿是海湾，大北边是山，把海挡住了。每年春天刮风，这儿的风不大，小船可以到海里打鱼，可以走到很远的地方。

　　有个小伙子叫希帝里，已经在船上打了几年鱼了，每年打鱼都从拉达河路过。河南的甸子边有些小草甸子，长不少水草和轧鞡草。每年他都在这儿拔些轧鞡草絮轧鞡用。直到拔不动了，他才住手。因为轧鞡草拔不动了的时候，它就脆了，不好使了。他家住在哦里屯，住在河西边。每天要走很远的路才能到海，每次打鱼回来，他都用筏子把鱼拖到家。他和很多人一样，经常从这里路过。小伙子挺能干，还没结婚，周围的人都很佩服他。他夏天打鱼打得多，冬天打猎打得也多，他每次进山都带很多狗，他能打到很多东西。能打到野猪、熊、鹿和狍子，这些野兽只要一露面，准逃不出他的手心。他是打鱼的能手，也是打猎的能手。

　　一年夏天，希帝里从草甸子路过，遇见一个小姑娘，穿的是虎皮衣裳，在草甸子里采野花。恰喀拉人大都穿鹿皮衣服，小孩穿灰鼠皮，夏天穿虎皮，而且穿不刮毛的虎皮衣服的很少。姑娘这身衣服挺扎眼。大甸子南边长着野草，各种各样的药材开的花很茂盛。姑娘在甸子里东采一下西采一下，累得满头是汗，他挺奇怪。恰喀拉人不怎么采花，除非谁家办喜事，去采几枝外，平时没人采花，采花没用。这姑娘穿着虎皮衣裳，又在花里奔来奔去的，看上去很漂亮，小伙子注意瞅了姑娘几眼。他常从这儿走，也常看见这姑娘采花。她早晨很早就出来，有时候很晚了她还在采。有时候，两人打个对面，小伙子就走过去说句话："还在采

---

　　① 大点鲑：罗锅大马哈。

花呀？"姑娘说："采呢。你上海呀？打鱼去？"他说："上海，打鱼去。"说几句简单的话，就过去了。长了，两人就熟悉了。有时候碰到一起，小姑娘主动搭话："你打鱼一定很累吧？"小伙子说："不累，习惯了。"他问姑娘："你怎么总采花？采这些花有什么用处？"姑娘说："用处可大了，它能解饿，还能给人治病。"小伙子想，说它治病还可以，怎么能解饿？解饿得靠野兽肉、鱼肉，花能顶饭吃？两人熟了，在一起无所不谈。他问小姑娘家里几口人，小姑娘说："家里兄妹很多，还有老母亲。"小姑娘也问他，他说家里有父母，就哥一个，还没结婚。姑娘觉得小伙子挺好，长得壮实精神，家里人口轻，父母健在，还没结婚。小伙子感觉姑娘不错，有很多兄妹，还有个母亲，很勤劳聪明。两人时间长了，产生了感情。小伙子回家和父母讲了，说他碰到一个姑娘，每天都在大甸子里采花，很能干。父母听说挺高兴，就问："她家是哪个嘎珊的？"小伙子说，她只说家住南山沟，哪个嘎珊没说。父母说，这个姑娘不错，他们同意。再打听打听她家在哪儿，两家人好见见面。

小伙子第二天到海边打鱼，天阴沉沉的，下起了小雨，中间还夹着大雨点儿。他从海边路过，没见到姑娘，心想可能是下雨天没来。他继续打鱼，又等了几天。几天后，雨停了，风也住了，天气很好。他又看见姑娘在采花。两人老远就看见了，一起跑，到了一块儿，又唠了一阵。小伙子问她："你家在哪儿？"姑娘说："西南大山沟。""叫什么村？""没名。那儿不是村，就住我们一家人家。""那怎么找呢？""从这往西南一直走，有一条西北东南走向的山沟，过了这个沟，再走一个沟就到了。"

小伙子回到家里和父母说了，他们说明天就去看看。

第二天，小伙子的父母朝西南方向去了。他们很快看到一个沟，是西北东南走向。过了沟再往西南走，又到一个沟，沟里有座大房子。房子很大，长方形，棚上苫的草，一看是个大户人家，那么大的房子人口少住不过来，盖也没用。这家周围的仓房特别多。小伙子父母很高兴，这家一定是能劳动的勤劳人家，这么多仓房能装多少鱼，装多少兽肉啊！看来姑娘的兄弟姐妹们都很能干活。

这家人家看见来了老头老太太，里面的人接了出来。姑娘的妈妈是个白头发老太太，身上也穿虎皮，一道黄，一道黑，她把小伙子父母接了进去，小伙子父母说："你家姑娘长相好，也能干，我们家小伙子看上她，我们是来求亲的。"姑娘的妈妈说："我也听我的姑娘说了这事。你家小伙子长得精神，勤劳善良，我姑娘也相中了。"两边越说越近乎，亲事就定下来了。

一谈就到了午饭时间，姑娘的兄弟姐妹拿来很多饭菜，有他们从来没吃过的各式各样的野菜，烤鱼干，特别是一种汤，他们感觉非常好喝，这种汤很甜，很香。饭吃完了，他们问："这些菜是从哪儿得到的？"姑娘妈妈说："是姑娘采的。"他们又问："这汤是怎么做的？"她说："这汤好做，将来姑娘到你家自然就会了。将来姑娘结婚，我们还给好多陪嫁。"亲说成了，双方很高兴。太阳偏西了，老两口上路了，临别也邀亲家母来家走动走动。

天黑了，小伙子回来了，他打了好多鱼，家里帮着把鱼搬进来，一边剥鱼皮穿鱼干，一边谈这件事。老头老太太挺高兴，说这家人家能劳动，很富足，吃喝也不坏。有的东西做得非常好，我们家比不上，将来姑娘过门，能给我们做好多东西吃。我们这件亲事订妥了，什么时候结婚，你和姑娘商量一下再订。小伙子挺高兴。

转天小伙子又来到靠海边的草甸子，又看见姑娘在采花，姑娘见小伙子来了，也很高兴。两人有说有笑，不像原来那么拘束了。恰喀拉人订婚以前不许谈恋爱，要是那样，就很不正派。两人订了婚，谈得很亲密、热乎。两人又不能谈得太久，耽误打鱼、耽误采花都不行。小伙子每天从这儿过，两人每天谈，然后分手再去打鱼、去采花。谈的时间长了，两人很亲密，小伙子就提出："咱们的亲事什么时候办呀？"姑娘说："你看什么时候好就什么时候办。"小伙子说："一个是今年办，一个是来年办，你看何时好？"姑娘说："来年春天办吧，在青草发芽、草木开花的时候办。"小伙子说："好！咱就来年春天办。"

两人把日子告诉了家里，家里人也很同意，双方的家里人来往更勤了。小伙子的父母到姑娘家去，带些鱼干和一些上等的貂皮、水獭皮。姑娘的妈妈每次总是一个人来，用一些罐子装的糖浆做菜、做汤，很好吃。不光可以吃，还能治多种多样的病。冬天小伙子进山打猎，两人不见面。大雪封山，道不好走，两家老人也不见面了。

到了春天，草发芽了，开花了，小伙子该娶媳妇了。日子订妥了，两头都做准备。小伙子这头，杀了几天猪，打了一些野禽，有几只雁、几只天鹅、几只水鸭。到河里弄几条河鱼，到海里搞点蟹子、新鲜海鱼。姑娘这头也做了准备。日子到了，小伙子这头很多青年人去迎亲。这些小伙子挎着弓箭、腰刀，穿着新缝的最好的皮衣服，到了姑娘家。姑娘穿着新的虎皮衣服，家里准备好各式各样的肉、鱼、菜。迎亲的人一到，摆上酒席，让他们吃饱喝足。把他们吃得挺乐呵。小伙子拜了丈母娘，接走了姑娘。姑娘骑着马，接亲的小伙子也都骑着马。到了家，小夫妻俩拜了天神地神，给柳树杆子磕了头，又拜了祖宗、拜了父母。仪式完了，该给姑娘梳辫子，老公公要站到一边去，由老婆婆和姑娘妈妈两个人给姑娘头上扎一个髻。上了头，由姑娘变成媳妇；两上髻，一个象征婆家，一个象征娘家。

左右邻居都来吃喜宴，宴席面上有雁、有鱼、有肉，非常丰盛。亲戚朋友还抬来些酒和黄米粥。席面上有个菜是从姑娘家带来的，很受人欢迎，也不知那是用什么野菜做的，很甜。姑娘家送来了不少礼物，用小箱装的，一箱又一箱，没打封，也不知道是什么。小伙子说我看看，打开一看，里面一箱房子都是蜜蜂。

姑娘到了婆家很勤劳，尊敬公婆，夫妻俩挺和美。姑娘告诉小伙子，这些蜜蜂要很好养活，它是好药，又是好吃的东西。姑娘会养蜂，养得很好。恰喀拉人没养过蜜蜂，没吃过蜜，姑娘把蜜送给大家尝尝，大伙觉得蜜的味道很好。姑娘每天侍候蜜蜂，别的活不干。蜜蜂很多，她一个人紧忙乎，有时候出去，不在家，蜜蜂越养越好。小伙子还是打鱼，父母收拾鱼、剥鱼皮，姑娘手巧，给全家人做衣服，很快几年过去了，姑娘生了两个孩子，两个孩子长大后，也很能干。他们和爸爸一起进山打猎，遇到老虎和凶恶野兽时，他们跳得高，跑得快，像飞似的，野兽伤不着他们。

一天，姑娘对小伙子说："我家里出了困难，我想把母亲接来，在你家住，你看行吗？"小伙子说："好哇，咱俩怎么还你的我的，可以接来住。"姑娘说："最近我有些感觉，恐怕家里要出事。"小伙子说："再大的事也不过着火发水什么的，我把老丈母娘接来，让兄弟姐妹们暂时分散到山里，搭些小窝棚，对付几天。"

从把老太太接来，他家的蜜蜂养得更兴旺了，蜂蜜越产越多，他们就送给左右四邻，让大家都吃蜜。姑娘很能干，山里有野蜂子，她自己出去，拿木箱、拿筐，把蜂子引到自己家里，帮着周围的人养蜂。有的野蜂不好引，老太太亲自出头，一引就来。这样，不仅他家养蜂，周围靠海的很多人家也养起了蜂。这儿的人家，家家养猪、养蜂、打鱼、打猎，生活很美。

一天，姑娘哭了。小伙子问她："你哭什么？"姑娘不吱声，孩子们也跟着哭。小伙子急了，说："这到底是怎么一回事？咱们日子过得不错，从没吵架拌嘴。有什么难事你就说嘛，天下还有办不了的事？"姑娘说："这事你可办不了。"说完还是哭。小伙子说："光哭有什么用，什么事你快是说呀！"姑娘说："我和孩子们哭，是因为孩子姥姥要走了。她不再待在我们这地方，准备到锡霍特山西边去。她走的地方远了，以后就见不到她了。"小伙子说："那咱们不让她走。"姑娘说："不能不让她走。在哪儿待的时间长了也不舒服。她想自己过，把姑娘儿子聚到一起，还像以前那样过日子。"小伙子劝姑娘，老太太要走就让她走吧。咱们给她捎些东西走吧。姑娘说咱家北边有个泉子，泉里冒着青水，咱给老太太带一罐清水，她走路时好喝着不渴。

第二天老太太要上路，临走时，她直掉眼泪，姑爷把水递过去，老太太走了。他们一直送出村子外。小伙子奇怪，老太太那么大年岁了，没人跟着，一个人在山里走该多困难。就和姑娘说："妈妈一个人在山里走怕出事吧？碰到野兽怎么办？碰到河过不去怎么办？"姑娘说："不要紧，我母亲原不是人，她是蜜蜂的王。她养活很多子孙，我们这儿的蜜蜂都是她养活的。遇到河她会飞过去的。你送的水是给她喝的，很多水都不适合她喝。"小伙子听了很吃惊，心想老太太对恰喀拉的贡献太大了。他把这事透露给所有的人。人们都感觉老太太走得太可惜了。后来这儿的人就把老太太当成神仙蜂妈妈供起来。这儿养蜂的越来越多，拿着蜂蜜到宁古塔去卖，能换回来好些东西。

第十九章　火神和水神

　　恰喀拉的林子里经常着火，下场雨也浇不灭，火烧得厉害时，连山林都烧光了，只剩些树砣子。就是住在村子里，有时被火烧伤。火是恰喀拉的一害。

　　恰喀拉这里也经常发水。水从西山上冲下来，越冲越大。河是东西走向，河里往海里流水，落差很大，流速快，有时候把石头带下来，把树冲倒。水过去后，林子就不存在。树林里的沙、泥都带走了。水也是恰喀拉的一害。

　　恰喀拉人为这两害挺苦恼。

　　阿金河上游北岸有个萨满，他为人忠厚，好打抱不平，损人的事他从来不干。他爱护别人，别人打架他去劝，因为他的威信高，大伙都听他的。他帮助大伙解了不少难。

　　这个萨满三十岁左右，年轻力壮，有些本事。他对恰喀拉这两害早就想治，他看这两害越来越凶，就决定请神来治。

　　请个什么神好呢？他想还是请山神吧！山神对嘎珊里的情况熟，山神是保护山的，也许它能有治这火水两害的办法。

　　这天他请来了山神。山神问："你找我来做什么？"萨满说："我请山神来是想问件事。恰喀拉这地方哪样都好，百姓勤劳能干，团结和睦，可有一件事大伙不顺心，就是山林里经常着火，经常发水。请山神告诉我们怎样才能制服它们？"山神说："要治这两害，我一点办法也没有。我要能治，这山里就不着火、不发水了。这是两个妖怪作怪。一个是东海的水怪，一个是北山的火怪。它们经常干坏事。这两个妖怪是朋友，经常比试能耐。一个说火能烧秃山，一个说水能洗光山，它们一比山林就遭殃了，不知烧死了多少人，淹死了多少人和野兽，断了人的活路。"山神说完就走了。

　　萨满想，得想个办法治治这两怪。他亲自到山里查看。在雨天，他找到一个发水的地方，一看里边有个很高很大的像一棵圆柱形的东西，在水里左滚、右滚，水随着它翻滚往下来。萨满一看，它正是妖怪。萨满说："妖怪，你这么胡闹腾，不怕神仙来治你！"妖怪说："不怕，你少管闲事！"眼看着水越长越大，把山吞没了。水变成黑水，泥沙全在里面，涌进东海。萨满想，难道就治不了它！请个神仙来帮帮忙。请什么神呢？还是请大力神好。

萨满请来大力神，把情况和它说了。大力神说："好！我来治它。"恰喀拉有好多大力神，有的是虎，有的是鹰。这回请的是鹰神。大力神一看，水怪还在水里折腾，就说："这个东西太恨人了，一定要治它。咱们订个日子来治它。"萨满问："什么时候治它呢？"大力神回答："日子还订不准，这得等到天下暴雨的时候才能治它。"

一天，下雨了，雨越下越大，一会儿就变成了暴雨。水怪又要趁机发大水。萨满请来了大力神。大力神一看，南山沟小树林茂盛，说它很可能在那儿发水。到那一看，水怪正在发水，一个很长很黑的东西正在水里滚。大力神问它："你为什么发水？"水怪说："这不关你的事。"大力神说："我就要管。下雨行，发水可不行！"两个辩论起来，越争越恼，就打了起来。水怪又高又大，朝大力神扑来，大力神变成大鹰，把水怪叼起来，飞到天上，又摔到地上，又叼起来，飞到天上，又摔到地上，就这样，把水怪摔死了。水退了。萨满和大力神把妖怪尸体扔到海里，是一条黑蛇。

除了一怪还剩一怪。这火怪怎么办？大力神说，我没有办法治它，我也怕火。萨满找来水神，水神说治不了。找来许多神，这个也说不行，那个也说治不了。想来想去，他再找到风神和水神，让它们一起帮忙除火怪。它们答应了。

他进山，想看看火怪到底是什么东西。到山里，正赶上着火，火势蔓延得厉害，他站在下火头呛得直咳嗽，看不清。又站到上火头，一看，一群小东西在里面滚火球。林子哗哗地冒火，一刮西风，火都往东着，一直到海边。这个小东西是什么，没闹清楚。

萨满和风神说明情况，风神说，我只能治一部分，不能全治。我只能变风向，让它往西刮。你还得请水神来，这得用水浇。

一天，正好山里起火了，这次火比哪次都大，因为火怪知道风神、水神要来治它。风神过来说："火怪，你往东烧，我往西刮，看咱俩谁能治过谁！"火怪一劲儿往东边滚，风神往西边吹，把火顶了回去，可是火不灭。这时候水神来了，它下了一场暴雨，把火怪治服了。它们看火灭了，妖怪哪儿去了？找了半天，看到在火头的地方有堆烂乎乎的东西，细一看，都是些萤火虫。萨满请来大力神，把它们扔到东海里。从这以后，嘎珊里的萤火虫只能一个一个的，成堆成包的没有了，也都不太亮了，因为最厉害的萤火虫让大力神叼到东海淹死了。

上述十九篇恰喀拉人故事的
流传地区：黑龙江省五常拉林镇、阿城、哈西地区
讲述时间：一九八四年九月、十一月
整理时间：一九八四年十月、十二月
原载《黑龙江民间文学》

附录（一）勇敢的巴卢斯·乌鲁

穆尔查·晔骏　讲述　马文业　整理

恰喀拉部落的博罗卡老猎手有六个儿子。有一年冬天刚落雪，博罗卡要领五个儿子进山打牲，可他那十六岁的小儿子非要跟去打猎，博罗卡没办法只好答应带他去。临走，他对小儿子说："你要记住，到山里不准乱说乱动。因为山上有神会怪罪下来的。还要记住山里最凶的是一猪二熊三老虎，群猪好打孤猪难防。"小儿子说："记住了。"于是，博罗卡领着儿子们进山了。

博罗卡领着儿子们赶着马爬犁，带着十几条狗进山了。当天来到迷雾大沟的沟岔，支起鱼皮帐篷住下了。晚上，博罗卡对儿子们说："咱们谁也不准进西北岔，因为那里有个大孤猪。我小的时候就听你们的爷爷说过，这头猪是山中的恶魔。谁也不敢去惹它，不知有多少出名的猎手都被它吃掉了。你们可千万要记住！"博罗卡的小儿子心里嘀咕着："想打围还怕山牲口？怕就别来！"

第二天，博罗卡领着儿子们出围了，在一片松树林子里哄出一群野猪来。他们把狗群放了出去，把猪群冲散，十几条狗围住几头猪，这条狗上去咬一下，那条狗上去扯一口，把猪咬得呼哧呼哧直喘，坐在地上直打磨磨。爷几个上去就是一顿猎叉和扎枪，把几头猪都扎死了。小儿子一看心想："这猪也不像阿玛说得那么厉害呀！"

一连五六天，他们打了很多野猪，博罗卡的小儿子心想："我从小练的箭法十拿九准，我要是领着狗去找那头野猪，像乌鲁巴图鲁那样除掉恶魔多好！"他想着，睡到后半夜偷偷地溜出帐篷，领着狗群就奔西北岔去了。

这西北岔是七沟八岔一崴子，名叫葫芦崴子。因为都是沟沟岔岔，小博罗卡也不知道到哪里去找，就领着狗群奔葫芦崴子去了。崴子里终年见不着阳光，老是阴森森雾沼沼的。再往前走那些狗都竖起耳朵，抽打着鼻子东闻闻西瞅瞅，脖颈子上的毛都支棱起来了。再往前走了几步一看，有个立陡立崖的鹰嘴砬子，下边是黑乎乎的树丛什么也看不清楚。小博罗卡抬头一看那个砬子挺瘆人，正望着，就听狗直呜呜。突然，从一团乱树林子里冲出那头野猪来，那群狗都扑了上去，被猪几嘴巴子就把三四条狗给打死了。小博罗卡"腾"一箭射去，把箭又给弹回来了。因为这是一头老猪，身上常年在松树上蹭痒痒，浑身滚了厚厚一层松油，多么厉害的刀枪利箭也扎不进去。小博罗卡又射了几箭也是白搭，他吓得扭头就跑，恶猪冲过去一嘴巴子把小博罗卡打出去好几丈远，摔死了。那些猎犬看主人死了红眼了，扑上去就跟野猪厮打起来。这群狗哪是猪的对手，都被野猪用嘴巴子给打死了，一个也没剩。

第二天，博罗卡一看小儿子和狗群没有了，知道坏了，爷几个就到西北岔去找。博罗卡刚到地方就闻着有一股腥气味。他叫五个儿子都猫起来，自己摸上去找到了小儿子。博罗卡强忍着哭声把小儿子的尸体背回帐篷里，套上爬犁回部落里去了。

回到部落，氏族乡亲都来探望。大家正哭着，巴卢斯·乌鲁来了。他听了博罗卡的诉说以后，一言没发扭头就走。

乌鲁骑着菊花青来到迷雾大沟的西北岔，顺着地上的脚溜子找到了博罗卡儿子被咬死的地方一看，在鹰嘴砬子下边长着密密麻麻的乱树丛。他顺着野猪蹚过的溜子往前摸，就听前边哗啦哗啦有动静。紧接着"噌"从树丛里蹿出那头猪来，直奔乌鲁扑来。乌鲁一回身，像猴子似的"噌"爬上了树。野猪立起前腿扒着树去咬乌鲁，因为这猪活得年久，眉毛长糊眼睛，乌鲁乘着野猪用蹄子扒拉眉毛的工夫，"腾"一箭射中猪眼。那猪狂叫一声，"啪啪"两嘴巴子就把乌鲁爬上这棵有小盆粗的树打倒了。乌鲁跳下树那猪又向他扑来，乌鲁"噌"又蹿上一棵一搂粗的树。那猪又用嘴巴子打树，怎么也打不倒，它又去扒树，乌鲁又是一箭射进剩下的那只眼睛。这猪狂叫起来。东咬一口、西咬一口直打磨磨。乌鲁乘着野猪张大嘴的时候，一箭射进猪的嘴里扎进胸膛，这个恶魔猪死了。

这时候部落的人都来了，找到猪窝一看，窝里都是人骨架、弓箭、扎枪，不知道这猪吃掉多少人。部落的人砍些干柴把恶魔猪烧了。又把死狗捞到一块先用雪埋上，等到春暖花开，埋进狗坟。在狗坟顶上插一根木头桩子，坟周围也插上一圈木桩围起来，怀念狗对人的忠诚和功劳。

摘自《黑龙江民间文学》

附录（一）恰喀拉的巴图鲁[①]

穆尔查·晔骏　讲述　马文业　整理

东海窝集部恰喀拉女真穆尔查部，有个出名的打牲巴图鲁，名叫巴卢斯·乌鲁。他是我们恰喀拉满洲人的象征和骄傲。

乌鲁的阿玛[②]是协火千户老营下的神箭手。他死后留给乌鲁三件宝：一张镶嵌着银丝花纹的铁背七斗弓，三支穿筋透骨雕翎箭，一匹日行千里的菊花青。

那张铁背七斗弓，全部落的人谁也拉不开，只有乌鲁才能拉开。因为乌鲁从小就跟着阿玛上山打牲，阿玛常教给他拉这张弓。乌鲁已经能把这张弓拉得像天上的月亮那样圆。阿玛留下的三支箭，不管是多么厉害的野兽也逃不脱乌鲁的三支箭翎。

乌鲁的阿玛死后，他把阿玛的坟埋在迷雾大沟里托盘豁洛沟额娘[③]的坟旁。他在坟边盖个小房住下，每天到山里打牲为业。

在迷雾大沟的沟口，有一只漂亮的紫貂，部落的打牲人每次进山，都看见那紫貂蹲在一块大青石上。人们说大青石是镇山石，紫貂就是貂神。于是，打牲人每次进山都要供上几个饽饽，磕上几个头，求貂神保佑猎物丰收。

有一天，貂神正蹲在大青石上，突然来了恶魔把貂神给叼跑了，进山人谁也没敢去撵。

从此以后，部落的人谁也不敢进山。家家的鱼干、肉干都快吃光了。部落里最有智慧、最有威信的萨拉卡妈妈，是族中的老岗子辈。她就召集全族人合计制服恶魔的办法。有人说："要是到托盘沟去把乌鲁找回来就好了。"萨拉卡妈妈立时就派人骑快马把乌鲁找回来了。萨拉卡妈妈

---

① 巴图鲁：女真语，勇士。

② 阿玛：满语，父亲。

③ 额娘：满语呼音"尼亚"，俗呼"阿尼亚"，汉译为"额娘"，意谓"当家的娘"，有母系氏族的遗风。

跟乌鲁一说，乌鲁满口答应一定要除掉这个恶魔。

乌鲁回到家每天出去找恶魔，一连几天跑遍了所有的山山岭岭、沟沟岔岔，也没搭着恶魔的一点影子。

这天中午，乌鲁走到富阿巴拉尊（山石怪）山下打尖，刚坐下，就看菊花青竖起耳朵四蹄刨地，咳咳直打响鼻。冷不丁，来了一阵恶风，飞沙走石刮得天昏地暗。乌鲁一抬头，狂风刮进碴子头上一个山洞里去了。乌鲁爬上碴子头一看，洞里深帮老底黑咕隆咚，他就闯进去了。越往里走越黑，阴森森像个冰窖。他一直往里走，走着走着，前面亮了。他再往前走一看，洞底有块大青石正压着貂神呢。

乌鲁赶紧过去搬石头，突然，从大青石后面蹦出来一只恶魔。这恶魔长着三个脑袋三只眼，放出三道雪亮的青光。恶魔破死命吼叫一声，从左边头上的大嘴里喷出一股冷飕飕的阴风直奔乌鲁扑去。乌鲁一猫腰那股阴风"嗤"的一声，从乌鲁头上蹿过去。乌鲁"噌"一箭射瞎了恶魔的一只眼，阴风再也吹不出来了。

接着，恶魔右边的头又张着大嘴，"噗"喷出一股又腥又臭的恶水。乌鲁跳上岩石躲过恶水，"噌"就是一箭，又射瞎了恶魔的第二只眼睛，恶水也喷不出来了。

恶魔剩下当腰那个头，又张开大嘴喷出一团烈火。乌鲁往地上一趴，躲过烈火，翻身又是一箭，恶魔的第三只眼睛也被射瞎了，那恶魔怪叫一声死去了。

乌鲁上前一看，原来这恶魔是山中的猞猁狲变的。乌鲁用尽全身力气搬开大青石救出貂神。乌鲁出了山洞，骑上菊花青把貂神送回沟口，他便回家了。

从此部落的人又都敢进山狩猎了。就打这儿，乌鲁每天打牲回家，灶坑里烧着火，饭锅里"咕嘟咕嘟"直响，揭开锅总是热气腾腾的饭菜，天天吃得饱饱的。天天是这样，乌鲁怎么也捉摸不透。

这天，乌鲁还像往常一样，吃完早饭又上山了。可是，他到山里转了一圈又偷偷地回来了。离老远他就看小房的烟囱冒着烟。他蹑手蹑脚溜到小房跟前一看，屋里有个大姑娘正忙着做饭呢。这姑娘挺洒脱，扔下耙子就是扫帚，屋里屋外打扫得干干净净。乌鲁细看这姑娘长得黑黢黢的脸膛，两只大眼睛像清澈的泉水闪动着光亮，这姑娘把屋里屋外的活干完就走了。

乌鲁看姑娘走远了，忙着进屋吃点饭，也下山了。他回到部落就去找萨拉卡妈妈，把这事跟她都说了。萨拉卡妈妈说："你为咱恰喀拉人除掉了恶魔，是部落里最勇敢的巴图鲁，应该得到神赐给你的妻子，那姑娘就是貂神给你找的妻子。"乌鲁听完愣了半天，说："萨拉卡妈妈，您说我该怎么办？"萨拉卡妈妈说："那个姑娘名叫阿库密，她是浩路敦部落毕干玛发的女儿，按照老祖先留下的规矩，她必须嫁给最勇敢的人，过几天我带你去说媒。"乌鲁听完萨拉卡妈妈的话便回家去了。

回家，刚进院一看，阿库密正在屋里收拾屋子呢。乌鲁不敢进屋，在院里傻呆呆地站着。阿库密从屋中出来说："还站在院里干什么？还不进屋！"乌鲁进了屋也不知道说什么好，还是呆呆地站着。阿库密"噗嗤"一笑说："还傻站着干什么？快吃饭，吃完了咱们下山找萨拉卡妈妈向我阿玛求婚去！"这句话吓得乌鲁连头也不敢抬，抓起一块鹿肉就吃起来。吃着吃着，又抓起一块肉递给阿库密，阿库密接过鹿肉说："我是你的妻子，你怎么连话都不敢说？"说完，阿库密爽爽朗朗地笑了起来。乌鲁也瞅着阿库密呵呵地傻笑。阿库密把一条褡裢带扎在乌鲁的腰上，那褡裢带上拴着镶有各色鱼皮花纹的鹿皮荷包。乌鲁也把拉弓射箭用的扳指儿给阿库密戴上。二人骑上菊花青就下山了。

乌鲁和阿库密到了萨拉卡妈妈的家，一看浩路敦部落的穆昆达、阿库密的阿玛还有两个部落的乡亲们都来了。浩路敦部落的穆昆达说："经萨拉卡妈妈说媒，阿库密的阿玛遵照神的旨意，把阿库密许配给乌鲁为妻，现在就给你们举行婚礼。"

随后由萨拉卡妈妈领着两个部落的乡亲到屯前的索罗杆子下，祭祀了瓦利妈妈①。萨拉卡妈妈唱了合卺歌②，大家吃喝玩乐闹了一天。从此，乌鲁和阿库密便成为恰喀拉部落中一对恩爱的夫妻。

摘自《黑龙江民间文学》

---

① 瓦利妈妈：太平神，结婚祭祀。

② 合卺歌：结婚唱的祝词，意谓合法婚姻。

附录（一）恰喀拉的金凤凰

穆尔查·晔骏　讲述　马文业　整理

恰喀拉部落离东海很近。部落里的姑娘媳妇和男人一样，每天都到东海去捕牲。

穆尼珠是恰喀拉部落最美的姑娘。油黑的头发，红黑的脸膛，水灵灵的两只大眼睛像秋天的明月，清亮洁晶。要说拉弓射箭，她能走一步射灭一个香头。要说下海捕牲，她能一头扎到海底捞月。她每天都领着八个姑娘出海捕牲。

恰喀拉人一年四季，凭着大雁飞来，断定是春天；池塘里朱瓦俐①开声叫了，断定是夏天；晴朗朗的天空，断定是秋天；收皮子的商人来了，断定是冬天。每年大雁来了以后，清明时节是黄花鱼和敏仔鱼汛。这天，穆尼珠又带着八个姑娘，驾着船出海了。九个姑娘渡过大海湾，在一个浅湾子里撒下围网，这一网就捕了个鱼满舱。她们装上船高高兴兴地刚往回走，就看远处有两只大帆船奔他们来了。穆尼珠站在船尾手搭凉棚细看，那两只船上是一群穿着黄袍子的撒克达妈妈②。穆尼珠知道这是从虾夷岛上来的女海盗。她们脸上抹着黄色，身上穿着黄袍，恰喀拉人都管她们叫黄脸婆子。姑娘们吓得急忙扬帆摇桨往回跑。可是穆尼珠却是不慌不忙地站在船尾上，等贼船快撵上来了，她搭上弓腾腾两箭就把贼船上的帆绳射断了，贼船上的布帆啪啦落下去了。贼船当时就跑不动了。姑娘的船像射出去的箭翎，乘风破浪回到了海边。她们赶紧套车把鱼拉回去了。

回到部落，穆尼珠九姐妹把这事跟萨拉卡妈妈说了。萨拉卡妈妈说："那帮黄脸婆子在海上横行霸道，咱们恰喀拉人不知道被他们抢了多少次。这几天部落里的男人都到尼满去交皮子去了，我现在就派人去把他

---

① 朱瓦俐：恰喀拉语，蛤蟆。
② 撒克达妈妈：恰喀拉语，穿黄衣的婆子。

们找回来，防备她们摸上来。"萨拉卡妈妈当时就找两个半大小子骑上快马连夜奔尼满去了。

部落北面就是恰喀拉山，山那边住的是萨哈连窝集的撒克碾和浩路敦两个部落。这两个部落也派人来送信，说黄脸婆子已经摸进恰喀拉山里，叫他们多加小心。萨拉卡妈妈和穆尼珠一合计，穆尼珠带着八个姑娘爬上了恰喀拉山。这小山上有他们的祖先为了防御海盗，顺着山脊梁修了一道石墙，像个城墙似的。穆尼珠就把姑娘们分散拉开，防备黄脸婆子摸上来。又叫姑娘们准备上三堆干柴，黄脸婆子真要是来了就点着火堆，部落里的老小族亲好跑到山里去躲躲。

就是这天夜里，六十多个黄脸婆子真的摸上了恰喀拉山。姑娘们点起烽火，穆尼珠一声令下乱箭齐发，把敌人射回去了。后来敌人个个手里拿着个大盾牌，猫在盾牌后边往上冲。穆尼珠叫姑娘们专门射敌人的脚，又把敌人射回去了。又待了老半天敌人又上来了，敌人比先前少了。姑娘们又射箭，射着射着，箭射没有了。穆尼珠叫姑娘们拿扎枪和腰刀跟敌人砍杀起来。正杀着，山下部落起火了，孩子哭，额娘叫，哭天嚎地。穆尼珠知道是敌人从别的地方溜进了部落。救人要紧，穆尼珠喊着："你们几个顶住，我去救亲人。"说完就跑下山，有两个姑娘也跟着下山了。

穆尼珠三人刚下山，正赶上二十多个黄脸婆子追杀部族亲人。几个老阿玛和妇女拿着鱼叉猎叉护着亲人，一边跑一边跟敌人厮杀。穆尼珠三人红了眼，冲进敌人群里猛杀猛砍，杀死了几个敌人。可是，因为这些黄脸婆子都是四五十岁的老亡命泼妇，下生就当海盗，杀杀砍砍都有两下子，部落的几个小姑娘、老玛发哪能杀过人家呢，最后，穆尼珠三个姑娘都战死了。

这时，部落的男人们也都回来了。一顿马刀，像砍大萝卜似的，砍死了十来个。剩下几个，山上又下来几个都被男人们抓住了。把他们吊在山上的大树上都风干死了。

萨拉卡妈妈领着部落人，把九个姑娘都葬在恰喀拉山上的最高峰。

过了多少年，在恰喀拉山上一水水儿长出九个山头。每年大雁飞来的时候，全恰喀拉部族人都来到恰喀拉山上祭祀九位姑娘。就是这天夜晚，人们都聚集在山下燃起篝火。不管是大人和孩子，都得守着火堆过夜。在这朦朦胧胧的夜晚，人们就会看见恰喀拉山峰上的九个山头上蹲着九只凤凰。人们世世代代唱着：

在恰喀拉山上,
葬着九个姑娘。
九个山头上,
蹲着九只凤凰。
恰喀拉儿女不要忘记,
这是老祖先留下的九只金凤凰。

摘自《黑龙江民间文学》

附录（二）浅谈《恰喀拉合卺歌》

穆尔察·安布隆阿　穆尔察·依凌阿

　　合卺一词，在满语的词汇中本来是查不到的。那么，为什么会有这样一首满族的歌呢？这也并非怪事。长期以来，汉民族与满族有着频繁的交流，其最显著的一点是文化上的互相吸收。因此，有些词汇也必须随之充实、丰富、借用、融汇，加之文人的润色而文言化了。按"合卺"一词，纯属汉语。汉语的解释是："合卺乃古代结婚仪式之一。《礼记·昏义》：'合卺而酳'。孔颖达疏：'以一瓠分为二瓢谓之卺，故云合卺而酳'。酳，用酒漱口，后称结婚为'合卺'。"据此，合卺即结婚之意。《恰喀拉合卺歌》当然也就是恰喀拉人的结婚歌。有时亦称喜歌。

　　恰喀拉是满洲诸部的一个部族，就是通常所说的东海恰喀拉。其地当在锡霍特山以东，萨哈连窝集，濒东海之地（即今之俄罗斯境内。编者注）。那时的生活方式是以渔猎为主，农耕很不发达。男婚女嫁有着自己的习俗。

　　恰喀拉人的结婚，大体上分三个阶段。第一阶段是"说亲"。所谓说亲就是男女某一方看中了某一方的男或女，即由父（阿玛）母（额莫）请媒人（扎拉）上门求婚，并带着一件头饰。如说允，则赠头饰以为表记信物。倘遭拒绝，则将头饰带回。这多数是男方主动登门的。

　　第二阶段是"定亲"。定亲礼是在男方家中举行。由村里的头人（嘎珊达）主持，双方家族的长者（穆昆达）、父母及媒人参加。由双方父母向新人馈赠礼物。一般地说赠给男方的是靰鞡（鞋），赠给女方的则是阿库蜜（鹿皮长袍）。喜筵比较简单，主持人做简短的祝愿，同时请萨满择订吉日成婚。从此时开始，直到结婚，男女双方必须互相回避，不能见面，不能谈话，更不能在一起。这条规矩甚为严格，是列入族规家法的。

　　第三阶段才是结婚。恰喀拉人的婚礼是很隆重的，一家结婚，全村祝贺。但也是很复杂的。在举行婚礼的前一天就要办好喜筵，接待宾客。宾客来贺喜要带上礼物，如鹿、猪、雁、鱼等猎物，山果、蜂蜜等食物，还有衣料。衣料的质地都要选上好的鹿皮或其他兽皮、鱼皮等充之。婚礼是由男方族中长者主持，接待宾客，互相道喜，举行"婚祭"。

婚祭是为着驱邪恶、祈祯祥的意思。实际上也是萨满表演一次盛大的舞蹈，欢迎嘉宾，渲染喜庆气氛。因此，先是在室内，西墙上供奉祖宗神位，神位的木匣上贴着"挂钱"。下面炕上放着供桌，桌上摆列五只香炉及祭品，每炉四根香燃烧着，香烟缭绕上升。这时萨满引新郎跪祖先神位前，萨满击鼓唱歌(实际是祝词)。汉语大意是："美满夫妻，鹊神安排。路神保佑，娶到家来。万事如意，相亲相爱。"然后，可以在院内，也可以在村外选择一个空旷地方举行夜祭。首先，选择一个北高南低的广场，在一丈见方的范围内，东、西、北三面以木桩围起，南面留出豁口作为通道(门)，中央竖一木杆，即索木杆(神杆)。杆的下部是用三块石头夹着。杆的顶端安一支箭，箭头向着天，箭杆上穿三块猪锁骨。下方安一方斗(画兹)，斗内盛装一些谷物。杆当中(斗下)安一横梁，梁上挂十根带毛的鹿皮条(在野外可以不挂皮条)。索木杆前设一供桌，桌上摆列五只香炉和兽肉、山果、蜂蜜等供品。供桌上还要供奉萨克萨妈妈(喜庆的女神)。木桩上点燃松明火把，香炉里焚香。这时，两个萨满穿法衣扎彩裙，腰系腰铃、铜镜，一手拿鼓，一手执鼓鞭。另一萨满双手高举点燃的香火(有时也有舞刀的)边舞边唱，围观的众人也要和歌。歌词不是固定的，演唱者可以"抓词"，但必须是吉祥而一般都可以和得上的。比如下面一段，用汉语大意是：

　　　　萨满：哎——嗨——

　　　　恰喀拉呀——东海边呐——，

　　　　众和：祖先打下的好河山哎——嗨。

　　　　萨满：驾上"威忽"(小船)就下海呀，

　　　　众和：打猎就要上高山呐——嗨。

　　　　萨满：骑大马呀，

　　　　众和：拉雕弓啊——嗨。

　　　　萨满：罗刹来了怎么办呐？

　　　　众和：打呀，打呀，打他下海滩！

　　　　萨满：打出去呀，嗨嗨，

　　　　众和：保平安——哎嗨。

　　　　萨满：今儿个吉日道个喜呀，

众和：美满夫妻甜又甜——

唱完几段之后，萨满就可以退出，人们便逐渐散去。

第二天，就是正式的结婚日子，第一件要办的事情就是"迎亲"，或者称之为"娶亲"。在时间上往往选在午夜过后，黎明之前。这时正是"晨曦未明，残星点点，月西沉；山高林密，清风徐徐，晓露生"的时候。这里由男方家族长者（穆昆达）率领媒人及数人（多者数十人），身佩刀剑，背弓带箭，披挂整齐，骑着骏马的英俊青年护卫着新郎的迎亲队伍，向新娘家进发。

新娘家彻夜灯火通明，院内燃着火把。迎亲队伍来到木栅栏门外，纷纷下马，排列在门两旁。这时，媒人引新郎来到门前叩门，递上名帖。岳父走到门前开门，众族人同时迎出。新郎此刻即上前行跪拜礼称阿穆格（岳父），岳父必须上前扶起答以"抱见礼"（礼法是：扶起新郎，右臂环抱新郎肩）。还要拜见岳母，亦行跪拜礼，称额穆格（岳母），而岳母则答以"摸顶礼"（礼法是：左手扶新郎臂，右手抚摸一下头顶），见礼后，岳父、岳母要陪新郎及男方族长、媒人进屋。女方族长和新娘在屋内迎接新郎，其他众人则到院内观看。

此后，便是新郎、新娘交拜。由双方的族长引导相见。男行长跪礼，女行蹲拜礼，双方同时行礼。礼毕，由女方族长招待喜筵。

在这期间，新娘的母亲要为新娘包赠陪嫁礼物，如皮衣、皮裤、被褥以及日常用品。而即刻就要离开母亲的新娘，不免有凄楚难离之感，所以母亲及近亲们还要劝慰她。另一方面，新娘的父亲和族长还要组成与男方迎亲队伍相当数目，同样装束的青年送亲队伍。停当之后，迎亲队伍排列门左，送亲队伍排列门右。这时，新郎、新娘在双方族长、父母的陪同下，跟在迎亲队伍之后，送亲队伍之前，跨马出发。

爆竹声声喜庆传，鼓乐喧天结良缘。迎新地迎来了，送亲的送来了。迎亲排门左，送亲排门右，下马伫立。媒人引双方族长、父母互拜道喜。但如果一方之母是寡妇，她则不能说话，以手势表达。接着举行婚礼仪式。

恰喀拉人院内立有索木杆。杆的形制与前述相同，设在正屋左侧。杆前设一供桌，桌上放祭品、供品。结婚礼要在索木杆下举行。结婚仪式由萨满主持。宾客、族人等围在索木杆后，萨满引新郎、新娘并立在索木杆下供桌前，萨满站在一旁，既是宣告结婚又是祝福新人，他琅琅念道：

> ×××，××× 喜成婚，
> 愿做万事如意长寿人！
> 跪拜谢婚——

于是新郎、新娘遵命齐跪。萨满又接着念：

> 一叩头，谢观音大士，福星高照；
> 二叩头，谢诸神保佑，全族安好；
> 三叩头，谢萨克萨妈妈，万事如意；
> 四叩头，祝愿伊彻额驸[①]、伊彻库伦[②]白头到老。

拜毕，萨满又引新郎、新娘进屋拜祖先，萨满又念道：

> 拜谢祖神，不忘先人。
> 再拜四方，顺顺当当。

到此，婚礼不算结束，新郎安排在另一屋休息，新娘梳妆。因梳妆前，新娘还是披长发的姑娘，即民间所说的"没上头"。梳妆是由额娘[③]和额穆格[④]来做的。如果婆母是寡妇，从此刻开始是不能说话的。母亲和婆母分别坐在新娘的两边，每人只梳一个发髻，民间叫作"两把头"，并且要念吉利话。比如，妈妈给梳左侧，就要念："挽左髻，喜气满堂。"婆母给梳右侧也要念："梳右髻，神寿绵长。"梳完头要插戴头饰。妈妈给戴只钗，就要念："插地钗，恩深义重。"婆婆给戴只凤，要念："戴只凤，龙凤呈祥。"

新娘梳妆完毕，新郎、新娘要拜见众宾客和族人。新郎、新娘由母亲和婆母引导到索木杆下，给众人引见。原来在新娘梳妆的时候，宾客、族人都已依次围坐在那里。新郎、新娘向众人行礼后，便席地而坐。一

---

① 伊彻额驸：新郎。
② 伊彻库伦：新娘。
③ 额娘：母亲。
④ 额穆格：婆母

群男女青年围了上来。少女拉起母亲、婆母退下坐在前面。这时，众男女青年才能唱《恰喀拉合瑳歌》边唱边舞，对新人表示美好祝愿。

下面把《恰喀拉合瑳歌》全文，用汉字标音录下：

《满洲恰喀拉阿查布莫乌春》
厄能尼，
赛能尼。
赛堪，萨噶吉，
穆在莫克，图苏吉。
古楚安达吉，
宝德乌昆尼，
能吉纳莫，
吉拉皮。
玛法利，
查楚皮，
浩伦布勒，
扎林尼。
班吉富勒，
忽斯图其皮。
额穆扎兰，
巴彦米。
阿玛、额莫，
肖金图西米。
赫赫克里，
依斯浑得，
涅莽赛恩，
牙布必。
爱格、萨噶，
高米海兰，贵达米。
萨达扎伦。
纳莫尼。
厄能尼，
赛能尼。

汉译歌词大意是：

哎——嗨——
哦——嗨——
今天吉日和良辰，
美丽姑娘嫁到门。
家里来了众宾客，
恭贺全族喜降临。
祖宗多保佑，
求生儿女亲。
生活力勤俭，
终身不受贫。
孝顺公和婆，
妯娌要相亲。
夫妻相恩爱，
定是长寿人。

当夜幕垂下的时候，早已燃起九盏蜡灯，照耀洞房通亮，象征着一对年轻的伴侣，走向光明的前程。

附录（三）发扬中华民族文化传统 为继承满族文化遗产贡献毕生精力

——记满语研究家、故事讲述家穆晔骏同志

黄锡惠

　　穆晔骏同志曾任黑龙江省满语研究所所长、研究员，中国政治学会会员、中国民研会会员、黑龙江省地名委员会顾问组组长，一九八三年被选为黑龙江省政治协商会议常务委员会委员、第六届全国人民代表大会代表。他多年从事满语研究、满族史研究、满族民俗研究，工作勤勤恳恳，踏踏实实，在学术研究上取得了很多成果。

功夫不负有心人

　　穆晔骏是我国第一个满族语言、文字学研究员。他出生在一个满族家庭，从小在满语环境中生活。他九岁学习满文，以后陆续读满文史书文献、文学作品和古汉语书籍，积累了渊博的知识，为从事满族语言、文字学研究工作奠定了坚实的基础。一九五一年，穆晔骏同志在中共中央东北局党校担任教学工作时，便立志于满文的学习和研究，用自己的工资购买古旧满文书籍，利用业余时间坚持学习和研究。从五十年代初到"文化大革命"前的十多年时间里，不知有多少个夜晚，多少个节假日，他都是在书桌前度过的。经过艰难探索，一九六六年三月，他的长达七十万字的第一部著作《清代满语构成》书稿写成了。

　　正当他满怀信心向科学的深度和广度进军的时候，"文化大革命"爆发了，一夜之间他突然从共产党员变成了"走资派"。大量的满文书籍被劫走，辛辛苦苦完成或接近完成的书稿，被抄去作为罪证，有的被烧掉。不久，他又被送干校去监督劳动。但是，受党几十年教育的穆晔骏始终坚信，他所从事的事业是对中华民族有益的。他把自己的全部精力，投入到倾注过几十年心血的研究工作中去。他边劳动边思考问题，晚上就以写日记的名义，偷偷记录研究成果，常常干到深夜。在这种条件下写

成的《满语口语会话》四十万字的书稿，却不幸被"造反派"发现，七大本的科研成果被付之一炬。穆晔骏为此暗暗地流下了痛惜的眼泪，但是他潜心钻研的决心没有动摇，一部新的著作《基础满语概论》又开始构思了。

十年"文革"结束以后，穆晔骏被调到中共黑龙江省委党校工作。他的科研活动得到党组织和领导同志的关怀，党校党委张向凌、张毓瑞、白玉清等领导同志，在人力、物力、时间上给予充分保障。穆晔骏受到了莫大的鼓舞，钻研的步伐加快了。当时他一家三口人住的是十多平方米的房间，既当宿舍，又当厨房，拥挤杂乱。爱人有病，生活不能自理，许多家务都由他承担。尽管这样，他从未停止过科研工作。每当夜深人静，老伴儿和孩子熟睡以后，他不顾一天的劳累在灯下著书立说。一九七九年年底，终于完成了《基础满语概论》一书的写作任务。这部书一问世，就受到了广大历史工作者和民俗、考古工作者及社会有志于学习满语的人们的欢迎。

走严格的科研之路

穆晔骏同志主要的科研成果，是在满语口语的研究上。他在少年时期，就娴熟拉林语和阿勒楚喀语两种方言。在社教期间，借着跑面的机会，他深入到阿城县（阿城区）满族巴拉人的家里，做了大量的语言调查，采集了巴拉人的民歌、民间故事，为进一步研究阿勒楚喀语的语音规律及特点开拓了新的路子。一九八二年，在辽宁省满族文学史讨论会上，宣读了《居住在张广才岭的满族巴拉人》的文章，并翻译了巴拉语的民歌，得到与会者的好评。这篇文章后来发表在一九八三年《黑龙江文物丛刊》上。一九八一年，为了准备参加黑龙江省民族理论研究会，他撰写了《满语构词概论》《满语书面语和口语及其规律》等文章，从满语方言及口语方面做了规律性探讨。还应黑龙江大学民族理论研究会全体师生的邀请，向黑大师生作了《满语和锡伯语几个问题》的学术报告，得到了与会者的赞扬。穆晔骏通过对满语口语的研究，在研究元音和谐律的基础上，发现了满语口语的重音发声律。他认定满语最复杂的多音节单词，系由重音节、一般音节和轻音节所构成；比较简单的双音节单词，亦存在重音节发声的问题。从而揭开了口语发声较为困难的秘密，也搞清了无音黏合及黏合语形成等重要问题，实现了学术上的重要突破，对西德、丹麦等国满语研究工作者产生了良好影响。同时还认定满语口语，在历史上曾存在过六大方言区，即阿勒楚喀——伯都纳语区、宁古塔——东海语区、萨哈连——嫩江语区、伊车——满洲语区、盛京——南满语区、京语区。这六大语区的认定，为研究满语方言及其特点提供了重要线索。

他始终把科研工作放在实践的基础上，立足于社会调查，身临其境，抓成果。曾应辽、吉、黑三省地、市、县及省的地名机构的邀请，翻译大量的满语地名，巩固地名普查的成果。并从地名调查入手，走遍了东北的各地、市及重要县份，对一些难解的地名，作了地形地貌的实际考察和方物特产的实际考证工作。从小的沟谷到大的山川河流，从小的村屯至大的县镇城市，凡是需要翻译的满语名称都做了认真的研究。满语地名大量的是以满语口语形成的，与书面语发音有着较大的差异，翻译难度大。他迎难而上，在翻译过程中不厌其烦，经过初译、复译、再译，直到把地名翻译准确为止。全国地名普查开始后，穆晔骏同志被聘为黑龙江省地名领导小组的顾问组长。鉴于满语地名翻译工作的混乱情况，他写了《满语地名翻译中的几个问题》，发表在《地名知识》杂志上，纠正了满语地名翻译的随意性，扭转了翻译上的混乱局面。在翻译满语地名中，他本着严格的科学态度，抓住难解的地名不放，深入钻研，从地形地貌、方物特产，满族不同地区的民俗以及满族姓氏等，并通过满语口语发音对比，来寻求答案。如"张广才岭"，通常人们把它作为汉语名称来对待，长期以来成了地名学上的一个悬案。许多中外专家视这类地名为难以化开的顽石，只好放下来，搞不清它的含义，穆晔骏同志运用阿勒楚喀的满语口语，解开了这一难题，即满语书面语的"朱勒根萨因阿林"，在阿勒楚喀语中成为黏合词"张广才岭"，它的含意就是"吉祥如意的山"。东北的老爷岭有三十余处，大的老爷岭长约一百五十公里，而小的约二十公里，这样的地名亦通过艰苦的攻关，得到了圆满的解决。在满语地名的翻译上，经过两年来的辛勤奔走，已为辽宁省译完两个地区；吉林省全部译完；黑龙江省已完成四分之一的地区，共译出满语地名一万三千余条。这样丰硕的科学成果是中外学者及前人所无法企及的，同时也为编著《东北三省满语地名辞典》和编著《黑龙江省满语地名考》积累了充分的第一手材料。

为精神文明建设传授遗产

穆晔骏同志很早以前便认为满语是祖国文化宝库中的珍贵遗产，把它传下去，贡献给祖国和后人是自己义不容辞的责任。苦于当时不仅得不到机会，甚至教自己孩子用的满文字母，在"文革"中也被当成了"特务密码"而受到迫害，老伴儿也给折磨成了严重的精神病，久治不愈。党的十一届三中全会以后，各项政策得到了落实，年近花甲的穆晔骏满面春风。他认为东北三省和北京等地区，要想把清史、东北地方史、沙俄侵华史、历史考古、满族民俗等学科的研究推进一步，非得使学术界掌握满语不可。因为清代前中期的大量档案、史料几乎都用满文书写，非一般学者所能辨认。

穆晔骏同志主动找到松花江地区文物管理站姚骞同志，得到了他的同意，共同筹办满语学习班。后又得到省文管会、省政协和省地名办公室等单位领导同志的积极支持，于一九八一年十一月份，在双城县举办了黑龙江省第一期满语学习班。参加学习的有东北三省和北京市的历史专业、考古专业、民俗与民间文学专业的教授、讲师和一般研究人员共八十余人。开班后于十二月二日和四日由新华社发了电讯，接着中央人民广播电台分别对国内和国外（英语）及时播出，后又在《光明日报》上发了消息，在国内外产生了很大反响，中外记者纷纷来访。美国《洛杉矶时报》、挪威国家广播电视台、意大利共产党《团结报》等记者都专程来哈访问了穆晔骏，并分别发表了专访新闻。学习班的学员们学习了基本语法和部分口语，学习了一千例句和三千个单词，收到了预期的效果。举办省级满语学习班，而实际上又超出了省级范围，在全国是一个创举。这一期结束后，不少学员坚持自修，在教学和科研上，都有长足的进步。如哈尔滨师范大学副教授邓仲绵和讲师董万伦，把学到的东西运用在教学和科研上，取得了良好成果。

一九八二年春夏之交，吉林省延边大学派专人来哈，邀请穆晔骏同志给该校历史系讲授满语课。参加学习的有历史系、语文系的教授、副教授、讲师和历史系的部分学生共七十余人。穆晔骏同志不仅把满语传给汉族和满族同志，同时也传给朝鲜族同志。他常说："满语是中华民族的文化遗产，不应把它看作满族的私有物。"他把满语作为祖国各民族建设社会主义精神文明的共同财富，一丝不苟地认真传授。一九八二年冬季，穆晔骏同志在省文管会的积极协助下，又举办了黑龙江省第二期满语学习班。这期学习班以考古、文物干部为主，吸收了大专院校历史系教员参加，共六十余人。根据学员的特点，讲授中重点强调了满语与东北地区文物考古的密切关系，除了语法、单词和例句外，还讲授了满语、女真语地名的翻译问题，为文物考古队伍开阔了视野，为研究满语、女真语地名提供了方便条件。

近几年来，穆晔骏同志不辞辛苦地传授满语文化遗产，得到了文史界学者的好评。他除了开班传授以外，还教了分散学习的学员二十余名，并收到了三百余封信件。特别值得称赞的是，在一九八四年秋考查黑龙江和嫩江沿江等地的满语村屯时，发现富裕县三家子村的满语口语保留完好，便及时请示省委宣传部的领导，提议在三家子村建立满语研究基地，并倡议该村保持日常满语对话。为在三家子扫除满文的文盲，在穆晔骏的主持下，满语研究所已为三家子村开办满文培训班，培训学校的教师，以便在学生中开展满文识字。

为民俗学和民间文学积极贡献力量

穆晔骏同志不仅在满语研究和传授上做出了贡献，在民俗学和民间文学上也做出了贡献。早在儿童时期，他就迷恋于满族民间传说、故事，听了大量恰喀拉人的传说、故事。社教期间他还走访了满族巴拉人的家庭，了解巴拉人的民俗，收集了一些巴拉人的传说和故事。这一切为穆晔骏的民俗学和民间文学研究奠定了基础。早在二十世纪五十年代，他在中共东北局党校任教期间，曾积极探索满族及恰喀拉人的各种民俗现象的产生及其根源，并给予了历史唯物主义的解释。如满族"色尚白"、不吃狗肉、视乌鸦喜鹊为吉祥鸟、子孙条子的来历、三仙女的传说以及恰喀拉人敬信海神台木，护路神查克大等，都一一对其神话外衣予以剖析，把这些民俗现象同部落经济、原始渔猎生活联系起来加以研究，得出了唯物主义的结论。穆晔骏同志于一九八三年在吉林省通化地区、吉林市、延边朝鲜族自治州等地方，曾多次作过关于满族民俗的学术报告，揭开了各种民俗现象神话传说之谜。

穆晔骏同志对满族及恰喀拉人萨满教的研究已有多年，特别对满族敬信的一百七十多个神，恰喀拉人敬信的一百一十多个各种形象的神都曾做过研究，积累了一些可贵的资料。

穆晔骏同志讲满族和恰喀拉人的民间故事，是从八十年代开始的。党的十一届三中全会，使他在精神上无比喜悦，他认为前人留下来的遗产，不应置之不顾，凡是自己知道的，都应该贡献出来使之有益于社会主义精神文明建设。一九八一年，辽宁省给穆晔骏同志发来请柬，邀请他参加在丹东召开的辽宁省少数民族民间文学讨论会。他欣然接受这一邀请，并写了《恰喀拉合卺歌》一文，介绍了恰喀拉人生产、生活和婚姻状况的民俗，翻译了恰喀拉语的合卺歌词。在这次讨论会上，中国民俗学会杨堃和钟敬文等民俗学专家，认为他的这篇论文不仅有交流价值，而且还有研究价值，给予了很高的评价。会间，他还向与会者介绍了满族的神杆、各种祭祀形式及婚、丧、嫁、娶等民俗现象。

穆晔骏同志还为人们讲述了大量恰喀拉民间故事，如《找月亮》《收珍珠的故事》《德素抓鬼》《努鲁的故事》《法拉吐河的故事》等等。仅一九八三年下半年，就讲述了恰喀拉民间故事十九个。穆晔骏同志表示，在满语研究之余，愿把自己所知道的恰喀拉民间故事、满洲巴拉人民间故事和满族民间故事全部讲述出来。我们由衷地祝愿和热切地期望穆晔骏同志能早日把这些故事奉献给他所热爱的人民。

后　　记

　　《恰喀拉合卺歌》也可以写成《奇雅喀拉结婚歌》。"恰"是"奇雅"的轻音，因此在读音上是相同的。"合卺"一词前已说过是汉语文言，是结婚之意。所以译成结婚更通俗些。这首歌的形成历史久远，现已无从可考，我们认为这是产生在民间的一首古老颂歌。他在民间长久流传，尤其在农村中流传。在结婚仪式上唱颂，并且伴以舞蹈和古乐器演奏，在风格上是很独特的。而与婚礼的形式又是和谐的。可惜，乐曲已无可得。虽然流传了几百年，至少应是二百年以上吧。它的唱词有补有失，但其原意总不离大格。

　　随着岁月的流逝、风物的演变，特别是恰喀拉人结婚形式的变化，和其他满洲部族一样，深受宫廷的影响。尤其在满族上层成为全国的统治者，建立八旗制度以后，满洲的习俗逐渐趋向宫廷化、模式化。各部的特有习俗随之退化，保留下来的仅是很少一部分，而大部分则与宫廷大体相似，只是规模之大小不同而已。同时，随着全国各民族的交流，在婚姻关系上的突破，伴之而来诸多变化。民国以后，提倡所谓"文明结婚"——仿西方的婚仪，更是一大改革。在城市，结婚唱合卺歌的已不多见，甚至已经绝迹。据笔者所知，新中国成立前或新中国成立后不久，在农村比较普遍。不过，已不拘于固有的形式了，多数是从简。只有几位老太太丢头少尾地念上那么几句也就罢了。只是念，而不是唱。这就是所说的"念喜歌"。

　　我们在写《恰喀拉合卺歌》的这篇文章中，也写了不少与此有关的情节。这主要是为提供了解当时男女结合（婚姻问题）的形式与过程。当然，婚姻也是社会的产物。尽管合卺歌有那样良好的祝愿，也可以说是有着积极向上的东西，但就当时的婚姻制度而言，也还是父母之命、媒妁之言起着决定性作用。这是封建社会的一般现象。

　　再从仪式等礼仪关系上看，还是有许多迷信的东西。如敬神、信神等等，那个萨克萨妈妈的偶像不就成了婚姻的主宰了吗！当然，就其历史条件来说，也是无可非议的。也正说明人们向往的是光明、幸福。合卺歌的流传也恰恰说明了这一点。

一九八三年三月二十五日

小莫尔根轶闻

引　言

　　满族传统说部《小莫尔根轶闻》调查原始资料的来源有二，其一：是我们父亲李果钧从一九八四年开始担任延边州民族志满族篇章的编纂时，就在吉林省东部地区——敦化、安图、延吉、图们、珲春等市县对满族进行了调查了解，为期三年之久，无冬无夏踏查搜集，尤其是对珲春的调查更为详细。他在哈达门、三家子等满族乡一次就住半年多。他搜集的几十万字资料，写进民族志的还不到十分之一，多有剩余。其二：我家是满族，又久住满族世居之地——额穆赫索罗；父母都对民族传承文化感兴趣，尤其父亲，后半生又致力于民俗学满族传承文化的调查与研究，所积攒的资料为数不少。这些来自民间的第一手资料，十分可贵。

　　二十一世纪初，吉林省编纂满族说部时，了解到我父亲在二十世纪八十年代初做过满族民间文学调查，并向其约稿，他将手头多年在民间搜集的有关莫尔根传说整理成《小莫尔根轶闻》并在书前写道：

　　"长白山余脉张广才岭，自古就有以渔猎为生的人，在这大森林里生息繁衍，被称作"窝集克"（满语，林中人）。据古书记载，肃慎人经挹娄、勿吉、靺鞨、女真的演变，到十七世纪初努尔哈赤统一女真各部时，原居住在张广才岭东坡额穆、黑石一带以渔猎为生的女真人，曾被卷入部族战争，一次就有两千余人、畜被掠。人们为躲避这次战乱，逃进张广才岭密林中生活的也为数不少。他们也成了"窝集克"。所有的窝集克，都没被编入八旗。在旗的人称他们为"巴拉玛"，满语原意是行为轻狂之人，引申为无组织无纪律之人，即"巴拉人"。后来由于汉民入迁，汉语谐其音，又有了"半拉人"之称。

　　这部分女真人活动范围非常广，留下的遗迹甚多。不用说黑龙江省的延寿、尚志等靠近张广才岭的几个县，单就吉林省东面、北面的桦甸、敦化、蛟河、舒兰、德惠等部分县市遗留下来的地名，如巴拉窝集、窝集口、巴拉顶子、半拉撮罗、半拉山等名称，就足以为凭。

有关莫尔根的传闻，据说在二十世纪三十年代初还流传甚广，我在踏查民间文艺时，遇到了伊化山。此人伪满时期就在额穆桦树林子村任小学教员，一九五七年末被划入右派，转到旅馆当会计。伊化山的先世，伊尔库勒氏，就是当初从额穆赫索罗逃进张广才岭的。据祖辈相传，当初有二十余户，在额穆北近百里的大林子里生活。与此相类似的还有扎古达氏张姓、锡玛拉氏纪姓等。这些逃进山里没被俘虏的女真人，就一直躲在林子里，自然没被编入八旗之中，他们仍以渔猎为生。满族入关得胜后，对他们这些不在旗的女真人，异常鄙视。在旗的人家，不和他家结亲，称他家为"伊巴拉"。伊化山的父亲是有名的"伊炮儿"（猎手）。伊化山向我讲述了巴拉人自己的英雄莫尔根，以及他在林中生活传闻，还有巴拉人的《打画墨儿》《猎人酒令》《蒸面灯》等民俗活动，这正是巴拉人由渔猎朝农耕转向的写实。还向我介绍了巴拉人的劳动歌谣，尤其是珍贵的《猎歌》——大风天，大风天，大风刮的直冒烟。刮风我去打老虎，打个老虎做衣衫。又挡风，又防寒，还长一身老虎斑。大雪天，大雪天，大雪下了三尺三。黑貂跑到锅台后，犴子跑到房门前。抓住黑貂扒了皮，色克（满语，貂皮）正好做耳扇儿。色克耳扇色克帽儿，最好还是色克袄。坐在兴安（满语，极寒处）不怕冷，躺在雪地像火烤。犴子高，犴子大，又长圆蹄又长角（甲）。骑它进山去打猎，又像牛来又像马。像马四蹄跑得快，像牛它最爱顶架。宗宗样样都齐全，就是缺个长尾巴。

还有《大踏板》《拉大网》等渔猎歌谣，它不仅是巴拉人生活的反映，也是满族早期渔猎生涯的反映。二十世纪八十年代初，北京召开民族民间文艺座谈会，我省石光伟在会上念了这渔猎歌谣，会场一下子轰动了，都说这歌谣十分宝贵，是历史的真实写照。据伊化山听他父亲说，他家曾存有用满文写的《莫尔根大传》，我问其下落，据他说，有一年由于山里起瘟灾，家中七八口人，就剩下他父子俩，啥都扔啦。

讲述莫尔根轶闻的另一位老者纪祥春，他是锡玛拉氏，在"文革"前，我搜集过他讲莫尔根当马倌去放山采参的故事。一九七九年八月我们下乡搞文物普查，在额穆西北岔屯碰到了他，当时他在给村里小学看守校舍，我就住在学校里了。他又讲了莫尔根成亲的故事。

莫尔根出生前后的传闻，都是官地、岗子村、屯的关玉珍、何素琴等高龄老太太在二十世纪六十年代讲述的。那时我搜集当地满族民间故事传说时，每每涉及莫尔根这个名字。由于学识不足，阅历太浅，莫尔根的传闻，没有引起我的注意。那时光注重故事性，只把一些生动情节做了采录，没归结在莫尔根传闻上，却拆成独立的故事，一篇篇在刊物上发表。对莫尔根的传闻，也没做全面搜集。四十年后的今天，再想回头补牢，为时已晚。当年我刚三十出头，讲述者多是垂暮之年。现在我已年过古稀，近八旬了，那些讲述者如健在，也多是百余岁之人。现今挖掘、复查、整理说部，尽管吾怀老骥之志，侥幸之心，携子女，历时经年，重踏了山乡，然而所获甚微。于是我只好翻出当年的采录残稿。由于所存多是长寿老妪讲的那些记录，故事也多是有关莫尔根幼年时的奇闻传说。因而，我就不得不冠上一个"小"字。这就是《小莫尔根轶闻》的来历。我将存稿按先后加以编排、贯串、复位，如今复查亦无大增补。我也只能在此基础上，姑且述之，姑且书之；读者也只好姑且闻之，姑且阅之吧。好在，世有抛砖引玉之说，倘若有人受此残闻提示，寻得全豹，使民族文化瑰宝得以完璧面世，亦不负众望，吾愿足矣。

以上这是二〇〇四年父亲向"说部"编委会交稿时写的。终因篇幅短小，页数太少，难以成书，就放下了。近来编辑部建议再进行一次复查、细致搜集一遍，将与莫尔根成长、生活有关的资料收进来，印在一起，书就可以出版了。此事不难，可父亲已是八旬之人，视力不佳，腿脚有疾，步履维艰，无法再踏山乡；有幸其头脑尚清晰，他吩咐我们：还按搜集时你们参与的地方分片，女儿可漫，你在社科院民族所工作，正对路，再到张广才岭东坡转转；儿媳董英华在师院任教，你还负责岭西坡蛟河、桦甸、吉林等市县复查。我们按父亲吩咐做了，有些收益。在归拢、梳理资料后，看出对说部《小莫尔根轶闻》增补不大；反之，孕育巴拉英雄莫尔根的生活环境、巴拉人的风俗、故事、歌谣等传承文化资料却不少。于是我们经整理、编排，将那些有价值、可读性强的附录于《小莫尔根轶闻》书尾，以飨读者。

吉林省社会科学院民族所　李可漫
吉林北华大学师范分院　董英华
于二〇一二年元月

第一章　似是而非得身世

一、巴图治鳖

若讲莫尔根身世，那得从半拉山说起。"半拉"也称"巴拉"，是"巴拉玛"的简称。满语原为"狂妄"之意。后来，有的说是布库里雍顺，在平息三姓之乱时，征兵讨伐，当时有些躲避战祸的人，逃进大森林，所以留下了这部分人。有的说是在努尔哈赤起兵统一女真各部时，四处征兵，有些人为躲避战乱逃进大森林，没被编入八旗，人们就称这些人为"巴拉玛"。这样就将"狂妄"引申为"无组织无纪律"了。后来人们就称这些人为"巴拉人"或"半拉人"。张广才岭的东西两坡，尤其是东坡，从黑龙江的延寿、尚志一直向南，断断续续与长白山相连。西坡一直到老爷岭、大黑山，也是山连山，林接林。这广袤的大森林，就是半拉人世代生息繁衍之处。松花江从长白山天池流出后，经过吉林往北流了一段，就到舒兰、德惠、榆树三县交界处。这地方紧贴江边有个小团山子，当地人称它猪山。与猪山隔江相对的就是半拉山。这山明明是一座完整的长形山，为什么叫半拉山呢？这显然是由于半拉人在这山居住过的缘故。可是人们对这山名的来历，却另有传说。

早些年，这一段松花江里有的是珠蚌（当地人称为嘎喇），多得简直铺满了江底。一到夜晚，夜明珠闪闪发光，就跟天上的银河一样，要不怎么能叫松花江（满语为"松阿里毕拉"，是"天河"的意思）这个名呢。别看珠子那么多，可是要采到珠子并不是件容易的事儿。松花江水深流急，那些含珠子的嘎喇，都躲在深潭掺和在一圈圈的嘎喇城里。你捞上来一千个、一万个也不定能剖到一个像样的珠子。尽管这样，住在这松花江的布特海捏①为了生活，还是不得不豁出命去采珠子。

村后边被称为万人淳的江湾子里，有个王八精在炼道行。它若是再吞进肚里一千颗夜明珠，就成气候了。到那时，它要涨水，就涨水；要江干，江就得干。翻船、扣车都不费吹灰之力了。可是它要寻到这一千颗珠子也不容易。它到哪个嘎喇城，哪里就"灭灯""闭户"，城门紧锁。它在万人淳里转悠了好几年，连一颗珠子也没弄到嘴里。于是它就在布特海捏莫身上打起主意来。

从那以后，每到采珠子季节，就有一个身宽、个矮，左眼有块疤瘌的小老头儿，戴顶绿缎子帽儿，踮踮达达地来收购珍珠。他肩上扛着一个钱褡子，一头装咸盐，一头装熟皮子用的芒硝。那年头，布特哈人一般不进城，但是生活中又离不了盐和硝，只好用珠子跟老头换。起初小老头儿拿这一钱褡子的盐和硝，换一把珠子。时间长了，他见布特海捏莫心地善良，又不进城，既不知道盐和硝的价钱，也不知道珠子的珍贵，他就涨到用一褡子的盐和硝换一瓢珠子了。

这次来，一进村他就说："天底下的打波顺②一天比一天少，眼看就被人们吃光了。尼处赫③又落了价。从今以后，咱们得用一捧尼处赫换一捧打波顺了。"人们一听就急了，辛辛苦苦地在水里忙活一年，还换不了一把盐，这日子实在过不了啦。于是，人们就要求他多给点盐。这小老头儿挺鬼道，他不但不急于做这笔生意，反倒拿起把来。他说："你们嫌贵，我还不干了呢！反正天底下剩不多点儿打波顺了。"说完就走了。可是走了几步他又停住了，回过头来说："你们现在若不换，将来终会有一天，你们全嘎珊④的人，会跪在我面前，向我乞求打波顺。"

布特海捏莫可不是受气包，听了这话，人们都炸庙了。一个叫巴图的大力士，向小老头儿走去。小老头儿一看不妙，赶忙逃走了。小老头儿走后，乡亲们聚在一块儿合计没盐吃怎么办。巴图说："托勒赛⑤的话听不得。我就不信，打波顺一下子就变得这么珍贵，尼处赫就那么不值钱了？"

乡亲们听了都认为巴图说得有理。小老头儿总是来无影去无踪的，

---

① 布特海捏：满语，以渔猎为生的人。
② 打波顺：满语，食盐。
③ 尼处赫：满语，珍珠。
④ 嘎珊：部落、村屯。
⑤ 托勒赛：满语，贩子。

别上了他的当。咱们不能光整天泡在水里闷头捞珠子，得打发个精明人进城去看看行情。派谁去呢？老年人有经验，但腿脚不赶趟，路上又不安全。于是大伙推举了巴图。

巴图收拾了一下就要进城了。乡亲们都把珠子交给他，让他带到城里去卖。巴图来到吉林乌拉货吞①，走进珠宝店，把珠子往柜台上一摊，屋里的人都喊了一声"塔娜！"掌柜的出了大价钱。巴图一核算，一颗大珠子卖的钱，比几年来全嘎珊卖珠子钱的总数还多。这时他急于找到那个收珠子的小老头儿。于是他询问了城里所有的珠宝店，都说没有这么个人。巴图很纳闷，临出城，他用一颗最小的米珠子换咸盐和芒硝。掌柜的问他用什么车拉，把他问愣了，他怎么也没想到珠子这么珍贵，咸盐这么不值钱。用什么来运这么多的盐呢？没办法，雇了一只大木船，装了满满一船，还剩一半没运了。巴图高兴透了，他有生以来从未见过这么多的盐和硝。他想，这回乡亲们腌鱼和熟皮子再也不必犯愁了。他坐在船头上，高兴得唱了起来。眼看再过两道江湾就到家了，他发现船里的咸盐浸水了。船家把船停住一查看，糟了，船底不知被哪个坏种钻了好多窟窿。口袋里的芒硝都化成了水，和咸盐融在一起，一船盐和芒硝全白瞎了。

巴图二返脚又返回城去运盐。为了防备万一，路过缸窑时，他买了一些大缸和坛子，把盐和硝分别装进缸和坛子里。装了满满登登一大船。巴图心想，这回就是船再漏点水，盐和硝也掺不到一块儿啦。这些缸和坛子，倒出来还可以给乡亲们盛水、腌鱼。

顺水的船真快，刚过晌午，船就到村后的万人淖了。可是刚要靠岸，船就向一边斜歪下去。巴图一看船要翻，赶忙从船上拽下一大缸盐，一坛子硝，拎到岸上，回头一看大船已经扣斗子了。他正要去救船家，大船一下子又翻过来了，船家抹了一把脸上的水说："这船好像是被什么东西给扳翻的。"

巴图也觉得奇怪，扣船的地方是个稳淖，既没有暗礁，水又平稳，怎么会翻船呢？再看船上，船家的东西一样没少，只把那些装盐的缸、装硝的坛子沉到淖里了。巴图心里虽然疑惑，但什么也没说。帮着船家把船里的水舀了出来，付了船钱，他就扛着一缸盐，拎着一坛子硝，回到了嘎珊。

---

① 吉林乌拉货吞：满语，靠江边的城。

人们见巴图回来了，一下子把他围住了。当他把卖珠子的钱一份一份地交给本人时，都十分吃惊地问："怎么卖了这么多钱，还换一大缸打波顺！"

巴图说："咱们松花江的珠子，被喊作'塔娜'，是最值钱的尼处赫。我用了一颗米珠子就换了两大船盐和硝。收珠子的那个老东西可把咱们骗苦了。我要找他算账，可是，我问了城里所有的珠宝店，都说没有这么个人。"

乡亲们一听肺都要气炸了，尤其是那些妇女，越看手里那白花花的银子，越心疼被骗去的那些大珠子。她们日夜泡在水里，千辛万苦捞上来的那些珍贵的珠子，却被人轻易地骗了去。想到这些，有的竟心疼地大哭起来。巴图见了心像刀绞一般，他发誓说："乡亲们，不要哭，我们一定要找到他，讨回那些珍珠！"

可是，没人知道那老东西的来龙去脉，上哪去找呢？当巴图把扣船的经过说了一遍后，大家都觉得奇怪，什么人能在船行走的时候，把船底钻成窟窿呢？村后这深淖平平稳稳怎么会翻船呢？巴图接过来说："这不用着急，早晚咱们会弄明白的。现在咱们到万人淖里把那些缸和坛子捞上来，还可以装水、腌鱼。"

大伙来到江边一看，都愣住了，缸和坛子都底朝上漂在水面上。每个缸底都有个黑疙瘩。走到跟前仔细一瞅，哪里是黑疙瘩呀，都是些王八脑袋。它们看到了人，就把头一缩，沉入江底了。巴图和乡亲们跳下江去把缸和坛子捞上来一看，底上都被钻了个窟窿。巴图说："船底的窟窿原来是诶乎玛①干的。"

有些小伙子说："这蠢东西真可恶，我们下江底去把它们抓上来出出气。"

老年人怕出乱子，劝阻了他们。隔了不久，有一天嘎珊里的人们刚吃过午饭，有人看见收珠子的小老头儿又背着钱褡子踸踸达达地走进村子了。于是就大声喊道："快来人哪，收珠子的小老头儿来啦，快跟他算账呀！"

乡亲们闻声赶来，小老头儿一看事儿不妙，撒腿就跑。人们从四面八方跑来堵截，这小老头跳进巴图家的猪圈里就不见了。人们查遍了猪圈也没见到小老头儿的影子，只是多了一头猪。老人说："这小老头可

---

① 诶乎玛：满语，水鳖，俗称王八。

能是巴勒遵①变的。现在又变成了猪。"人们一听有道理，可是哪头猪是妖精变的呢？有人问巴图怎么办，巴图说："把所有的猪都绑起来，一齐杀掉。"

人们刚要动手抓猪，就见一头短腿猪咬着一头肥猪的耳朵一齐跳出圈门往村后跑去。巴图操起大斧子就追了上去。人们随后赶来。到江边时，大肥猪就被巴图扯住了后蹄子。这时就见那短腿猪往大肥猪耳朵里吹了一口气，那头肥猪眨眼工夫就长得老大，一下子躺在江里变成了大石猪。猪的脖子把松花江拦腰堵死了。短腿猪跳进水里钻到石猪下面去了。这下可坏事了，大水上了岸，人们被泡在水里了。眼看房屋和村庄也要被水冲走。巴图急眼了，用力猛一拥，把石猪蹄子拽掉了。他赶忙跳进水里，举起大斧，"咔嚓"就是一斧，石猪脖子被砍断了，裂开一道缝。可是水太大，涌不过去，还是一个劲儿地往上涨。巴图用肩膀顶住猪头，把身子蜷回来，用脚蹬住猪身，亮出大力士的本领，他憋足了劲，猛一打挺儿，就听"哗啦"一声响，猪头这一半被顶上了北岸，猪身子这一半在江南岸被蹬出老远。

这时江水一拥而下，巴图由于用力过猛，晕倒在江里，被冲走了！江底露出一个磨盘大小的王八。乡亲们七手八脚地把它捉住了。一看它那个绿脑瓜顶和左边那个疤瘌眼儿，人们一下子就认出来了，它就是收珠子的那个小老头儿。乡亲们高兴地喊道："巴图，快来呀，托勒赛被抓住了！"

人们一看没了巴图，就要砸死这王八精。王八跪下哀求道："别砸死我，我如数还你们的珠子。"说完大嘴一张"哗"的一声，把多年搜刮到的珠子都吐了出来，一颗不少。乡亲们虽然夺回了珠子，但失去了巴图，所以余恨不消，非叫它偿命不可。一位玛发②说；"饶了它吧，弄死它也无济于事了，让它给死去的货顺巴图鲁③驮石碑吧。"

王八精忙点头哈腰地说："一定照办，一定照办。"从此，王八就世世代代，老老实实地为英雄驮石碑了。年代一久，北岸的猪头就成了猪山；南岸的猪身子，由于去了头，掉了蹄子，就看不出猪的模样了，人们就称它为半拉山。

---

① 巴勒遵：满语，妖怪。

② 玛发：满语，爷爷或对老翁的尊称。

③ 巴图鲁：满语，勇士。

二、天神会议

再说巴图，他虽然被洪水冲走了，可是他没死。冲出了几百里，被一个采珠格格救上了岸，并和她成了亲。当听到乡亲们已为他立了赞颂巴图鲁的石碑时，他就跟妻子说："勇敢的大力士已经死了。我俩再去创建新的生活吧。"

一日，巴图背着弓箭，提着猎物，沿林中小溪朝自家走来。走到离自家撮罗子不远处，他心中便想象着妻子冲出撮罗来接猎物的幸福情景。于是他就高声唱了一句山歌，想让妻子知道他又满载而归。他这一嗓子，远近峰峦相继响起回音。巴图侧耳欣赏起这莽林幽谷的回声，脸上呈现出满意的微笑。回音一落，他正要接着唱时，却传来了婴儿的哭啼声。巴图好生奇怪，于是他就顺着声音走去。当走近一棵几搂粗的老枫树，看见树下坐着一圈饿狼，伸着舌头，往树上看。巴图忙从背上取出弓箭，群狼见势不妙，都撒腿逃跑了。巴图抬头，看到在老树的一个枯干的旁枝上挑着一个桦皮桶，桶里坐着一个小孩。巴图心里纳闷，这是谁家的孩子挂到树上了呢？他往四周看了看，没有人。他又仔细查看了树下的草地，只有狼的足迹，没有人的脚印儿。他抬头看时，见孩子坐在桶里正对他挥动两只胳膊呢。他赶忙放下猎物，爬到树上摘下桦皮桶。孩子乐得直拍小手，巴图也十分兴奋，忙把孩子从桶中举起，是个胖乎乎不满周岁的小男孩儿。他亲了亲孩子的小脸儿，又把他放回桶里，撅下一根树枝当扁担，前头挂着桦皮桶，后头挂着猎物，一边走一边逗孩子乐。来到撮罗子跟前，他再也顾不得唱小曲了，就忙喊："沙里甘①，你出来看哪！"

沙里甘在屋里一边往锅里添水，一边说："不用看我就知道你今天一定有收获，早有喜鹊在撮罗子顶上道喜来啦！"

"是大喜，不是小喜！"

"难道你捕获了塔斯哈②、亚勒哈③？"

"比那大！"

---

① 沙里甘：满语，妻子。
② 塔斯哈：满语，虎。
③ 亚勒哈：满语，豹。

"罕达罕^①？"

"比它还大！"

沙拉干走出撮罗子，一眼就看到了桦皮桶里的孩子，问："这是哪儿来的孩子？"

她一边说着一边把孩子抱起来。这孩子也真乖，见到了她就像见到额娘一样，紧紧地搂住她的脖子，贴紧脸。把沙里甘稀罕得不得了。他们结婚多年了一直没孩子，她亲了又亲，吻了又吻。巴图说："这孩子是我从树上摘下来的。"

"树上？"

"是呀，这个阿波萨^②就吊在老枫树上。"

沙里甘惊疑地猜测着："是谁挂在树上的呢？是不是谁家姑娘生的，不好意思抚养，挂在树上故意让人拣去呢？还是谁家有仇人，孩子被偷走挂在树上，借此用作恫吓警告呢？"

巴图说："我也这么想过。"

夫妻俩走进撮罗子。巴图放下桦皮桶，孩子就从沙里甘怀里挣着够奔桦皮桶。沙里甘把他放桶里，就看他往桶里一缩，小脚一蹬，一打挺，桦皮桶变形了，变成了一个小船一样的悠车。孩子得意地笑了笑，一翻身从悠车里爬了出来，悠车又恢复成小桶了。夫妻俩惊奇不已，拿起桦皮桶仔细地观察起来。这是一只用桦树皮组成的小桶，奇怪的是没有缝制的痕迹，就连口沿上穿提梁的两个小孔，也看不出凿穿痕迹。做提梁的这段硬藤两端也无刀砍、锯拉的迹象。巴图夫妇将这桦皮桶视为神器，悬挂在撮罗子支柱上了。

把这小孩从小桶里放到用虎皮拼成的大铺上，他自然欢喜无比。一会儿爬到巴图身边拽拽他的胡须，一会儿又爬到沙里甘怀里，用小手捏一下她的鼻子，回头快爬几下做逃跑状。这些天真、幼稚的小把戏，弄得满屋笑声。巴图说："这孩子实在招人喜欢！有了他，真有乐趣！"

沙里甘也说："没有什么能比拾到这孩子更快乐的事儿了。可是……"

"可是什么？"

"反过来……"沙里甘刚说出这三个字，就停住了，没再往下说。

这时夫妻俩都想到了同一件事儿，那就是丢失孩子那家此时此刻，

---

① 罕达罕：满语，麋鹿，俗称"四不像"。

② 阿波萨：满语，桦皮桶。

一定在揪心扯肺的痛苦之中。沉默了一会儿，巴图开口说："我得去寻找这孩子的父母。"

沙里甘点点头。

巴图走出撮罗子，骑上日行千里的大白马，由近及远去寻找丢孩子的失主。他心急如焚地走了三天三夜，把这方圆数百里深山密林中的几十个撮罗、窝棚、地窖子问遍了，也没找到失主。他每到一处，就把他怎么发现在树上挂着桦皮桶，桶里坐着小胖小子述说一遍，还嘱托帮助寻访孩子的父母，并把自己家的住处说给人家，以便失主来取孩子。

这一来在窝集克人群中，引起了轩然大波。惊动了何大察玛①。何大察玛头顶凤尾双翎，身着神衣神裙，前后心都有托力②相护，系一围腰铃，手持抓鼓，口念神词，甚是威严。何大察玛他可不姓何。据说他姓傅，原出于长白山下讷殷部富察氏。由于行踪不定，他为了便于山民问卜、解难，经常穿山越谷，无处不去。可是他从不吐露姓氏。在人们传言中称他"不知何方的大察玛"。后来人们就叫他"何方大察玛"。最后连"方"字也略了，就称之为"何大察玛"了。据说何大察玛闻讯之后，曾三次魂飞天廷去查问这孩子的来历。最后一次才从额顿恩都力③的门缝儿听得一个对天神会议的复述——

一日，上苍尊神阿布卡恩都力④觉得心烦意乱。于是他信步走出天宫，坐上云头，任风飘荡。当他想要往下界看一眼时，却有云遮雾掩，一片迷茫，他心中疑惑。这疑惑促使他决心要看看这白山黑水间的真实情况。于是他把心一横跳下云头，落脚于长白山的罗汉峰。为什么天神在这落脚呢？是因为这罗汉峰来历不凡。

当年天女佛库伦在圆池浴躬时，误吞了朱果，身怀始祖，无法回天宫，当严冬来临，白山老祖烧了一盆热水，对一个罗汉嘱咐道："你去把这盆热水倒进圆池，圆池就会变成温水池，好让佛库伦在那里过冬。"可是这位罗汉走到山顶，老远就看见了佛库伦赤身裸体。他不好意思往前去，就转回身用一只手将水盆从身后递出。为了叫佛库伦前来取水盆，他就大声喊着："嘎玛遮⑤——"由于他倒背着手端盆，盆歪了他还没察

---

① 察玛：满语，萨满。
② 托力：满语，铜镜。
③ 额顿恩都力：满语，风神。
④ 阿布卡恩都力：满语，尊神。
⑤ 嘎玛遮：满语，来取。

觉。当佛库伦悄悄走来，一看水全洒进了山石堆里，盆已空了。她没吱声，又悄悄地走了。当她走到山后，见温水从石头缝里流出来，汇成了暖流。她就靠这暖流度过了寒冷的冬天。那位罗汉还一直不知道，他仍然背着脸站在那里等佛库伦来取水盆呢。时间长了，他就变成了一座高大的山峰。人们称它为罗汉峰。

尊神站在这峰顶俯视大地。他望山中，山中有凶禽猛兽残害黎民；他看人间，人间充满贪婪、邪恶、弱肉强食，惨不忍睹。他即刻返回天廷，召天神聚会，设法解除人间灾患。他把各路天神召齐，先让大家说说下界的情况，集思广益，好采取措施。不料，由于诸神久居天庭，养尊处优，对下界民情全然不晓，会上一个个哑口无言。于是尊神只好点名询问："司汶恩都力①，把你所见到的情景说说。"

太阳神忙跪下陈述说："小神晨起暮落，所见者，田野上男耕女织，山林中逐鹿追虎，一派盎然生机。"

尊神白了他一眼，又叫："地阿恩都力②，你说说看。"

月神也忙跪下说："小神夜来升起，黎明隐退，所见所闻，只有家家鼾声，人人宁睡。"

尊神听了生气地说："难怪你们能当天神啊，都会唱喜歌儿。月神还能拐着弯强调因由，为自己辩解！告诉你们，我刚从人间返回，亲眼看见了凶禽猛兽在残害黎民，人群之中贪婪邪恶，弱肉强食比比皆是。若不加以整治，怎么得了！"

阿布卡恩都力要即刻派一些天神去治理下界。

下凡治理人世，这操心费力的苦差事，对这些高官厚禄、作威作福已惯的天神来说，真是莫大的灾难。因此一听说下派，个个害怕，人人自危，于是天庭慌乱起来。老母神佛朵赫赫，见此情景，便向尊神说："诸位天神，各有其职，不便离位。况且，神在人上，人在人中，人间之事遣神不如遣人。"

尊神说："人本来就有惰性，一旦得以安居，他就不会四处奔波，能遇到多少事情？再说一个人的能力是有限的，能为黎民解除多少灾难？"

老母神争辩："即便是天神下界，也只能解决一时，解决不了一世。邪恶纠纷时时产生。不如降下一个贤达智慧之人做榜样，让人们从他的

---

① 司汶恩都力：满语，太阳神。

② 地阿恩都力：满语，月神。

一言一行中受到启发，有所感悟，养成自立、自理的能力。从而使人们自动地去惩恶扬善，伸张正义，杜绝暴戾。小则安定一家，解决纷争；大则拯救一方，斩妖除孽，岂不更好。再说'惰性'也好解决。猎人总以知恩图报为荣，知恩不报为耻，让他心中总存点有愧于人，致使他遍踏人间就行了呗 。"

老母神这些话，立刻得到天神们一致的称赞，尊神见此情形，顺水推舟地对佛朵赫赫说："那么这件事就由你来操持办理吧。"

佛朵赫赫一举手托出一个男婴，回身对猎神班达玛发说："请你把他降到人间。"

猎神班达玛发，接过来一看是个小胖小子，十分稀罕。见他细皮嫩肉，怕遭蚊叮鼠咬，想找块布帛包裹一下，可撒目一周也没找到合适的东西，他就摘下挂在腰带上的桦皮箭筒，把筒里的三支箭取出，别在腰带上，然后把箭筒往粗撑一撑，箭筒就成了水桶形状，把孩子放入筒中，回身问合硕赫赫①："九州之大，四方各异，应把他降至何处？"

合硕赫赫毫不犹豫地回答："北方，白山黑水之间。"于是猎神班达就把这孩子降到长白山北，忽汗河头这窝集克生息繁衍之地。

经何大察玛这样一叙述这孩子的来历，巴图家可热闹了。人们络绎不绝来此看这天赐的孩子，神的后代。当人们见过之后，都觉得这孩子除了长的浓眉大眼十分精神之外，再没有什么特别之处。因此对何大察玛的说法也都将信将疑。但人们都承认这孩子是比较机灵和聪明的。有人说也许将来能出息成智慧的人。有人说这么机灵的孩子在巴图家，肯定是未来的猎人首领。智慧人也罢，猎人首领也罢，在满语中都称谓："莫尔根"。于是这孩子就被称为小莫尔根了。显然，"莫尔根"这是个绰号，不是真名实姓，可是人们都这么叫他，不是名字，也就成了名字。巴图、沙拉干收养了他，虽然不是他的生身父母，但也成了他的额娘和阿玛。这就是莫尔根似是而非的身世。

---

① 合硕赫赫：满语，方位女神。

第二章　林中的童话生活

一、智斗雕精

传说毕竟是传说，日子还得实实在在地往下过。孩子一天天在成长。一晃五年过去了。小莫尔根已六岁了。他和平常孩子完全一样，没有任何出奇之处。世上每一件奇事轶闻刚一传出时，总是有信的，有不信的，有将信将疑的，有深信不疑的。对神灵甚至有笃信终生的。往往将信将疑的居多数。可是日子一久，若奇事不见其奇，预言未得实现，那些将信将疑的人自然也就不信了，甚至那些曾深信不疑的人也会动摇。小莫尔根是天神派下来治理人间的传说也是如此。就连那些曾笃信不疑的人，随着时间的推移，这一切在脑海中也渐渐地淡化了。

巴图夫妇依然晨起暮归过着渔猎生涯。由于有了小莫尔根，就多了一番牵挂。为了孩子安全，他们在撮罗子外边夹了一道木头围墙，就有了一个院落，还用圆木修了个很牢固的大门。每当夫妇双双外出干活时，不仅要把大门闩好，还要按照窝集克人的老办法，把孩子锁在撮罗子里。到了春暖花开的季节，小莫尔根嫌锁在撮罗子里憋闷得慌，就要求阿玛把桦皮桶挂到撮罗子旁边的树上，他把桦皮桶登成悠车，坐在悠车里逍遥多了。邻近的撮罗子、窝棚的人们见了，都说这办法好，既防止了饿狼猛兽的侵害，孩子又不憋闷。于是相继效仿。有用桦树皮缝制的悠车，背筐挂在树上的；有用苕条编成的筐篓，固定在树干上的，为了遮光挡雨，在上方高处搭出不同形状的盖儿。你家这样，他家那样，千姿百态，形成了山野林居一道有趣的风景。

在一个五黄六月天，额娘正要去下河采珠，小莫尔根也要跟去。额娘对他说："你还小，河水会把你冲走。等你长大了，额娘再领你去。"

小莫尔根又要跟阿玛上山去打猎。阿玛说："你太小啊，山中不光有獐狍野鹿，还有狼虫虎豹，它们凶得很。等你长大了，学会射箭，学会使用各种捕猎工具，才能捕获它们。此外还有一些秃鹫、老雕，不光凶狠，还十分狡猾。"

"它们能飞到树上吃人吗？"

"它们是能飞到树上的，不过有嘉浑恩都力①管着它们，不许随便害人。"阿玛又很担心地嘱咐了一句："你自己在家千万多加小心呀。"

小莫尔根说："额娘，阿玛，你们别担心，我什么都不怕。"说完就和往日一样上树坐进悠车，和要去干活的阿玛、额娘挥手告别。

巴图陪着沙里甘沿忽尔哈河走到离沙涥不太远的地方，就停住了脚步，不再往前去了，因为采珠的赫赫②只有少数穿着阿库密③，多数是赤身裸体一丝不挂的下水去捞塌乎拉④。

巴图告别沙里甘转身进山林。自从得了小莫尔根，虽然添了许多牵挂，可是却给他带来了无限欢乐。他兴致勃勃地从河畔往林中走去。刚到林边，从林中传出一声鹿的号叫，紧接着见到一头即将临产的大肚子母鹿从林中冲出，鹿背上落着那只秃头坐山老雕精，它两只爪死死地抠住鹿的脊梁骨，伸着脖子正在叼鹿的眼睛，同时伸展开足有丈余长的翅膀，一扇动，随着风声母鹿被叼到空中。巴图赶紧从背上摘下弓箭，一箭射去正中老雕的左腿。老雕一抖，母鹿被扔下来落到地面，产下一头小鹿，母鹿就死了。那只老雕一边飞，一边用它那铁钩一般的嘴，将箭拔掉，它看了看流血的伤口，就快速地向兴安⑤温泉飞去。它飞到温泉，把受伤的腿，伸进温泉，立刻止住了血，泡了一会儿，伤也好了。它即刻又快速飞回来，直奔巴图家的撮罗子飞去。

小莫尔根正在树上的悠车里闲荡，一只老雕落在他的树上，恶狠狠地说："今天你阿玛为了争夺一头鹿，射伤了我的腿，差一点儿要了我的命！现在我要把你叼到高空，摔死在石头上，报那一箭之仇！"老雕说完就来叼小莫尔根。

小莫尔根不慌不忙地说："你这么做，我阿玛会看出来是你把我害死的，今后他就会专门射雕，会把你的孩子射死，为我报仇。"

———————

① 嘉浑恩都力：满语，鹰神。
② 赫赫：满语，女人。
③ 阿库密：满语，鱼皮衣。
④ 塌乎拉：满语，河蚌。
⑤ 兴安：满语，极寒处。

老雕听了这话犯起寻思来，小莫尔根看了他一眼，又说："我可有办法，但我不告诉你。"

老雕以为这小孩子容易骗，就对小莫尔根说："你若真能把办法告诉我，我就放过你。"

小莫尔根装得十分认真，趴在老雕耳朵上小声说："你若能把这叼到忽尔哈河，放在水面上，让它流到毕尔腾①，沉入水底，这罪过就推到塌乎拉身上了。我阿玛就会放下弓箭，把塌乎拉从水底捞上来，对它们进行报复。"

老雕听了，立刻狞笑着说："小兔崽子，这回你可上当了。我就按你的办法来惩治你！"

说完，老雕就把悠车挂在脖子上，飞向忽尔哈河。小莫尔根笑呵呵地坐在悠车里。到了忽尔哈河，老雕把悠车放在水面上，它就飞回老林子里去了。

小莫尔根在悠车里，像乘坐大海船一样，稳稳当当地漂流到采珠子的额娘身边。额娘和一大群赫赫正在捞珠蚌，见小莫尔根漂来，大吃一惊。忙集拢来问道："你怎么到河里来了？"

小莫尔根就把老雕的事儿说给了她们。赫赫们都说小莫尔根真有智谋，并说："上当的不是你，这回它可真上当了！"

小莫尔根同额娘从采珠场归来，一进院就看见阿玛怀里抱着的一头小黄鹿正在挣扎。小莫尔根让阿玛把小鹿放在地上，要跟它玩。阿玛说它会跑出院子被狼吃掉的。小莫尔根把大门关上了。小黄鹿一到地上就想往外跑，它到处乱窜，还总躲着人。可是它一点儿都不怕小莫尔根。它跑着叫着好像在寻找它的额娘。小莫尔根对它说："你别找了，你的额娘被老雕精给害死了。你快点吃东西吧，等长大好为你额娘报仇！"

小黄鹿听了点点头，然后就用小舌头舔小莫尔根的手。阿玛把米汤和牛奶倒在瓢里，由小莫尔根去喂它，它就喝。小黄鹿由于巴图一家人的精心喂养，长得很快，刚到一百天，就能驮着小莫尔根在院里跑了。有时小莫尔根也把它骑到院外，在大门前的草地跑上几圈再回来。小莫尔根和它在一起，高兴得不得了。他只要喊一声"小黄鹿"，它就会跑到他跟前来。他俩已成了要好的小伙伴，谁也离不开谁了。巴图就在牛栅栏里的一角垫些干草，为它设了个住处。晚上它就和牛群生活在一起了。

---

① 毕尔腾：满语，镜泊湖古称。

清早巴图去放牧，栅栏门一打开，小黄鹿就对院子叫两声。小莫尔根立刻从撮罗子里跑出来，骑在小黄鹿背上一起去放牛。日子长了，放牛的事儿就不用阿玛操心了，他俩就成了理想的牛倌。

在水草茂盛的甸子里，他俩又结识了一只大白鹤。这鹤通体洁白，只有尾翎黑中透绿。两条镀金般的棍儿式长腿，真是天生的一种高雅气度。但在小莫尔根和小黄鹿面前，却表现得十分和蔼谦恭。不时地向他俩点头致意，因此很快他们三个就成了好朋友，一起来放牧，一天不见面，他们都受不了。小莫尔根没有兄弟姐妹，从小就很孤单。后来有了小黄鹿就算有了伴儿。现在又有了大白鹤，他能不高兴吗！高兴的日子，时间就过得快，转眼就是一年。

一天，牛群正在门前草地上吃草，大白鹤突然惊叫起来。牛群抬头望见了空中的老雕正在盘旋打趸儿，就自动靠拢在一起，小牛犊都被围在里边，几条健壮的大牤牛在外边，竖起犄角准备对付老雕。小莫尔根正骑着小黄鹿跟大白鹤一起玩耍，见大白鹤惊恐大叫，抬头看见了老雕正瞪着愤怒的圆眼盯着大白鹤。显然是因为它给牛群报了警。小莫尔根就赶忙对大白鹤喊："你赶快往牛群里钻！"

大白鹤抬起长腿三步两脚就向牛群奔去。老雕伸着锋利的尖爪，从空中一头扎下来奔大白鹤扑去。大白鹤一下钻到牛肚皮下边去了。老雕一把没抓着大白鹤，却将一只爪抓进了牤牛的脊梁骨，牛痛得一蹿，蹿出牛群。老雕伸长脖子想叨瞎牛的眼睛，牤牛迅速地摇摆着头，两个犄角打来打去，使老雕不得下口。小莫尔根喊了一声"快往院里跑！我阿玛正在等着射它呢！"

牤牛听了蹬开四蹄，向院中迅速跑去。跑到大门口，老雕想把牤牛拽住，不让它进院子里，就把另一只爪抠进大门的横梁。牤牛瞪圆了眼睛，猛劲往前一蹿，就听老雕一声惨叫，咔嚓一下，一个老雕被擗成两半儿，一只腿连同半个身子和秃头挂在大门横梁上，另一半儿还在牛背上。这时小莫尔根和小黄鹿、大白鹤离开牛群跑了回来。人们也闻讯相继赶来，见到这作恶多端的秃头老雕裂身而死，无不拍手称快。特别是曾被它叨去牛犊、马崽、孩童的那些深受其害的人家，为解恨将那秃头割下，砸个粉碎。小莫尔根见弯勾的鹰嘴很好玩，找根线绳从鼻孔穿过，系在腰上，当作腰刀的挂钩。

当人们去看牛背上那一半儿时，发现力擗老雕的还是那头白嘴丫子的红牤子。人们既惊奇又兴奋起来，因为它已有过一次光荣历史。那是三年前的事儿。一场大雨之后，忽尔哈河涨了水，被当地人称作"糠头"的一条老鲇鱼精，从毕尔腾溯水游来了。这条久居毕尔腾的"糠头"凶得很，曾冲翻威虎[1]吞食渔人，甚至蹿咬河边洗衣服的妇女。巴图来河边饮牛，小红牤子那时刚满两岁，头上的小犄角才两三寸长，它把嘴插进河里喝水。老"糠头"看到了白嘴丫的小牛头，就从深水中蹿上来，大嘴一张一口含住牛头。这小红牤子将四蹄撑稳，猛一甩头，用那两个小犄角硬是把这二三百斤重的大鲇鱼给撅到岸上来了。巴图用腰刀宰了那条久居毕尔腾的老鲇鱼精。把附近撮罗子里的人都请来会餐。从那时起，人们就认识了这头白嘴丫的红牤子了。它今天又擗了这万恶的老雕精，人们称赞不已。这时巴图走过来小心翼翼地把鹰爪从牛脊椎骨里拔出时，牛背鲜血淋漓。有人送来烧制的兽骨粉，按在伤口上，止住了血。一帮妇女采来一些山花，编成一个极鲜艳的大花环，给这红牤子套在脖子上。红牤子心里明白，这是听了小莫尔根的指挥，才把老雕弄死的。它走到小莫尔根的面前，一再向他点头致意。于是人们又给小莫尔根编了个小花环给他戴在了头上。在这兴奋的场合上，有人喊出，那时巴图请我们吃了"糠头"的肉，这回该请我们吃老雕的肉了吧？于是巴图就准备了一席饭菜，熬了一锅雕肉汤。捧出一坛沙拉里甘手酿制的好酒，人们一直喝到天黑。当日落月出时，人们又在门前拢起篝火，为除掉老雕精而欢欣地跳起空齐[2]来。大白鹤真像舞蹈家，展开它那扇子似的翅膀，摆动着金棍儿般的两条长腿。小黄鹿也跺起了烟袋锅一般的小脚，随着小莫尔根一同跳起舞来。一直跳到月落星稀天已放亮，舞会才停下来。

舞会一结束，大白鹤要走了。小黄鹿也两腿一弯扑通一声跪在小莫尔根面前，小莫尔根慌了，忙问："你这是干什么？"

小黄鹿吧嗒吧嗒掉下眼泪来。阿玛见了走上前来，用手抚摸着小黄鹿的头，对它说："看来，你是要走啊。要走就走吧，你跟小莫尔根一样，一直没离开这个院落。你们俩都需要见千山景，行万里路，到外面去开开眼界。再说，你也应该回到山林中去，过你应当过的生活。等小莫尔根长大些，再到林中去找你。"

小黄鹿点点头，起来就跟大白鹤走了。小莫尔根很难过的落下泪来。阿玛一边劝慰他，一边郑重其事地对他说："小莫尔根，从现在起，你就

---

① 威虎：满语，小船。

② 空齐：满语，满族舞蹈。

得学骑马射箭了。要想练成神箭手，那得冬练三九，夏练三伏。风天练臂力，雨天练眼力。一日也不能间断。还要学会用各种捕猎器具。将这些在林中谋生的把式学成、学精之后，还得练虎跃熊攀，达到穿林裹带山风，跳崖轻似猴猿。只有这样，才算得上一个真正的猎人，才能在山林中闯荡。将来还须走出山林，见更大的世面。要完成这一切，得需要多少时间啊！你哪有工夫坐在这里哭哇？再说，咱们巴拉人谁都知道的一句话——世界上最没用的东西就是泪水。"

小莫尔根听了阿玛这番话，就不哭了。立刻跟阿玛学起骑马射猎来。一练就是三年。现在已是九岁了。在这三年之中，每当空闲的时候，他还是不断地想念小黄鹿和大白鹤。它俩现在在哪里？做什么呢？

二、降魔金镜

小黄鹿跟大白鹤离开莫尔根家，钻进老林子里。大白鹤在前头低低地飞行，小黄鹿在地上紧追。它俩穿林越冈，跋山涉水不停地奔走。用了三年的时间，真的见了千山景，走了万里路程，大开眼界。只是小黄鹿因出生时是早产，先天不足，个头一直没长起来，还跟大白鹤一样高。但力气却增加了，穿山跳涧的本领已练得十分高强。

一天黎明，它们来到一座高峻的山岭。随着晨雾的消散，山上呈现出青松白桦、艳丽的山花。岭底有一个小木房，房前有一清澈的山泉，四周长满红花绿草，泉右边是块平整的大石头，石头后长着一棵高大的松树。大白鹤与小黄鹿从山顶下来，到清泉边饮水。一轮红日从林梢喷薄欲出，照亮了小木房。从小木房里走出一个六七岁的小女孩，抱着非番①朝山泉走来。小女孩从小就没了阿玛、额娘。奶奶也在两年前死去，家里剩下她和七十多岁的爷爷在这小木房里生活。每当爷爷上山打猎，就扔下她一个人在家，特别孤独。她就弹着奶奶留下的非番等爷爷归来。今早她一醒来就不见了爷爷和他的弓箭，她知道爷爷又去晨猎了。她就抱着非番来泉边梳洗。意外地碰见了大白鹤与小黄鹿，她特别高兴，就举起小手与大白鹤、小黄鹿打招呼，并自我介绍："我叫小牡丹，非常欢迎你们的到来！"

大白鹤和小黄鹿领会了她的意思，频频点头致意。于是他们就成了

---

① 非番：满语，琵琶。

好朋友。小牡丹坐在大石头上就着泉水梳洗打扮起来。洗完梳完，随手掐一朵山花戴在头上。大白鹤凑到她身边张开扇子式的翅膀，小黄鹿也把长着珍珠的小犄角伸过来，对着这清澈的山泉歪着脑袋照起镜子来。照够了，美够了，小牡丹就弹起非番来。

大白鹤和小黄鹿随着欢快的乐声，围着山泉跳起舞，他们一边舞一边相互指点着唱起歌来：

> 小清泉，真美丽，
> 照到他，照到我，也照到你。
> 绿色的夏天多美好，
> 我们快乐无比。
> 泉水中映着他们歌舞的倒影。

真是乐极生悲。突然一阵冷风吹来，这风来得迅猛、异常，只见树木纷纷落叶，花草垂头枯萎。雪花紧跟着飘了下来。小牡丹歪头望望天空，喊了一声："不好了，沙胡伦巴勒尊[①]来了！赶快回家吧。"

然后抱起非番领着大白鹤与小黄鹿跑回了小木房。这花红柳绿的季节立刻成了冬天。这已是第三次了。第一次出现时，人们都不理解，就去问何大察玛。何大察玛告诉大家说："人们不是说天南地北吗，地北这个地方是冰雪的世界。那里住着一个冷魔，冷魔是个蓝脸恶龙，龇牙咧嘴，脸堆冰霜。两个腮帮子坠下来二三尺长，像两个空口袋，悠荡着。丑得很，凶得很。冷魔的小儿子就是在忽尔哈河边要吞食小牤牛，被小牤牛搋上岸的那个糠头。由于它作恶多端，乘它被搋的时机，就把它杀了，为了解恨，人们还分吃了它的肉。冷魔得知后，就决心要把白山黑水这四季分明的好地方毁掉，对生活在这里的人们进行报复。于是它就往这里驮运冰山。每运来一座冰山，这白山黑水之间就增加几分寒冷，夏季炎热的日子就缩短几天，冬季寒冷的日子就延长几天。现在春秋两季已经消逝了，只剩下短短的一个夏季。若等它把九九八十一座冰山全运到这来，这里一年四季就不再化冻了，人们再也见不到四季分明的景色了，就和地北一样成为永恒的冰雪世界了！人们不冻死，也得饿死。这对生活在白山黑水之间的人们，无疑是个莫大劫难。"

---

① 沙胡伦巴勒尊：满语，冷魔。

听何大察玛说了之后，有的人就远远地离开这里往南去了。从此走出了山林。没走的，就在自家的撮罗子或窝棚里挖一个深深地窖。在窖里搭铺火炕，用一个长长的空心树筒做烟筒伸出地面，灶腔里烧起火来，炕就热了，窖里就暖和了。人们就靠这地窖度过漫长寒冷的日子。小牡丹和爷爷当时也在木房下边挖了这样一个地窖，窖口就在小木房里。

小牡丹他们走进小木房，掀开窖盖儿，小黄鹿下不去，就在窖口站住了，小牡丹顺着木梯走下七八尺，来到地窖里。她点着了明子（松树腐烂后，松油脂凝聚在一小块树木上，不易腐烂，人们拣来劈成小条用它照明或引火），大白鹤也飞了进来。地窖挺宽敞，东墙脚下有铺炕。窖里的四面墙修得平整光滑。墙上挂着一棵大山参，从它的露头到须端，有三尺多长，像条龙悬在那里。北墙上挂着冬季穿的各种兽皮大衣，貂皮的小紫袄最暖和；最好看的是爷爷为小牡丹用丹砂染成的鲜红的兔皮小袄。墙角上还挂一嘟噜小草鞋，那是爷爷用蒲草给小牡丹编成的，用带毛的野猪皮缝在鞋底上，冬天穿上既结实又防滑。小牡丹把非番挂到墙上，就在灶腔里生起火，等待爷爷归来。

小黄鹿忽然叫了起来。小牡丹与大白鹤赶忙从地窖上到小木房来，顺着小黄鹿的目光看到了爷爷趔趔趄趄地往家走。他们不顾一切地跑出去迎接，爷爷倒在了泉边的松树下。他们要把爷爷扶起来搀回家，可爷爷却摆着手说："不必了，我已经不行了！"

小牡丹一听，哇的一声哭了起来。大白鹤与小黄鹿也陪着她流眼泪。爷爷喘息着粗气说："小牡丹呀，不要哭，咱巴拉人有句谚语，'世界上最没用的东西，就是泪水。'你别哭，我有三件要紧的事情告诉你。"

小牡丹擦干眼泪，用心听着爷爷的话。爷爷很吃力地说：

"第一件事，你要记着，在虎头砬子里藏着一个金饼。那是我们这一代有雄心的老人，听何大察玛说驱逐冷魔必须有面降魔金镜。墙上那条参龙，也会派上用场。

第二件事，你阿玛临终前，让我转告你，咱巴拉人用生命体验出来的一句谚语——'水缸里生不出蛟龙，樊笼里养不成凤凰'。你将来一定要走出山林广见世面。

第三件事，你不要抛弃非番。你额娘临终时嘱咐，将来让你用祥和悠扬的乐声，净化人们的心灵，减少你抢我夺的邪恶争战。启迪人们对和平幸福的向往。"

小牡丹当即点头应允。接着问道："怎样才能驱逐冷魔呢？"

爷爷叹了一口气，忧心忡忡地说："那得爬过勤奋岭，登上毅力山，到虎山碴子找到金饼。把这金饼磨成像山泉一样平滑、清澈。磨到不出声时，就磨成了。再骑上那条参龙去东海，请司汶恩都力往金镜里注进神光。这样的金镜就可以驱逐冷魔，这里的人们就可以免遭灭顶的灾难。当然这不是一件轻而易举的事情。不是一个人能完成的。这需要一些有志气、有恒心的人，不断地努力，才能完成。"

小牡丹说："我来做磨制金镜这件事情，像爷爷似的淘金、浇注金饼一样，一天天地把金镜磨成。"

爷爷听了脸上呈现出笑容，还没笑出声来，就咽气了。小牡丹忍着哭声，含着泪水与大白鹤、小黄鹿一起在松树下，用纯洁的白雪掩埋了爷爷的尸体。堆成一个高高的雪坟。小牡丹在坟头跪下，用右手摸了三次鬓角，行了鬓礼，就回到小木房。穿上貂皮小紫袄，包了一包饽饽，带上那嘟噜草鞋，伴着大白鹤、小黄鹿向勤奋岭奔去。

这勤奋岭可真名不虚传，一岭挨着一岭，不勤奋是过不去的。小牡丹她爬了一岭又一岭，走了一天又一天，不知过了多少岭。眼看着一双双生猪皮底的草鞋穿飞了。最后一座岭，裂开一道丈余宽的裂缝，怎么也过不去，小牡丹发愁了。小黄鹿试探着跳过去，又跳了回来，连跳了三次。它觉得有把握了就趴在小牡丹脚下让她骑上。小黄鹿驮着小牡丹往后退了几丈远之后，又往前跑了几步，一纵身飞跃而过，小牡丹高兴极了。她感激地用手摸着小黄鹿的头。

这最后一道岭过去了，就到了毅力山。这山高耸云霄，陡峭冰封，难以立足。小牡丹小心翼翼地用手扳着冰凌，一点一点往上爬，十分惊险。好不容易爬了两三丈高，脚下一滑，小牡丹就像皮球似的从坡上滚下来了。她滚下来再上，又滚了下来。不知滚了多少次。小牡丹又发愁了。大白鹤来到了她面前，让她骑上。

大白鹤挥了几下翅膀就飞了起来。它沿山势盘旋飞到山顶。山顶奇寒，小牡丹怕冻坏大白鹤，就让它赶忙离开这里了。

小牡丹在山顶上四处寻找。猛一抬头，看到了一个比水缸还大的虎脑袋，她害怕了。一害怕就好像听到了老虎施威的哼声，又好像看到老虎张开了血盆似的大嘴。爷爷说金饼就在虎头碴子里，是不是就在这个老虎嘴里呢？她这么一想，真的看到了虎口里确实有个金饼！一看到金饼，她就什么都不顾了，赶忙走上前去，把两手伸进虎口，取出一个和月亮一般大的金饼，就别提有多高兴了！这时她定神一看，哪有什么老虎，只不过是块四棱八角的岩石。远看才有点像虎头。细听也不是老虎施威声音，那是高山顶上的风声。小牡丹笑了，心想，怪不得爷爷说怕神就有鬼，这句话一点都不假。小牡丹高兴地把大金饼揣在怀里，找来一根长藤，拴在树干上，她揣着长藤，很快就从山上下来了。她把怀里的大金饼给大白鹤和小黄鹿看，乐得他们直蹦高。于是他们抱着这个金饼，兴高采烈地回到了小木房。

金饼拿到手了，该把它磨成金镜了，小牡丹抱着金饼，走出地窖，盖上窖门，来到山泉边大松树下爷爷的坟头。告诉爷爷金饼取回来了，现在她就开始磨金镜了。说完就坐在这块平整的大石头上，把金饼也放在石头上，用力一推一拉噌噌——噌噌地磨起金镜来。小黄鹿和大白鹤怕她孤单，就跟在她身边陪伴着。从这一天起，小牡丹就饿了吃，困了睡，醒了就磨金镜。她不分昼夜地磨呀磨。从蜡梅花开，磨到蜡梅花落。小黄鹿一直一动不动地在守候着小牡丹。不知过了多久，落在小黄鹿身上的梅花已抖不掉了。小黄鹿就成了梅花鹿。小牡丹还是不停地在磨。手磨出血了，大白鹤心疼她，就用头顶上最柔软的绒毛擦掉小牡丹手上的鲜血。它寸步不离，忠心耿耿地守卫着小牡丹磨金镜，还不时地伸脖子汲水，吐在石头上，供小牡丹磨镜用。时间太久了，大白鹤头上的血已洗不掉了，就成了丹顶鹤。人们不知道这个来历时，以为它成了仙呢，因此就称它为仙鹤。后来人们知道了这个来历，朝廷官员们也在帽子上安个红顶子，用来表示自己要像白鹤忠心耿耿守卫小牡丹那样来守卫皇上。这红顶就成了尽职尽忠的象征。

小牡丹还在一心一意地磨着金镜，汗水从脸上流下，一滴一滴地滴进山泉。山泉涨潮了，泉水沿着沟谷源源不断地向北流去。一路汇聚许多小溪，越流越宽，流成了一条江。因为它弯弯曲曲就被称作牡丹江了。它流进粟末水，最后流进小海。

小牡丹磨镜的声音早已由哗啷——哗啷变成了唰唰的声音，而且一天比一天小。眼看这降魔金镜就要磨成了，就在这紧要关头，正赶上时交三九。每到交三九的这一天，冷魔就张开大嘴，发出一种十分瘆人的吼叫，周围数百里之内，顿时奇寒无比。江河冰封，地冻三尺，禽鸟疾飞，走兽猛逃。跑不快的大熊也都钻进树洞里避寒。大地上很少见到动物。今天冷魔意外地发现小牡丹在磨制着降伏它的金镜，它就咬牙发狠地说："我让你磨！"说着又大吼一声，寒冷就成倍地增加。冻得小牡丹从心里往外冒寒气，好像要被冻成了冰棍。她难过极了。为了消除白山黑水之间的劫难历尽千辛万苦，爬勤奋岭，登志气山，从虎口中取得这金饼，眼看这降魔之镜就要磨成了，怎么能半途而废呢？想到这里她就咬紧牙关，用上了全身的气力，继续磨金镜，越磨越快。直磨得通身发热，小脸通红。

冷魔一看此法不成，它就迅速地在空中抖动，立刻鹅毛大雪铺天盖地而来。大雪埋没了山石，大雪埋没了草木，大雪填平了沟谷，大雪也埋没了正在磨镜的小牡丹。冷魔高兴了，它要看看被闷死的小牡丹，磨的是什么样的镜子。它吹了一口气，霎时间风起雪飞，白浪翻滚，把这满山满谷的大雪吹得无影无踪了。使冷魔吃惊的是丹顶鹤、梅花鹿还陪着小牡丹在磨金镜。原来他们把身边的雪清理成一个雪屋，一点儿都没耽误磨金镜。

冷魔瞪圆了双眼，使出最后的一招法术，它把两个口袋似的腮帮子鼓圆，舞动起长蛇般的身躯，一股狂风骤然而起。直刮得山林怒吼，平地生烟。小牡丹家的小木房，也随风飘散了。狂风直对山泉吹来。小牡丹、梅花鹿和丹顶鹤赶紧把手相互握紧，环抱着爷爷坟头这棵大松树。这样一来，狂风把他们吹得脚跟离开了地，身体飘了起来，也没把他们吹跑。冷魔一看，不行，突然把风一停。小牡丹他们飘着的身体一下子落下来，摔打在树干上，疼得他们哎呀一声。冷魔见了心想，有办法了，他就这样一吹一停，摔也把他们摔死了。于是它就又把腮帮子鼓起，还没等它张嘴，"嗖"的一声，同时飞去两只箭，分别射中它那鼓得溜圆的腮帮子上。"哧——"的一声，风口袋泄了气。冷魔调头就逃跑了。

这箭是谁射的呢？小牡丹他们正疑惑不解，从岭上走下一个和她年龄差不多的小男孩。当他走近山泉时，梅花鹿和丹顶鹤一齐扑上前去。这少年愣了一下神儿，仔细一端详："啊！？这不是小黄鹿和大白鹤吗？怎么搞的？一个加了一身花点，一个染红了头发？"说着他们就搂抱在一起。小牡丹走上前说："原来你们认识呀！"

"何止认识，我们是最好的朋友，我叫小莫尔根，它们在我家时，我们一起放牛、跳舞，还斗老雕精。"

大家高兴地围坐在一起。小莫尔根从小生活在森林里，话语不多，今天他却讲起他们以往的情谊和它们走后，他家的遭遇。简而言之，这三四年的时间，他苦练登悬崖，爬峭壁，和岩羊比速；穿山林，越溪涧，练敏捷与虎豹争雄。阿玛还教会了全套的捕猎方法。他的箭法不仅出手迅速，而且弓弦上一次可搭三五只箭，各有目标，分毫不差。有一天他撵岩羊练攀登回到家，父母打猎还没回来。天气突然变得寒风凛冽，大雪纷飞。他赶忙穿上额娘给他缝制的貂皮小袄，并找出父母防寒的皮衣，跑出家门，满林子里呼唤额娘阿玛。然而返回到他耳中只有自己的呼唤声。他找了三天三夜，终于在一棵大树洞里找到了已被咬死了的父母遗体。树下还有一出一入的马熊的足迹。显然是父母进树洞去避寒，后来马熊也闯进了树洞。在树洞里弓箭无法施展，父母就被马熊咬死了。父亲的嘴里还衔着马熊的一个大脚趾，无疑这是在搏斗中，被父亲咬下来的。他趴在父母身上呜呜地哭了起来。他来时还不满周岁，父母抚养了他七八年。教他如何做人，教他在林中求生的本领。他为父母什么事还都没做呢，父母就离去了。他想一阵，哭一阵，哭累了，他想起阿玛告诉他的话，泪水是最没用的东西。他擦干了眼泪，揣起那个马熊的脚趾头，埋葬了父母的遗体。就在坟前举手发誓，我一定要杀死这个马熊，一年找不到，我就找十年，十年找不到，我就找二十年，直到杀死它为止。报不了这个仇，我就不成家立业！发完誓他回到家里收拾一番，就背起弓箭。从这天起就开始了寻找马熊为父母报仇的流浪生活。他在林子里转了数月，也没找到马熊。走到这里正赶上冷魔在施威，就射了它一箭。小牡丹说："难怪两支箭同时射穿左右两腮呢，原来两支箭是一张弓同时射出的。"

接着小牡丹就把为了驱逐冷魔磨制金镜，以及小黄鹿、大白鹤怎样变成的梅花鹿、丹顶鹤，从头至尾说了一遍。并感谢他在这关键时刻，帮了个大忙。小莫尔根说："磨镜驱魔本来是大家的事，何况我父母的死也与冷魔有关。从现在起我就和你们共同来磨金镜。"

梅花鹿、丹顶鹤与小牡丹同时拍起手来。小牡丹说事不宜迟，于是他们就一同磨起金镜来。你磨一阵，他磨一阵。寒来暑往，日月如梭，一磨就是三年。小牡丹已经十二岁了。他们磨着磨着，摩擦的声音一点也没有了，好像在水面上推来推去。小牡丹高兴地喊："金镜磨成了！"

他们把金镜翻过来一看，这镜面真像泉水一般清澈。小牡丹的汗珠一滴滴落到镜面，迅速滚到镜边上，凝结成一圈透明珍珠，数一数正好九十九颗，把这金镜装点得十分美丽。小莫尔根问："这样的金镜就可以降妖除魔了吧？"

小牡丹摇摇头说："不行，还得去太阳升起的地方，求司汶恩都力给注满神光，才有逐魔法力。你们等着。"

小牡丹忙跑回家去，小木房已被刮没了。她掀起地窖盖儿，下到窖里，先从墙上取下心爱的非番，挎在肩上，接着把那棵龙形老山参拿来，放进山泉里，老山参立刻成了一条参龙，摇头摆尾地游起水来。小牡丹说："爷爷临终告诉我，骑上它可以去东海。"

小莫尔根说："为了防备冷魔再来捣乱，我也跟你一起去吧。"

小牡丹说："那更好。"

小莫尔根问："你们知道路吗？"

小牡丹摇摇头，梅花鹿也摇摇头，丹顶鹤却点了点头。小牡丹说："那就由你带路吧，梅花鹿，你下不得海，就在这等着我们吧。"

梅花鹿点了点头，小莫尔根背着弓箭骑上了参龙，小牡丹也上了参龙骑在他身后。参龙一摆尾沿着山泉冲出的这条牡丹江顺流而下，犹如乘坐龙舟很快就到了毕尔腾。这时丹顶鹤惊叫了一声。冷魔果不其然等在这里。可是它一见到背着弓箭的小莫尔根，转身就逃跑了，小牡丹高兴地说："它是让你射怕了。"

江越往下去越宽，参龙也越游越快。很快就穿越了粟末水来到小海①。一入海小莫尔根和小牡丹就分不出东南西北了。瞅哪都是一片汪洋。多亏丹顶鹤来带路。傍晚他们来到了千石嶂②。丹顶鹤这时又惊叫了一声，就一头扎下来落在小牡丹身后参龙翘起的尾巴上。小牡丹抬头一看，看见从石峰上飞起一群海雕，直向他们扑来。小莫尔根举弓一次搭上三五支箭，就有三五只海雕中箭跌落下来。再举弓又是三五只。这群海雕所剩的寥寥无几，也都逃之夭夭了。天黑了，他们不再走了。小莫尔根拢着火，拣起海雕拔下箭，烤起雕肉来。他们一边吃，小莫尔根一边讲起当年他们喝老雕肉汤跳空齐舞的快乐情景。丹顶鹤不住点头，好像在做证实。他们在这千石嶂过了一夜，天刚亮他们又继续向东游去。游着游着，从海底射出了耀眼的金光。小牡丹高兴地喊："司汶恩都力来了！"

一位挂着神杖通身放光的太阳老人，从海底走出来。小牡丹和小莫尔根忙起身站在参龙背上向其施礼。小牡丹说："为了保住白山黑水之间这四季分明的好地方，我们磨成了降魔金镜，特来借您的神光。"

说着把金镜呈上，太阳老人接过金镜，拍了拍他俩的肩膀说："你们俩都是有志气有毅力的好孩子。我一定帮助你们。"说完把神杖向金镜

---

① 小海：鄂霍次克海原属中国时，称为小海。
② 千石嶂：是露出海面的一些石峰。

一指，金镜立刻放出炫目的光焰。他把金镜还给了小牡丹，并嘱咐道："这面金镜来之不易，是两代人相继努力的成果。特别你们倾注那么多宝贵的童年时光，不能轻易舍弃。用完后，要把它放到一个恰当的地方，让它能继续为民造福才是。"

他们应诺致谢，告别了太阳老人，便迅速地返程了。他们一出海，岸上已被冷魔弄得冰封江河，雪盖大地了。小牡丹用金镜一照，江冰立刻融化。小莫尔根让小牡丹骑在参龙前边，举着金镜，照化江冰，他站在小牡丹身后，握着弓箭防备冷魔。不出他所料，他们刚一动身，丹顶鹤就惊叫了一声，大家抬头一看，冷魔驮着最后一座冰山赶来了。还没等它施威，莫尔根"嗖"的一声，射出两支箭。分别扎在冷魔的两只眼睛上。疼得它大叫一声就一头扎进了小海，驮来的冰山就扔到海面上了。小牡丹他们沿江直上。一路所经之处，冰融雪化，江开水暖，很快就回到了山泉。梅花鹿正站在那块大石头上迎接他们归来。

他俩一下参龙，参龙就一翻花钻进水里不见了。泉边却出现一棵顶着大红榔头的山参。小牡丹向它深鞠一躬，并说："谢谢您帮忙！"

小牡丹把金镜放在爷爷的坟头，跪下了。小莫尔根也跟她跪在一起。小牡丹说："爷爷，您抬头看看吧，您的愿望就要实现了！"

然后她磕了三个头，就和小莫尔根一同把金镜举起来。金镜放射出神奇的光焰，射向雪岭冰山，就听轰隆一声，冰山倒塌，冰雪融化。他俩举着金镜转了一圈，只听轰隆轰隆一声接一声。冰山一座座全都倒塌融化了。白山黑水之间，又恢复了鸟语花香，四季分明的美好景象。

冷魔被驱逐了。他们就按太阳老人的嘱咐，要把金镜放到个继续为民造福的地方。他们想来想去，只能把它放在人们常去打鱼的毕尔腾里，夜里可为渔民照明。于是他们就来到毕尔腾。让丹顶鹤选择了湖水最深处，把金镜沉入了湖底。

到此，这项驱逐冷魔，保护河山的任务，才算彻底完成。大家都无比欣慰。小牡丹又弹起非番，小莫尔根与丹顶鹤、梅花鹿边唱边跳起庆胜利、庆丰收的舞。

唱罢舞罢大家都饿了。丹顶鹤与梅花鹿去采来了一些山果、鲜菇；小莫尔根射了一只野猪，又捉了几条鱼，于是就在湖畔拢起火，烧鱼烤肉吃了一顿像样的饭。由于事情办妥了，吃起饭来特香甜。这是一顿庆功的饭，也是一顿散伙饭。饭后小莫尔根说："我得跟你们分手啦。因为我还有两件事要做，一是我要去找马熊，为父母报仇。二是要实现阿玛对我的希望——见千山景，走万里路，去开阔眼界见世面。"

小牡丹说："爷爷临终也嘱咐我三件事：磨金镜驱冷魔是头一件；第二件事，是告诉我'水缸生不出蛟龙，樊笼里养不成凤凰'。让我走出山林去广见世面。第三件是让我用非番（琵琶）悠扬的乐声，去净化人们的心灵，减少世上你抢我夺那种邪恶的争战。引导人们对和平幸福生活的向往。我仅完成了第一件事，现在我要去做这第二、第三件事。"

他俩各自都有需要去做的事情。于是就说了感谢梅花鹿、丹顶鹤的帮忙。梅花鹿指指身上的花点，丹顶鹤拍拍头上的红顶，表示就凭这个也值得，便晃头晃脑显示出十分得意的样子，引逗大家笑了起来。然后就各为其事，各奔东西去了。

当走出十余步远，小牡丹回头高声说了句："小莫尔根，再见！"

小莫尔根也高声回话："我都快到十二岁了，不能再叫小莫尔根啦。"

说完他俩笑着相背而行了。童年的分手，没有一丝的悲苦忧伤，真令人羡慕。他们愉快地走了，只是把那面降魔金镜留在了毕尔腾里。毕尔腾因为有了这面金镜，就被称作镜泊湖了。

三、镜泊湖畔

莫尔根与小牡丹分手之后，在大森林里先后结交了两个朋友。一个是在张广才岭西边的老爷岭上遇到的青年猎人扎库塔氏张小阿；一个是在镜泊湖附近遇上的舒穆禄氏库尔喀布。张小阿和喀布都比莫尔根大四五岁，都长得仪表堂堂。在相遇前，他俩都对莫尔根有所耳闻。喀布在相见时，一听说他是莫尔根，就说："你可是个战胜冷魔，挽救北国赫赫有名的大英雄。"

莫尔根说："那是小牡丹的功劳。我只不过射了恶龙一箭。"

"那一箭也很关键。"

"你若碰上，你也会射它一箭。"

"那是。要不怎么能说是机遇呢。我就是没有机遇，所以成不了英雄。"

"机遇总会有的。"

"那是，希望能如此。我们既然会面了，这说明我们有缘。从今天起，我们就是朋友了。今后，小弟弟你的事就是哥哥我的事。你有什么需要我帮忙的，哪怕是赴汤蹈火，也在所不辞。"

于是小莫尔根就把他寻找马熊为父母报仇的事说给了他。喀布满口答应并说为朋友他会两肋插刀的。

张小阿的话语不多，但能看出他是个忠厚守信的人。当他知道莫尔根正在寻找马熊为父母报仇，他就仔细地询问了那马熊的特征。莫尔根告诉他那马熊的大脚趾被阿玛咬掉了。小阿说："莫尔根小弟弟，你放心，有机会我一定会帮忙的。如果你信着我了，就把那脚趾头交给我。"

张小阿的话虽然不像喀布那样信誓旦旦，但也不容置疑。于是小莫尔根就把那个早已风干了的脚趾交给了张小阿。

小莫尔根有了这两个朋友帮忙，就增加了他为父母报仇的信心。于是他终日穿山越岭寻找马熊，却连个踪迹都没找到。他就把希望寄托到朋友身上，说不定他们会碰上呢。可是他们现在在哪儿呢？

先说喀布吧。不过这得从镜泊湖说起。镜泊湖沿岸住着许多布特哈人（以渔猎为生的人）。其中有个叫海青的，两口子同岁，身体都健壮。结婚二十多年了，就是不生孩子，妻子想孩子都快想疯了。她尤其喜欢女孩。每到明月当空的夜晚，都能听到她在唱流行在镜泊湖沿岸的摇篮曲《月儿圆》：

月儿圆，月儿大，
月儿已在树上挂。
小妞妞，别哭啦，
额娘领你找阿玛。

船儿摇，别害怕，
长大嫁给渔老大。
鱼皮鞋，鱼皮袜。
鱼裙鱼袄鱼马褂。

夜明珠，当作灯，
又省油来又光明。
不怕雨，不怕风，
黑夜织网看得清。
蛤蜊壳，当水瓢，
不怕湿来不怕潮。

又美丽，又轻巧，
做饭淘米轻轻摇。

海螺罐，做水缸，
能装米来能装糠。
冬天短，夏天长，
一年四季鱼当粮。

鲤鱼头，鲇鱼尾，
细鳞脖子重唇嘴（细鳞、重唇皆鱼名）。
炖江鱼，用江水，
湖鲫熬汤滋味美。

忙一夏，累一冬，
起早贪黑不受穷。
别派款，别抓丁，
日子过得火炭儿红。

人们常说女人生孩子是"够不够，四十六"，你说巧不巧，就在四十六岁这年，海青的妻子生了个小女孩。产前他们夫妇正在渔船上打鱼，妻子突然肚子疼起来，觉出婴儿已临盆，海青忙把她扶下船。到了岸上她一动也动不得了。海青要背她，抱她回家，她都摇头，勉强支撑着说了一句："就在这儿生吧。"

海青忙弄来一些干草，她就躺在干草上了。水边风大，海青捆了十多捆芦苇支成一个临时的马架房，能挡挡风。孩子就在这里出生了。妻子让海青给孩子起个名字，海青想了想说："孩子生在这用芦苇盖的小屋里，为了纪念，就叫她芦茨吧。"

万万没想到，妻子得产后风，第二天就死了。从此海青又是阿玛又当额娘，一天天地把小芦茨拉扯到十八岁了。这爷俩在布特哈人中很受敬重。

别看老海青已六十多岁了，可上山打起猎来，像穿山的老虎；下湖遇上鱼群，小褂一脱，露出一身白净的疙瘩肉块，甩起大网，有使不完的力气。打猎捕鱼的本领，全"嘎珊"①人，没有一个能比得上他的。芦茨姑娘，人勤手巧，嘎珊里遇上难做的活，都来找她。她的相貌出众，平常总穿着一件黑里透绿的旗袍，脖子下系着一条白手巾。爷俩通宵下湖打鱼，去了租税和生活用度，剩下的全拿去接济那些生活有难处的人。

渔民们能在黑夜下湖打鱼，全靠湖里有面金镜。那金镜四周镶着九十九颗夜明珠，一到夜里，它就发出通亮通亮的光。有了它，黑夜下湖打鱼就不转向。可是就在不久前，黑夜看不见金镜的光亮了。紧跟着发生了好几回船翻和渔人失踪的事儿。打那以后，人们就不敢贪黑下湖了。鱼打得少了，去了打牲衙门的渔税就所剩无几，生活更艰难了。因此家家犯愁，人人叹气。

老海青看到这般情景，他一声没吱，独自驾起小船下湖去了。他划呀划呀，划了很久，来到了湖心的一座山上。这山上住个老道，据说是长白老祖的徒弟，道行很深。所以人们把这山就叫道士山。老海青登上道士山，一进庙门，老道就念了句诗：

"休问龙王事，
免遭大风波。"

老海青一听，这是封门的话语，想不让我开口哇，那可不行。于是他也顺口念了句：

"为救渔民苦，
可下滚油锅！"

老道一听，他是诚心诚意救渔民的苦难，就乐呵呵地接待了他。老海青求问金镜的下落。老道说，金镜眼下还在湖底那块大青石上，只是边上那珍珠被大海里的鱼龙一天一个地给吞食了，到今天只剩三颗了。它若是吞完这九十九颗珍珠，再把金镜衔去，那它就可以在江、河、海里任意横行，无所顾忌了。这个鱼龙，就是当年被小莫尔根射瞎双眼的那个冷魔变的，它在小海里修行几年，又长出一对水泡大眼。老海青问怎样才能除掉这鱼龙，老道告诉他："鱼龙吃这珍珠，也不是件轻松的

---

① 嘎珊：满语，村屯。

事儿。它从小海到这来，一次只能吞食一颗珍珠。每吃进一颗珍珠，就得在那里睡上三五个时辰。只要趁它睡觉时，用大、中、小三种桦木剑，就可以杀死它，还得有个大胆、忠实的助手，才能成功。"最后，老道又把三种剑的使用方法说给了老海青。

老海青回到家里，做好了三种剑以后，就犯起寻思来：杀鱼龙的角色由我承担，但那忠实、大胆的助手到哪去找呢？女儿芦茨，已到出嫁的年龄，常到这转悠的青年倒是不少，来时口里喊着玛发，眼睛却盯着姑娘。还看不出哪个是大胆、忠实的人。

这时，女儿走过来问道："阿玛为什么事在犯愁？"

老海青就把要为她选个大胆、忠实的女婿，好帮他去除鱼龙的想法说给了女儿。芦茨想了想，认为阿玛想得对，要能杀了鱼龙，夺回珍珠，金镜就会重新放光，乡亲们都能吃上饭，过上好日子了，我嫁给一个像莫尔根那样，智勇双全的人是值得的。

这事儿一传出去，第二天就来了个叫喀布的青年，表示愿意做帮手，更愿做他家的女婿。老海青问："你有胆量吗？"

喀布非常自信地回答："我三岁时，阿玛就给我吃过豹子胆，我的胆子是大的。"

"你阿玛给吃的豹子胆，不能算作你的胆子。你应当知道，下到湖里去会遇到危险的呀！"

"什么危险我都不怕。"

"那好吧，一言为定。靺鞨[①]的后代，说到哪儿就做到哪儿。只要你能协助我除掉鱼龙，保住金镜，你就可以做我家的女婿了。"

喀布当着芦茨的面，赌咒发誓地保证协助海青玛发一同除掉鱼龙。完不成任务就不回来。

说完，他俩就带着木剑，驾着小船，到湖里去了。当太阳卡山的时候，他们的小船划到了湖心。往湖里一瞅，见湖底有块大青石，上边有面金镜，镜上的珍珠，只剩下一颗了。老海青告诉喀布，太阳一落，鱼龙就来。话刚说完，就听远处传来了哗哗的响声。他俩抬头一看，只见一簇三尺多高的水浪，向这边冲来。他们忙把小船划到湖边柳荫处，只见一条三丈多长的大鱼，游了过来。两只大眼睛像扣着两口小锅，长长的嘴巴，呲着尖尖的白牙，还有四条船桨一样的腿。它来到青石旁，打

---

① 靺鞨：我国古代民族，肃慎、挹娄、勿吉、靺鞨、女真一脉相承，是满族的祖先。

了个旋儿之后，就玩弄起金镜来。玩了一会儿，就把金镜上最后的一颗珍珠吞进了肚里，接着就趴在青石上不动了。

老海青打了一辈子鱼，头一回见到这样古怪的东西。心想，这个怪物就是鱼龙了。于是他就操起那把小号木剑，低声对喀布说："趁它睡着的时候，我得马上动手。你千万记住，不论发生什么情况，你都得守在船里。等我伸出手来，你就把中号剑递给我；等我二次伸手时，你再把长剑递给我。你无论如何也不能离开这里啊。"

喀布说："你放心吧，我一定坚守在这儿。"

老海青见他答应得挺痛快，就下到湖底，向鱼龙游去。鱼龙虽睁着眼睛，可一动也不动。老海青按照老道告诉的方法，用小木剑猛劲一穿，把鱼龙的下颌与上额扦在一起。它的大嘴张不开了，就摇起尾巴，来撵老海青。湖面立刻翻起了一人多高的大浪，小船一会儿跳到浪尖上，一会儿扎下浪谷里，好像要扣斗子。喀布只是个嘴上功夫过硬的人，从未经历过这样的惊涛骇浪，吓得他两手死死抓住船帮儿，脸儿苍白，两腿直打哆嗦。

天黑了湖面又刮起了大风，湖水拍在石崖上，溅起一道道白浪。这时，一只二盆大的手伸出水面，喀布乍着胆子把中号木剑递了过去。湖底就开始了一场恶战。被血染红了的湖水，也跟着怒吼起来。一个红波冲来，好像要把小船扔出湖外；一个血浪回头，又把小船甩进湖心。喀布吓得差点瘫倒在船上。

再说老海青同鱼龙在水中战了几个回合，那鱼龙逐渐招架不住了，想挟起金镜逃跑。老海青冲上前去，用脚踩住金镜，一剑刺进了鱼龙的前胸。鱼龙向前一蹿，老海青手中的木剑折了。

这时，湖面上又伸出一只簸箕大的手。喀布吓得浑身发抖，再也不敢把最后一支木剑递过去了，他望着那只大手，惊慌地喊："海青玛发——快逃吧！"

那只大手一动不动。喀布又急不可耐地催促"走喂——，走喂——"一边喊，一边划起船逃跑了。

老海青等了好长时间没有人递剑，就将头伸出水面一看，心凉了。可是无论如何也不能让鱼龙把珍珠带跑了。怎么办呢，只有豁出命来。他又沉到湖底，不顾一切地冲上前去，拔下穿在鱼龙嘴上的那把木剑。这一下可糟了，木剑一拔下来，鱼龙就张开大嘴向他扑来。老海青手疾眼快，扑哧，扑哧两下，刺瞎了鱼龙那双大眼睛。鱼龙只好顺水向下游去。老海青一看它要逃回大海，就一下子蹿到鱼龙的脊背上，想治住它。不料鱼龙更加劲地甩起它那四条大桨似的腿，像箭一般顺流直下。它双目失明，瞎跑乱窜，只听一声巨响，鱼龙一头撞在石山上了，把这石山撞成两截，右左并立，山豁口就像一座石门。鱼龙粉身碎骨了，老海青也被撞死了，沉到这石门下。鱼龙肚子里的珍珠散落在这石门下，放起光来。从此，这石门就被称作珍珠门了。

鱼龙死了，但它的心还没死，他那被撞碎了的尸骨又变成一群蛎鹬，还去衔珍珠，想把珍珠叼进大海。这时，老海青的尸体立刻变成了一只大鹰，赶跑了蛎鹬，然后就蹲在这珍珠门上，守卫着珍珠。

芦茨姑娘在家等着阿玛的消息，从日头卡山，等到月亮爬上树梢，从深夜等到东方发白，仍不见阿玛他们回来。芦茨觉得不妙，就跑到了湖边，找了一条小船，一边划一边呼喊着阿玛，可就是听不到老阿玛的回音。

一天，她来到这珍珠门下，看见了这些珍珠。她想，我要是把这些珍珠镶到金镜上，乡亲们又能在黑夜里打鱼了。阿玛正是为了这个，才下湖除鱼龙的，说不定阿玛看见金镜重新放光，他就会回来呢。想到这里，她立刻跳下去，把珍珠一颗颗拣到船上来。她驾起小船，找到金镜，用她的巧手，往金镜上镶起夜明珠来。这么多日子，她茶饭没进一口，身体一天比一天瘦弱。当她镶完第九十九颗珍珠时，觉得自己的身体特别轻巧，不知不觉地漂到水面上，原来她变成了一只水鸟。

没找到海青玛发，又丢了芦茨姑娘，全嘎珊的人都下湖寻找他们爷俩。当人们来到珍珠门时，一只大鹰突然大叫三声，飞起来在人们头上打了三个旋儿，就落在船头上。人们看到它那明亮的眼睛，敏捷的动作，英气勃勃的神态和那身白净的羽毛，一下子就认出来了，这就是海青玛发的化身。人们尊敬地称它为海东青。

大家正在高兴的时候，又见漂来一只小船，船上落着一只水鸟。它也飞起来大叫三声，落在船头上。人们一看这水鸟，黑里透绿的羽毛，脖子下有一块白毛，正跟芦茨姑娘穿的那件旗袍，脖下系块白手巾一模一样。这鸟，见人们看着它，就一展翅跳下船，向上游游去。人们划船跟着它，一直来到金镜处。看到金镜又镶上了夜明珠，大家才明白了！都兴奋地说，除了芦茨姑娘的巧手，谁也不能把这九十九颗夜明珠镶得这样巧妙，这水鸟肯定是芦茨姑娘变的。于是人们就亲切地叫它鸬鹚。

打这以后，镜泊湖中，人们又可以在黑夜里打鱼了。住在这里的布特哈人，上山打猎，由海东青带领。这矫健的海东青，翅膀一展，狡兔酥骨，豺狼惊心。每次出猎，都是满载而归。下湖捕鱼，又有鸬鹚帮忙，所以家家都过上了饱暖的日子。人们都打心眼里感谢海青玛发和芦茨姑娘。因此人们就世世代代精心地饲养海东青和鸬鹚了。

喀布到哪里去了呢？当夜他逃回了家，遭到所有人的斥责。他在嘎珊里待不下去了，苦闷至极，他就沿湖边疾走，嘴里还不时喊些颠三倒四的话。人们都说他疯了，他不吃不喝，越走越轻，竟然飘起来，变成了一只鸥鸟。它没脸去见鸬鹚，又怕碰到海东青。于是，每到夏初，它就在镜泊湖畔喊着：走喂——走喂——逃，逃，逃……那就是喀布。

四、三江源头

莫尔根的另一个朋友张小阿，离开莫尔根之后，一直把那个马熊的脚趾头揣在兜里，希望碰上马熊，好替朋友报仇。松花江从长白山下来，流出桦甸界，江面就宽了。后来这段江身被称作松花湖了。由于两岸地势平坦，秋冬两季常有大风天。当时森林茂密，野兽繁多，常有猎人光顾。张小阿走到这正赶上是个大风天。这大风天当地有首民谣：

> 大风天，大风天，
> 大风刮的直冒烟。
> 刮风我去打老虎，
> 打个老虎做衣衫。
> 又挡风，又防寒，
> 还长一身老虎斑。
> 大雪天，大雪天，
> 大雪下了三尺三。
> 黑貂跑进锅台后，
> 狍子跑到大门前。
> 抓住黑貂剥了皮，
> 色克（貂皮）正好做耳扇。
> 色克耳扇克帽儿，
> 最好还是色克袄。
> 坐在兴安不怕冷，

躺在雪地像火烧。

今天张小阿既没戴貂皮帽，也没穿貂皮袄。寒风从风门（即现在的丰满）刮过来，吹到脸上真像刀刮一样疼。他出了林子来到江边，就冻得迈不动步了。他想找个避风的地方。抬眼一望，江汊子被冻干了，他就从一个冰窟窿钻到冰下去了。外边西北风嗷嗷直叫，冰下却一点风丝儿都没有。这里挺宽绰，小阿直着身子往前走也不碰脑袋，而且，越走越宽敞。走不远，前面一个大水坑，有个姑娘在抓鱼。她两手攥着一条大鱼的尾巴使劲儿往外拽，大鱼拼命往里挣，把姑娘累得满头大汗。小阿忙上前帮助姑娘把鱼拖出水坑。抬头一瞅这姑娘长得真俊，乌黑的大眼睛，长长的眼毛，鼻子、嘴长得都挺秀气。身穿一件葱心儿绿的旗袍，外边罩着一件翻毛小褂，更显得格外苗条。姑娘用手擦了擦汗，回头向小阿道了谢，然后说："这条鱼太大，我不喜欢吃大鱼，你拿去吧，我抓小鱼儿，只因它捣乱，我才抓它。"

说完，她又继续抓小鱼儿。张小阿一想，天这么冷也没法打猎了，就帮她抓起小鱼儿来。抓了一会儿，他觉得天不早了，起身要走。这时，姑娘对他说："外面的风越来越大，你这身穿戴，走到外边去，会被冻死的。"说着脱下自己身上的小褂，递给了小阿。小阿踌躇了一下，考虑到天也实在太冷，就不客气地接过来穿在身上，扛着大鱼回家了。

第二天，小阿想送还小褂，可一琢磨，既不知道姑娘家的住址，又没问人家的姓名，往哪儿送呢？他想了半天，只好再到抓鱼的地方去看看。他进了冰窟窿，见那位姑娘还在抓小鱼，他高兴地送还了小褂，表示了谢意，然后问道："我不知道应该怎么称呼你？"

姑娘说："我总爱在江边攉弄水，那你就叫我为穆克格格①吧。"说完她笑了。

从此以后，张小阿有事无事常到冰窟窿里来。每次来都看到这姑娘在抓小鱼儿，张小阿当然要尽力帮忙。这么一来二去，小阿就爱上了穆克格格，向她求婚说："你真美，我愿跟你在一起生活一辈子。"

穆克格格见小阿为人老实厚道，心眼好使，就劝他："你应该知道，自古以来美貌就是祸根。你跟我结婚，必然会给你带来灾难，还不能白头到老，我实在不忍心。"

---

① 穆克格格：满语，水姑娘。

她越这样说，小阿越觉得她可爱，表示非和她结婚不可。穆克格格无奈，只好答应了。张小阿把穆克格格一领到家里，全家人看到了这位长得天仙似的姑娘，都欢喜得不得了。这山沟里冷不丁来了这么一个聪明美丽的格格，远亲近邻都跑来瞧看。这给老张家增添了不少光彩。穆克格格在家里也就特别受尊重。听说她爱吃小鱼，全家人一致主张把家搬到了鱼最多的江湾子边上。从此这地方就被称作张家湾了。后来在山里住撮罗子的人们，看到老张家在这把日子过富了，就都从山上搬到江边来住。张家湾很快变成了一个不小的江村。

张小阿夫妇，相亲相爱，形影不离。人们羡慕得不得了，都说："这真是天生的一对。全村的夫妻没有比他们这小两口再对劲儿的了。"

穆克格格听到这些称赞，她心里很难过。小阿看出穆克格格好像有什么心事，就问她，她打个咳声说："我不是跟你说过吗，我会给你带来灾难的。"

小阿一听忙说："难道就没有解救的办法吗？"

穆克格格说："最好的办法就是我早点离开你。"

"什么！难道你不爱我？"张小阿说着话，眼圈都红了。

穆克格格急忙劝道："小阿，别哭。你要想不离开我，只好这么办：我有三件皮袄，你要在伏天穿在身上。头伏穿一件，二伏加一件，三伏再加一件。只要你能过了三伏，我们就能永远生活在一起了。"

小阿一听高兴地说："别说三件，就是三十件我也穿。"

穆克格格说："伏天穿皮袄，可不是件轻易地事儿。"

"只要我们能永远生活在一起，就是刀山火海我也闯！"

入伏这天，他按穆克格格的吩咐，在当院儿放了一张木床，木床旁边放了一缸水。正当午时，小阿上了木床，穆克格格递给他一件草绿色的皮袄。他穿在身上，不一会儿就热得红头涨脸，接着是大汗淋漓。穆克格格坐在他身旁，用手巾给他擦着汗水。家里的人知道穆克格格善良，不会坑害小阿，都不去过问；过了十天，到二伏了，穆克格格又给他加了一件黄色皮袄。这件皮袄一上身，小阿身上的毛孔，就像一条条小河，一下子把汗水全淌光了。他只觉得眼前一阵阵发黑，他张着嘴，急促地喘着气。穆克格格心疼得泪水不断头地往下淌。她一边给小阿擦汗，一边用羹匙给小阿饮水。就这样又熬过了十天。到三伏这天，穆克格格拿出一件绛紫色的皮袄，没等往小阿身上披，她的手就哆嗦了。这件皮袄一上身小阿就像进了火炉，觉得身上的血都往头上攻，气儿也出不来了，直翻白眼。穆克格格赶忙去揭这件皮袄，张小阿却一把拽住了穆克格格的手不让她揭。俗话说，冷在三九，热在三伏。秋后这一伏真是秋老虎，太阳火辣辣的热，走路人都撑着伞。没有伞的也都想法举些树棵子遮阴凉。小阿却在太阳下，穿着三件皮袄，这不要命吗？不一会儿，张小阿真的热昏过去了。穆克格格赶紧从缸里舀水往小阿脸上浇，过了一会儿，小阿苏醒过来，可是他刚睁开眼睛，又昏过去了，穆克格格再浇水。就这样一天发昏十几次，也不知换了几缸水，总算熬过了三伏。出伏这天，小阿脱去了皮袄。穆克格格特别高兴地对他说："这回你就能熬得酷暑，度得严寒了。在陆地、水中，都能得到快活。我们可以永远在一起了！"她兴奋地拉着小阿在院里跳起了莽式空齐舞。家里的人特意给他们做了一顿勃利叶饼，为他俩助兴。

张小阿一家正欢欢喜喜地吃饭的时候，不料布特哈衙门①总管带人来收渔税。那时规定：凡是在松花江里打鱼，都得拿出一半儿交给布特哈衙门。总管一看见穆克格格，他立时张着嘴，瞪着眼，傻呆呆地说不出话来了。因为他从娘肚子里出来，从未见过这么漂亮的女子。乡亲们一听说夜猫子进宅，都来质问道："总管大人，有什么吩咐吗？"老总管转了半天眼珠子说："布特哈衙门，要张小阿去为皇上打鱼。"乡亲们一眼就识破了他的鬼把戏，知道他是想带走张小阿，然后再在穆克格格身上打主意。于是大家就异口同声地喊："不去！"这时，张小阿上前问道："我去给我什么报酬？我不去你们又怎么样？""去嘛——可以免去你们全嘎珊三年的渔税。不去嘛，这是违抗皇命，你会知道是什么后果。"

穆克格格知道灾难真的来了。就走上前去说："若是我们夫妇一同去，你能永远免除我们张家湾的渔税吗？"

总管一听忙说："行，行，太行啦。"

穆克格格说："空口无凭，请总管大人当众立个字据好吗？"

总管说："可以。"

乡亲们一听急了，忙喊道："他们没安好心，你俩不能去！"

穆克格格不慌不忙地对乡亲们说："请放心，我们自有主张。"

总管当众写了字据，穆克格格接过来看了看，交给乡亲们保存。他们夫妇就架起小船，跟总管一起顺江往下漂去。小船走了一会儿，穆克格格拿出了那件草绿色皮袄，让小阿穿上，他俩就手拉手跳进了江里。

---

① 布特哈衙门：掌管渔猎税收的地方机关。

一到江底，张小阿这件皮袄和穆克格格那件旗袍可太管用了。他们走到哪里，哪里的江水就闪出一条道来，他们在水里比在陆地上还自由、轻松。

布特哈总管一看张小阿夫妇投江自尽了，就又返回张家湾去讨渔税。张家湾的人，不仅不给渔税，倒拿着字据向他要人。总管一看没办法，只好两手空空，低着脑袋回衙门了。从此张家湾就不再向布特哈衙门纳税了。

乡亲们得知张小阿和穆克格格投江了，都很悲痛，就驾起渔船去要捞他们夫妻的尸体，可是，捞遍了松花江，也没找到。后来乡亲们在江里打鱼，隔三岔五地就看见小阿和穆克格格在江边抓小鱼儿，小阿反穿着皮袄，有时是草绿色的，有时是金黄色或绛紫色的。穆克格格还穿着那身葱心儿绿的旗袍。老远看着，颜色十分鲜艳。可是当人们走到近前一看，却不是小阿和穆克格格，而是一对形影不离的水貂。一见人来了，就进了水里。人们跟踪上寻，一直寻到三江源头的白头山天池，也没见到小阿夫妇的踪影。

后来在松花江、图们江的上游，就出现了许多彩色鲜明的水貂，人们都说这是张小阿和穆克格格留下的。

张小阿已变成了一只水貂。穆克格格给张家湾免除了渔税，乡亲们总忘不了她。为了把江中的小鱼儿留给她们吃，张家湾人立下了一个规矩，打鱼的网，网眼不准小于三指。现在这段松花江已变成松花湖了，可是，这个规矩一直在延续着。

五、额隆玛发

莫尔根在大森林里四处寻找马熊。突然见到树下一个体大如人的耗子，脖子上缠着绷带，它咬着一个小姑娘的腿，还在吸血，小姑娘昏死过去了。莫尔根举起弓箭，一下射死了大耗子，那耗子精临咽气，喊了一声"兴格力达"。谁是兴格力达？莫尔根不理解，他走到近前，这是谁家的小姑娘，怎么被耗子精偷来了？这耗子精又被谁砍了一刀呢？这得从一个叫额隆窝吉的老头说起。

这老额隆终年在这老林子里做山利禄。年月轻易不下山，他也不觉得孤单寂寞。他一个人生活得有来道趣的。人们都称他为看山的老额隆。今天是腊月二十三过小年，老额隆正在剁馅子，包饺子。走进一个身躯高大的肥胖媳妇。她身上背着一个三尺来长得像行李卷的背包。她对老额隆说:"慈悲的玛发,供我一顿饭吧。"

老额隆一看这媳妇虽然生得人高马大,可是面相却是贼眉鼠眼,尖嘴巴猴,就盘问她一句:"你是从哪儿来,到哪儿去呢?"

"我是从家里来,由于违犯了族规,穆昆达^①要处死我,为了逃命,我只好远走高飞。"

老额隆听她说得挺可怜,就答应道:"那就把东西放下,跟我一起忙活吧。一会儿给你煮饽饽^②吃。"

这媳妇没顾上放背包,就急不可耐地包起饺子来。饺子还没包几个,一盆馅子就没多点儿了。老额隆只好再去拌馅子。一回头,看见那媳妇儿正在大口大口地偷吃生饺馅子呢,老额隆心里很纳闷儿。就在这时候,她背上的行李卷儿动了起来,并有喘气声。媳妇赶忙使劲拽了两下从行李卷儿里伸出的绳子头。行李卷儿立刻不动了。老额隆问:"行李卷儿里是什么东西?"

她神情十分紧张,支支吾吾地说:"没什么,是,是个猫,是个猫啊。"见到这些,老额隆心想,这娘们儿一定不是好东西,再仔细一看她捏的饺子边上全是些耗子爪子的印儿。老额隆全明白了,就在磨石上"霍霍"地磨起刀来。那媳妇惊慌地问:"你磨刀干什么?"

"馅子不够,再砍些肉,把馅子拌得香香的。"

胖媳妇乐得直拍手说:"那太好了!"

老额隆把刀磨得锋快,一手握刀,一手往馅子里倒花椒水儿,并对胖媳妇说:"过来,你尝尝,味道好不好?"

那媳妇伸着脖正尝饺馅子,老额隆顺手就是一刀,正砍在她脖子上,只见一溜火线,那媳妇就不见了。却有一只老大的耗子,背着包蹿出屋子逃跑了。老额隆自言自语:"她真是个耗子精,我好危险,没上当。"

他说着,就收拾一番,又重新包起饺子来。没有一袋烟的工夫,一个少年抱着个行李卷儿走进屋。他一边把手里的行李卷递给老额隆,一边说:"玛发,这是你家的孩子被耗子精偷走的吧?"

老额隆回答说:"我就独丁一个人没孩子,这行李卷儿好像刚才那个胖媳妇背过。请问,你是谁?"

---

① 穆昆达:满族对族长的称呼。

② 饽饽:满族把各样干粮包括饺子在内,统称饽饽。

少年回答："我是莫尔根，方才在林子里大树下看见一个耗子精，在咬小姑娘，被我一箭射死了，才把这小姑娘救下来。我顺着血溜子找到这来了。"

"是啊，那耗子精被我砍一刀，现了原形就逃跑啦。"老额隆说着拿出刀来给莫尔根看，并顺手打开行李卷儿，里边是个七八岁的小姑娘，穿着黑皮大袄，手脚都被绳子勒出很深的印子。小姑娘慢慢睁开眼睛，见老头手里拿把刀，吓得浑身直抖。老额隆说："你别怕，哈克温朱子①告诉我，你家住在哪儿？你怎么叫耗子精背来了？"

小姑娘说："我家住在安巴阿林②。我叫小艾胡。今天我正在树上打松塔，被耗子精抓住把我背跑。我高声喊叫，它就用绳子勒我的脖子。"

小姑娘说着就哭起来了。老额隆一看这小姑娘，一双大眼睛黑溜溜的，挺招人喜欢。再看她的一条腿已被勒断了，一个劲儿地往外冒血津儿。老额隆安慰道："小艾胡，你别哭，我一定把腿给你治好。现在咱们煮饽饽吃。"

老额隆把饺子煮好了，端上桌来，三人一起吃饺子。这小屋头一回这么热闹，老额隆非常高兴。在饭桌上，莫尔根讲了自己的来历，把他与小牡丹分手后，一直在林子里寻找马熊，无意中碰到了耗子精残害小姑娘的场景，仔细说了一遍。然后恳求地对老额隆说："玛发，这阿吉格奴恩③腿的治疗和调养，只能有劳您了。我还要继续去找马熊为父母报仇。"

"请你放心，我一定能把小艾胡的腿治好。"

莫尔根在这过了夜，次日天刚亮就离开了老额隆家。莫尔根走后，老额隆捣了点巴古牛根子，给小艾胡糊腿上，又打上帘子。疼得小艾胡直冒汗，她只咬着牙，一声也不叫。老额隆佩服这小姑娘真有个挺劲儿。他又找了些黄瓜籽，叫她天天吃。从此她就住在这养伤了。老额隆整天忙着打松鸦，套树鸡，给她熬汤，桌上桌下伺候她。

有一天，小艾胡问："玛发，你应该叫我什么呢？"

"窝莫罗④。"

小艾胡听后，想了想说："还是叫小野孙女儿吧。"

---

① 哈克温朱子：满语，小姑娘。
② 安巴阿林：满语，大森林。
③ 阿吉格奴恩：满语，小妹妹。
④ 窝莫罗：满语，孙子。

老额隆听了笑着拍拍小艾胡肩头说："你说得对，从野外拣来的，是该叫小野孙女儿。"

这小野孙女儿，可真招人喜欢。虽然腿折骨断疼得厉害，她从不吭一声。她还拄着棍主动找些活干。一闲下来，她就变着法逗玛发高兴。有时用小嘴咬咬他的耳朵，或用手拽拽胡子，掐掐鼻子让他发笑。有了这小野孙女儿，老额隆虽然劳累、忙碌一些，但他却觉得生活增添了许多乐趣。每天从外边回来，总是先逗小野孙女儿乐一阵子，再为她忙活饭菜。就这样过了三个多月，小艾胡腿好了。她回家临走那天，穿一件紫色小袄，对老人家说："玛发，您对我比对自己的亲孙女都好。我真过意不去，我没法报答您的恩情，就拆了我的大袄；给您缝了件褂子；拆了我的小坎肩儿，给您的毡帽换了耳扇。冷天您穿在身上，戴在头上，留个纪念吧。"

说完就把褂子和毡帽交给了老人家。老额隆接过一看，耳扇缝得一个长一个短，针线做得里出外进的很不整齐；褂子做得更不像件衣裳了，很像两条细口袋，缝在一个粗口袋桶上。可是他想，一个七八岁的孩子，能把这缝起来，也就难为她了。于是他就穿上了。别看这衣服没个样，穿着却挺合身儿。小艾胡又拉着他的手说："玛发，什么时候想找我，就穿上这件衣服，戴上这顶帽子，到最热闹的地方去，就能见到我。"

她说完这些话，就对玛发行了三个鬏礼。一纵身就上树了。老额隆抬头一看，她顺着树梢像飞一样，一眨眼就没影了，他十分吃惊。再仔细一看缝在袖头和帽上的皮子，可真不一般。他在林子里转悠了大半辈子，还从未见过这样光泽耀眼的貂皮。他一下子猜到了，这小艾胡一定是个貂精。

老额隆在这大林子里待了几十年，还从来没觉得孤单；可是这小姑娘走了以后，他却感到十分寂寞。尤其中秋过后，九月一到，真是"胡天八月即飞雪"，寒风裹着雪花，吹得林子呜呜直响，老额隆实在待不下去了。他太想念那小野孙女儿。于是就按照她的嘱咐，穿上褂子，戴上毡帽，背些干粮，提着一根柞木棒子走出了山林。他逢人就问什么地方最热闹。人们见他衣、帽奇特，话问得也怪，就取笑似的对他说："你找热闹的地方嘛，五国城热闹，各王爷、贝勒要在那斗宝。可离这老远了，你去得了吗？"

哪知道这老额隆真就不辞劳苦地奔向了五国城。去五国城那是上千里的路途。老额隆起早贪晚，跋山涉水，好不容易走出了三五百里。一日，已到三更天还没遇上一户人家，当走到一个荒山脚下的草甸子里，遇上了一群狼，有七八条。他握紧手中的柞木棒子。狼群越逼越近，他想找个可倚靠的地方，哪怕是一棵树也好，防备狼从背后扑上来。可草甸子里偏偏不长树，只有一个大草垛。不知是哪家准备来年开春苫房用的洋草。一个高大的梯子靠在草垛边。显然那是摞草时用的，没撤走。梯子旁边有四五捆草，零放着没上垛，老额隆好像遇到救星，毫不犹豫蹬着梯子上到草垛顶上了。他怕狼也顺着梯子爬上来，就用木棒把梯子推倒，也想借用这响动把狼吓跑，没曾想这梯子却滑落到几捆零放的草捆上了，一点声响也没有。狼群见梯子倒下来，只往后跳了一下。领头的两条狼，围草垛转了一圈，群狼就分开了，把草垛围了起来。两个头狼走了，其他狼把两条前腿一支坐下来了，一动不动。这夜里，狼的眼睛像一对对冒着绿火的灯，真挺吓人。就这样僵持了三四个小时。直到天亮了，两条头狼才背着一个东西来到草垛跟前。两个头狼把它放在地上，老额隆才看清，原来是个老狼，老得不但不能走路了，就连毛都掉光了。老狼瞟了一眼老额隆，就打量起这个草垛来。然后它用前腿指一下草垛，叫了一声。两个头狼又把它背起来，走到草垛边，老狼用嘴咬住一绺草，往回一指。头狼明白了，把老狼放下，叼起草，放在不远处，叫了几声。于是狼群都学着头狼，开始叼草撤垛。

老额隆心里估摸着：一会儿这草垛就会塌倒。好在天亮了，这七八条狼我要用手中这条柞木棒对付他们。他看了一眼腿上别着那把匕首，我一定要用它把那老狼捅了。不料这头狼嫌撤垛速度太慢，要再叫些狼来，就把嘴插进地里，呜呜地嗥叫。老额隆心凉了。本来这七八条狼，或许他能对付一阵子；若再来一些狼，那他就必死无疑了。他想，死就死吧，反正岁数也不小啦。可惜的是未见到他日夜想的那个小野孙女儿。于是他流下了眼泪。

就在这时，一声惨叫，狼嗥停止了。老额隆抬头一看，那个嗥叫的头狼，已中箭而亡。紧接着从草垛里钻出一个半大人来。狼群见了他，立即靠拢，准备群起而攻。可是这人不慌不忙地向狼群走去。老额隆在草垛上只看到那人的背影，与群狼却是正面相对。饿狼一个个伸着舌头在哼声施威。前头的两只狼刚拉出要蹿跃的姿势。只见那人一拉弓，这两只狼即刻滚倒在地，一命呜呼了。后面的狼见势不妙，磨头就跑。那人又一举弓，狼还是没有箭跑得快，又有三条狼同时倒地毙命。他只拉了三次弓，这群狼只剩下两只，因抬着老狼跑得慢，还没离开多远。当他再次举弓时，老额隆喊了一声"箭下留情！"就从草垛上滑下来了，射箭人回过身来，惊奇地喊了一声："额隆玛发？"

老额隆也惊喜地叫了一声"莫尔根！"两人抱在一起。莫尔根不自觉地回头看了一眼那在逃的三条狼。老额隆说："放了它们吧。按理说我最恨那条老狼，我差点儿没死在它那叼草撒垛的鬼点子上。可是你若换一个角度细想一下，那狼已老得不能动弹了，还能把它的经验、智慧传给它的同类或下一代，不是很应该吗？"

莫尔根听了这句话，不仅很感动，而且很受启发，他不住地点头。然后说了一句："只是便宜了抬老狼的那两个。"

老额隆说："它俩也不该射。当它们察觉了危险，它俩不顾生命，还抬着曾为它们出谋献计的老一辈。它俩不但不该死，而且这种精神，可嘉可敬。"

莫尔根仔细地思考着额隆玛发遇事从不同角度考虑，这使他的才智得到了迅速长进。

说着他俩坐下来。老额隆把他去五国城找小艾胡，遇到这狼群，在这儿折腾半宿的情形说了一遍。莫尔根也说了他在林中发现了马熊的踪迹，就追赶了三天三夜，没吃没睡，走到这里实在困得不行了，钻进这草垛里，睡得死死的，对草垛周围这一夜发生的事儿，全然不知，刚才那声狼嗥，把他惊醒了，他扒开草垛，射死了那条头狼，从草垛里走出来，才见到那狼群。

"你已受了一夜的惊吓，没合眼，赶快到草垛里睡一觉吧。"

老额隆这回可放心了，一躺下就沉呼大睡了。一觉醒来，已到中午，莫尔根已把狼肉烤好，他俩就地吃了起来。饭后，莫尔根为了额隆玛发的安全，就陪着他一同奔五国城去了。他们餐风饮露，晓行夜宿不必细说，行走多日终于到了五国城的头城越里吉（现在的依兰）。莫尔根对额隆玛发说："我们到地方了，我不能陪你了，我的朋友还在林子里找马熊，我得赶紧回去。"

莫尔根说完走了，老额隆进了越里吉一看，这里可太热闹了，各路王公、大人、昂帮、贝勒都到齐了。看热闹的真是人山人海。在城西四十里，搭了个赛宝台。各王公、贝勒、头人面前都摆着稀世珍宝。今年的宝物，多得使人眼花缭乱，评判官已经评比了三天，也定不下来，只好打发人去禀报国王。老额隆要找小艾胡姑娘，就专往热闹的地方挤。台前人最多，他就一劲儿往台前挤。评判官见他挤得凶，以为他带来了什么宝物，就叫人们闪开一点，让他上台。评判官问："你有什么宝物要拿来比赛吗？"

老额隆摇了摇头说："没有"。评判官一瞪眼说："没有宝往前挤什么？也没看看你这身穿戴！"

有个贝勒嘲笑老额隆说："我们以为他有什么珍奇的宝物呢，在那三条口袋里，原来装的是他这个老活宝。"

王公贵族们听了这句奚落老额隆的话，十分开心，就放声大笑起来。他们的笑声还未停呢，就看从西北来了一帮姑娘，走到赛宝台后的土包上，站成一列。个顶个的细眉大眼，长得天仙似的，衣着打扮一顺水儿，紫色小袄雪花长裙，分外鲜艳。只是头发梳得太奇特，一根大辫子用红绳一节骨一节骨扎紧。从脑后垂到腿弯，又弯回来裹在腰里。老额隆看出站在最前头的那个，跟他要找的那个小姑娘一模一样。只见，姑娘们一齐把辫子从脑后拽下来，捋去红头绳用力一甩，哪是什么辫子，原来是蓬蓬松松的大尾巴。一抡起来，看不见姑娘的影子了，光听呜呜地响。寒风加雪立即扑向了赛宝台。人们好像一下子掉进了冰窖，全冻透了。台上那些王公贵族抱着珠宝没等走下台来，就被冻硬了。剩下的有的冻掉了耳朵，有的冻掉了鼻子，冻坏手脚的就更多了。国王来到这里一看，吓了一跳，问道："你们怎么都冻成这个样子呢？"台上那些没死的，也冻得哆哆嗦嗦地说不出话来了。可是一看老额隆，却头冒热气，满面红光。风吹到他那儿就散了，雪花飞到头顶三尺远的地方就化了。国王觉得奇怪，上前一看，他戴的帽子是貂皮耳扇儿，穿的衣服是貂皮领子，貂皮袖头。国王问了他的名字，当即就宣布："那些珠宝玉器、稀世珍玩，都不算宝，老额隆头上戴的、身上穿的这貂皮，才是真正的宝物。"

说完，国王重重地赏赐了老额隆。从此貂皮就成了北国的国宝。人们问老额隆穿的这叫什么衣服，他自己也不知道这衣服叫什么名字，就顺口答道："有人叫它袋子。"

说到这儿，一位姑娘跑过来喊："额隆玛发，我阿玛和额娘让我来接您！"

老额隆抬头一看，正是他找的那个小艾胡姑娘，只是还不到一年的工夫，她出落得像个大姑娘了。艾胡高高兴兴地把额隆拉到家里。从此老额隆就和她们全家生活在一起了。

人们没问清老额隆穿的衣服叫什么名字。只听老额隆说了句袋子。因此，人们就称它为"额隆袋"了。人们看到这额隆袋既防寒又方便，就都仿照着做起这种服装来。于是额隆袋就风行一时，连衙门的官吏也穿起来了。

第三章　林外的广阔天地

一、意外相逢

　　寒冬季节，年迈的国王和一帮大臣正围着炭火盆烤火，感到十分冷清寂寞。就在这时，莫尔根与老额隆分手之后，又回到老林子里去寻找马熊。本来是深秋季节，却下了一场小雪。不料莫尔根脚下一滑就跌下了山崖，当时就昏了过去。等他醒来时，已躺在热炕头上了。这是一间小马架房，一位老阿玛正在为他熬药。见他醒来就告诉他："你已昏睡两天两夜了。我在悬崖下碰见你时，你已昏死，头摔得像血葫芦似的。我把你背回来，你就一直在睡。"

　　老阿玛用汤匙先饮了他几口水，接着就一匙一匙喂起药来。老阿玛一边喂药一边问起他的来历。通过交谈老阿玛看出这少年是个坦诚、厚道的人。比自己那两个儿子强多了。于是老阿玛就安慰他说："安心养伤吧，别着急，你摔得挺重，已伤筋动骨了，一时半晌不能痊愈。你就住在这儿吧。反正你是孤身一人，就把我这当成你自己家吧。这个家除了我，就是我的两个儿子。我也没给他俩起名子，老大就叫兀朱，老二叫扎依①。加上你，这个家才四口人。从今天起，你就是我的小儿子啦。也别叫莫尔根啦，就叫伊拉契②吧。我已把你当成是我的亲生儿子，我就没有什么后顾之忧啦。"

　　也不管莫尔根愿意不愿意，老阿玛就向他的儿子介绍说："这是你们的小弟弟伊拉契，以后你们要和睦相处。"

　　从此小伊拉契就成了莫尔根在这里的名字。老阿玛是说到就做到，

---

　　① 扎依：兀朱，扎依是满语顺序词第一、第二。

　　② 伊拉契：满语，第三之意。

真把他当成了自己的亲生儿子。

伊拉契在老阿玛精心地照料下，伤势一天天好转，可是他的心事却一天天的沉重起来。他想到这次坠崖若不是老阿玛把我背回来，若不是老阿玛对我的精心照料，我必死无疑。老阿玛真是我的再生父母。我为父母报仇杀马熊的任务还未完成，又欠下这笔救命的大恩情，我如何报答呀？

随着时间的延长，伊拉契对兀朱、扎依的为人也有了了解；正像老阿玛经常斥责说他俩奸猾自私，一点儿都不过分。不过由于老阿玛慈祥和宽容，这个家庭还算和睦。兀朱和扎依都二十出头了，也该结婚了。

一天，老阿玛说："结婚盖房的事儿，大家出点力，这并不难，怕就怕娶了媳妇光听媳妇的话，日子就过不消停了。"

老大一听赶忙说："这不必担心。我对天发誓：世上水、火最不留情，如果我娶了媳妇就忘了老人和兄弟，就让火将我……"

老二听了也说："我娶了媳妇如抛了老人和兄弟，就让水把我……"

阿玛打断他们的话说："得了，平白无故起什么誓呢？你们若能总想着小弟弟伊拉契就行了。"

阿玛知道两个儿子着急娶媳妇，于是爷四个就盖起房子来。不到半年，在这小马架子东西两头，各盖起了三间大房子。先给老大娶上了媳妇。媳妇过门儿住在东头新房里。没过几天她就跟丈夫说："这个家以后要花钱的地方太多了，得给老二娶媳妇，老二完了还有老三，还得发送老爷子。这些债什么时候能还完！我可不能给堵这些账眼子。分出去，咱俩多好过呀！"

一天两天老大不在意，可是没过一百天，老大变主意了。他对阿玛说："我们两口子出去单过吧，不分出去她总嘟嘟，也过不消停。分开过也还在一个院儿住，有什么活计我们照样干，只不过多立个灶火门罢了。"

话是这么说了，分出去以后，老大两口子对这小马架房就脚踪不见了。

不久也给老二娶了媳妇。可是老阿玛累倒了，病在炕上起不来了。这老二比老大来得还快当，娶了媳妇还不到一个月就要单过。阿玛一听，就掉眼泪了，他跟老二说："扎依，我是有早晨没晚上的人了，你管不管我都行，我活不起，还死得起；可是你也不可怜可怜小伊拉契，他还没长成啊……"

还没等阿玛说完，老二就抢过话头说："前有车，后有辙，老大走了，我就得走！"老二也在西头新房另立了灶火门。

只剩下大病初愈的小伊拉契跟病在炕上动弹不了的老阿玛相依为命了。由于盖房子、娶媳妇，使这个家穷得叮当响。到年三十儿了，这爷俩家里还没有一点年味儿呢。眼看太阳卡山了，是野牲口打食儿的时候了，小伊拉契挺着瘦得弱不禁风的身体，拎起弓箭去寻点野味儿，好给病着的阿玛弄点荤腥儿。

他刚推开门，就见老大、老二站在院里指画着北岭。伊拉契抬头看见北岭顶上有黄、白、黑三个东西，他也觉得奇怪。老大说："八成是财神来送财、赐福了。"老二说："也许是妖魔来行凶、作怪。"他俩正在猜测。伊拉契说："那还猜啥，到跟前去看看不就明白了吗！"

老大看看老二，老二摇摇脑袋，谁也不肯去。小伊拉契说："你们不去，我去。"

老大、老二一看伊拉契去了，就犯合计了，不去吧，怕有便宜自己捞不到；去吧，又怕遇上凶险。最后决定跟在伊拉契的身后，遇上了便宜有他们俩的份儿；遇上凶险有伊拉契在前面挡着。小伊拉契上岭一看，是三个老头。黄老头个不太高，黄脸，穿一身金黄色大袍，精精神神地坐在那里；白老头大高个，白脸，穿一身雪白的大袍，富富态态地站在那里；黑老头小矮个，黑脸，穿一件黑皮小袄还破了一个窟窿，干干巴巴地佝偻在那里，还哼呀着。小伊拉契忙上前去问："玛发你病了吗？"

黑老头说："我不行了。告诉你吧，那个黄老头是一坛金子，那个白老头是一缸银子，只要你跪在他们面前磕仨头，叫三声阿玛，就能把他们背走。你快背他们回家去吧。"

小伊拉契问："那你怎么办哪？"

"我已不中用了，你不必管我。"

"那怎么行，我把你背到家喝碗热汤，说不定就好了。"

"不行，我已到寿了，不能再活了。"

"不管你怎么的，我也得把你背家去。"

小伊拉契病后瘦弱得很，浑身没有一点力气，但他还是咬着牙把黑老头背了起来，好在这老头不沉。这工夫，老大一听黄老头是一坛金子，就一个箭步蹿到黄老头跟前，跪倒就磕仨响头，叫了三声阿玛，伸手就把他抱在怀里。一到怀里黄老头真就变成了一坛金子。老二一看就红眼了，赶忙跪到白老头面前，磕仨响头，叫了三声阿玛，一转身把白老头背起来，白老头也马上变成了一缸银子。这哥俩的乐劲儿就不用提了。他俩回头看伊拉契，见他背着个哼哼呀呀的病老头，老大说："这大年三十儿你往家背个病老头，他若是今晚死了，大年初一就得出殡，那该多不吉利呀！"

伊拉契说："宁可不吉利，我也不能见死不救哇！"

老二说："都住在一个院子里，你豁出来不吉利，我们还豁不出来呢。"

"各人过各人的日子，这与你们有什么关系。"小伊拉契说着就把黑老头背到家里，并把这一切经过对老阿玛说了一遍。

老阿玛说："你做得对，人都有老的一天，不论是谁的老人，你们年轻人都应当照顾他们。不能一看到金银就连人的死活都不顾了。"

小伊拉契也顾不得办年货了，忙着煎汤熬药侍候这病老头。这老头也真会找时候，正当大年三十儿晚上接财神的节骨眼儿，他死了。临死之前，他对小伊拉契说："阿西汗①，我不行了，我死后你还是把我埋到北岭顶上吧。"说完把身上的黑皮小破袄脱下来，递给小伊拉契，嘱咐道："这小袄留给你，久后有来认这小袄的人，就是我的亲人，也是你的亲人哪。"

小伊拉契对这句话还没等转过向来，这黑老头就咽气了。正像老大说的那样了——大年初一就得出殡。不等伊拉契开口，老大、老二就说话了："他死在这院里，我们就够丧气了，你就不用指望我们往外抬他。"

没法，小伊拉契怎么背来的，又怎么背回去了。他使出全身力气去刨那冻得邦邦硬的岭顶，累得他通身是汗，好歹把那黑老头埋葬了。

正月初三，老大来告诉阿玛说："这院子大年初一就出殡，我不能住在这里，得搬走了。"

老大刚走，老二就来说："大年初一就出殡，在这院里住没个过好，我也搬走。"

这明明是他们得了财宝，怕伊拉契沾他们的光。阿玛一听气了个发昏。哪知人越有就越抠，他们临走竟然将房子扒倒，拆走了房木，这一下子就把阿玛气死了。阿玛临终时郑重其事地对伊拉契说："托付你一件事，我死后也把我埋到北岭上，我要知道那两个没良心的儿子得什么下场，你祭奠时告诉我。"

---

① 阿西汗：满语，青少年或小伙子。

哥儿俩一看老爷子死了，怕发送老人，赶忙溜得远远的。只剩下小伊拉契一个人了。他按遗嘱把阿玛尸首背到北岭上，埋在了黑老头的坟旁，天就黑了连张纸也没烧。第二天起大早进城去买香头纸马，准备祭奠老阿玛。清早太冷，他就穿上了那件黑皮小破袄。他一进城就看到了一个长得天仙似的姑娘向他走来。这姑娘穿件小紫袄，梳个大辫子，一对黑溜溜的大眼睛，一直盯在他穿的这件又脏又破的黑皮小袄上。伊拉契被她看得不好意思了，赶紧买完东西就回家上坟去了。他来到坟前，把纸分做两半，一半点着了放在老阿玛的坟头。他跪在坟前，就好像跪在老阿玛面前似的，诉说起老阿玛的救命恩情没有报。还说道："我伊拉契今生今世再也无法报答老阿玛的恩德了。"说着说着他就放声大哭起来。在这家家都欢声笑语度新春的时候，他这哭声分外叫人心酸。他哭够了，拿起另一半纸，在黑老头坟上点着，他一边烧纸，一边叨咕着："玛发，我把你背到家里，也没救活你，给你烧点纸吧。你说以后会有亲人来认这小袄，也不知什么时候能来？"

"来了。"身后有人说话了。

伊拉契闻声回头一看，正是在城里碰到的那位穿小紫袄的姑娘也在哭，睫毛上还挂着泪珠。她开口对伊拉契说："你哭得太叫人伤心了。"

伊拉契被说得不好意思了，低着头问了一句："你是谁？"

"我叫艾胡，坟里埋的黑老头是我阿玛。感谢你为我的老人烧纸。"

伊拉契一听她是艾胡，就站起来仔细端详着她的模样。看得姑娘脸都红了，忙低下头来。伊拉契问了一句："你认识额隆玛发吗？"

他这一问，姑娘抬起头也仔仔细细地端详起他来，反问一句："你叫什么名字？"

"伊拉契。"

"伊拉契？"

"对，这是老阿玛给我起的。我原本叫莫尔根。"

姑娘一听莫尔根三个字，就扑通一声跪下了，口呼："救命恩人，救命恩人哪！"就地磕起头来。莫尔根赶忙把她扶起来，欣慰地说："你就是我从耗子精手里救出的小艾胡呀！怎么刚过一年就变成了大姑娘啦？"

艾胡姑娘也说："我怎么也认不出来你了，你咋瘦到了这个地步？"

莫尔根说他卧病刚起，于是他就把跌落悬崖之事从头至尾说了一遍。接着他又诉说他如何碰上重病的黑老头把他背到家，第二天正是大年初一，就去世了。今天是初五，已去世四天了。黑老头临终把这黑皮小袄交给他说，日后来认这小袄的就是他亲人。莫尔根说着就把这件黑皮小破袄脱下来交给了艾胡姑娘。

艾胡说："我阿玛到寿了，他不肯死在家里，临行嘱咐，日后你若遇上穿这小袄的阿西汗就是收殓我尸骨的人。还说是我家的蒿吉浑^①"。说完她的脸已红到脖子根儿。

莫尔根听了很诚恳地说："艾胡姑娘，您别介意。我们现在还没有这个机缘。我还不到十五岁呢。"接着他就把他急于完成的事情说了一遍。

艾胡姑娘说："那仅是我阿玛的意愿。不过，无论如何，这件黑皮小袄你得收下，就作为我对救命之恩的一点报答吧。这件小袄非同寻常，它是一张上千岁的墨貂皮，上有拨风、防雪、驱寒三毫。风离它三尺远就躲了，雪离它三尺远就消了，它是无价之宝。寒冷时，提着袄领抖几下，就有几件一模一样的小袄出现。"

莫尔根想了想说："我若不收下吧，你会认为我不接受你报答的情意。这样吧，我收下了。只是托你代我保存，一旦遇有过不了严寒冬季的穷人，你就代我赠送他一件小袄，这是造福于民的好事，只是给你添了麻烦。"

艾胡姑娘答应说："你放心吧，我一定按照你的意思去做。"

说完，他俩就分手了。艾胡姑娘真的履行了她的诺言。每到严寒冬季遇有过不了冬的穷人家，她就送去一件件黑皮小袄。时间一长，人们就把艾胡姑娘视为貂神，于是，张广才岭上的巴拉人，家家都供起了艾胡妈妈。

二、马倌放山

莫尔根与艾胡姑娘分手之后，就回到了马架房。自从老阿玛把他背出山林来到这里，整整养了一冬天伤。卧病刚起，这个家就走的走，亡的亡，只剩下他一个人了。这林外虽然天宽地广，可他不识农耕，怎么生活呢？莫尔根却不想这些，他只想阿玛曾告诉他，将来要走出山林见更大的世面。既然已到林外，就在这里闯荡一番，于是他就信步走进一家姓何的大院。财主何祥说正缺一个马倌，就留下他放马。因为他才十四五岁，就给他成人一半的劳金钱。财主何祥问他是哪里人氏，叫什

---

① 蒿吉浑：满族，对女婿的称呼。

么名字？莫尔根虽然年少，由于他身世的传说，再加上擗雕、射魔等事迹，已威名远扬。他不愿意引起人们的注意，只想默默做他要做的事情。于是他就回答说他是赛齐窝集的巴拉人，还没有什么名字。何祥说："我家已有四个长工了，你是第五个，又是赛齐窝集人，就叫齐五吧。"

财主婆在一旁插嘴道："这个五哇，不应当用一二三四五的五，应当用威武的武。你看这小伙儿长得浓眉大眼，十分英俊，背着弓箭多威武呀！"

别看老何祥为人贪婪，对长工刻薄，可是对老婆却向来是百依百顺。听老婆说到弓箭，他才注意到这副弓箭确实不一般，就顺水推舟地说："叫齐武就叫齐武吧。不过种地是用不上武器的，把弓箭交给我替你放起来吧。"

莫尔根交出弓箭，何祥立刻把它藏匿起来。就这样，莫尔根在这里就成了齐武，当上了小马倌。由于巴拉人也称为半拉人，他又挣半个人的劳金钱，所以人们就叫他小半拉子。

在跑马占荒时，何祥家不但占了不少平地，还占了几百里的荒山老林子。据说这老林子里有两棵宝参，所以何家放山从来不用外姓人，可是他家年年放山也没挖出宝参来。

在棒槌刚红榔头的时候，从南方来了个自称为云游四方的道士。听说他道行很深，对阴阳八卦、奇门遁甲以及各种旁门左道，无所不通。还会看地理风水，专靠剜坟盗墓致富。又能为人占卜吉凶祸福。何家大院当家的老何祥，在院子里摆上香案，请这位道士给看一看，这林子里是否真有宝参，谁能领宝参下山。道士就在香案前放一盆水，从腰中取出一块称称"托力"①的镜子。用托力往水里一照，水盆里立刻出现了一只大公鸡，拍打着翅膀转圈跑，好像在追赶着什么。老何祥看了觉得奇怪。道士端详了一阵，对何祥说："宝参是有，只是还不到下山的年月呀。"

他说完收起托力，又问了一句这院里的人谁属鸡。老何祥把他家的人从老到小挨个数了一遍，没有属鸡的。又把伙计估算了一下，也没找出谁属鸡。道士摇了摇头，说："不对，这院里肯定有属鸡的。"

老何祥把打头的黄刚找来详细一问，才知道新来的小马倌齐武属鸡。道士点了点头，什么也没说就走了。

---

① 托力：满语，神镜。

他走后，老何祥可犯了寻思喽，一夜没合眼。他想，道士问属鸡的，想必是宝参跟院里属鸡的人有缘分。于是天一亮就把小马倌找来了。他说："齐武呀，从今天起，你就别放马了，跟少东家一块儿放山去吧。"

齐武虽然老实厚道，可是心里有数。他一想，我跟这些少爷们一起进山，没好呱嗒，人家都是东家，在他们面前，我得整天垂手侍立。他们叫我干啥，我就得去干啥，跟他们分辨不得。于是他就跟何祥说："老东家，我不认得棒槌，我也不懂得放山的规矩，我不去。我放惯马了，还留我在家里放马吧。"

老何祥看透了齐武的心思，就说："你去吧，齐武，亏待不了你。我跟少爷们说一声，这次进山，谁也不准欺负你。你若嫌咱旗人规矩大，跟少爷们在一块儿拘束得慌，我可以派一个伙计跟你一块儿去。看你跟谁对撇子，就叫谁去。"

齐武一看不去不行了，找谁搭伴呢？他跟打头的黄刚最知心，就对老何祥说："老东家，实在叫我去，那就叫黄刚跟我一起陪着少爷们去吧。"

找到了黄刚，老何祥说："你们不论拿到大货小货，都不准藏匿，要知道，这片山林都是我家的。"

第二天，小马倌齐武、打头的黄刚，跟着少东家们一起进山了。黄刚不像齐武，他只会干庄稼活，对翻山越岭很不习惯，显得笨手笨脚的。一上午，钻了六七十里的老林子，来到一个石头山上，还没等支锅做饭，少东家从山顶蹬下来一块石头，黄刚躲闪不及就把腿碰坏了。黄刚疼得直发抖，一步也不能走了。少爷们叫他慢慢往家爬，小马倌说："那可不行！你们若不管，我背也得把他背回家去。"

"那你就自己把他背回去吧。"

少东家说完都走了。小马倌背着黄刚从老林子里往回走。路不熟，走麻达①了。越着急，越走不出去。连饿带累，小马倌走不动了，天也黑了。这时黄刚说："齐武呀，扔下我你自己还许能找回去。若这样，咱俩就都得死在这林子里。"

小马倌说："黄刚哥，只要我齐武有口气儿，我一定把你背回去。咱们在这儿歇一宿，天亮了再走。"

小马倌把黄刚放下拢着火，一回身，借着火光，看见了一苗棒槌精

---

① 麻达：迷路。

精神神地站在那里。他忙用烟口袋嘴儿上的红线绳，把它系上，喊了一声"棒槌"，就见那棒槌打个冷战。黄刚也看见了，是苗不大的六品叶。小马倌仔细地端详着这苗棒槌。瞅着瞅着，不由得打了个咳声。

黄刚问他："兄弟，你在想什么？"

小马倌说："刚才还是一苗精精神神的棒槌，被我拴上红线绳，它就把头低下了。我想它也一定像人似的，知道活不长了，现在他一定很难过。我这个人心软，若不是你腿坏了，挖它卖几个钱给你治腿的话，我就放了它。它的样子太叫人可怜了。"

黄刚接过来说："你净想美事儿，咱们挖了它，老何祥能让你卖钱给我治腿吗？临来时他不再三说拿到货不准藏匿吗。别说咱拿到一苗，就是拿一百苗，也没咱们的份儿。"

小马倌说："那我就放了它。"

说着他就上前去解红线绳。棒槌好像对他点了点头。小马倌高兴地来到黄刚的身边，趴下就睡着了。天一亮，他也转过向来了，背着黄刚回到了何家大院。老何祥一见他俩回来了，忙问："怎么回来了呢？"

小马倌告诉他，黄刚的腿受伤了。老何祥把脸一沉，对小马倌说："放下黄刚，你赶快回山去！"

小马倌说："我不能回山，我得在家侍候黄刚。"

老何祥翻愣翻愣眼睛说道："你侍候黄刚，我不管，你若不回山，从今天起，你就得白天出去放马，起早喂马。你若耽误了套车，我就扣你的劳金。"

小马倌气愤地说："随你便吧，反正我得侍候黄刚。"

从此小马倌就白天出去放马，晚上回来给黄刚煎汤熬药。鸡叫前还得把马喂好。偏偏在这个时候又添了个伴死带活的小白马驹子，它什么也不吃，还得一口一口地喂水。弄得小马倌整宿不能睡觉。一天夜里，他太乏困了，躺在草棚子里就睡着了。鸡叫把他从梦中惊醒。心想，糟了！鸡都叫了，马还没喂呢。他赶忙来到马棚，一看马已喂饱了。这马是谁喂的呢？小马倌很纳闷儿。晚上，他蹲在草棚子的角落里，想看个究竟。刚到半夜，他似睡不睡时来了一位十二三岁的小姑娘，戴着一串红花，长得挺精神，提着马灯，端着筛子，给马添了草；又提料桶给马拌上了料，料叉子敲得梆梆响。小马倌一看这小姑娘的活计干得利落，从心里喜欢。他走上前去问："你是谁家的小姑娘，这么会干活？"

姑娘说："我叫敖蒿格格，你以后有什么为难事，就到东山洼去找我。"

说完对小马倌一笑就走了。小马倌正要追上前去感谢她，一声鸡叫，把他惊醒了。他不知道这是做梦呢，还是真事儿。说是做梦吧，马真地喂上了；若说是真事儿吧，他还是从梦中醒来的。

天亮了，这天正好是八月十四。黄刚的腿好了，小马倌高兴地说："借着明天这个中秋节，为你喝杯喜酒吧。"

放山的少爷们也赶节前回来了。往年放山，虽然没挖出宝参来，但是大小山货总还能拿一些，可是今年放了二十多天山，竟然没开眼儿，十多个人白搭上小米，空着手回来了。回来的人说："这都怪小马倌跟着去的缘故。一进山就不顺流儿，当天就碰伤了黄刚的腿。"当家的老何祥听他们这么一说，冷不丁明白了，他自言自语地说："那道士问属鸡的，并没有说属鸡的跟宝参有缘分呀；还很可能是因为这宝参怕属鸡的不敢下山呢。对呀，在水盆里照出来的公鸡，明明是在追赶什么，可能追赶的就是那棵宝参。哎呀！我真糊涂，我哪能让他上山呢。怪不得今年一棵棒槌没拿到，原来是叫他给吓跑了。我把他留在家，恐怕宝参总也不敢下山。"他叨咕到这儿，就把小马倌叫来了，说道："齐武呀，找你没别的事儿，我家用不了这么多人啦。从今天起，不用你了，你走吧。"

小马倌是个厚道人，听东家说了这话，他就说："你家不用了，我也不能赖在这，那就给我算算账吧。"

老何祥翻开账本，看了半天说："你在我家没干几天活。可是我把你的弓箭弄丢了。不用细算了，你是放马的，喜欢马，我给你一匹马吧。咱们俩不找，就算了。"

齐武想，有匹马骑着去寻找马熊也方便。弓箭丢了，再设法置办吧，于是就说："行啊。"

老何祥一听他答应了，立刻递过来写好了的契约，说："那你就画个押吧。"

小马倌上前去按了个手印儿。老何祥就把那个佯死带活的眼看要断气的病马驹子，放到齐武怀里。齐武刚想给他摔在地上，一看这小白马驹儿吧嗒吧嗒直掉眼泪，他又心软了，摸了摸小马驹儿，瞪了老何祥一眼，二话没说，转身就走了。

齐武走出何家大院，俗话说，寻吉星，奔正东，那我就往东走吧。没走多远就进林子了。在林子里走了一天一夜，天还没大亮，南面来只狼，北面来条蛇，东面来只虎，西面来只豹，都对他抱的这个小马驹儿伸出了舌头。没有弓箭了，齐武一看他们是为小马驹儿而来，就想把小马驹扔给它们，可是低头一看，小马驹儿吓得浑身直抖，一劲儿往他怀里钻，真可怜人哪。齐武就对狼虫虎豹说："你们要吃，就吃我吧，不要伤害小马驹儿，它太可怜了。"

可是这些猛兽不听，还照马驹儿用劲，越来越往前靠。齐武想这可让人为难了。当他一想到"为难"二字，冷不丁想起了梦中帮他喂马的那位姑娘的话，于是就念道："敖蒿格格呀，我可到哪儿去找东山洼呀，你快来救救这个可怜的小马驹儿吧。"

话音没落，林中就起了大风。这风刮得吓人，树木、山谷都嗷嗷地叫了起来。齐武抱着小马驹儿蹲在地上了。可也怪，他不知不觉睡着了。这时只听有人喊道："齐武，你往东南走，就到我家了。"

齐武赶忙睁眼一看，天大亮了。风也住了，狼虫虎豹也不知叫风刮哪儿去了。他抱着小马驹儿奔东南走去。不到一百步，就走出了林子，来到一个地方。这四周都是高山大岭，古木参天，中间有方圆一箭地的山洼。鸟鸣山幽，景色宜人。绿草红花环绕着一撮小马架子房，房东头是一眼山泉，清澈见底。齐武心想，住在这里喘气都比别处匀乎。他抱着小马驹儿，欣赏着这山光水色，信步走进花草围成的这小院里。房门开了，走出一位姑娘。齐武一端详，这不是替我喂马的敖蒿格格吗？真是她！便问道："你怎么在这里？"

敖蒿格格笑着回答："这就是我的家呀。"

她高兴地接过小马驹儿，把它放到山泉里。小马驹儿立刻打起精神，玩起水来了。她回头把齐武让到屋里，端来饭菜给齐武吃。齐武又饿又困，吃着吃着就睡着了。

再说老何祥。小马倌走后，他又叫少爷们返山里，继续放山，结果还是没拿到一棵山参。老何祥正拿不定主意，恰好那道士又来了。一进院就找那个属鸡的小马倌。老何祥说叫他撵走了。道士大吃一惊，忙问："走多久了？"

"刚走没几天。"

"你怎么把他放走了呢？"

老何祥说："我家那棵宝参怕属鸡的，不敢下山，我就把他撵走了。"

道士一拍大腿："哎，你真没财命呀！这几天正该那宝参出土离山。宝参跟那小马倌有缘分，上次我没明说，是怕他知道了把宝参领跑。现在没有他难引宝参下山了。"

老何祥担心地问："现在宝参让他领跑了没有？"

道士说："领没领跑，那得铺罗盘摆香案才知道。"

于是何家大院又摆上了香案，香案前还放一盆水。道士掏出托力放在罗盘上，扭动罗盘往四周转。当托力照到正东时，水盆里立刻出现了敖蒿格格和齐武还在东山洼。老何祥一看就浑身发抖，立刻给道士跪下了，哆哆嗦嗦地说："长老，帮我把宝参夺回来吧！"

道士问："那么你给我什么好处呢？"

"夺回宝参，咱俩对半儿分。"

"好，一言为定。马上准备三十三丈红头绳。"

老何祥按照道士的吩咐，找来红头绳，就和道士一同跳上了马背。为了稳住齐武，叫黄刚也跟着去。黄刚正好想去搭救自己的朋友，他想何祥拿红头绳一定去绑齐武，到时候我得把红头绳铰断。于是他暗中揣了一把剪子，就上马跟何祥去了。一出门，老何祥就打马如飞，直奔正东。

正当午时来到东山洼，道士立刻把那个花草围成的院用红头绳圈了三圈儿。敖蒿格格一看老何祥来了，知道不好，得赶快逃走。她朝房山头一招手，小白马就从山泉里跳出来。敖蒿格格叫齐武和它一起逃走，齐武说："你快走吧，我自有办法脱身。"说完拍了一下小白马，小白马撒腿就跑，跑得挺快，可就是跑不出这个院子去。道士看了哈哈大笑，指着敖蒿格格说："你们跑不了啦！"

老何祥把索拨棍绑上红头绳当套杆，闯进院子来套敖蒿格格，齐武左搪右挡不让他套。道士说："先套马，那马也是棵宝参！"

眼看小白马要被套住，可把黄刚急坏了。他想，这马跑得这么快，怎么不往外跑呢？他这一犯疑惑，冷不丁想起了那根红头绳来。他赶忙从怀里掏出剪子，悄悄把红头绳铰断，小白马就从铰断的地方一个高蹿出了院子，蹬开四蹄，"忽"的一下起空了。小白马驮着小敖蒿格格，在空中不紧不慢地向长白山飞去。

老何祥正不知如何是好，道士喊了一声"追！"于是他们就在地上望着小白马奔跑，一直追进长白山老林子里，再也没回来。

黄刚和齐武也就此分手，各自谋生路去了。可是小敖蒿格格却不忘救命和放生之恩，她就变成了一只小鸟，四处去找黄刚和齐武。它想，他俩说不定又上哪儿搭救山参去了。于是它就往生长山参的地方飞去。一边飞，一边喊："黄刚哥、齐武""黄刚哥、齐武。"时间长了人们发现凡是它喊的地方就有山参。无意中它就成了放山挖棒槌人的向导。人们就称它为棒槌鸟了。

三、面对巴彦

取 瓮

莫尔根离开了何家大院，想起了老阿玛嘱托的事情。他奔走数日，终于探明了那哥俩的下场。然后，他来到北岭就跪在老阿玛坟前诉说起来，原来老大兀朱两口子进城了，就用那坛金子建起了一座有楼台水榭的宅院。刚刚建完就遭了一场天火，烧个片瓦无存。这两口子心疼地喊着：这是一坛金子啊！就跳进了火坑，跟他们的财产同归于尽了。老二扎依，在牡丹江边买了几百垧地，刚刚建起富丽的庄园，就遇上了一场洪水，扎依和他房子土地一同流进了靰鞡海。

莫尔根介绍完兀朱、扎依下场之后，又安慰说："老阿玛，你别为他们伤心，你安息吧，我会常来看你的。"

莫尔根说完告别话，又想起老阿玛对他的恩德，不由得热泪满面。他想，如果兀朱、扎依临去不把房木拆走，老阿玛也不至于气死。他俩有了钱反倒变得更贪婪、更吝啬了，连生身父母都不顾。那老何祥也是越有钱，他对长工越刻毒。看来，人一成了巴彦（富人），就失去了人性。从此莫尔根就恨起巴彦来，他要像对待马熊一样寻机报复。他把这几年在山里山外所遇到的人和事细致地琢磨一番，特别是额隆玛发教他的遇事从不同角度去思考，这更使他增长了许多见识与智慧，他变得更聪明机灵了。虽然他现在还是个十四五岁的少年，但他已有了足够的应变能力。

莫尔根祭奠完老阿玛之后，就到另一个财主家去做工。天下老鸹一般黑，这个老财主更抠门儿。过节了，财主一家在上屋吃的除了大鱼就是大肉。可是下屋长工们吃的菜里连个油星儿都没有。长工们都骂东家，说老驴老马还有三天节呢，过节不歇工就够受了，在吃食上还这么抠搜。在这些长工里莫尔根是小半拉子，他最小，长工们都把他当小弟弟看待。亲切地叫他小莫尔根。小莫尔根看大伙都在生气，就对伙伴儿说："东家不给肉吃，我们偏要吃他家的肉，你们等着。"

小莫尔根说完就奔仓房去了。因为有一次老财主往酱坛子里放肉，让他碰见了。这会儿他想去捞几块，跟伙伴们烤着吃。可是到仓房一看，坛子里只剩点酱底子了，当时就傻眼了。莫尔根想这可怎么办呢？东家又喝酒又划拳的，俺们也不能过憋气节呀。怎么也得想办法叫伙伴们乐和乐和才行。小莫尔根眉头一皱，有招儿了。他拎起酱坛子就奔牛圈去了。他趁大红牤子舔酱底子的空儿，把坛子牢牢实实地套在牛脑袋上了。然后把牛牵出圈，松了当院儿。他装着没事儿，躲一边儿去了。长工们都跑到院里来看热闹。这牛由于脑袋在坛子里，啥也看不见，人多一哄嚷，有点发毛，就顶着坛子在院里东一头西一头瞎撞起来。逗得长工们那个乐呀！小莫尔根见到伙伴们都很开心，他对自己的这些做法，很满意。

正在这时候，财主的大少爷董二大爷从上屋走出来，脸喝得像猴腚似的。张嘴就问："这是干什么？"

一见董二大爷，小莫尔根的主意就来了。这位董二大爷本不姓董，只因为他总是不懂硬装懂，世界上的事儿就没有他不懂的。长工们才给他起了这个绰号。

这董二大爷还特别喜欢别人夸他精明。小莫尔根对他这习性摸得最透。别看莫尔根平时不多言多语，可是对付董二大爷却有一套办法。所以他俩一相遇就准有故事。小莫尔根一听董二大爷在发问，他就朝伙伴们摇了摇手，意思是不让他们参言，由他自己来应付。他大模大样地走上前去说："这牛偷吃大酱，把脑袋插进坛子里拿不出来了。俺们这么些人，也没想出个办法来。"

董二大爷醉醺醺地笑了一声，说："你们这些人，真比牛还笨；把牛脑袋砍掉，坛子不就拿下来了嘛。"

"对呀，还是董二大爷高明。"小莫尔根称赞着，并回头对伙伴们说："没听着吗？少东家吩咐啦，还不赶快动手！"

长工们会意，一拥而上，七手八脚地把那牛头活撕拉就给割下来了。

小莫尔根又对董二大爷说："还是少东家有智谋，这坛子可真就从牛身上拿下来了！不知少爷用的这是什么招数？从哪儿学的？"

董二大爷得意扬扬地说："这还用学吗，这叫宰牛取瓮，谁不知道？"

小莫尔根又对他说："这回就光剩牛头在坛子里拿不出来了。"

董二大爷蛮有把握地说："这有什么难的，把坛子砸碎，牛头不就拿出来了吗？"

小莫尔根早就把榔头准备好了，董二大爷的话音刚落，他就"当"的一榔头把坛子砸个粉碎。然后跷起大拇指说："还是董二大爷精明，牛头也没费劲儿，就拿出来了。"小莫尔根说着，做了个滑稽的鬼脸。长工们早就憋得肚子疼了，借此因由就大笑起来，把一肚子怨气全笑出来了。

一听长工们笑，老财主就心惊，忙从上屋走出来。一看这场面，他就张着大嘴"啊"了一声。瞪圆了眼睛，指着地上那抹了头的大红牤子，哆嗦着，话也说不成句了："这……这是怎么回事儿？"

小莫尔根接过来说："少东家可怜我们，说我们过回节连肉味也没闻到，他要犒劳犒劳俺们。"

老财主听了，他两只红眼立刻从牛身上挪到董二大爷身上。他指着儿子说："你，你，你……"一句话也没说成，气劲儿加上酒劲儿，一口气儿没上来，咕咚一声栽在地上，口吐白沫，死了。

种 米

董二大爷把他阿玛气死以后，连山村、靠山屯等几个村落，总共五六百垧地，都归他掌管了。除佃户种的以外，他自家就种了三百垧好地。眼看要开犁了，董二大爷叫小半拉子莫尔根领他去看地。走到桦树崴子，看到好多人家在推碾子。董二大爷问："他们在干什么？"

小莫尔根告诉他："他们是把苞米推成做饭用的苞米糁子。"

董二大爷一声冷笑，说："光说他们受穷，这么干还有不受穷的？要直接种苞米糁子，多么省事呀！"

小莫尔根听他这么一说，心想，又有事可做了。于是就随声附和着说："可不是咋的，他们连小米都带皮种。"

董二大爷说："这些蠢人，为什么偏要种谷，不直接种米。他们也没听书上说'种瓜得瓜，种豆得豆'？连这点道理都不懂。"

小莫尔根接过话头，有目的地说："咱们家那些伙计，也是这么个种法。"

董二大爷听了，停住脚步，说："这怎么能行！走，回去告诉打头的，今年干脆都给我种去皮的！"

小莫尔根回来后，就当众宣布："东家说了，今年种米，不种谷。"

打头的领着伙计们，一边干活，一边乐。他们按照小莫尔根说的办了。这一年种了一百垧苞米糁子、一百垧小米、一百垧大米。连萝卜栽子、土豆种子都是去皮种的。只有地头地脑种的芝麻没去皮儿，这算便宜他了。

砸　缸

董二大爷挑着两口大缸走山路，一不小心，一口大缸从山顶上滚下去了。剩下这口大缸他捧又捧不住，扛又扛不了，正犯愁呢，碰上了莫尔根。一见穷人，董二大爷又摆出他那巴彦老爷的臭架子，装腔作势地说："莫尔根，都说你聪明，今天我来考考你：我挑两口缸，一口缸滚山下去了。现在就我一个人在山上，对着这口大缸，该怎么办？"

"这很简单，你回家去找个人来，帮你抬回去就得了呗。"

"混账，你以为我是傻瓜吗？我一离开这里，这么好的大缸，还不得叫你们这些穷小子偷走吗？"

"好缸怕丢，要是破缸就没人偷啦。"

董二大爷一寻思，对呀，我要把这口缸打破了，就不会被人偷了。于是他搬起一块石头，"当"的一声，把一口好端端的大缸砸个粉碎。莫尔根见缸碎了，才上前说："你也不先到山下去看看那口缸坏没坏，就砸了这口。万一那口缸没坏，两口缸还可以挑着走嘛。"

"这话你早说就好了。"董二大爷说完，他俩走下山去一看，不出所料，山下这口缸完好无缺地躺在这里。董二大爷那个后悔劲儿就不用提了。他回头问莫尔根："山下这口缸可得想什么法呢？"

"你若怕丢，只有用山上那种老办法。"

董二大爷也没想出别的办法来，于是又拣了块石头把缸砸了。莫尔根一看这口缸也砸了，才拍着大腿说："哎呀，你先别砸呀，我还有好招儿呢。"

"什么好招儿？"

"我帮你把它抬回家去不就得了嘛。"

董二大爷一听这话，可就急眼了。他气愤地指责莫尔根说："这办法你为什么不早说？你这是拿我开心，你得赔我的缸！"

莫尔根说："缸是你砸的，又不是我砸的，凭什么让我赔？"

董二大爷听了这话当时就气仰歪在山下了。

查看脸皮

话，没有腿跑得更快。莫尔根足智多谋戏弄了董二大爷，成为名沸一时的佳话。同时也引起了一些巴彦的警觉和不满。巴彦们也都想寻机戏弄莫尔根一番，以示回击。下边介绍的就是莫尔根面对巴彦的几个场面。

有一次莫尔根宰猪，溅了一脸血。他到河边去洗刀子，顺便洗洗脸。这时巴彦老爷为了奚落被人誉为足智多谋的莫尔根，就走到跟前来洗屁股，并对莫尔根说：

"请看，你的脸皮和我的屁股一样厚。"

莫尔根本来话就不多，不愿跟巴彦斗嘴，听了巴彦这话，他没抬头，随便说了句："那有什么关系。"

巴彦见他满不在乎，以为他没理解这句话，就一边拍着屁股一边解释道："这就是说，我的屁股就是你的脸。"

"是吗？这我可得认真看看。"莫尔根说着，操起刀在巴彦老爷的屁股上狠狠地拉了一刀。巴彦"嗷"的一声大叫，接着骂道："小兔崽子，你敢用刀拉我！"

"巴彦老爷，你弄错了，我这是用刀割我的脸，查看一下我的脸皮到底有多厚。"

聪明的例证

一天巴彦老爷把莫尔根叫到跟前说："听说你聪明，愿和聪明人儿在一起。这话我信不实，生在猎户家里的人，能赶上猪狗就不错了，哪来的智慧呢？今天你要能当着我的面，做出一件能证明你聪明的事儿，我就把你留在我的身边，和我生活在一起。"

莫尔根说："这不难，只要给我一条狗就够了。"

"你要狗做什么？"

"和它生活在一起。"

"为什么？"

"因为它比你还聪明些。"

巴彦老爷的友情

有一天，巴彦老爷见到莫尔根就恭维地说："莫尔根呀，你的大智大谋，天底下都知道了。真了不起呀！"

巴彦见莫尔根没搭理他，就走到近前去说："莫尔根，你不要鄙视我，我不是那种管金钱叫阿玛的家伙，我是个很重友情的人。我愿和你交朋友，可以吗？"

莫尔根不以为然地说了一句："随你便吧。"

巴彦一看莫尔根不当回事儿，就说："莫尔根，你这样不重视友情是不对的，你应知道，友情比生命还重要。彼此一旦建立了真诚的友谊，都可以替朋友去死。"

莫尔根说："那好，从现在起，你就是我的朋友了。"

巴彦高兴地补充道："是你最真诚的朋友。"

莫尔根说："我由于戏弄了王爷，被判了死刑。今天咱俩成了真诚的朋友，那就让我们的友谊受一次考验，你替我去死吧。"

巴彦翻了半天眼睛，说道："我对于死活，倒不在乎，只是，我有那么多金钱，实在舍不得。"

莫尔根说："看来你真不是管钱叫阿玛的家伙，但是你确实是一个把金钱看得比生命还重要的家伙。"

巴彦尴尬地点点头，溜走了。

他拿对了

巴彦老板做买卖，专靠以假货充真货赚昧心钱发财。可是门上却写着公平交易，童叟无欺。莫尔根看了很生气。于是，大年初一他就在巴彦老板的商店门前，挂了一串铜钱和一张画好的人脸。旁边写着"会意者，任选其一"。过往行人不知道这搞的是什么名堂，都围着观看。人越聚越多，惊动了巴彦老板。他挤上前去看了一眼，伸手就把钱串子摘走了。观众扯住他问："这是什么意思？你为什么要把钱拿走？你得跟我们说明白呀。"

巴彦老板只是见钱眼开，什么含义，根本没寻思。这一问可把他难住了。想不到，莫尔根却在一旁说："他拿对了"。一听这句话，巴彦老板就觉得自己得救了。可是怎么向这帮人解释呢？他想，莫尔根既然知道这钱该我拿，那他一定能讲出理由来。于是，他就提高了嗓门儿对大伙说："这钱是该我拿的。至于为什么？莫尔根会替我转告你们的。"

因而大家都把注意力集中到莫尔根身上了。莫尔根说："巴彦老板经商与众不同，今天他的举动更证明了这一点。摆在这里的，有钱和脸面，二者任凭他选择。他拿走了钱，扔下了脸。这就明确地告诉了我们，他是个要钱不要脸的商人。"

人群里立刻响起一片掌声。这时再看巴彦老爷，他的脸气得真跟紫茄子一个颜色了。

拍卖脸皮

一天，莫尔根穿着破衣服走在人群里。巴彦觉得这是奚落莫尔根的好机会，就走上前去拦住他，说："莫尔根，你的穿戴有多寒酸哪！连衣帽都弄不整齐的人，还谈什么智慧呀？你看我，缎袍绸褂，满面红光，有多富态啊。想发财，今后你还得跟我学。"

莫尔根说："谢谢巴彦老爷的指教。"

巴彦当众羞辱了莫尔根，正得意扬扬，一抬头，见莫尔根站在一个高台上，向人们喊着："乡亲们，为了跟巴彦老爷学发财，因此，我要把脸皮卖掉，有谁要买请上前来，给到价钱就卖。"

巴彦听了，赶忙挤上高台，质问道："莫尔根，你这是在干什么？"

"拍卖脸皮。"

"为什么？"

"跟你学，不要脸了。"

巴彦一听，气得脖筋老高，把手杖往台上杵了两下，嚷道："我怎么不要脸啦？"

莫尔根说："你身上穿的这绸缎衣褂，哪件不是跟你额娘一般大岁数的老太太伏跪在地上缝制的？你的手杖，曾抽断过比你阿玛还大的老人脊梁。你还要脸吗？"

人们听了，异口同声地喊："巴彦真不要脸！"

四、非番之音

　　小牡丹与莫尔根分手后，就按爷爷临终的嘱咐，背着琵琶走出山林，去见世面。她弹着琵琶走乡串户。她也和小莫尔根一样不愿张扬自己，所以她不论走到哪里，从不露姓名。当时人们只知道她是兀处勒赛①。歌童就靠唱歌、弹琴度日。一晃度过了四五年，她已成为一个亭亭玉立的大姑娘了。那琵琶已弹到能感天地、动鬼神的程度了。人们都称她为非番赫赫②。她不论走到城镇乡村、山中猎户、江边渔家，人们总是把她团团围住，听她弹那渴望和平幸福生活的曲子。听完都感慨地说："我们国家若不东征西讨，人们都过这种安分守己的太平生活，该多好哇！"

　　有人说："这依不得我们，国王若能听这音乐，让他也懂得太平生活的可贵，就好了。"

　　非番赫赫听了，觉得这话有道理。多年来，她到处都看到战争给渔民、猎户带来的灾难，听到人们对国王好战的怨恨。于是她决定将这热爱和平生活的曲调，弹给国王听。使他受到感动，停止对外征讨，让人民安居乐业。她立刻收起琵琶就奔京城去了。

　　她来到京城已是数九寒冬季节。年迈的国王和一帮大臣正围着炭火盆烤火，感到十分冷清寂寞。就在这时，非番赫赫的琴音飘进了宫廷。国王让把歌童叫进宫廷来演奏一曲。非番赫赫被叫进来了。一看是个苗条俊俏的姑娘，国王和大臣们都来了兴致，十几双眼睛，紧盯着非番赫赫和她怀里抱着那个像长柄葫芦一样的琴。就看她右手拨动琴弦，左手指在琴弦上，跳上跳下，按来滑去。宫廷里立刻响起了美妙的琴音。一会儿像汹涌的波涛，一会儿像脱缰的野马；转而又像鸟鸣空谷，莺啼暖春。她把人民理想中恬静的境界，渲染得淋漓尽致。大臣们各个听得目瞪口呆。有的衣襟、袍袖已被火烤着了，都没察觉到。其中王子听得最入神。他忘记了这是满朝文武的宫殿，仿佛走入一个和平礼让的世界里。人们扛的不是长矛、大刀，而是镐头、犁耙。又好像他在盛开鲜花的幽静山坡上，跟着这弹葫芦琴的姑娘跳起舞来。他想着想着两脚随着琴声真的跳起来了。大臣们也不由得随着晃动了身子，都陶醉在这音乐描绘

----

　　① 兀处勒赛：满语，歌童。
　　② 非番赫赫：满语，琵琶女。

的境界里。

只有国王一个近臣不高兴。因为他想把自己的女儿嫁给王子。他看出老国王没有几年活头了，等他一死，王子继位，那他就可以当上国丈了。可是，此刻他从王子的表情，看得出王子已爱上了这个弹琴的姑娘。所以他心里老大的不自在。国王也听入迷了。当琴声一住，他就问这是什么琴？满朝文武大臣，没有一个能叫出这琴的名字的。因为琵琶这种乐器已离开宫廷好几代了，如今没人认识了。于是就问弹琴的人。非番赫赫只低声回答了一句琵琶。那位近臣一听这琵琶二字，觉得有机可乘了。便对国王说："据传闻我国开国之时，天朝大国送来宫娥舞女，带着管弦音乐，以庆承平，琵琶就被带进了我国。传到三代先王，觉得琵琶弹的多是汉宫绵软柔弱之声，听了使人消磨斗志，贪恋和平生活，对于兵征十分不利。于是就下令废弃了琵琶，将弹琵琶的宫女，赐给了功臣。从此，琵琶就在我国销声匿迹了。"说到这儿，他不怀好意地指着非番赫赫说："奇怪的是她这么年轻怎么会弹这种乐器呢？竟敢当着满朝文武，放肆地弹起这种柔弱之音，宣扬恬静无为的生活，有意动摇我朝君臣开疆扩土的雄心。我想，这非番赫赫一定有来头。望主上严加盘诘。"

国王听了这番话之后，真要问个究竟。可是非番赫赫任凭你怎么追问，只是低头不语。王子一看，若惹怒了国王，这姑娘就危险了。赶忙跟父王说："这位格格是个小民，哪见过这种场面。要问，待我领她到宫廷之外，细加盘问便是。"

国王点头应允了。那位近臣一看，不但没把姑娘治个罪，反倒让她跟王子一起走了，心里更加不安。但是他深知国王晚年得子，王子是他的心肝。王子说了话，别人再说什么也没用了。他只好另想计谋。

王子领非番赫赫出了皇城直奔郊外。非番赫赫看出这王子是个善良诚实的人，就把自己的和平主张讲给他听。她说作为一个国王应领着人民安分守己地过太平日子，不该东抢西夺。不让人家太平，自己也安宁不了。王子听了这段话，频频点头。心想，她不光是琵琶弹得好，而且是个深明大义、有胆有识的姑娘。因此越发觉得她可爱。于是他就向她求爱。不料，非番赫赫却说她爱机智勇敢的猎手莫尔根。王子笑着说："我也是个莫尔根。不信你看我的箭法。"王子拿出箭，正好一只鹰在高空盘旋。拉开弓刚要放箭，非番赫赫说："这是只猎鹰，不要伤害它。"王子说："不要紧，借它根羽毛用一用。"说话之间，箭就到了，从猎鹰尾巴正中射下了一只毛翎。非番赫赫一看，王子是个有真本事的人，就应允了这桩婚事，并笑着对他说："你是个热心骑射的王子。"

王子诙谐地说："只要有你在我身边，我的心是永远不会凉的。"王子说着弯腰捡起羽毛翎，插在姑娘头上。这对年轻人就沉浸在幸福之中。不料那鹰却从空中扎下来，向王子扑去。王子抽出剑来，非番赫赫忙上前挡住，并从自己头上摘下羽毛翎，猎鹰收拢翅膀，落在他们面前。原来这鹰是海东青。她走上前把羽毛翎给海东青安在尾巴上，并解下头绫给它包扎好。海东青也十分友好地蹲在她肩上了。她弹起琵琶，王子随着琴声跳起舞来。

那位近臣不死心，暗中跟到城外，他看到这种情景，心中暗想，这个弹琵琶的姑娘不死，我当国丈的希望就破灭了。要想害死她，就必须把王子支走。于是，他又动了一番心计，查清了这琵琶女的来历，就向国王奏了一本。说王子已到建功立业的年龄，虽然他已有了一身武艺，但未亲临疆场，立下战功，将来怎能担起重任。接着他讲到那弹琵琶的姑娘。她祖父原是朝廷的一位功臣，由于反对主上开疆扩土的战争，被免官撵出京城。她祖母就是当年弹琵琶的宫女。这一罪犯之家，就应斩草除根。老国王不知这里的阴谋，就准奏了。

王子正陶醉在音乐里，突然接到了父王叫他领兵赴前敌的圣旨，感到惊疑。他就对非番赫赫说："变化这么突然，恐怕这里有阴谋，我劝你骑上我的马鹿，立刻离开这里，躲到高山密林里去，免遭杀害。等我出征归来，立刻去接你。"

非番赫赫说："你能找到我吗？"

王子说："你的琵琶连着我的心！你就是在天涯海角，只要你拨弄一下琵琶，我就一定能找到你。"

于是王子牵来马鹿，让非番赫赫骑上，带着海东青离开了京城。临分手，非番赫赫怕王子找不到她，就说了句："水往低处流，人往高处走。"王子听了笑着说："你放心吧，我一定能找到你。"

一路上非番赫赫想着爷爷临终的嘱咐，这把琵琶不仅要给人们带来快乐，还要给人民带来希望。现在她跟王子定了情，在宫廷里找到了知音。老国王活不多久了，王子一继位，就会停止对外征讨，让人民安居乐业。想到这里，她对未来满怀希望。但眼下必须按王子嘱咐，远走高飞，躲杀身之祸。她先来到镜泊湖西岸的老黑山上，这山挺高，但离京城太近。若是弹起琵琶来，朝廷很快就会知道。于是她又继续往西走了三百余里，来到额漠惠北面的另一座高山。在这山顶上支了撮罗子，就住下了。马鹿放在山下沟塘里一条向南流水的小河旁（后来这沟塘就被称作马鹿沟，这条河就被称作马鹿沟河。一直沿用至今）。海东青蹲在撮罗子顶上，非番赫赫弹起了她心爱的琵琶。这充满了幸福和希望的非番之音，立刻在山谷回荡。附近的猎户、渔民，一得闲就来听琵琶。还给非番赫赫送来了一摞摞锅盔当饭食。

非番赫赫盼望王子早日来接她，盼望王子早日执政，早日结束这坑国害民的战争。她不停地弹着琵琶，从数九寒冬，弹到雪化冰消，不见王子来；从繁花似锦，弹到满眼金秋，王子还未来。寒来暑往，一年过去了，仍不见王子到来。

一天非番赫赫心烦意乱，一失手拨断了一根琵琶弦。她觉得不吉利，就向渔民、猎户打听王子出征的消息。人们告诉她，战争失利了，王子下落不明。非番赫赫慌神儿了。她把琵琶放下，嘱咐海东青守着这琵琶，并要不时地拨弄着，以便王子听到非番之声，找到这里。她骑上马鹿，直奔京城，去探听消息。到京城后，认识非番赫赫的人，见到她都很吃惊。赶忙告诉她，朝廷正在四处派人抓她。她问到王子时，人们都说未见归来，也未听到阵亡的消息，至今下落不明。

非番赫赫暗想，既未归，也没死，那一定是进山找我去了。他会记得"人往高处走"这句话。于是她骑上马鹿，凡是高山就上。连长白山顶上的白头山诸峰，她都跑遍了，也没找到王子。然后她向兴安岭奔去。一条宽阔的黑龙江，拦住了她的去路。非番赫赫对马鹿说："为了找到王子，我们拼死也得渡过这萨哈林乌拉。"马鹿毫不迟疑地驮着她渡过了这水深流急的黑龙江。她跑遍了兴安岭，累死了马鹿，也没找到王子。非番赫赫十分痛心。她用手捧土，一点儿一点儿地将马鹿掩埋了。她决定立刻回到那高山上去弹琵琶，呼唤王子。她就日夜兼程往回赶。她已多日没吃东西了，连饿带累，身体实在支撑不住了，就倒在黑龙江北岸了。身边没有一个人，她的气息一点点小下去。她知道自己不行了！不知怎么的，忽然想到爷爷嘱咐的那句"千万别进宫廷"的话。但她并不后悔，她坚信王子执政后，会停止征伐的，人们可以过上安居乐业的生活，她死而无憾。只是想再看一眼陪她度过二十年的琵琶。于是她用尽了最后一点儿气力，将头高高翘起。说也奇怪，就在这时，突然传来疾风暴雨般的琵琶声。这声音一声比一声响，一声比一声高。这是怎么回事呢？人们都说这是因为非番赫赫是当年磨制降魔金镜的小牡丹，又是今天倡导和平的有功之人。这样人物下世，能不惊天动地吗？那是天神支使海东青拨响的琵琶。琵琶本身也随着声音在那山顶猛长起来，长成老大一个琵琶顶子。猎鹰海东青，为了拨响这巨大的琵琶，嘴也长得老长，形成了鹰嘴砬子。那摞锅盔，也跟着长成一座锅盔顶子。非番赫赫虽躺在千里之外，却听到了琵琶声，也看见了她心爱的琵琶和海东青，还有乡亲们送给她的锅盔，她笑了。正要闭上眼睛死去，王子登上了那琵琶顶子。非番赫赫微笑着死去了，但她的两只眼睛却一直盯着王子，至今没闭。她那高翘着的头，变成了一座美丽的山峰。人们称它为"赫赫齐尔山"①。

王子为什么来晚了呢？打了败仗之后，国王那位近臣就逼王子和他的女儿成亲。王子不答应，他就悄悄把王子软禁在他家中。他对国王说，王子战败后，下落不明。长时间找不到王子，国王就忧愁出病来了。这位近臣一看，老国王病倒了，王子还不答应这门亲事，他就想篡权夺位。可是他的野心被那些忠心报国的大臣们看出来了。他们就设法救出了王子，除掉了那个近臣。通过这一事件，老国王看出忠心报国的大臣们都拥戴王子，他就把王位让给了儿子。王子一执政，就停止了对外征伐。实行了让人民安居乐业的政策。一切安排停当之后，他立刻骑上高头大马，去接非番赫赫。他来到老黑山，看到了马鹿的踪迹，就顺着这踪迹来到这座山下。刚一登山，就听到了那阵疾风暴雨似的琵琶声。他打马跑上山顶一看，琵琶已变成了琵琶顶子，猎鹰已变成了一座鹰嘴砬子了。他知道非番赫赫已不在人世了。他的心凉透了。他慢慢解下腰间的白绫，这白绫也好像凝结了一层冰霜。他就把白绫放在了这琵琶顶子上。从此这琵琶顶子就成为长年覆雪的高山了。

---

① 赫赫齐尔山：赫赫齐尔，满语，原意为"女人面容"；此山在黑龙江北岸。

第四章　奇风异彩的婚礼

一、求婚巧遇

　　莫尔根在山林外跟巴彦们相斗这段时间，忽然听到非番赫赫就是当年的小牡丹，现已死在了黑龙江北，变成了赫赫齐尔山。他非常悲痛。他回忆着与小牡丹共同降魔的那段日子。他想到了小牡丹毕竟战胜了冷魔，又用非番之音感动了王子，停止了征战，使人民安居乐业。她完成了爷爷的遗愿。可我呢，至今还没能为父母报仇。想罢，他就重新置办了弓箭，又返回了森林。可是他踏遍了张广才岭也没寻到马熊的一点踪迹。他又想起他的两个朋友，于是他先到镜泊湖畔查访，得知了喀布的下场，然后他又到老爷岭去找张小阿。他一直追到松花江畔的张家湾，也没找到张小阿。他又返回沙松顶子查寻马熊，依然不见踪影。天黑了，他失望地走下山，来到半拉窝集。他对自己说："我应好好想一想，下一步该怎么办？"于是他就暂住在半拉窝集了。因为总寻不到得马熊，他终日闷闷不乐。但由于莫尔根长相威武英俊，半拉窝集的年轻人，都特别喜欢他。为了叫他开心，就约他一同下河捕鱼，一同上山打猎。进山打猎时，人们发现莫尔根这小伙子手脚麻利，能跑善跳，爬陡坡，登峭壁像山羊一般灵巧。人们就叫他殷吉尔①。这殷吉尔哪样都好，就是话少，有时一天也听不到他说一句话。乡亲们逗趣儿地说："殷吉尔在姑娘面前也不说一句话，将来可怎么找媳妇呢？你整天苦思冥想，一有空闲，就同嘎珊里的小青年摆弄弓箭、下套子，是不是打算用箭射住个姑娘？还是用套子套来个媳妇呢？"殷吉尔听了也只是一笑，仍不作声。

　　赶巧，这时长白山下布尔哈通河畔有个漂亮的姑娘在招亲，四面八

---

　　① 殷吉尔：满语，岩羊。

方的青年都去求婚。这半拉窝集也去了不少青年，可是谁也没求成。他们回来后，都夸赞那姑娘长得如花似玉，百里挑一。他们说："这姑娘实在不一般。从小死了额娘，阿玛上山打猎时，家里没有人照看她，就把她装进筐里，挂在大榆树上，所以人们都称她为海浪格格①。林中的小鸟教她唱歌，她的歌声比小鸟儿更清脆、婉转；山上的鲜花陪伴她成长，她的容貌比山花更美丽、娇艳。可以说，世界上没有比她再美的人了。"

听他们这么一说，殷吉尔笑了。说话的青年见殷吉尔笑，就一本正经地说："你笑？这是真的，我在她面前连大气都不敢出。"

殷吉尔慢声慢气地说："我就不信，人美还能美到吓人的地步？你连口大气都不敢出，你去干啥？这么老远去一趟，她就是根钉子，也应该碰它一下。"

"殷吉尔，有能耐你去碰碰她！光蹲在家里吹牛算啥英雄？"

殷吉尔被这噎脖子话一堵，就顺口回了一句："碰碰她，她也不能一口把我吞了。"

殷吉尔，要向海浪格格求婚了。这一来，不到一袋烟的工夫，呼拉来了一大帮青年伙伴，都要跟他一起去，要看看他这不爱说话的人怎样求婚。有的乡亲也凑热闹地说："去试试，万一求来了，也给咱半拉窝集壮壮脸。"

殷吉尔赶忙推托说道："我不是这个意思。"可是伙伴们不容分说，连推带搡地把他推上了马，打马就奔正东去了。刚刚跑到离嘎珊不远的小河边，殷吉尔就跳下了马，伙伴问他为什么，殷吉尔就说："我在父母坟头发过誓，不杀死马熊，永不成家立业，我怎么能去求婚呢？"

一个伙伴说："你不能求婚，就不求婚呗，这次就算我们大伙陪你出来逛逛，散散心，也比你总憋在家里苦闷着强吧。再说了，我们这趟出来这么多人，说不定其中那一位被海浪格格选中了呢，若真能如愿，也不负乡亲对我们的希望。为此你陪我们走一趟难道不值得吗？"

这话使殷吉尔无法再推辞了，他说："那好吧，我洗把脸再走。"

殷吉尔蹲在河边去洗脸，洗完他撩起衣襟来擦脸。突然从水里蹿出一只水貂跳到他怀里，坐在兜起的衣襟上，并从嘴里掏出一个东西举给殷吉尔。殷吉尔惊疑地说："这不是当年我交给张小阿那马熊的脚趾吗！怎么在你这儿？"

---

① 海浪格格：满语，榆树小姐。

水貂摆了摆前爪。殷吉尔不知道它这是什么意思。水貂又指了指他的马，然后将两个前爪一并贴在腮上一歪头。殷吉尔似乎理解了它的意思，就说："你让我骑马继续走，前去求婚？"

水貂连连点了几下头，就跳回水里，不见了。殷吉尔把马熊脚趾揣在兜里，心中却产生一种希望能得到的感觉，于是欣然上马。人一高兴，脸上就能流露出来，一个伙伴高声说："你们看，这河水有多么神呀，殷吉尔一洗脸，就想通了，看他这兴奋劲儿，说不定这回他真能把海浪格格娶回来呢。"

殷吉尔听了，也只是一笑，什么也没说。他们就一齐打马向布尔哈通河畔跑去。

他们跑了一天一夜，才来到布尔哈通河畔。在村前河沿上见到一位姑娘，她一面往桦皮桶里舀水，一边哼着忧郁的歌儿。一个伙伴小声告诉殷吉尔这就是海浪格格。殷吉尔心想，难怪伙伴们夸她，她的美貌果然超群。他们一起下马，悄悄地坐在河岸上。伙伴们有的捋顺自己的长袍，有的去端正自己的小帽儿，各个都摆出自己最满意的姿势。殷吉尔却静静地听她唱歌儿。这歌儿太忧伤了，殷吉尔听着听着不觉流下了眼泪。海浪格格舀满水一回头，见身后围着一帮人，不觉红了脸。正要转身离去，忽然看到殷吉尔在流泪，就奇怪地问："你也有什么忧愁的事儿吗？"

伙伴们一看到海浪格格主动跟殷吉尔搭话了，都很羡慕他。可惜殷吉尔只对她摇了摇头，什么话也没说。海浪格格又问一句："那你为什么流泪呢？"

殷吉尔憋了老半天才说："我被你的歌感动了。"

"你认识我吗？"

伙伴们一听这句话，都认为这次求婚，殷吉尔有门了。也都希望他借回话机会，说些叫海浪格格欢心的话。可是殷吉尔又用摇头回答了姑娘。一个性急的伙伴儿小声对殷吉尔说："你应当说，'鸟笼再密，关不住百灵那美妙的声音；云霭再浓遮不住孔雀的彩衣；林子再深也湮没不了海浪格格的美名'。这不是现成的话吗？你呀，你真是个大笨蛋，只会摇头。"

海浪格格见他摇头，就把大辫子往后一甩，提着水桶头也不回地走了。伙伴们埋怨殷吉尔，说："哪有像你这样求婚的，只说了一句话，摇了两次头。"

瞅着海浪格格一步步走远了，殷吉尔身边的一个伙伴急忙拔下头上的雕翎，让殷吉尔把它插在海浪格格的辫子上。殷吉尔接过羽翎搭在弓上，一箭射去，不偏不斜正好插在海浪格格身后摆动着的大辫子上了。这一举动，正合了窝集克①古老的求婚方式。片刻，村中长老手持雕翎忙来接待他们，问明了他们的来处之后，把手中的雕翎一举说："你们是来求婚的吧？"

　　伙伴们异口同声地回答："正是。"长老又问道："你们拥有什么财富，敢向海浪格格求婚？"

　　听到长老这么一问，伙伴们都不知道怎么回答好，殷吉尔慢条斯理地答道："我们有一身牤牛力气，两条登山快腿，三支穿心利箭。"

　　长老听了赞许地点点头，然后说："可惜你们来得不巧，这两天海浪格格满腹忧愁，无心顾及婚事了。你们先回去，等她心情好时，你们再来。"

　　伙伴们问："能不能告诉我们，她在为什么事发愁？"

　　长老叹了口气说："我们原来是海浪窝集的人，过够了这老林子里的艰难的日子。十年前我们走下长白山，来到了这土暄、地肥的布尔哈通河畔耕田种地，过上了安居乐业的日子。去年的庄稼长得很好，谁承想没等到秋天，就突然来了尼曼②、纳辛③、咳塔④这兽中三霸，把庄稼遭害得一塌糊涂。还伤了不少人，也没制住这些狡猾的野兽。除不掉它们，我们还得回山去。可是这十来年人们已习惯了这儿的生活，再回山恐怕过不惯了。牛录额真⑤为这事愁出了病，他女儿海浪格格能不忧愁吗？就是我们全嘎珊的人，也都在忧愁啊。"

　　半拉窝集的青年听了，表示愿替他们除掉这些野兽。尤其是殷吉尔，一听说马熊，他无比兴奋，两只眼睛立刻亮了起来。他四处寻找了多年的仇敌，始终未见踪影，原来却躲到这里来了。他恨不得一下子抓住它。他发誓般地说："长老请放心，绝对不能再让这些害人的野兽到处横行。我们一定除掉它们。"长老摇头说："不行。已有多少求婚的人，曾发誓说，

①　窝集克：满语，林中人。

②　尼曼：满语，山羊。

③　纳辛：满语，马熊，大熊瞎子。

④　咳塔：满语，獠牙野猪。

⑤　牛录额真：满语，满洲人（其前身为女真人）出兵或打猎，按族党屯寨进行。每人出一支箭，十人为一牛录，其中有一首领，叫"牛录额真"（汉语译为"佐领"）。

不除掉这些野兽就不回来见海浪格格，结果不是死就是伤。我们不能再为此事伤害青年人了。"

"我们不怕。"

长老说："你们是没见到哇！这些野兽可凶啦。就拿咳塔来说吧，这孤猪比牛还大，身上蹭的松油脂，足有寸八厚。箭要直顶着射上去，好像给它栽上一根毫毛，它不痛不痒。箭要稍斜一点，只能在它身上打个滑。它一见到人，吧嗒着大嘴，嘴边冒着白沫子，咵儿的一声冲上去，两根雪白溜尖的大獠牙，比刀子还厉害，挑十个八个人，只是一磨头的工夫。请问你们当中有谁？打算用什么办法来对付它？"

半拉窝集的小青年，你看看我，我看看他，谁也没说出个子午卯酉，于是都把目光投向了殷吉尔。殷吉尔说了一声："有我。"于是就从腰里掏出一根比筷头略粗一点的麻绳，拴成比碗口稍大一点的小套，对长老说，可用这条绳捉它。长老看了大笑起来，他说："别说你这么细个小绳，我们曾用过比这不知粗多少倍的绳子，都让它咬断了。再说，那咳塔的脑袋就有三尺多长，你绑这么点个小套儿，套谁去？"

殷吉尔听了只是抿嘴一笑，说了一句："试试看吧。"

长老为他们安排了一个简陋的住处和一桌简单的饭菜。天黑前殷吉尔就把这个小套下到地里，套根系在一棵粗壮的大树干上。

第二天早晨，他跟伙伴们骑着马来溜套子，只见一头千余斤的大野猪仰歪在那里。当他们把野猪运回来，立刻惊动了全村。长老看那小套儿紧箍在大野猪的嘴巴上，有獠牙挡着，撸不下来。系的是步步紧的扣，越拽越紧，勒的鼻孔透不过气，硬憋死了。长老问这叫什么招数？殷吉尔告诉他这是"封口断气绳"。他心想，这个小青年真有绝招儿。于是就向他介绍了马熊的情况。他问殷吉尔打算用什么招儿捕捉马熊。殷吉尔说："对付马熊这类野牲口，由于它们凶猛异常，若是用死套，套根拴在树干上，猛兽被套住时，又跳又冲，绳套十有八九被挣断。这样硬克硬的招法是不行的，必须以柔克刚，用活套。用一条粗煞绳做套，套子拴在一根五六尺长，水瓢粗细的原木杠上。野兽一旦被套住，这沉重的木杠，它走到哪儿，就拖到哪儿，这叫'跟踪索魂杠'。"

长老听了觉得新鲜有趣儿，就为殷吉尔他们准备下木杠、煞绳。然后说："明天我和你们一同去溜套子，行吗？"

"那好哇，欢迎您去。"

次日，天刚亮，长老和一些好奇的村民就来到殷吉尔他们的住处。

这一来溜套子就组成了大队人马。他们来到地边一看，套子没有了，地边拖倒挺宽一溜子草。他们就顺着草溜子去追。追一段，草溜子也没了，光剩下脚印了。他们就跟着脚印儿走到大路上。一上路，脚印儿也看不出来了，正不知该朝哪个方向去追时，看到远处有个扛东西的老头，他们就去追赶，想问老头看见熊瞎子没有。可快到跟前一看，哪是什么老头呀，原来就是那个大熊瞎子。它被套住以后，拖着原木杠子嫌勒得慌，它就扛起来走。殷吉尔示意大家别惊动它，悄悄地跟在后面。只看它走到路边一棵歪歪树下，把原木杠子送上歪歪树，杠子两头担在树丫上，它往下一跳。满以为像以往那样，会把套子挣断，可殷吉尔的大煞绳它怎么也挣不断。于是就像"吊死鬼"那样被提溜在树上了。等殷吉尔他们来到树下，它已翻白眼了。殷吉尔上前查看它脚，正缺一个大脚趾。他从兜里取出那风干的脚趾，一比量正是它。于是殷吉尔两眼射出凶光，拔出腰刀，一刀接一刀狠狠地攘起马熊来，攘够了，他就号啕大哭起来。众人都吃惊得不知所措。有个了解他的伙伴，对长老说："这马熊咬死了他的父母，他今天终于为父母报了仇。他是想到了父母死得惨，才放声大哭的。"

长老说："这事好办，咱们先回村。"

这大马熊被运回村，村里沸腾起来，连患病的牛录额真也让女儿海浪格格扶着，前来看望这捕兽英雄。长老在村里为殷吉尔举办复仇成功的庆贺仪式。同时也把殷吉尔这些来自半拉窝集的高贵客人，由简陋的居室，移至宽敞明亮的客居来住了。牛录额真接见了他们，对他们表示感谢。当讲起悬羊，他说："那可不是一般的尼曼，它跑得比箭快，从人前蹿过，只能见到一溜白光，它就没影儿了。它的眼睛尖，耳朵、鼻子又特别灵敏。人们无法靠近它。对这样机灵兽，我们是一点儿办法也没有。"

伙伴们互相看了一眼，谁也想不出办法来。殷吉尔说："打这样机灵兽，我也是头一回。我琢磨去人多了，怕不行，我先去踅摸一趟再说吧。"

于是殷吉尔背起弓箭，只身一人进山了。他凭着一身牤牛力气，两条登山快腿，翻山越岭，不觉已走出了百余里路。太阳卡山时，他来到一个立陡石崖的大碴子顶上。这上边有几十棵大树，枝叶交叉在一起。他在一棵大树下，看到了一堆羊粪。一抬头见树丫巴上有两处磨得铮亮。他明白了，原来这尼曼是只悬羊，这就是它睡觉的地方。悬羊睡觉时，把两只大犄角往树丫上一卡，身子悬在半空。听到一点儿动静，它一扭头，就从树上跳下来逃跑。殷吉尔放眼一打量，心想，悬羊真是兽中的精灵啊！这个地方选得太妙了。这立陡石崖的砬子，几十丈高，一般人爬不上来，不到大树下是看不见它悬在这里的。可是人若往这里来，离十几里远，它就看见了。

悬羊的住处找到了，可是怎样才能打住它呢？蹲在这里等它，显然不行，闻到人的汗腥味儿，离一二里远它就躲开了。用套子对付这精灵的野兽也是枉费心机。殷吉尔想来想去，最后在悬羊粪上打起主意来。他在羊粪下边剜了个深坑，对准它悬身的地方，下上地箭。粪堆上刚露出一点点箭头，紧贴箭头放上销子。等悬羊吃饱回来悬在树上休息时，拉下的粪蛋一碰销子，地箭立刻向上射去。这叫"冲天逼命箭"。他下妥了箭，就走下砬子。到下风头找个稳妥的地方，睡了一觉。天亮，他一上到砬子顶上，就看到了一条悬羊躺在树下了。走近一看，地箭不偏不斜正从肛门射了进去。

当殷吉尔扛着悬羊回到村庄时，伙伴们和村里的人，早已等在村头。见他把悬羊扛回来了，大家高兴地跳了起来，牛录额真的病也好了，他主持了庆功酒宴。他在宴席上说："殷吉尔用巴拉人的智慧——'封口断气绳''跟踪索魂杠''冲天逼命箭'，这新颖而有趣儿的捕猎方式，帮我们除掉了本地的兽中三霸，使我们能在这村落站住了脚，这多亏殷吉尔。为了记住他，我想用他的名字做我们村落的名字。"

大家拍手赞成。

于是这个村落就叫"殷吉尔"了（现在叫成了"延吉"）。牛录额真和长老，先后为殷吉尔和他的伙伴敬了酒。殷吉尔跪下一条腿，接过酒杯一饮而尽。长老说："只有这样的莫尔根，才能配得上我们的海浪格格！"

同来的伙伴接过来说："长老，您真说对了，他真叫莫尔根，殷吉尔是我们给他起的绰号。"

海浪格格一听他是莫尔根，就走上前来问："难道你就是除恶龙、射鼠精、斗巴彦老爷的那位智者莫尔根？"

莫尔根谦恭地回答："那都是过去的事啦，也称不上智者。"

海浪格格证实了他真是名声远震的莫尔根。她没想到有那么多光荣历史的威武英俊青年，竟然能被歌声感动得潸然泪下。看来他是个很重感情的人，她从心底喜欢。于是她就捧上一盘伊勒哈穆克（草莓），对莫尔根唱道：

> 手捧伊勒哈穆克，
> 送给巴图鲁哥哥。
> 饿了你就当饭吃，
> 渴了你就当水喝。
> 鲜果放着不耐久，
> 花儿过时也会落。
> 吃到嘴里再品味，
> 是酸是甜你琢磨。

大家一看海浪格格相中莫尔根了。还通过歌词劝莫尔根尽早来娶她。牛录额真听明白了女儿的心思，就对莫尔根说："我女儿用歌声答应了你的求婚。我想，既然你的父母都不在世了，你走到哪里，哪里就是你的家，那你可不可以在这里与海浪格格结婚，和我们生活在一起？"

没等莫尔根开口，半拉窝集的青年都说："那可不行，乡亲们还等着来接海浪格格呢。"

长老说："你们应当理解，海浪格格和这里的乡亲一样，过够了山林生活才走出山来的。"

半拉窝集的青年说："这没关系，我们松花江畔有的是土地肥美的地方，莫尔根又从事过农耕，要过耕田种地的日子，有什么难的！"

莫尔根也点头附和。

牛录额真说："那好吧，就按你们的意思，选定日期前来接亲吧。"

当求婚的年轻人回到半拉窝集，乡亲们得知莫尔根求得海浪格格，无不为之叫好 。说到女方父亲提出的希望时，乡亲们说："这不难，咱们巴拉人本来就居无长所，换个地方有何难。"于是就出人沿松花江畔寻找地方，最后在大破口山脚下，选了一处肥沃的冲积平原，建立村庄，这是为了迎接海浪格格建立的，就以海浪为名。

二、成婚准备

新的村庄选定、落成，乡亲们也先后搬了进来，就着手准备给殷吉尔成婚了。由于巴拉人历来住撮罗子，屋内一切陈设都极其简陋。有人说，海浪格格是牛录额真的女儿，人家的宅院，居室都很讲究，到我们这儿来，也不能让她委屈着。于是就给莫尔根盖起三间新房，按照山外人的习俗，西屋搭成南北对面炕。顺西墙搭铺西炕与南北两炕相接，形成拐子炕。西炕是敬祖的地方，西墙悬挂着祖宗板。南北炕与炕沿儿相对的棚顶，设有挂悠车的子孙杆子和挂幔帐的漆木杆子。一切设施齐备，贴上大双喜字和喜庆的窗花。就等吉日结婚了。

殷吉尔村的海浪格格的家，更是热闹非凡。一则是除掉了害人的三兽，人们可以安居乐业了，作为牛录额真能不兴奋吗；二则是为海浪格格寻到了理想的女婿，正在做成婚准备。所以这些天真是门庭若市。一到傍晚，村中姐妹都跑到海浪格格院里为她祝贺，有说有唱，满院笑声。最有意思的是姑娘们拍手说唱的有关嫁婆的那一首首本族传统歌谣。有个快嘴儿姑娘指着海浪说："应该叫海浪格格唱一个啦。"

海浪站起来说："你们让我唱什么呢？"

姐妹们异口同声：《夸女婿》"。

海浪不肯唱，姐妹们不答应。海浪拗不过大家，终于唱了《夸女婿》：

> 停了雨，住了风，
> 村外去挖婆婆丁。
> 婆婆丁，水灵灵，
> 我的爱根① 去当兵。
> 骑白马，配红缨，
> 扬鞭打马一溜风。
> 三尺箭，四尺弓，
> 拉弓射箭响铮铮。
> 敢打虎，能射鹰，
> 你说英雄不英雄。

海浪刚唱完，姐妹喊："唱一首不行，再来一个。"

海浪问："还唱什么？"

《我的爱根在正黄》。

---

① 爱根：满语，丈夫。

海浪一再推托，可姐妹们非叫她唱不可。海浪找借口说："莫尔根是巴拉人，不在旗，他不可能在正黄旗下。"

一个快嘴儿姑娘说："他过去是巴拉人，现在已下山搬到村落，有户籍了，自然就得在旗啦。就凭莫尔根那么英俊威武，说不定会当将军呢。海浪你别找借口，赶快唱吧。"

海浪没办法，只好又唱起《我的爱根在正黄》：

> 八角鼓，响叮当，
> 八面大旗插四方。
> 大旗下，兵成行，
> 我的爱根在正黄。
> 黄盔黄甲黄战袍，
> 黄鞍黄马黄铃铛。
> 去出征，打胜仗，
> 打了胜仗回家乡。

海浪刚唱完，快嘴姑娘自告奋勇地代替海浪格格唱个《接爱根》：

> 爱根出征去打仗，
> 打了胜仗回家乡。
> 过村头，进村庄，
> 战马拴在大门旁。
> 拍拍灰，整整装，
> 一直走进我家房。
> 打个"千儿"，把头仰，
> 嘴里甜得像抹糖，
> 管我阿玛叫阿玛，
> 管我额娘叫额娘。
> 当去接，该去迎，
> 未成亲的女婿应心疼。
> 左邻瞅，右舍瞧，
> 就怕透雨或漏风。
> 你说西，他说东，

传出好说不好听。
没处躲，没处藏，
我到窗前乘阴凉。
脸又烧，心又蹦，
又害羞来又高兴。
又想看，又想听，
隔着窗户听不清。
用舌尖，舔窗棂，
舔来舔去舔个大窟窿。
漏了雨，透了风，
你说丢腾不丢腾[1]。

唱完，她故意去羞臊海浪，就加了一句："海浪你丢腾不丢腾？"

海浪起身一下子把快嘴儿摁倒，抓她的痒处，她求饶说："别抓了，我再给你唱个正经的。"

海浪放了她，她就唱了《立规矩》：

当妞儿，最清闲，
做媳妇，吃黄连。
奴打奴做还不算，
公婆面前的事情没个完。
早晨起来去问好，
晚上睡前去请安。
问了好，请了安，
随后给公婆装袋烟。
没事儿在那立规矩，
好比阎罗殿里去站班。
活的泥像不易当，
站得两脚麻木两腿酸。
公婆若是不发话，
一直站到月亮弯。

_____

① 丢腾：东北方言，丢脸，丢人的意思。

多亏一双天足①大，

若是民装小脚，

少说地皮也得踩进三尺三。

海浪说："莫尔根父母早就不在世了。我根本不用立规矩了。"

一个姐妹说："快嘴儿别瞎扯了，说说海浪格格做媳妇应注意些什么吧。"

快嘴儿说："这也现成。"于是她就唱起《车轱辘菜》：

车轱辘菜，马驾辕，

马家姑娘耍金钱。

金钱扣，五百六，

二两银子没输够。

押上大红袄，

红袄六挽袖。

金火罗，银纽扣，

三把两把顺大溜。

耷拉脑袋走回家，

叫她阿玛好顿揍。

阿玛找来亲娘舅。

亲娘舅，卖猪肉，

顺手给她一剥刀，

咔嚓砍下一块肉。

额娘哈腰捡起来，

骂了一声败家妞儿，

赶快给我滚出门，

这块就算离娘肉。

也不肥，也不瘦，

没有骨头光有肉。

从今往后别回家，

这回叫你耍个够。

---

① 天足：满族不裹脚，称"天足"。

海浪说："我根本就不要钱，这对我没有用。"

快嘴儿说："那就唱个对你最有用的。"

于是她就唱起《逼他就地打个滚儿》：

> 牛皮靰鞡六个耳，
> 不怕泥来不怕水儿。
> 就是没有靰鞡带，
> 小叔打千求小婶儿。
> 小婶儿拿绺线麻匹儿，
> 搓根细绳八九尺儿。
> 漫三股，六成尾儿(六股麻经)，
> 手巧顶数俺小婶儿。
> 左盘右挽系成扣儿，
> 系朵莲花刚拧嘴儿。
> 系对儿鸳鸯不离分，
> 系条鲤鱼擢弄水儿。
> 十人见了十人夸，
> 小叔鞠躬谢小婶儿。
> 小婶儿摇头不认可，
> 逼他就地打个滚儿。
> 合合见了拍手笑，
> 都说小叔怕小婶儿。

姑娘们都说："海浪，你也应该让莫尔根怕你才行！"姐妹们你一言，她一语，直闹到深夜才散去。

莫尔根这边婚前要做的事情更多。他由于没了父母，事事全靠乡亲们帮忙。乡亲们把这婚事看成自家的事，都十分热心。可是人多，遇事主张不一，所以显得非常忙乱。这时长老站出来说："乡亲们，咱们都刚从半拉窝集搬下山来，就忙着帮莫尔根办喜事。可是这山外人的婚俗与山里人也不一样，为了不让女方挑礼，咱们到邻近村落去请个'搭拉密'吧，好去接亲。"

大家同声赞成。

结婚时男方来迎亲的领班人，称作"搭拉密"。他不仅须精明、干练，懂规矩礼节，尚须有辩才，能见机行事。他身挎一个"酒憋子"，上贴双喜字，里边装着上等好酒。他到女家行迎亲敬酒礼，向女方父母及尊亲敬酒。此酒必须是搭拉密身背那个酒憋子里的酒。女方有爱逗趣儿的人，搭拉密一来到，就想方设法偷出这酒憋子里的酒，换成白水。到时好出搭拉密的洋相，故意叫他难堪。搭拉密斟上酒，先捧给女方父亲。一尝，如果还是酒，就说"好酒、好酒"，一饮而尽。如果是白水，就把酒杯回给搭拉密，并和颜悦色地说："此酒需好酒，婆家不备娘家有。拿酒来！"偷酒那人，早等在左右，答应一声递上酒壶，先斟给搭拉密尝尝，是不是他带来的酒。如果是，搭拉密就笑着说："真是我的好酒，你真有两手"。同时掏出钱，赏给盗酒者，往往引起哄堂大笑，增加喜庆气氛。正因此缘故，搭拉密不论多忙，他那酒憋子总在身上挎着，不撒手。

搭拉密请来后，他先问明了情况，他说："双方既然已有了这么深的接触，就可以省去'问门户''验姑爷''换盅'，也称'放定'的程序，现在就可以进行'问话'定准吉日，准备猪酒'送彩礼'吧。"

"送彩礼"也称为"过大礼"。有首《过大礼》的歌谣：

> 天打雷，地下雨，
> 康家姑娘过大礼。
> 四个猪，四个羊，
> 四个骆驼摆成墙。
> 四个玛发炕上坐，
> 四个合合扫西墙。
> 扫西墙，供猪羊，
> 请求祖宗保吉祥。
> 不图银子不图钱，
> 嫁到婆家别遭殃。
> 愿她阿玛卡①是面兜，
> 愿她俄莫克②像绵羊。
> 最怕丈夫会要钱，
> 又怕小姑舌头长。

---

① 阿玛卡：满语，公公。
② 俄莫克：满语，婆婆。

过大礼必备的就是猪和酒。这猪称为"他哈猪"，非常讲究，它是男方家境的标志。富裕人家有送双猪双酒的。乡亲们听了，就说："尽管莫尔根的家境是半双筷子——光棍儿一条，什么财产都没有，但是能娶来这么俊俏的海浪格格，为我们半拉窝集人壮了脸，我们一定出双猪双酒的聘礼。"于是就准备了两口猪两篓酒和一些衣物布匹，食品等，交给搭拉密送至海浪家。海浪家用此猪、酒招待亲友，亲友们要以首饰、衣物、绸缎等礼品来为海浪出嫁致贺，这叫"添箱"。此刻出嫁的女儿，可以向娘家要嫁妆，但海浪并没向阿玛要嫁妆。只请了村中几个小女孩儿唱了一首《要嫁妆》的歌谣：

> 小巴狗，汪汪汪，
> 额云坐炕要嫁妆。
> 嫁妆要了三千六，
> 额云还说不太够。
> 打开柜，
> 柜里装着麻花被。
> 打开箱，
> 木底绣鞋一百双。
> 红绸子，绿带子，
> 里边包的银块子。
> 要了这，又要那，
> 阿沙①上前说了话：
> "要穷了呐，
> 要穷了玛，②
> 看你怎么回娘家。"

接着又唱了一首《打发额云出门子》的歌谣：

> 花手巾，包银子，
> 打发额云出门子。

---

① 阿沙：满语，嫂子。
② 呐、玛：是满族对父母的简称。

额娘陪送疙瘩柜，

铜闩铜锁带铜穗。

送给额云盛嫁妆，

麻花褥子麻花被。

衣服包了九大包，

木底绣鞋装满柜。

阿浑陪送个大铜盆，

阿沙送给俩棒槌。

铜盆就是大金碗，

富富裕裕过几辈。

一个棒槌打五鬼，

一个棒槌打太岁。

五鬼太岁都打跑，

儿子成双又成对。

额云问我给点啥，

给你碗，给你瓢，

给你杜利① 用不着。

红针扎，绿针扎，

你要什么只管拿。

海螺罐小，蛤蜊瓢大，

就是不给嘎拉哈。

三、迎亲插曲

搭拉密完成了过大礼的任务，就准备去迎亲。这山外人结婚，一般是三天。第一天杀猪、搭灶、立鼓乐棚子等准备工作，称作"捞水桌"；第二天是"安嫁妆"；第三天才是"吉日"，也称"正日子"。海浪格格送亲的大队人马，由于路途遥远，他们头一天就来到了离海浪屯较近的砬子沟住下了，称之谓"打下墅"。第二天安嫁妆，牛录额真就这么一个美丽女儿，是舍得陪送的，再加上亲友们的"添箱"，竟然用了十六个人，抬了八抬嫁妆，从砬子沟抬到海浪屯，举行"过箱"仪式。在搭拉密

---

① 杜利：满语，悠车。

指挥下，新房张灯结彩，鼓乐喧天。莫尔根身披彩带，敬候嫁妆。大门、房门都设有敬酒人，用来表示对送嫁妆的谢意。但此酒非喝不可。因此被称为"卡伦盅子"①，就是要过酒关。他们过了酒关，进入新房将妆奁安置妥当，男方设宴款待。送走他们，搭拉密说："明天吉日，女方送这么丰厚的嫁妆，咱们一定得用一支像样的队伍去迎亲，以使亲家欣慰。"

于是他就组织了一个迎亲马队。吉日三更他就把人集齐了。鼓乐在先，排成双行。两对大红灯笼引着穿绸着缎的搭拉密，他独自成一行，骑马走在中间，后面便是"对子马"，十六名青壮汉子身背弓箭、腰挎大刀，骑着白马，系上红缨响铃，分成两行八对，一顺水儿的卫士打扮，好不威风。接着就是他们为之保驾护航的新郎与傧相。再后边才是迎亲花轿和送离娘肉的车。

新郎莫尔根，今天披红戴花，骑着高头大马，无比兴奋。这前呼后拥的队伍都为他一个人。他有生以来从未这样荣耀过。难怪说做新郎是一次小登科。其实有的状元及第，耀武扬威夸官时，也未必达到如此规模。炮响三声，鸣锣开道，这支长长的迎亲车马，先沿江向北走，后转向东。当走到大破口北面的山脚下，隐约可见前边过来一队车马。搭拉密说："大家要注意了，前面出现了车马。这车马有三种可能：一是官车，那他们得为我们让路。二是聘海浪的送亲车，等两车相遇后，新娘由其兄或弟抱到咱们迎亲轿上，这叫'插车'。不过他们若有插车习俗的话，昨天送嫁妆的人，应当告诉我们，以便双方由两地同时起轿。他们既没说，这种可能不大。三是遇上了另一家迎亲花轿，这就得按传统习俗，各让一辙，车夫则需交换鞭子。所以大家不必停步，稍放慢一点速度就行了。"

说着就到眼前了，真是另一家接亲队伍。这队伍也是按鼓乐，对灯，对子马，新郎，花轿的顺序排列的。人数也不比这边少。不同的只是他们的人和马，全是小个子，这使大家感觉奇怪。当莫尔根骑马与对方花轿相遇时，刮来一股风，掀起了对方的花轿的门帘儿时，里边传出"齐武哥，救命啊！"的声音。

莫尔根感到奇怪，这里有谁知道我曾用过齐武这个名字呢？他顺声望去，见到敖蒿格格被绑在花轿里，两个体壮的接亲婆正用手去捂她的嘴。莫尔根以令人吃惊的敏捷动作从马上跳下冲进花轿，打翻两个娶亲

---

① 卡伦盅子：满语，卡伦是关卡之意，盅子是酒的代称，"酒关"之意。

婆，给敖蒿格格解开了绑绳。当对方有人反应过来时，就喊道："兴格力达，有人抢新娘了！"

听到"兴格力达"[1]莫尔根想起了他在搭救小艾胡时，射死那耗子精，它临咽气儿时就喊过："兴格力达"。这时兴格力达发话了："把新娘给我抢回来！"

于是他们的对子马窝回头来，向花轿扑去。这时搭拉密喊了一声："卫士们，给我上！保护莫尔根！"

鼠王一听到莫尔根，它就大声喊道："莫尔根就是射死王后的人，报仇的时刻到了，给我杀呀！"

于是双方就短兵相接，厮杀起来。别看鼠兵个头小，个顶个是武功高强之士，兴格力达为抢亲做的准备，不料在此用上了。于是，这大破口山脚下的黎明，一片刀光剑影。

谁胜谁负暂且不表。单说这敖蒿格格怎么被人家绑在花轿里的呢？说来话长。当年小敖蒿从老何祥和道士用红绳圈的围城里冲出，骑着小白马飞进了长白山老林子里，把老何祥与道士引进林中的"迷魂阵"。她为了寻找恩人，变成了棒槌鸟，终日四处喊着"黄刚哥、齐武"。她的阿玛老山参费了很大劲，才把她劝回姐妹中来，在长白山里安安稳稳地过着山野生活。

这一年，秋霜来得早，中秋节这天，长白山的老山参告诉孩子们，在落太阳之前，都把头上的花摘下来，过一两年再戴。小女儿敖蒿格格，她非常喜爱自己戴的这串小红花，不愿往下摘。她小声自语着："多好看的花呀，戴着它多美呀！"可是一看哥哥姐姐们都按阿玛说的做了，她也只好去摘头上的花。当她的手刚摸到花又舍不得往下摘了。她嘟囔着："摘下来就得一两年后才能再戴，一两年的时间，多么长啊！"她那两只黑溜溜的大眼睛一转悠，就悄悄溜走了。走到清泉边儿上，她对着清亮的泉水，看着头上这串小红花，越看越好看。阿玛和额娘呼唤她，她怕这串花被摘掉，就跑进树林中，趴在一棵大树下躲藏着。时间一长，她睡着了。

中秋夜晚，大月亮地真亮啊！跟白天一样。老鼠王坐着八抬大轿游长白山。前有鸣锣开道的，后有保镖的，左右有护轿的。这帮鼠兵鼠将拉成大队在山里走，前呼后应，好不气派。正走着，望见一串小红花儿，

---

① 兴格力达：满语，鼠王。

忙报告鼠王。鼠王挑开轿帘一望，看清楚了，这串小红花儿是戴在一个睡得很安详的小姑娘头上。这姑娘虽然才十二三岁，可是长得太漂亮了。它忙下轿走到跟前，不由自主地嚷道："天仙，天仙，真是天仙哪！"

敖蒿格格被它吵醒，睁眼一看，自己被一群老鼠围住了，忙问："你们要干什么？"

鼠王吱吱哇哇地说："美丽的小姑娘，我是兴格力达，我要娶你做达沙里甘①！"

"啊？叫我做鼠王老婆！"小姑娘十分吃惊，她看着鼠王那又粗又长的尾巴说："天哪，这多可怕呀！"她后悔没听阿玛的话。后悔现在也晚了，这些鼠兵鼠将一拥而上。她大声喊叫，谁也听不着，没人来救她。她拼命挣扎，也没跑了，被这些老鼠七手八脚硬把她推进轿里。鼠王吩咐，打道回洞。一声锣响，长长的老鼠队伍，往山后走去。走了好长时间，来到鼠王门前，轿没落，一直抬进洞里。一进洞，大门就锁上了。这洞好深哪，洞里挺宽绰。有甬道，有住室，有厨房，还有仓库，仓库里摞着各种各样的粮食，它们把敖蒿格格关进一间住室里。鼠王走进来时，敖蒿格格想，在这里，再哭再闹也无济于事，要紧的是如何叫父母知道她在这里，好来救她出去。于是她对鼠王说："你们这样野蛮地把我抢来，我至死也不会跟你成亲。要想娶到我，必须叫我父母答应，然后登门去接亲才行。"

鼠王真就打发了一个最有心计的老耗子，穿上青衣，戴上礼帽，到老山参那里去求婚。老山参正为小女儿失踪而悲痛呢，忽然见老耗子来求婚，就一把将它抓住，追问敖蒿格格的下落。这老耗子极狡猾，它说："别说你抓了我，就是杀了我，也不当事，像我这样的，鼠王那里何止千万。你杀多少也找不到你的女儿，只有答应这门亲事，你女儿才能回来。"老山参夫妇虽然想见女儿心切，但是怎肯把女儿嫁给耗子精呢？不答应亲事，又找不到女儿的下落，怕女儿在那里受罪。老山参想了想说："我答应了这门亲事，你们把女儿送回来吧。"

老耗子说："空口无凭，鼠王不能相信，你必须写婚书，婚书一到，自然给你送人来。"

老山参写了婚书。老耗子把婚书拿回来交给了鼠王，鼠王就打发一顶轿，把敖蒿格格送回家交给了老山参。敖蒿格格见到父母就痛哭起来，

---

① 达沙里甘：满语，第一夫人。

额娘百般劝慰，最后对她说："你放心吧，无论如何也不能让你离开我们到耗子精那里去。"敖蒿格格这才止住了哭声。

第二天，鼠王锣鼓喧天来讨亲，老山参当面把鼠王大骂一通，说它是抢男霸女的强盗，休想娶敖蒿格格。鼠王分辩道："姑娘是我们夜间在林中拣到的；婚事是你写了婚书，我才来接亲的。你想赖婚不嫁，我去告你！"

"随你告去，我等着！"

鼠王气愤地写了呈子，到天庭去告老山参赖婚。这年是羊年，羊天官当令。羊天官看了状子之后，瞪了鼠王一眼，问道："姑娘多大了？""十二三岁了。"

羊天官把惊堂木一拍："你大胆，劫女逼婚，反倒来告状，真是岂有此理！再说十二三岁的女孩，尚不到成婚年岁。你这鼠头，竟然如此贪淫好色。来人哪，给我重打四十，轰下天庭！"

就这样，鼠王不但没打赢，还叫人家重重地打了四十大板。但是它不死心，第二年是猴年，猴天官当令，它也没告成。接着是鸡年、狗年、猪年，鼠王全输了。它连告了这么五年，挨了五四二百大板。第六年是甲子年，鼠天官当令。鼠王一见同类，呈上状子，就嚎啕大哭起来。鼠天官看了状子，觉得鼠王据理，就把被告老山参传来了。开庭一问鼠王告的都是实情，鼠王有理，鼠天官又问老山参："你的女儿多大了？"

老山参巧妙地回答："当年只有十二三岁。"

鼠王插嘴道："我告状都告五年了，今年该是十七八岁了。"

鼠天官说："老山参，有你写的婚书在此，如何赖得过。你赶快回去准备嫁妆，今年秋后成亲。否则天不容你！"

老山参回到家中犯起愁来，怎么能眼睁睁地把孩子嫁给耗子精呢？他越想越可怕，越怕日子过得越快，转眼立秋了。立秋这天鼠王就来过大礼，送了扎分（聘礼），老山参推托说嫁妆还没备齐，要求婚期再拖两个月。鼠王这次打赢了官司，腰杆也硬起来了，它对老山参说，别说拖两个月，就是拖一个月也不行。

后来，好说歹说才推迟了半个月。处暑之日到了，鼠王亲自赶着迎亲车，车到大门口，老山参一家都慌神儿了。小敖蒿格格偷偷钻进土里隐藏起来。她这一藏，提醒了老山参，使他想出一个巧妙的拖婚办法。他走到大门外对鼠王说："成亲的一切，我们都准备好了，但是，我们有个规矩，作为新郎，必须得认准并亲手拽出自己的新娘。如果拽错了，这一年就不能成亲。"

鼠王认为这事儿不难，就答应了。它万万没有想到老山参暗地下命令：从今以后，凡遇鼠年所有的人参，不论大小，一律戴上一串红花。这一来，漫山遍野的人参都顶着一串红花儿。鼠王看这朵花像，可是看那朵也像，辨认了老半天也确定不了哪株是敖蒿格格。无奈，只好随意拔一棵。凑巧它拔了一棵虎参，虎跟猫的长相差不多，吓得鼠王大叫一声："克西克①！"撒腿就跑。这一年讨亲就算结束了。第二年鼠王又来讨亲时，老山参连大门都没开。鼠王又到天庭去告状。天官里别的动物当令时，都不给鼠王做主。鼠王想，我就是再等上十一二年，到了鼠年，鼠天官给我做主了，可是那成千上万串一模一样的小红花，谁能找准哪株是敖蒿呢？所以鼠年不鼠年，对兴格力达都无济于事了。可是却便宜了放山的人。他们摸到了这个规律，一到鼠年就去放山，收获比别的年多好几倍。

鼠王挨了几次板子也学乖了。不再去天庭告状了。但它娶不到敖蒿不算完，它说："你有你的遍地开花，我有我的人海查寻。"

于是兴格力达就通令长白山里所有的鼠辈，都要暗自查寻敖蒿的下落。最后终于让它们找到了。兴格力达为宣扬它娶敖蒿格格是名正言顺的，它就大张旗鼓地操办了这次娶亲举动。不料碰上了莫尔根的迎亲队伍。更巧的是风掀轿帘让敖蒿看到了当年帮她脱身的恩人齐武。她喊了一声救命，才引起了这场刀兵。

大破口山下这场厮杀，由于鼠兵精良，竟然打斗了大半个时辰。到底是身大力不亏，莫尔根的卫士都是青壮汉子，越战越勇，鼠兵渐渐招架不住了。兴格力达见势不妙，转身想溜走。莫尔根从一个卫士背上摘下弓箭，一箭射去。兴格力达立刻倒地毙命。树倒猢狲散，鼠王一死，那些鼠兵鼠将一哄而散。

莫尔根对敖蒿格格说："兴格力达死了，这回你可以放心的回长白山林中去和父母、兄弟姐妹一起过安生日子了。"

敖蒿格格向莫尔根深深致了谢意，就回长白山老林子里去了。

搭拉密一生接过无数次亲，从未这么惊心动魄过，仗一得胜，他十分振奋。他怕误了吉时，就迅速指挥迎亲队伍，赶到砬子沟时，已旭日东升。搭拉密向女方说明了途中与兴格力达的争战，因这一迎亲的意外

---

① 克西克：满语，猫。

插曲儿，误延了一些时间，请女方谅解。女方为了能赶上吉时，对"憋性""献离娘肉"等程序，做了简化处理，就把海浪格格抱上了轿。这迎亲队伍又加上送亲的队伍，犹如一条长龙，行进在山间野路上，真够气派！

虽然娶亲程序简化了，可是迎亲队伍的情绪却高涨了。这是由于他们不仅接回了美名远扬的海浪格格，更难得的是经过了金戈铁马的战斗洗礼，消灭了鼠王兴格力达，这得胜归来的激昂情绪致使他们来到村头就鼓乐大作。随着乐声，骑在马上的卫士们挥剑亮刀用舞姿表现了胜利的喜悦。这喜悦情绪也感染了在村头久候的乡亲，于是就一同歌舞起来。鼓乐一声比一声高，歌声也随之而起。就这样载歌载舞地把海浪格格接到院中，下了轿。这时何大察玛突然走进院来。于是掌声、欢呼声、鼓乐声交织在一起，群情激昂，连搭拉密也控制不了啦。这种激扬氛围，使何大察玛也卷入了这歌舞潮流。他也用歌腔舞式指挥新人"拜北斗"、行"合卺礼"。宅院当中的供桌上，摆一方肉，上插一把尖刀，置三盅酒。新郎新娘跪在桌前，何大察玛用歌舞举行仪式。他唱一支《阿查布米》[①]，就将一盅酒高高举起，然后泼于地上，再割一片肉，抛向空中。此举重复三遍，这叫"抛天地盅子"。何大察玛抛完天地盅子，就势以舞蹈身段扶起新婚夫妇，连同在场的人们一同唱起喜歌歌头——

> 这日子吉祥美好，
> 天空架起五彩云桥。
> 一对凤凰从南天飞起，
> 飞呀，飞呀，飞来了！
> 祝贺结交百年之好，
> 幸福和睦白头到老。

人们边唱边舞，鼓乐齐鸣群情激奋。擂鼓的人用上了全身的气力，吹喇叭似的把腮帮子鼓溜圆，脖子仰得高高的。莫尔根这场婚礼真是办得风风光光，红红火火。

---

① 《阿查布米》：满族结婚时唱的喜歌。

结婚在巴拉人眼里就是成年的标志。到此，莫尔根的少年生活就宣告结束了。至于他驰骋疆场，抗击敌寇，赴汤蹈火，建立了惊天动地的大功业，以及当官施政，惩恶扬善，造福八方，那是他成年之后的事迹了。

附录　满族故事传说

一、打画墨儿

住在吉林东部地区的满族人，每到元宵节，民间流行一种往亲族脸上抹黑的风俗，称之为"打画墨儿"。满族的规矩最多，做媳妇的不但在公婆等长辈面前得规规矩矩的，就是对大伯子也得毕恭毕敬。可是每到农历正月十五、十六这两天，就打破了常规。兄弟媳妇与大伯子就可以互相打画墨儿，叔嫂之间那就更没啥忌讳了，甚至可以不拘辈数去和叔公打画墨儿。互相往脸上抹黑，说这是为了祝愿平安、吉祥。

抹黑这一做法，最起先是满族对犯错误者的一种惩罚，一个人若是违背了族规，或做了对不起人的事情，就把他脸用锅底灰抹黑了，叫他站到大街去示众，这表示他已没脸见人了。可是为什么到后来打画墨儿就成为平安、吉祥的象征了呢？事有来源。

传说有一年，住在大林子里的巴拉人①，得罪了阿布卡恩都力②，山林里就一冬天没落一个雪花。就在正月十五的前三天晚上，林子里就着了火。大林子一着火就烧得鸟飞兽跳。班达玛发③一看这还了得，赶紧打发林中最美丽的鸟嘎哈④，去喊人来救火。人们白天上山打猎劳累了一天，这时睡得正香。嘎哈按门挨户地叫了一大阵，才叫来一半儿人。这大火烧得吓人，离老远就听见噼啪山响。树木着得像一根根大蜡，照红了半个天。人们来到火场，都不敢靠前。可是一看连美丽的嘎哈都用翅膀打火，深受感动。于是就抢起扫帚、树条拼命打了三天三夜，总算扑

---

① 巴拉人：林中不在旗的满族人。

② 阿布卡恩都力：满语，天神。

③ 班达玛发：满语，猎神。

④ 嘎哈：满语，乌鸦。

灭了这场大火。人们都筋疲力尽地回家了。可是山上的树木已烧去了一半儿。班达玛发心疼得不得了。再一看嘎哈那身上五光十色的毛已被熏得乌黑,成了乌鸦,就气愤地说:"住在山林的人,靠山林活着,还不来救火,连禽兽都不如!"于是他就决定给那些不来救火的人降灾。可是,怎么分辨来救火的和没来救火的人呢?班达玛发派乌鸦去给救过火的人带上额里贺①,这就容易区别了。当时部落里有个赛刊赫赫②,她不光长得漂亮,还特别爱干净。当她看见丈夫和大伯子、叔公们救火把脸熏得黑一块紫一块,像花脸虎似的,她就用铜盆温了洗脸水。本来救火的人三天三夜没合眼,已疲劳得顾不得洗脸了。可是见她擎着手巾、胰子,规规矩矩地站在门口说:"今天是正月十五,请你们干干净净地过个元宵节。"叔公和大伯子们只好把脸洗干净了才去睡觉。他们刚刚睡着,一只乌鸦嘴里叼着一串珠子,落在障子上。赛刊赫赫觉得稀奇,就上去问道:"嘎哈,你叼着一串草珠子做什么?"

乌鸦说:"班达玛发叫我们给那些救火的人送的。"

"那玩意儿有什么用处呢?"

"戴这额里贺标志着救火有功,免受灾患。"

"我家的人去救火啦,给我家留下吧。"

"还不到时辰,不能给。"

"到时辰你可别忘了。"

"放心吧,忘不了,凡是去救火的人,都能得到。"

"这么多人你怎么能知道谁去谁没去呢?"

"班达玛发告诉我们了,凡是去救火的,脸都被烟熏黑了。"

一听这话,赛刊赫赫忙说:"哎呀,我家去救火的人已把脸洗干净了。"

"这我不管,我只能按着班达玛发告诉的那样去做。"乌鸦说完拍拍翅膀飞了起来。

"嘎哈,别走听我说呀!"

"我可没有工夫跟你磨牙,眼看到时辰了。"

赛刊赫赫见乌鸦飞走了,她急忙跑进屋。屋里鼾声如雷,她叫了半天,一个也没叫醒。她急了,抱起丈夫的头,一边摇晃一边喊:"爱根,

---

① 额里贺:满语,念珠。
② 赛刊赫赫:满语,俊媳妇。

爱根!"任凭她怎么喊，就是不醒。她真后悔，早知道这样，何必叫他们洗脸呢。想到这儿，她急中生智，赶忙来到灶前，摸一把锅底黑灰，就走到丈夫跟前，依照他回来时的模样，往他脸上抹黑儿。给丈夫抹完了，又来到大伯子跟前，她伸了几次手，又都缩回来了。平时敬如尊长的大伯子，怎么好往他脸上抹黑呢？可是她一看到成群的乌鸦衔着珠串正往各家飞呢。她就狠了狠心，自言自语地说："为了他们免遭灾祸，只好这样做了。"说着就给大伯子和叔公们抹了黑脸儿。

第二天是正月十六，早晨叔公们醒来，发现脸被抹了黑，脖子上还挂了一串珠子，觉得很奇怪。赛刊赫赫就原原本本地把这一切经过告诉了他们。大伯子和叔公们从心底感谢她。他们都说也应当给她免灾去祸。这时正好一只乌鸦送完珠串往回飞，被大伯子和叔公喊住，给赛刊赫赫讨求珠串。乌鸦说："额里贺已经没了。既然她脸上有救火痕迹，班达玛发就会免除她的灾患。"

大伯子、叔公一听，就赶忙去往赛刊赫赫脸上抹黑。

真的在这一年里，赛刊赫赫一家没摊上任何灾祸，诸事遂心如意。从此，每逢正月十五、十六这两天，人们就不分辈数相互打画墨儿，来祝愿这一年平安如意。这种做法不久就被打鱼的传遍了松花江、牡丹江、黑龙江；打猎地把它传进张广才岭、老爷岭。很快就传遍了长白山下的满族人家。天长日久就成了这一方的风俗了。串珠由于标志着有救火之功，因此，它不仅是可以免灾的吉祥之物，而且还成为有资格有身份的象征了。所以满族老翁都爱把它戴在脖子上。

二、白　头　山

白头山是怎么来的？这可有段传说。

从前，玉女和金童都在天上侍奉阿布卡汗①。玉女姑娘不仅心地善良，办事公道，而且青春常在，美丽非凡。有许多天神在追求她。可是她只跟金童好。她跟金童形影不离，这就引起一些天神的忌妒，总在阿布卡汗面前说金童的坏话，并设圈套撵走金童。阿布卡汗造世界时，把天下的宝物都藏在了关东地方，那里正需要人去看守。于是就派金童到关东去护宝。玉女听到了又气又恨。她跟金童说："你没有一点儿过错，今天

---

① 阿布卡汗：满语，"老天爷"的意思。

的灾难是我给你带来的。这些无耻的天神，为了使他们有机会可乘，竟然使出这种卑劣的手段！我要与你分手了，请你不要过分伤心。我这样做，不光是为了你，主要是为了打破那些邪恶天神的如意算盘。"

金童忙问："你要做什么？"

"这你不必问了，凡事听我处理就是了。"玉女说着就敲响了天鼓。天鼓一响，众神归位，阿布卡汗升堂后，问何人为何事击天鼓？玉女上前跪下说："我与金童以身相许，患难与共。现在金童患病在身，我愿替金童去关东护宝。"

没等阿布卡汗发话，心存邪念的天神，抢先出班奏本，说玉女去不得。玉女十分气愤，回头低声说："不要欺人太甚，若惹恼了我，挑明真情，闹得大家都没趣儿。"

一听这话，那个天神乖乖地退下去了。玉女从腰中拔出神剑放在自己脖子上，说："如果不让我替金童，我就地自尽，以补偿金童对我的情意。"阿布卡汗见她铁心要去，就答应了她的要求。

玉女来到关东，站在最高的一座大山顶上一望，见各种宝物都巧妙地藏在这里。有地面长的、水里游的、天上飞的、林中跑的，到处都是。关东真成了万宝囊，可是这里的人们不认识这些宝物，守着这么多宝，却过着贫病交加的痛苦生活。心地善良的玉女，哪能忍心呢。她就回天庭向阿布卡汗说明关东人民的疾苦。得到了他的允许，她就告诉人们，人参是宝物，吃了它可以去病患，补身体。

到了寒冷的冬天，玉女又看到关东人民被冻得太可怜，她又征得阿布卡汗的同意，把貂皮这一宝物指给了人们。她不知不觉地已把关东父老装进心里了，时刻想到他们。她看到有不少男人在上山打猎时，把脚冻坏了，玉女又回到天宫请求，再把乌拉草赐给人们。阿布卡汗不高兴了，说："派你到关东是为了护宝，可是你，今天送出一样，明天送出一样，照这样下去，几天你不就把宝物全送光了吗？再说，事可再一再二，哪有再三再四的道理？"

玉女说："既然用人参、貂皮救济了人们，可是没有乌拉草，不能去打猎，不也得饿死吗？救人要救活，这也是个道理呀。"

阿布卡汗想了半天才说："不管怎么说，你应当知道你的职责是什么。这样吧，这次答应你把乌拉草指给人们，不过，这可是最后一次了，这已经赐给关东人们三宗宝了。事不过三哪，不准再来求了。"

玉女感激地说："谢谢阿布卡汗。保证再不来求了。"

玉女以为关东人民有了这三宗宝，不会再有难处了。可是，她一直没见到妇女，感到很奇怪，她就挨家挨户地去看。见妇女们都躺在炕上，一个个黄脸似瓢。一问原因，妇女说："虽然有人参、貂皮，可是咱们女人，在这冰天雪地里，血脉不周，能活得了吗？请问玉女，不知这关东有没有能补经血的宝物，求玉女为我们指明。"

"有是有啊，可是天神不允许我再指给你们了！"

妇女听了，有的落下了眼泪，说像这样长年居困在炕上，整天昏昏沉沉的，还不如死了，免得活遭罪。有的哀求玉女发发慈悲，为她们妇女想想办法。

玉女怀着可怜妇女的心肠，又一次回到天宫。这回未等她开口，阿布卡汗就把她撵下了天庭。她犯愁了，怎么办呢？妇女们的苦脸愁容和悲切哀求，让她善良的心地不得安宁。最后她心一横，豁出来了。不顾天条，把能补经血的鹿茸指给了人们。

关东人民用了这些宝物，男的变得彪悍强壮，女的个个有红似白的，俊俏无比。她们一起打猎，采山，跳空齐①，生活得十分快乐。玉女见了也非常高兴。就在这时，突吉奴恩②跑来告诉玉女，有个天神告发了玉女，说她私自将宝物泄露给人间。阿布卡汗正要前来查问。玉女镇静地说："这不怪人告发，确实有这事。"

云妹妹问："那怎么办哪？"

"反正现在人间的疾苦解除了，我就任凭他们处置吧。"

"那怎么能行呢？"云妹妹焦急地说。

"不行，也无法想。"

云妹妹漫天行走，倒是经得多，见得广。她想了一下说："这样吧，你就装作老糊涂了，任他怎么问，你就装聋卖傻，他也不能过分处置你了。"

"傻妹妹，你要知道，我是青春永在的仙女呀，怎么会衰老呢？"

"天神们，谁也没下凡到关东来过，这儿的风霜雨雪这么厉害，神仙在这儿变老不变老，谁知道哇。"

"真像你说那样，装聋卖傻，倒好办，可是我这青春容颜变得了吗？"

"这也好办，向尼玛力格格③要点雪，用白雪压头，我用白云给你遮

① 空齐：满族舞蹈的一种。

② 突吉奴恩：满语，云彩妹妹。

③ 尼玛力格格：满语，雪姐姐。

221

面，就行了呗。"

云妹妹办事爽快，说办就办，很快就把玉女装扮成鬓发皆白的老奶奶了。她刚打扮完，阿布卡汗就到了。玉女颤颤巍巍地坐在大山顶上，只对他点点头，也没走上近前去施礼。阿布卡汗质问玉女："你向人间都泄漏了什么宝物？"

"还是你允许的那三宗宝。"

"就那三宗宝吗？"

玉女点点头。阿布卡汗叫来一个男人和一个女人，当着玉女的面问："玉女给你们指点了什么宝物？"

男人回答说，关东三宗宝，人参、貂皮、乌拉草；妇女回答说，人参、貂皮、鹿茸角。阿布卡汗问这是怎么回事？玉女老声慢气地回答："不是我说错了，就是他们听错了！"然后她又自言自语："咳，老糊涂了，记不准啦！当初我指明的关东三宝，是人参、貂皮、乌拉草呢，还是人参、貂皮、鹿茸角呢？"

男人证实说是乌拉草，女人证实说是鹿茸角。(直到如今，对关东三宝的说法仍未统一)

阿布卡汗一看玉女都老哆嗦了，他就赶忙回天宫，召集众神，要重新派一位神仙去护宝。天神们一听说玉女下到关东就老得不成样子了，都怕这差事派到自己头上，因此心情都十分紧张。金童听说玉女已老态龙钟了，心里很难过。他跟阿布卡汗请求说："玉女当初是替我下凡，现在她已经衰老，我愿前去同她一起护守关东众宝，保证万无一失。"

听了金童的话，诸神才松了一口气，都顺水人情地称赞着金童说得在理。

得到阿布卡汗的应允，金童下凡来到了玉女面前。仔细一端详，玉女的容颜和当初一样。他乐了！就一手去扯白云面纱，一手去拂头上的白雪。玉女赶忙握住金童的两只手，说："不要动，这样既能避免那恶邪之神的忌妒，又能跟关东父老生活在一起。"

金童听了高兴地说："你真行啊，能想出了这样巧妙的办法。"

"不，这是白云妹妹的主意。我们能在此团聚，应当感谢她。"

玉女说着也让金童头顶白雪，面罩白云，和她一起坐在这最高的山顶上，望着关东人民打猎、采山、跳空齐。于是他俩就同关东人民世代共存了。这山顶由于有他俩常在，就成了白头山。老远望去，雪白一片。一年四季颜色不变。因此这座大山也被人们称为长白山了。住在关东的满族人民，把他俩奉为长白山神。为了报答玉女赐宝的恩德，每年都来拜祭这长白山神，子孙后代接续不忘。

三、喜神的礼物

从前，长白山下有个叫贲海的年轻猎人。一天，他上山里去打猎，他爬过了许多山，穿过了许多林子，也没遇上一个野兽。累得他实在拿不动腿儿了，刚想坐下歇歇，却遇上了一个跌伤了腿的老太太。贲海虽然很疲倦，但是他看老太太很可怜，就上前将她背起来送她回家。老太太身胖体重，没背多远就累得贲海通身是汗。他每爬过一座山，翻过一道岭，就问一声："你老人家住在哪里？"老太太总是用手一指说："在前边。"爬过了九座大山，翻过了九道大岭，贲海的鞋蹬飞了，脚也磨破了。最后走进了一个山洼，好歹算到她家了。

贲海把老太太放到地上，一看这老太太走起路来腿一点儿毛病也没有，他很生气。但是由于她是一位老人，不能指责她，贲海一句话也没说，抬腿就往外走。可是老太太拦住了她，说他是个好心的年轻人，要好好报答他。她找出了一双鞋送给贲海。贲海一看是木头底的，猎人不能穿，就谢绝了。老太太说："那么我就给你做一双吧！"于是她就从圈里抓来一只小猪崽儿杀了，先请贲海吃了猪肉，又用这小猪皮给贲海做鞋。贲海的脚太大，这张小猪皮还不太够用。老太太把小猪腿上、脸上、尾巴的皮都用上了，才勉强把这双鞋凑合够了。因此，这双鞋就缝得皱巴巴的。老太太说："这也不像双鞋样了，它是用乌拉佳赛①做成的，就叫乌拉吧。"

乌拉做成后，老太太拿来三样东西。一堆蚕丝，一堆棉花，一团麻。让贲海选一样絮在乌拉里。他掂量了半天，一样也没拿，他说："雪白的棉花和蚕丝，应留着做衣裳；麻能打绳索，这些东西垫脚实在太可惜，絮鞋用把草就可以了。"

老太太点着头说："你不光是个好心肠的猎人，还是个十分俭朴的青年人。"接着，老太太用手一指说："你往那塔拉②里看。"

贲海看到塔拉里，立刻出现了一撮撮马尾巴似的细草。他去割来一

---

① 乌拉佳赛：满语，猪皮。
② 塔拉：满语，草甸子。

把，用棒子一捶，絮到乌拉里跟棉花、蚕丝一样柔软。

老太太说："应派个巴图鲁来保卫你这样的好心猎人。"说来也巧，正好一个豺狗子从这儿路过，老太太问豺狗子，你愿意给莫尔根[①]当卫士吗？豺狗子点点头。老太太又指着贲海的脚对豺狗子说："如果在山林中你无法辨认这位好心的莫尔根的话，这双乌拉和里边絮的乌拉草就是标记。从今以后，你就是林中的巴图鲁了，任何凶禽猛兽，都应惧你一头。"豺狗子又点了点头，就跑到山上去了。

贲海告别了老太太。穿着这双乌拉，走起路来特别轻快。冷天又不冻脚，过夜又放心。于是他把这一切告诉了所有的猎人。从此长白山的猎人们在林中打小宿[②]的时候，总是先拢着一堆火，然后把乌拉脱下来，掏出乌拉草放在身边，就可以放心大胆地睡觉了。豺狗子一看乌拉草，它在四周浇上一泡尿，不论是猛兽还是凶禽，一闻到林中巴图鲁的气味儿，就躲到远处去了。因而乌拉草也就成为猎人的宝贝了，被人们称为关东的三宝之一。

后来贲海在林中碰到了一位放蚕姑娘，脚穿着别致的木底鞋。问起了这鞋的来历。姑娘说这是由于背送一位摔断了腿的老太太，那老太太送给她的。贲海一听老太太又摔断了腿，就决定前去探望。姑娘也放心不下那位老太太。她就同贲海一同去了。他俩来到山洼一看，不但没有了老太太，连房子也不见了。他俩正在发愣，就见远处飞来一只喜鹊，飞到他俩头上把一根羽毛翎扔在他们面前，然后围着他俩不停地叫着。他俩明白了，原来这位老太太是萨克萨妈妈[③]。贲海拣起了羽毛翎，姑娘红着脸把头歪了过来，他把羽毛翎插在了姑娘的头上[④]。他穿着乌拉，姑娘穿着木底鞋，他们就在这山洼里成了亲。男的打猎，女的放蚕，过起了自由幸福的生活。

四、虎 大 哥

在长白山脉张广才岭东边有个小岭叫威虎岭。据说，早些年，那儿住着个青年猎手纪福。纪福长得敦实憨厚，家中有个瘫痪的老额娘。因

---

① 莫尔根：满语，优秀的猎手或猎人头领。
② 打小宿：在山林里露宿。
③ 萨克萨妈妈：满语，喜神。
④ 小伙子往姑娘头上插羽毛翎，是女真族古老的求婚方式。

家穷请不起大夫，额娘已十多年不能下炕了。家中离不开人，纪福也不能到远处高山大林子里去打猎，他每天只能在伺候完老额娘之后，晚出早归，在村前村后蹅摸点野鸡、山兔，维持母子的生活。日子过得十分艰难。尽管这样，有人劝他把常在村前村后转悠的那只大老虎打死，好给他额娘治病。他却摇头说："那是一只护村的老虎，我常见它把叼猪的狼、吃马驹子的豹给咬死，然后把猪或马驹子赶回村子边。它不伤害人，我哪能打它呢。"

一天，纪福刚走出村不远，走到一棵高大的落叶松跟前，见一只老虎趴在树底下，把纪福吓了一跳。细一看正是他常碰见的那只老虎，它已奄奄一息了。一看纪福来了，它就把嘴张开了让纪福看。纪福一看，一块老大的兽骨卡住了它的嗓子眼儿，吐不出，咽不下。纪福明白了，它是想让他把这块骨头给掏出来。纪福对老虎说："既然你信着我了，我也就信着你了。"说着把袖子挽到肩膀头，就把手和胳膊伸进了老虎嘴。可是干抓也抓不住，没法儿，只好用指头贴着喉咙眼儿猛劲往里插，疼得老虎直掉泪。纪福好歹把这块骨头给抠出来了。老虎已好长时间没吃东西了，晃晃荡荡地勉强站起来，十分感激地对纪福点着头。然后它对这棵落叶松磕了三个头。磕完，它指指落叶松，指指纪福。纪福明白了，它是要和我磕头拜把子呀。它是个护村的好老虎，要磕头，就磕吧。纪福也磕了三个头，他俩就成了结义兄弟。

纪福见老虎饿得直打晃，就说："虎大哥，先到我家休息几天，等将养壮实了再回山。"老虎点了点头，就跟他走了。到了纪福家门口，怎么让它，它也不进屋。纪福明白了，它是怕吓着家里的人。纪福先进屋跟额娘说明白了，不让她害怕。额娘说："你都不怕它，我这么大岁数，还怕啥。"于是就把虎大哥让进了屋。

老虎住了几天，身子硬实了。它也看明白了老额娘是个瘫巴，于是就比画着，让纪福用刀把它的膝盖骨割下来，给老额娘治病。纪福哪忍心下手啊，老虎看纪福不动手，就自己一口将膝盖骨咬下，让纪福放在锅里熬水，给老额娘喝。没用几天，老额娘的病全好了。已能下地给他们哥俩做饭了。纪福高兴得不得了，虎大哥也很乐呵。老额娘说家穷，娶不上媳妇，她又病了这些年，可把纪福拖累坏了。这回她病好了，还能帮他做几年饭，等他娶上媳妇就好了。老虎听了点点头。虎大哥要走了，纪福嘱咐道："你以后隔三岔五的就到家来看看。"老虎点点头。老额娘流着眼泪说："我的病好了，虎大哥的腿却做了残疾！"老虎听了摇摇头，一出门故意快跑，给他们娘俩看。它跑起来还是一溜风，只是那只前腿稍稍有点儿跛。一出村就不见影了。

送走虎大哥的第二天夜里，老额娘睡觉轻，听到院子里有声音，就下地推开门。见到当院躺着个人，走近一看，是个昏迷不醒的姑娘。额娘叫来纪福，两人把她抬进屋，将她救活。一盘问，才知道她是公主，在皇宫里被老虎叼来的。纪福安慰她说："你别着急，我一定设法把你送回京城。"纪福天天打来野鸡给公主熬汤。这娘俩想尽办法将养她。

公主平时总圈在皇宫里，突然来到这山村，觉得一切都很新鲜，又十分自由。时间一长，她看出了纪福为人忠厚、可亲。把弓箭一背也很威武，她相中了他。于是她就表露出愿意长期住在这里的心情。纪福说："那可不行，你是皇姑，我们是穷猎户，这个家可没处搁你呀。"他越这样说，公主越觉得他可爱。她认为朝廷里那些年轻官员没有一个这样的好心人。

一天，纪福找到了驿站的公差，把公主的消息告诉了他，让他迅速传给皇上。皇上得知公主下落，马上派人抬着轿来接公主。公主对纪福母子只说一句："后会有期"，就告别了。可是公主每到一城，就让轿夫把贴在城门上寻找她的告示揭下来。一路上揭了很厚一叠告示，公主把它收藏起来。回到皇宫后，皇上和皇后乐得不得了，举行国宴欢庆。公主问父王："准备怎样对待我的恩人？"皇上问："救你的人是个什么样的人？"公主说是个贫苦的年轻猎人。皇上沉吟了一会儿说："那就赏他三千两银子。"公主不慌不忙地把告示一张张地指给父王看，说："这上面明明写着，年轻人找到公主，就可以做驸马。全国各处都贴了，作为皇上，必须以信义取天下。若是出尔反尔，谁还能听你的号令。"皇上一听，这一定是公主看中那青年猎人了。他就派了大队人马去接驸马。于是纪福母子就被接进皇宫，纪福与公主就拜堂成亲了。满朝文武大臣，一看驸马爷是个穷猎人，个个投以白眼。再加上纪福是个山沟里的猎人，不懂朝廷的礼节，大臣们更瞧不起他了。纪福一看大臣们拿他不当人看，他后悔不该到朝廷来。公主比他的压力更大，那些原先讨好她想做驸马的年轻的文武官员，现在一见到他，就伸舌的伸舌，撇嘴的撇嘴，甚至有人背地说："公主说不定怎么勾搭上了这个穷猎人，就把他拉进来了呢。没有半点功劳，就当上了驸马，谁服他呀！"这些话传到皇上和皇后的耳朵里，他俩也觉得这事办得欠考虑。所以朝廷上上下下心里都不痛快。

就在这个节骨眼儿，守城的卫士慌忙跑进来报告，说："可不好了！

老虎冲进了京城，弄得铺铺关门、家家闭户。"皇上一听，生气地说："进城一只虎，何必大惊小怪；哪位爱卿替我把虎除掉？"话音未落，那些年轻的武将跪了一地，都想争功打虎，显示一下自己的本领。还未等皇上点到叫谁去，就听一片惊天动地的虎啸声，震得宫殿直发颤。紧接着宫墙上伸出一排虎头。满朝文武吓得面无人色。皇上急忙喊："都给我打虎去！"可是那些武将，早已吓瘫在地上起不来了。一个老将也哆哆嗦嗦地上前说："虎是兽中之王，一只半只尚可对付，这么多虎，怎么打得了！"

皇上恐惧地说："照你这么说，我们就得等着变成老虎粪了！"

听皇上这么一说，有几个年轻的武将，当时就吓哭了。这时，纪福背上弓箭，拉着公主来到金銮殿。见此情景，想起他们平时对待他和公主那种傲慢情形，便指责那些年轻的武将说："你们这些胆小如鼠的人，怎么腆脸挂着那将印。"然后回头来对皇上说："父王，猎人小婿，愿前去射退群虎。"皇上怀疑地说："你能行吗？要去就领着武将们一起去吧。"武将一听这话，都吓趴下了。纪福指着地上这些武将对皇上说："请看，这些胆小鬼，都吓酥骨了，领着他们顶什么用！"说完他独自一人朝午门去了。他手握弓箭，让武士把午朝门打开。武士诈着胆子把门一开就忙躲到门后不敢动了。这时，一只大老虎，一个悬空，跳进皇宫。把满朝文武大臣的眼睛都吓直了。纪福刚一拉弓，见那老虎跪在他面前磕起头来。他仔细一看，是虎大哥。他心里明白了，就忙走上前去，小声说："虎大哥，一定是你到家去，见我们没了，又有大队人马来过的迹象，你以为朝廷把我们抓来了，你报仇来了，是不？"老虎点点头。纪福说："皇上已招我为驸马，我们母子被接进皇宫来了。你放心回山吧！"老虎转过身去，走出宫，大吼一声。众虎像羊群一样退出了京城。

一场虚惊过后，各文臣武将对当朝驸马都刮目相看了。皇上在金銮殿上提起这次虎闯皇宫之事，众大臣对驸马那种临危不惧的勇敢精神，都佩服得五体投地。对他退虎的功劳，都说功劳之大，大如山。于是皇上就封他为威虎大将军，统辖长白山一带的打牲衙门。于是张广才岭东边这个小岭，由于出了个威虎大将军，就被称作威虎岭了。

五、鹰　嘴　峰

长白山天池边上有个鹰嘴峰，松花湖畔有个鹰嘴砬子。东北地区像这样叫鹰嘴的山岭，到处都有。哪来的那么多鹰嘴呢？说起来，话就长了。

早些年，这地方没有这么多鹰。后来，国王春秋行猎，为了抓天鹅，就向百姓要鹰。国王要的鹰，不单得能捕善捉，还得长得漂亮好看。这就逼得老百姓杀鸡鸭、宰猪羊，甚至杀牛宰马，把五脏掏出来，挂在房前屋后，用来引诱鹰。你别说，这个办法还真灵，没用几天就把普天下的鹰都招引来了。鹰飞起来，简直遮天盖地。人们捉到了老苍鹰、坐山雕、黑耳鹰、白脸鹭等各种各样的鹰。国王只选中了矫健俊秀的白色海东青。招来的鹰，都吃惯了嘴儿，赖在这里不走了。

鹰王的老婆爱吃兔子，兔子就倒血霉了。尤其冬天一到，花草伏地、树木落叶，地上光秃秃的，兔子打食儿连个藏身的地方都难找。没用多久，兔子就被抓光了。只剩长白山的一个山旮旯里还有黑、白、灰三个兔王领的三群兔子，它们心齐，聚在一块儿，鹰一来，就举起树条子一齐打。鹰没法靠近，它们才没被吃掉。

鹰王老婆有两顿没有吃着兔子，就发起脾气来。恶鹰一齐上前说："兔子已被抓光了，只剩山旮旯儿那三群兔子，它们心太齐，总抱成一团，使我们难以下手。"

鹰王听了骂道："你们都是些废物！带我去。"

于是这帮恶鹰领着鹰王就奔山旮旯儿去了。兔子一看鹰这铺天盖地的阵式，就吓得跑进了洞里。鹰王决定守在这里，兔子一直等到天黑，鹰也没走。兔王想，总蹲在洞里，也不是个长久之计呀。它们就合计起如何对付这恶鹰的办法。白兔王说："这成千上万的恶鹰，我们是对付不了的。我看有它们在这里，咱们兔族那种自由自在的生活，是一去不回头了。要想不断子绝孙，只有像鸡、狗那样投奔人家去，被人们养起来，得到人们的保护。"

黑兔王接过来说："对呀，为了兔族不绝种，这是唯一的办法。我已经想好了，准备带领全家族，跟白兔一起去投奔村庄。"

灰兔王摇摇头说："我不赞同这个主意。若被人关进笼子里，他们今天需要毛，就来拔毛，明天需要皮，就来剥皮。这叫什么生活？"

白兔王听了叹口气，说："唉，尽管那样，毕竟有一部分能活着，兔族不至于绝种呀！"

灰兔王瞪起眼睛接过来说："活着？眼看亲族被人宰割，这样活着还不如死了。我不能领着家族走这条路。我希望你们也不要走，咱们在这里想想办法，一齐对付这恶鹰吧。"

黑、白二兔王说:"这恶鹰的嘴都像溜尖的锥子,爪都是锋利的叉子;我们兔族只有一张破嘴,四个软蹄儿,怎么对付得了呢?你没看见那些叫鹰捉去的,被撕裂得有多惨哪!依我们说,咱们还是一起走吧。"

灰兔王果断地说:"我不去,我们宁可自由自在地活一天,也不在别人的欺侮下活一辈子!"

黑、白兔王都低头不语了。天黑后,趁着老鹰都闭上了眼睛,它俩领着自己的家族偷偷地离开了山旮旯儿,投奔村庄去了。

灰兔王叫醒了全族,问大家有什么办法对付这群恶鹰。一个老兔叫了两声"波力"①。灰兔王一听到"弓"字,想起了"兔子蹬鹰"的办法。就高兴地喊道:"塌达米②!"于是他带领全族乘黑夜走出了洞,悄悄地吃饱喝足。找一棵细高细高的水曲柳树,它们一个顶一个地上到树梢,一齐打提溜,把树梢坠到地面,咬去过细的枝条,免得兜风。每个兔子都仰面朝天拽着一根条,等待着恶鹰。

天一亮,鹰王看到岭上的兔子聚堆了。它就在石头上磨了磨嘴,喊道:"都来,跟我一齐上!""克布他米③!"兔子一齐放开手里的树枝,树身猛地往回一弹。就听"啪"的一声震天响,有无数的鹰嘴、鹰头被抽到半天空,当时就死了。侥幸没抽死的,也都把叉子一样的爪、锥子一样的嘴,给打弯了。现在鹰的爪和嘴都是弯的,就是那时留下的病根儿。那些被抽下来的鹰头、鹰嘴,落到四面八方,年久了,就变成了石头。所以鹰嘴山、鹰嘴岭、鹰嘴砬子到处都有。兔子对鹰王两口子的仇恨最大,所以鹰王的嘴被弹得最高,落到长白山顶图门色禽④的边上,就成了鹰嘴峰;鹰王老婆的嘴,被弹得最远,落到松花湖畔,成了鹰嘴砬子。白脸鹫头上的毛被打掉了,成了老秃鹫。到现在,它一想到抓兔子,就蹲在树上犯愁,怕兔子蹬鹰这一绝招儿,不敢轻易去抓了。因此灰兔的家族,比以前更加昌盛了。

听说灰兔打败了恶鹰,又自由自在地生活了,白兔和黑兔就急着逃出笼子。可是它们把眼睛急红了,也没逃出去。

---

① 波力:满语,弓。

② 塌达米:满语,拉弓。

③ 克布他米:满语,射箭的"射"。

④ 图门色禽:满语,意为"万水之源",指长白山天池。

六、赛棋崖

长白山温泉的西北有个断崖，远看，这断崖上有两个老头在下棋。这一盘棋不知下了几百年。所以人们都管那断崖叫赛棋崖。

有一天，人们发现赛棋崖上剩一个人了，有好奇地跑过去一看，下棋的老头一个也不见了，崖上就一个仰脖子喝酒的人。这是怎么回事儿呢？

这事儿得从头说起。有一年，圣明先人和贤德老祖下凡云游。他俩来到这百景竞秀、千峰斗奇的白头山，就恋恋不舍。于是就坐在这断崖上欣赏起浩瀚、壮观的长白山景色来。看够了，圣明先人从怀里掏出来一壶仙酒，贤德老祖采来点人参籽儿当酒肴，这二位神仙就一边喝酒一边下起棋来。长白山北百里开外的村庄有个酒徒，他见酒就喝，从来不掏一个钱儿。久了，人们喝酒都躲着他，可是他整天到各处去踅摸酒喝。他的鼻子也灵，只要谁家一打开酒瓶子，他立刻就能闻着。闻着了就去，脸皮又格外厚，不等人家让就上桌子。还腆脸说："我来晚了，自罚三杯。"有的人替他害羞，有的人为他惋惜。好心人劝他，他不听；讥笑、讽刺他，他也不在乎。谁都拿他没办法。村里一些爱喝酒的人，由于烦他，把酒都忌了。酒徒的便宜酒没处喝去了，他就整天叨咕："这么多人家，没有一家喝酒的，真愁人。"这样，"愁人"就成了他的外号。他还自称为"愁人酒徒"。

有一天，酒徒正叨咕着"真愁人"的时候，南风从长白山顶刮过来。酒徒一抽鼻子说："有酒香！"有人告诉他，那是圣、贤两位神仙在饮酒呢，凡人是去不得的。他说："我不管他是圣贤、神仙还是凡人，只要是他有酒，我就得去喝。"说完就奔去了。他走到跟前，二位神仙正在专心致志地下棋，没注意他。这酒的清香味儿直往鼻子里钻，馋得酒徒直咽唾沫。可是酒壶正握在圣明先人手里。他实在忍不住了，就把棋盘边儿的人参籽儿全部放到嘴里嚼了起来。圣明先人喝了一口酒，去摸酒肴，没了。抬头一看，见一个人站在那里，就问他来干什么？酒徒赶忙说："见到两位神仙在此喝酒，特来作陪。"圣明先人说："神仙席上的便宜酒，可不能那么轻易地就喝到嘴里。行个酒令吧，咱们每人把自己名字的头一个字，写到地上，再把这个字拆成三个字，重复念一遍，连成一首诗，用来说明自己的要求。然后，从自己身上取酒肴。这些都备齐了，才能喝一口酒。"他说着在地上写了一个"聖"字。他说："我是圣明先人，被人尊为圣人。聖字可拆为口、耳、王三个字。"说完顺口念道："口耳王、口耳王，壶中有酒我先尝。桌上没有下酒菜，割下鼻子就琼浆。"

念完掏出一把刀，"刺啦"把鼻子割下来了，放在嘴里，嘎嘣嘎嘣嚼起来。然后喝了一口酒，把刀子递给另一位神仙。这位神仙在"圣"字下边写了个"賢"字，他说："我是贤德老祖，被人奉为贤人。贤字可拆为臣、又、贝三个字。"说完顺口念道："臣又贝、臣又贝，壶中有酒我先醉。桌上没有下酒菜，割下耳朵来相陪。"

说完操刀，"刺啦"把耳朵割下来了，放在嘴里咔哧咔哧儿地嚼起来，并举起酒壶，喝了一口酒，把刀扔给酒徒。酒徒在"贤"字下边写了个"愁"字说："我是愁人酒徒，被人喊作愁人。愁字可拆成禾、火、心，三个字。"说完顺口念道："禾火心、禾火心，壶中有酒我应斟。自身取看太逼人，咬咬牙，狠狠心，拔下汗毛一大根。"

念到这儿，用指甲在胳膊上轻轻地拔下一根汗毛，用舌尖舔一舔，继续念道："真心疼，痛彻心，这壶美酒我全干了。"

念完，举起酒壶，脖子一仰，咕嘟咕嘟喝了起来。贤德老祖说："世上竟有你这样吝啬的人！"酒徒说："实不相瞒，我今天是跟你们二位天上的神仙喝酒，我才破天荒的拔了根汗毛；跟凡人喝酒，我向来是一毛不拔的。"二位神仙一听，这人没法治了，就收了棋盘，抬腿走了。因此现在人们在赛棋崖上只能看到酒徒一个人，守着"圣贤愁"三个字，手里捏着那壶神仙的便宜酒，还在那儿自斟自饮呢。

七、渔榔的来源

打鱼的人常常用木棒把船帮敲得榔榔响，人们称这敲船的木棒为渔榔。这渔榔的来源有段传说。

从前，有个打鱼的小伙子叫阿帅，他在长白山下松花江上游的一个山清水秀的河畔，搭了个窝棚，一个人住在这里，十分幽静。一涨水，就从下游顶上来许多大鱼。阿帅不怕水深浪大，专门在涨水时去打鱼，每次都是满载而归。

这一天，一阵大雨过后，水又见涨，阿帅操起旋网去打鱼。出乎意料，他甩了一头响大网，不但没打着大鱼，连个小鱼星也没见着。晌午了，他回到窝棚门前，本打算在这小漫淳涮涮网。一看水头不错，就顺手撒了一网。由于用力过猛，把网口撒得像个大长槽子似的，扣进了河里。他心想，这撒的叫什么网呀。可是一提网纲，没拽动。咦！这儿的河底是细沙，连个石头渣儿都没有，怎能挂住网呢？于是他就把网纲挎在肩上，用上全身力气往岸上拉。好不容易才拉到河沿边上。他回头一看，原来是个大蛤蜊。这蛤蜊足有八九尺长，比门扇子还大。阿帅想，这蚌得活多少年才能长这么大呀！我不能伤害它，放它回去吧。他回身往河里推这大蛤蜊，推了好几下也没推动，他又是掬，又是扛，可是这大蛤蜊就像生了根儿似的，纹丝不动。阿帅直起腰来说："我实在没能力把你送回去了。等水涨上来，你自己走吧。"

此刻正是晌午头，日头挺毒，它怕把这大蛤蜊晒坏了，就给它盖了一层厚厚的青草。阿帅背起渔网刚朝窝棚走，就听有人小声叫他。他停住脚朝四下看，哪儿也没人。"阿帅哥，你别走啊，我害怕！"这声音是从青草下边发出来的。他回身来到大蛤蜊身边，正好这时一阵沉雷从水面上滚过来，震得他胆战心惊，两腿一软，就坐在大蛤蜊身上了。沉雷从水面上滚了好几个来回才过去。阿帅掀起青草，也没找到说话的人，就背着网一边往回走，一边寻思：响晴的天，怎么会打起沉雷呢？真奇怪。

阿帅吃完午饭，又来到河边，再看那大蛤蜊，已不见了，从这以后，阿帅下河去打鱼，总碰到一个身穿藕荷色长裙，腰系五彩裙带的漂亮姑娘，划着一只由两个小威虎①连起来做成的鸳鸯船，一见面她就与阿帅搭话。这姑娘叫塔华，相识后就经常帮助阿帅打鱼。有一次，阿帅扣了满满一网鱼，一个人拽不动了，塔华姑娘就把袖子挽到了肩膀头，把裙子系在腰上，下到河里同阿帅一起把鱼拖到岸上。阿帅看着她那又白又壮的胳膊、腿，心想，要有这样一个既漂亮又健壮的姑娘给我做媳妇可不错。他这一端详不要紧，塔华姑娘的脸一下子就红到了脖根，她赶忙把袖子和裙子放下来，划起她的小鸳鸯船就走了。阿帅回到窝棚正蹲着摆弄那些活蹦乱跳的大细鳞鱼呢，就听："阿帅哥，怎么还不做饭呢？"

阿帅抬头一看，是塔华姑娘，忙站起来让座。塔华说："别坐了，眼看太阳落山了，咱俩一同做饭吧。"塔华姑娘真麻利，阿帅烧火都不赶趟儿。只听刀勺一阵响，饭菜全好了，摆在桌上以后，塔华姑娘说："今天我来陪你吃饭好吗？"

---

① 威虎：满语，独木小舟。

"太好了！只是到现在我还不知道你是谁家的姑娘，家住哪里？"

"我和你一样，孤身一人，鸳鸯船就是我的家。如果你不嫌弃我，从今以后我可以总陪着你。"塔华姑娘说着，脸又红到了脖子根儿。阿帅这时才注意到，她虽然还是穿着那件藕荷色长裙，但额头上的刘海儿却刚刚剪过，显得更俊俏了。阿帅说："我怎么能嫌你呢？只是这事儿我不敢想。"

"今天打鱼的时候，你不是想过了吗？"

阿帅听到这话，感到不好意思了。塔华却咯咯地笑起来。就这样，阿帅和塔华姑娘在院里，搂土当炉，插草为香，拜了天地，结成了夫妻。从此，日头一红，这小两口就划着小鸳鸯船儿打鱼，生活得很幸福，百日之后，塔华就怀孕了。

时间过得真快，一转眼塔华结婚一年了。眼看到了分娩的日子，在一天夜里，阿帅睡得正香，塔华把他叫醒，对他说："发大水了，我们得赶快去救人。"

他们一走出窝棚，就听"救命啊……救命啊……"的喊声。塔华和阿帅用那小鸳鸯船儿，把洪水中的人，一批一批地救上岸来。塔华见这些被淹的乡亲叫苦连天，她心如刀绞。回到窝棚里，阿帅见她不乐呵，就问她为什么。塔华打了个咳声，反问道："阿帅，你知道我是谁吗？"

"你是塔华呗，这还用问吗？"

塔华苦笑了一下说："告诉你吧，我就是你用网打上来的那个塌乎拉①。"

阿帅听了大吃一惊。塔华看了他一眼，问道："你害怕吗？"阿帅摇摇头说："别说你是塌乎拉，你就是个梅贺②，我也不会离开你。"

塔华感激地点点头接着讲起了她自己的来历。她原是个河蚌，在松花江里不招灾、不惹祸，安安静静地生活了一千余年。成精后，仍在江里修行，谁知海龙王有个小儿子，是条恶龙。它要沿着这条松花江去天池，夜里黑洞洞的，它害怕，江里点不着灯，海龙王就把海里所有的宝珠都拿出来了，像撒谷籽那样，沿着这条江，一直撒到长白山。这些宝珠原是海里大大小小的宝石，经海浪冲刷了不知多少万年，才磨成珠子。夜里能放出神奇的光亮。从此，这条江一到夜晚就像天河一样闪闪发光。

---

① 塌乎拉：满语，河蚌。
② 梅贺：满语，蛇。

恶龙就可以不分昼夜地到长白山天池里玩了。它一行动总是霹雷暴雨，涨水兴风。住在江边上的人家，被冲得房倒屋塌。天神来质问海龙王，海龙王护短，把自己儿子干的坏事嫁祸于塔华，说她成精之后，兴妖作怪，发大水造害老百姓。天神听信了海龙王的话，不容塔华辩白，就决定处死她。没办法，她只好选个山清水秀的幽静处做葬身之地。于是塔华就来到了这里。本来那天正当午时，是处决她的时刻，她已躺在那里等候雷击。赶巧就在这时，阿帅用网把她拉上岸来，盖上了青草。雷公找了半天没找到，她才活到今天。

讲到这里，塔华擦了擦眼泪，看了阿帅一眼，接着说："为了报答救命之恩，我来帮你打鱼。当你想到找一个我这样的姑娘做媳妇时，我就来给你做妻子。后来，阿克占恩都力①找到了我，见我有孕在身，暂时放过，等孩子落草，再处决我。今天我看到恶龙给乡亲们造成的灾难，我就决定在我死之前，要和那恶龙决一死战。如果能杀死它，不光报了海龙王诬告我之仇，也为乡亲们除了大害。就是我被它杀了，我也不后悔。现在我就和你分别，请你不要伤心。"说完，塔华的眼泪一对一双地滴在长裙上。她又说了声："你要多保重。"转身就走了。阿帅撵到门口，她已跳进水里不见了。

天一放亮，恶龙从天池下来，刚游到阿帅小窝棚门前的小漫淳，尾巴被夹住了。他低头一看是河蚌，就骂道："混账东西，赶快放开，你也不看看我是谁，敢夹我！"

"夹的就是你，你行凶作恶，今天就算到头了！"

"好吧！你等着。"恶龙咬牙切齿地说完，一起身，想把塔华带回东海去处置。塔华打了个千斤坠儿，恶龙没拽动。双方较起劲来，直震得河水发抖，大浪拍天。恶龙怒吼起来。河畔的人们不知发生了什么事情，都跑来观看。只见一条绿脸恶龙，尾巴在水里，它拼命往出拽。最后总算拽出来了，尾巴上却夹着一个大蛤蜊。人们惊叫起来："原来牡都力②叫塌乎拉给夹住了。"

恶龙想腾空，有这大蛤蜊坠着，总离不开水面。阿帅一看就明白了，赶忙抽出鱼皮腰刀，蹿上前去，一刀砍断了恶龙的尾巴，大蛤蜊就掉进了水里。他这一刀不但没砍死恶龙，反而帮了倒忙。恶龙丢了尾巴，摆

---

① 阿克占恩都力：满语，雷神。

② 牡都力：满语，龙。

脱了河蚌，正要逃回东海，塔华驾着小鸳鸯船儿从水里漂上来，她接过阿帅手里的腰刀，将小船往上一提，就飞上天空，截住了恶龙。这回人们看清了，原来是塔华姑娘在跟恶龙打仗。这仗打得可真凶，恶龙张牙舞爪要吃塔华姑娘，塔华用腰刀猛劈恶龙。由于塔华怀孕在身，一下没躲伶俐，被恶龙撕去了衣裙；鸳鸯船也被恶龙打碎，塔华落得赤身裸体。她赶忙从空中抓回正在飘落的五彩裙带，裹在腰间。举起阿帅那口大腰刀，朝着正在哈哈大笑的恶龙撇去。她那千年之功，终归没有白炼，只听"咔嚓"一声，恶龙的头被砍下来，掉进松花江里去了。这龙头掉在江里就变成了石头，但恶性没有改，仍在江中作怪。它的两只角，一只称作"大将军"，一只称作"二将军"。船碰着它，船翻；人碰着它，人亡。生活在松花江上游的人们，管这地方叫"老恶河"。

塔华由于用力过猛，落到河滩上就分娩了，生下一个男孩。她从腰间撕一块彩带，刚把孩子裹好，就听见了隐隐的雷声。塔华怕连累孩子，赶忙把他放在河滩上，一纵身跳上云头。再回头往下一看，阿帅已赶到河滩，抱起孩子，正仰望着她，她挥了挥腰间的彩带，心一横，就朝雷公奔去。雷公把她带到天庭。天神对她说："现在已经弄清了，你在人间做的都是好事，没有一件恶事。今天杀死恶龙，又立了一大功。封你为天上的鸟娄①仙女，专预报洪水。"

塔华一听特别高兴，想把这事告诉阿帅。可是，天神对她说："既然上了天庭，就不许思念人间，更不准私自下凡。"塔华只好收起这一念头，当天就承担起预报洪水的差事。要下雾，她就把彩带搭在东边；要下雨，她就把彩带搭在西边；要涨水，她就把彩带搭在南边；要发洪水，她就把彩带搭在北边。所以留下句谚语——"东虹(jiàng)雾，西虹雨，南虹发大水，北虹淹死鬼。"

塔华心中十分想念孩子和阿帅，每当她搭完彩带，都站在虹桥上，遥望阿帅爷俩；阿帅仰头看见塔华，就大声喊她。怕她听不见，就用木棒敲起船帮。这渔梆一响，塔华就往下看。

恶龙死后，乡亲们也得了好，为了叫塔华姑娘看一眼他们的幸福生活，每次下河打鱼，也都敲起渔梆。久而久之，就成了渔民的风俗。

---

① 鸟娄：满语，彩虹。

八、爬犁和牛

爬犁是北方山区在冬季里进行搬运的重要交通工具。关于爬犁和牛以及二龙山的来历，在满族人民之中，还传说着一个有趣的故事。

从前，在长白山西北侧的忽尔哈河头，有个叫巴哈利的，跟哥哥嫂子住在一起。巴哈利从小多病，十五六岁了，还没有十一二岁的孩子高。哥哥看他长得太瘦小，夏天不让他下河打鱼，冬天不让他上山打猎。可嫂子总嫌他在家吃闲饭。

哥哥骑马去打猎的时候，就把斧子扔给嫂子，叫嫂子上山去砍柴。等哥哥一出门，嫂子就把斧子扔给巴哈利，叫巴哈利上山砍柴。

别看巴哈利长得小，他的心眼儿可挺好使。不论谁家有了急难事儿，他都尽力去帮忙。人们都很喜欢他，管他叫小巴利，处处关照他。听说小巴利要去砍柴，乡亲们恐怕他碰了胳膊，砍了腿，就给他包了一些刀口药。小巴利紧了紧腰带，扛着斧子就上山砍柴火去了。他本来身小力薄，新砍的柴火又湿又沉，小巴利每次把柴火背到家里，总是通身冒汗，累得上气儿不接下气儿。冬天一到，嘎珊里的人，有的下到地穴里，有的搬回山洞。可是小巴利的嫂子嫌那里阴暗憋闷得慌，非得留在房子里过冬不可。天越来越冷，柴火烧得也越来越多。小巴利是个十分要强的人，见嫂子嫌柴火不够烧，他就起大早贪大黑，上山去砍柴。

一天，鸡刚叫，三星还没打横儿，他就到山上去砍柴。太阳一冒红儿，就砍了一大堆。他刚要背起柴火往回走，一头牛从树林里向他跑来。那时，人们只养猪、养马，不养牛。牛还像虎狼一样生活在长白山老林子里。小巴利一看牛来了，他恐惧地喊了一声伊牟①! 想跑已来不及了，他就握紧了斧子准备抵挡。这牛身上扎着好几支箭，还撞掉了一个犄角，直劲儿淌血。肚子挺大，是头老乳牛。它来到小巴利跟前，"扑通"一声就跪下了，还吧嗒吧嗒掉起眼泪来。小巴利看它挺可怜的，就放下斧子上前为它拔去了箭，又把乡亲们给他的刀口药，倒在犄角根上，用腰带缠好。把箭射伤的地方也给上了些药，然后对它说："这就行了，你走吧。"

这牛点了点头，表示感谢，可是还站在那里不动。小巴利背起柴火

---

① 伊牟：满语，牛。

说："你不走，我可要走了，耽误了弄柴火，阿沙^①会生气的。"

小巴利刚一迈步，就被这老乳牛拦住了。小巴利问："你还有什么事儿要我帮忙呢？"

老乳牛用那单犄角把柴火捆挑起来甩到脊梁上。小巴利明白了，它是想帮我的忙啊。于是他高兴地把两捆柴火拴在一起，搭在牛背上。老乳牛瞅瞅柴火堆，还不走。小巴利看出它是嫌不够载，就又放上两捆，还不走，一直放到十多捆，再也放不上了，它才点头。小巴利也背上一捆在前头走，老乳牛在后边跟着，一直走到家。从此，老乳牛就成为小巴利的好朋友了，把它养了起来。每天跟他一起上山驮柴火。后来小巴利看到老乳牛的脊背叫柴火给磨破了，他很心疼。他宁可自己背，也不叫老乳牛驮了。可是老乳牛不干，小巴利背起柴火，它就用犄角给挑下来。这可怎么办呢，小巴利左想右想，到底想出个办法。他砍了两根长杆子，做成法拉^②，他把柴火放在上面，在雪地上拉起来很轻快，比驮的又多。他砍一天还不够老乳牛一次拉的。没用几天，家里的柴火就积攒了一大垛。小巴利把邻居的柴火都给拉得足足的。这样，人们过冬就再也不用进山洞、下地穴了。乡亲们都感谢小巴利，也都喜爱这老乳牛。

一晃半年过去了。有一天老乳牛突然不见了，可把小巴利急坏了，他找了两天两夜也没找到。正赶上从京城来了个跳邪神的察玛，他以装神弄鬼出名，在嘎珊里摆香案给人跳神治病。这察玛自称是未卜先知的大神，小巴利就去求问牛的下落。他一进院，只见人围得左三层右三层。大神正在凳子上哆嗦着，腰铃哗哗地响。二神^③站在大神旁边，敲着手鼓唱咧咧地答对着。小巴利就挤上前去对二神说明了来意。

二神听了，敲了几下手鼓对大神唱道：

"狗不叫，鸡没鸣，
小巴利家的牲口就无影踪。
找了两天没找着，
求问老仙儿它往何处行？"

大神听完，低头哆嗦了一大阵，这表示神仙查寻去了。其实他在默默地猜想呢。他见过小巴利家的马，是个沙栗色的马。这地方西面是河，东、北两面是山林，只有南面是通往京城的大路。他想没人骑，一匹马独自是不肯进林子的，这马肯定是往南跑了。今天来看跳神的人这么多，我何不乘机显显神通。大神想到这儿，就使劲儿地敲了几下手鼓，把屁股又在板凳上颠了两下，就拖着长韵儿大声唱道：

> "叫帮兵，你仔细听，
> 老仙儿已经查分明。
> 沙栗马，外倒鬃，
> 提溜两个卵子往南行。"

听他唱完，有的人说："这老仙儿神通真大，这么一会儿就找到了，还看得这么清楚。"

小巴利一听不对头哇，就拽了一下二神的胳膊，说："我家丢的是那个单犄角的老乳牛呀。"

二神一听，这大神扯到哪儿去了，人家丢的是牛，他说的是马；人家丢的是母的，他说是公的，这也太不贴边儿了。二神一生气，也使劲儿地敲了几下手鼓，大声喊道：

> "老仙家，你尽胡诌，
> 人家丢的本是独犄角老乳牛。"

大神一听砸锅了，就赶忙接过来唱道：

> "跑得忙，跑得慌，
> 慌里慌张没看准成。"

人们一听哈哈大笑起来，说道："里倒鬃，外倒鬃都看明白了，是牛是马还没分清；这纯粹是胡诌瞎扯。"

赶巧，就在这个时候，老乳牛领着一对小牛犊从北边回来了。这一来"察玛寻牛"在嘎珊里就成了话把儿。察玛当众出了丑，就恨起这老乳牛来。于是他就回京城报告了得勒①，说老乳牛是妖兽。它在村中做怪，是国家不祥之兆，应把它除掉。并说若用它的头去祭祀住在毕尔腾②里的黄龙，就可以保住忽尔哈河两岸不受灾难。于是得勒就派了大兵，让察玛领着抓走了老乳牛。

老乳牛被赶走以后，小巴利越来越瘦了，一天天身虚气短，眼看就撂炕了，乡亲们都为他着急。有一天，来了个白头发、白胡子、白眉毛的老人，乡亲请他给小巴利看病。老人看过之后，摇摇头叹口气念道：

"要治气脉短，得吃乌凤卵，
要使他健康，得喝二龙汤。"

乡亲们一听，心就凉了。乌凤卵、二龙汤，上哪儿淘换去呀。看来小巴利的病是没个好了。大家都伤心地落下了眼泪。哥哥为他犯愁。嫂子更没有好脸色对待他了。小巴利不愿让哥哥和乡亲们为他难过，更不愿看嫂子的脸色，他就决定离家出走。乡亲们听说小巴利要出远门儿，就送来又甜又香的萨其玛③。小巴利临行嘱托乡亲们，一定要把那对小牛犊养好。

小巴利往哪儿去呢？他听人们说，老乳牛被官兵逼着走了三百来里，来到了毕尔腾，还没等官兵杀它，它就一头钻进水里不见了。察玛领着官兵一直守在那里，等它上岸时抓住它好来祭祀黄龙。小巴利想搭救老乳牛，就奔这儿来了。他有病在身，走了几天路，本来就上火，又吃些萨其玛，十分口渴。正走在毕尔腾南面，长白山东北部的一个高山大岭上，到哪里去找水喝呀？渴得他实在走不动了，三伏天又热得厉害，他就躺在路边了。正在小巴利渴得嗓子冒烟儿的时候，他看到树梢上有两条不到一尺长的小蛇，从树上滑下去了。接着就听到咕嘟咕嘟两下，好像落进水罐里的声音。一听到水声，小巴利忙爬起来向树根走去。原来树根底下有个死人脑瓜壳，倒立着成了人头罐子。里边汪着一下子清水。两个小蛇正在水里游呢。小巴利真渴急了，他用棍儿把小蛇挑到树叶上，捧起这人头罐子，咕嘟咕嘟几口就把这水全喝进了肚子里。喝完他就往岭下走去。走着走着他就觉得身子发软，越来越厉害。好歹走到岭下一

① 得勒：满语，皇帝。
② 毕尔腾：满语，镜泊湖的古称。
③ 萨其玛：满语，点心名。

户人家，他身子好像脱节了一样，不能动弹了。这家的老太太一看是好心眼儿的小巴利，就精心地伺候他。每天都给他煮碗面打个荷包鸡蛋。他在这儿足足住了一百天，吃了一百个荷包鸡蛋。当他吃到最后一个荷包鸡蛋的时候，就听各骨节嘎巴嘎巴响；身上的肉，松一阵紧一阵的。过一会儿一看，他已不是瘦小单薄的小巴利了，而是一个膀大腰圆的棒小伙子了。老太太惊奇地问这是怎么回事，巴哈利也回答不上来。当他看到大娘家的鸡全是乌鸡的时候，就恍然大悟地说："我全明白了。有位白头发、白胡子、白眉毛的玛发①，说我的病只有乌凤卵、二龙汤才能治好。看来你这乌鸡蛋，就是乌凤卵了，岭上喝的那有两个小蛇的清水，一定就是二龙汤啦！"

老太太说："那两条小蛇在这山顶上已经多年了，真没想到原来是两条龙啊！"（从此长白山东北部这座大山，就被称作二龙山了）

巴哈利谢别了老太太，就来到了毕尔腾东岸。这时已到封冻季节，湖面上的冰已能擎住人了。巴哈利看不见老乳牛，就伤心地哭了起来。一边哭一边骂察玛。察玛在西岸听见了，就带兵来抓巴哈利。巴哈利正哭得伤心，忽听咔嚓一声，冰被捅了个大窟窿，伸出一个独角牛头来。巴哈利高兴地叫道："老乳牛，你快上来！"老乳牛只是"哞儿、哞儿"叫了几声。察玛听到牛叫，就大声命令道："妖兽露头了，快来抓呀！"官兵都从结冰的湖面上朝这边跑来。老乳牛把头一缩，又钻进了湖里。察玛领着官兵刚到湖当腰，老乳牛用单犄角把冰粘开了。湖面上的冰一下散花了，察玛和官兵都掉进湖里淹死了。老乳牛又把头伸出来了。巴哈利喊道："老乳牛快上来，跟我回家吧。"

老乳牛摇摇头。巴哈利往水里一看，傻眼了。老乳牛在水里的日子太长了，身子已变成了鱼，只剩头没变。它对着家乡叫了几声，这是在叫它的孩子。巴哈利就对它说："你就放心吧，我回去一定把你的孩子饲养好。"

老乳牛听了点点头，就钻进水里去了。

巴哈利成了棒小伙子，回到嘎珊里，为乡亲们做的好事更多了。但最要紧的是他和乡亲们一起，尽心尽意地饲养大了那对儿小牛。没有几年，就繁殖了一大帮。巴哈利到了中年，这嘎珊里家家都有牛了。等巴哈利成了老头的时候，全国都养起了牛。牛不光能拉柴火，还能帮人拉

---

① 玛发：满语，爷爷或对老翁的尊称。

犁耕地，人们除了打猎、捕鱼而外，还能大片大片地种庄稼，生活变得更好了。乡亲们都感谢巴哈利给人们带来了这得力的帮手。

据说巴哈利活了一百多岁。他死的时候，人们为了纪念他，把他做的法拉，改名为巴哈利。年代久了，人们叫来叫去，就叫成"爬犁"了。

老乳牛呢，它一直活在毕尔腾里，每当江湖封冻后，它就用那单犄角把湖面上的冰，从头到尾耪一遍，冰上就鼓起一道檩子，用来告诉人们从今天起，冰上才可以走人。

这事儿离现在也不知有多少辈了，忽尔哈河已改为牡丹江，毕尔腾变成了镜泊湖，可是人们依旧按照老乳牛的预告行事。不信，你在封冻季节去镜泊湖两岸问一声："可不可以从冰上过？"那里的人们就会这样回答你："你看冰上若起了一道檩子，那是独角龙耪过了，你可以放心地走过去。若是没起那条檩子，是万万走不得的。"看来老乳牛到今天还在为人们做着好事。难怪镜泊湖畔的人们都尊它为独角龙。

九、七　星　泡

珲春城南有个七星泡，池子不大，名气可不小。为什么呢？因为它的来历不凡。

据说，老罕王小时候成天打猎。他身上穿的那张野猪皮和骑的那匹大白马，是他的心爱物。野猪皮总不离身，日子久了，野猪皮就成了他的名字，人们就叫他努尔哈赤[①]了。那匹大白马，他更离不开，已成了他的伙伴，他吃啥，就给大白马吃啥。进山打猎也多是信马由缰的，大白马愿意往哪儿去，就往哪儿去。有一天，努尔哈赤领人去打猎，一出城大白马就奔宁古塔西南跑去。跑了百余里，来到毕尔腾湖[②]边。马刚停步，就看到一位白发老人跌进湖里了。努尔哈赤从马身上一下子就跳下水去，把老人救上岸来。老人从腰中掏出一捧豆粒儿，来答谢努尔哈赤的救命之恩。努尔哈赤很恭敬地说："昂邦玛发[③]，我救你并不是为了叫你酬谢我。这豆粒儿你老留着吧。"

可是老人家两手还是捧着豆粒儿不放，非给他不可，并一劲儿说豆

---

① 努尔哈赤：满语，原意为野猪皮。
② 毕尔腾湖：镜泊湖古称。
③ 昂邦玛发：满语，老大爷。

粒儿不值钱，权当留个纪念吧。盛情难却啊，努尔哈赤就伸手捏了一小捏儿，放在手里一看，不多不少正好七粒，顺手就放在箭囊里。他告别了老玛发，就骑着马回到家里。夜间睡醒一觉，忽然发现箭囊在放光。努尔哈赤把箭囊一倒，豆粒儿从囊中滚出来，一下子把屋子照得比点十二支蜡烛还亮堂。他这才明白，原来这是夜明宝珠。他稀罕得不得了，整天揣在怀里，闲时就掏出来看一看。

隔了些日子，努尔哈赤又出去打猎。一出城大白马又向东南跑去，一直跑到天黑，才来到珲春城南，见河边一些人正挑灯举烛地在淘金。这些人见到这位穿野猪皮的猎人，通身放着亮光，就喊："努尔哈赤，把你怀里放光的东西借给我们用用行吗？"

说实在的，努尔哈赤从心里舍不得把夜明珠借给别人，可是他一看淘金的人们顶着风雨在急水中冲沙，十分辛苦。他就从怀里掏出了夜明珠，交给了淘金的人们。人们把这七颗珍珠放在河边的石头上。这珍珠立刻放出异彩，就像七颗明亮的星星，把这儿照得通亮通亮的。淘金的人们十分高兴，高声喊着"杜尔佳"①。他们一边淘金，一边唱起歌来。

努尔哈赤看到夜明珠给淘金的人们帮了大忙，就心满意足地往回走了。

走到半路，迎面来了一个人，拦住了努尔哈赤问道："你就是得到夜明珠的那个猎人吗？"

努尔哈赤说："正是。"

"把珠子卖给我吧，我出大价钱。"

"你就是给我一座金山，我也不能卖，那是老玛发留给我的纪念。"

这个人一劲儿央求，非要买下不可。努尔哈赤嫌他啰唆，策马就走。这人上前拦住马头说："不卖给我，让我看看总还可以吧？"

努尔哈赤告诉他说："珠子没在我手，让我借给了爱新拉库②。"

"哪里的爱新拉库？"

"珲春城外的爱新拉库。"

那人眨巴了一下眼睛说："啊，那好。别耽误了你赶路，请便吧。"

努尔哈赤骑马来到家门口，未等他下马，大白马磨头又往回跑了。跑到河沿时，天已大亮。淘金的人们在河南沿聚了堆，又吵又嚷的。他

---

① 杜尔佳：满语，星星。

② 爱新拉库：满语，淘金的人。

赶忙下马，脱去靴子，光脚蹚过河去。原来要买珠子的那人，赶到这儿来就把夜明珠握在手里了，说努尔哈赤把珠子卖给他了。淘金的人们没见凭证，就把他围住了，不放他走。就在这工夫，努尔哈赤赶到了。他挤进人群，大喊一声："你好大胆子，竟敢来骗珠子！"

那人一抬头，见是努尔哈赤，吓得身子一抖，七粒珍珠从手里掉在地上了。他又赶忙哈腰去捡，努尔哈赤上去一脚，就把这珍珠踩在脚底下。可是等他挪开脚，珍珠却不见了。打天摸地地找，也没找到。那人拍起大腿来说："咳，你真没福啊！谁得了那七颗珍珠，谁就能当皇帝。当了皇帝就可以高高在上，有享不尽的荣华富贵。到那时谁还敢喊你野猪皮呀？都得称你为老佛爷了。可是你一脚却把它踩没了，还不如卖给我呢。"

淘金的人们接过来说："像你这样自私、行骗的人，没等当上皇帝，就想高高在上，坐享其成，要当上皇帝，黎民百姓就更要遭殃了。"

努尔哈赤说："我宁可把珠子砸碎了，也不能让你这样的人当皇上。"

那人一走，淘金的人们觉得很对不住努尔哈赤，当初他们若是不借用，珠子哪能丢呢。于是就停止淘金，他们一齐动手，掘地寻找珍珠。挖了三天三夜，把地挖了个大坑，也没有挖出珍珠来。那坑挖得太深了，从地下冒出水来，变成了一个水泡子。因为这个水泡子是为了寻找那七颗星星般的珍珠而挖出来的，所以人们称它为七星泡。

那么珍珠为什么找不到了呢？原来那七个星星般的珍珠，被努尔哈赤踩进脚心里去了，他自己还没觉察到。因为当时光顾品味淘金人说的话了。他把不自私，不行骗，不高高在上，不坐享其成，这些话牢牢地记在了心里。

后来他真的当上了满洲第一个大汗，他仍然让人们称他为野猪皮——努尔哈赤，并没让人民称他为老佛爷。

十、小　孤　山

长白山是满族发祥地。长白山下有个小孤山子。据传说，原先没有这座山，这块儿是个深水泡子。在泡子北住一户姓齐的，在跑马占荒时，他把四周的土地圈为己有。他就成了长白山下有名的财主。他家唯一不顺心的事儿，是缺个儿子。人们都说这是由于那狠毒的财主婆作损的结果。也有人说："那老刁婆若当上婆婆，不能有儿媳妇的活路。所以她这辈子就别想当婆婆了。"老刁婆听了气得简直要发疯。老天还真成全她，不久她真就生了个儿子。为了堵穷人的嘴，儿子一满月，她就开始张罗娶儿媳妇。可是她的名声太臭，张罗了两三年，全村人没有一家跟她结亲的。后来她托人下饭的，好歹在很远的地方订下一个叫秀姑的农家女儿。秀姑长得俊俏，就是家很穷，她额娘一生受够了贫穷的折磨，一定要把女儿嫁个富裕人家。听媒人一说，这门亲事就订成了。老刁婆说她家人手少，订婚就过门儿。所以头天定了亲，第二天就把姑娘带走了。临走时，老刁婆见秀姑啥也没拿，就说："娘家怎么穷，也不能提溜十个手指头到婆家去，这也不合乎咱们在旗人家礼节呀。没有大骡子大马，也应有个毛团子骑着；没有箱箱柜柜，也应弄个坛坛罐罐提着。又不是寡妇，怎么能空手到婆家来呢。"

额娘一听没办法，就把仅有的一头小毛驴和一个用了几辈子的泥瓦盆儿陪送了姑娘。

十五岁的秀姑一到婆家就遭罪了。女婿才三四岁，得她拉扯这个孩子。老刁婆成天鸭子腿儿一拧，摆起婆婆的架势来，专门琢磨着怎么使唤媳妇。秀姑忙得脚不沾地，没黑夜没白天干活，还答对不满意这位刁婆婆。挨打挨骂就成了她的家常饭。一立规矩，就站多半夜，腿都站肿了。秀姑真是哭道来哭道去。这婆家的东西倒不少，可是一件也不属于她。这里没有亲人，在锅头灶脑摸摸从娘家带来的小瓦盆儿，就像看到了额娘，倍觉亲近。所以不管多劳累，她也把它刷得干干净净，擦得明光锃亮。有时她还把自己的委屈说给小瓦盆听，好像它懂事儿似的。日子长了婆婆察觉了，就骂道："穷娘家陪送个破瓦盆，给我做尿罐子我都不稀用，还拿它当什么好宝呢！"

说着上去就是一脚，把盆踢坏了，只剩下大半截盆碴子，还逼着秀姑立刻把它扔出去。秀姑哪舍得，她偷偷地把盆碴儿放到驴圈的旮旯儿里。小毛驴来到这里，也因主人不得脸，跟着受了不少委屈。每天除了秀姑给它割点草以外，什么也吃不到。有时割草回来晚了，耽误了干活，还得挨打。所以小毛驴也常挨饿，眼瞅着它一天比一天瘦。秀姑很可怜它，就偷着抓一把豆半子，放在这盆碴儿里泡上。过了一会儿就涨了小半盆，她就给小驴倒在槽子里了。小驴吃了高兴地直甩尾巴。秀姑对小驴说："可惜呀，没法使你常吃上这豆料。"她说完回头看看那瓦盆，咦？怪呀！那瓦盆里又有了小半盆的豆料。秀姑非常惊奇。她忙把这小半盆也倒进槽子里，又把小盆碴儿放到旮旯儿去。过一会儿，盆碴儿里又有了半小盆豆料。这时秀姑那高兴劲儿就不用提了。她兴奋地跟小驴说："这回可好了，你再也不能挨饿了。"谁承想，这时那老刁婆走进了驴圈，看到那破瓦盆没扔掉，没容分说，劈头盖脸地把秀姑好顿打。打够了就把破瓦盆扔进了门前的小深水泡子里。婆婆走了，秀姑哭着对小驴说："你又该挨饿了。"说也奇怪，门前的小水泡子自从扔进那破瓦盆之后，泡子边上就长出一圈儿鲜嫩的青草。秀姑就割这青草来喂小驴，小驴吃得挺胖。可是秀姑却被这刁婆婆折磨得瘦骨嶙峋了。不论黑夜白日，随呼随到，迟了一步，张嘴就骂，举手就打。有一次，四岁的小女婿见她打得太凶了，就问他额娘："你不说她是我媳妇吗，怎么总打她呢？"刁婆婆说："媳妇是墙上的泥，去了旧的，换新的。"秀姑也早看明白了，不等她女婿长成人，刁婆婆就得把她折磨死。

一天秀姑正忙着做饭，小女婿跌倒了，脸摔破了一大块皮，他就哇哇地哭。婆婆就大声喊着叫秀姑进里屋去。秀姑一看婆婆手里攥着一把锋利的锥子，凶狠瞪着她。婆婆要用锥子攮她，她吓得浑身发抖，不敢进屋。刁婆婆见她不听招呼，就奔秀姑扑来。秀姑一看不好，赶忙跑出屋外。婆婆发狠地骂道："我看你往哪儿跑，跑了今天，还跑了明天啦！"秀姑一想，也真是，跑了今天，跑不了明天，这顿锥子，她是躲不过去的。她越想越怕，越觉得没有活路。她走出大门，一狠心就跳进了门前的深水泡子。泡子里立时就像开锅一样翻起花来。接着就喊哧咔嚓一阵响，长出一座小山来。

老刁婆看到这一稀奇变化，不知是吉凶祸福，就请来一个风水先生。这风水先生，看了老半天，也没看出个究竟。这时小毛驴叫了，就看这山一动。风水先生马上铺下罗盘，仔细一看，看清楚了。他对老刁婆说："长白山是宝地，处处有宝，这小山里有个聚宝盆。"

老刁婆忙问："什么样的聚宝盆？"

风水先生告诉她说："是个大半截的瓦盆。别看这瓦盆不起眼，要往这盆里放进金子、银子就取不完，拿不了，总拿总有。"

老刁婆一听肠子都悔青了。她告诉风水先生，这盆是她亲手扔进泡子里去的。风水先生说："扔进去容易，往出取可就难了。"

老刁婆恨不得一把将这聚宝盆抓到手里。她对风水先生说："不管怎么难，你也得设法帮我取出这聚宝盆。我会给你一大笔金银财宝。"

风水先生告诉她："要取聚宝盆，得打开这座小山。圈里的这头小驴就是开山钥匙。你得把它喂饱。我到长白山顶上去找取宝用的东西。"

秀姑死后，小毛驴瘦得光剩骨头架子了。老刁婆来到驴圈，赶忙给小驴儿添草拌料，可是小毛驴一口也不吃。把她急得没法。风水先生从天池边上找来了爬山虎、穿地龙、黄杨木和腊木条子。他一看小驴还没喂饱，就帮老刁婆找驴饲料。他们找来了各种草、各样料，小驴就是不张嘴。这可把他俩急坏了。风水先生一看，再等，它也是不吃。过几天这小驴若一死，这山就没法开了。于是就决定现在下手。他用爬山虎、穿地龙把小山捆绑好，拿黄杨木当磨杆，把小驴套上。先往左转三圈儿，就听轰隆轰隆响，山尖也跟着往左转了三转儿。然后风水先生又赶驴往右转。小驴本来饿得打晃了，刚往右转了一圈儿，就走不动了。风水先生和老刁婆一齐下手帮着推，好歹转到了第二圈儿。山开始裂缝了，小毛驴也趴下不动了。把老刁婆急得要哭了。风水先生忙拿起腊木条子猛抽小驴后腿。小驴疼得受不了，站起来猛劲儿一蹿，挣断了驴套，一头跳进了裂开的山缝里。老刁婆和风水先生都傻眼了。就在他们愣神的工夫，只见秀姑骑着小驴儿，手擎着聚宝盆，出现在裂开的山缝里。老刁婆一看忙喊："秀姑，我的好媳妇，可把婆婆想坏了。"说着她伸手去夺聚宝盆。她刚一探身，就听"嘎吱"一声，山缝子合上了，把老刁婆的脑袋挤得溜扁稀碎。

从此这座山就孤零零地站在这长白山下了，人们就管它叫小孤山子。也不知又过了多少年，有人在一个大月亮的夜晚，看见了秀姑在这小山上给小驴儿割草，说秀姑还住在这山里。

十一、朱雀山与猪山

在吉林城南有座大山叫朱雀山，又叫猪山。为什么一座山同时有两个名字呢？说起来话就长了。

有一年乾隆北游来到吉林，他站在城郊欢喜岭上展望全城时，只见吉林这城既不圆也不方，形状很像个琵琶。特别是松花江到这儿拐了个弯儿，三面环城，四外山岭逶迤，是个难得的富饶之地。只是江水混浊，他以为这一定是江湾里的乌龟太多，就信口说了句"琵琶城，王八湾"。那时，皇上是至高无上的人物，"金口玉牙，说啥是啥"。可是，大臣觉得"王八湾"这三个字不太中听，就向皇上进谏，请他对此地金口封定。乾隆想了想说："铜帮铁底松花江。"不过，他觉得对这样重要的北方城市，只说一句话，太简单了，就又封左边的山为青龙，右边的山为白虎，前山为朱雀，后山为玄武。用星象中的二十八宿四方神灵镇守此城，永保百姓安宁。因此南山就有了朱雀山这个名字。

却说，这江湾的森林里住着个"洒克达"，它带领一帮猪崽儿，它们饿了就吃这山里的山中奇珍，渴了就喝天池淌下来的长流水儿。年深日久有了灵气，有事无事总在这一带兴风作浪，搅浑江水，危害人民。

那天，它正领着猪崽儿在江底"打泥"，听到乾隆封神没封它，心中甚为不满。它想了三天三夜，终于想出主意来了。一天，它对猪崽儿说："孩儿们，跟我来，到南山去做恩都力①。"猪崽儿一听说做神仙，个个欢蹦乱跳。于是一阵妖风由江底而起，直奔南山扑去。来到南山，洒克达气势汹汹地对守卫在南山的朱雀七神说："一代人王地主的乾隆天子，已封这山为'猪雀'，你们井、鬼、柳、星、张、翼、轸七位，谁和这'猪'字沾边儿？再说，我们跟太祖皇帝是一家，这山是封给我们的。你们赶快给我滚开！"

洒克达为什么说它与清太祖是一家呢？只因"努尔哈赤"这个词，满语是"野猪皮"的意思。它就这么贴上了。镇守南山的七位星神不知底细，你看看我，我看看你，不知说什么好。再瞅瞅这帮猪，个个杀气腾腾，难以抵挡。他们就乖乖地把南山让给了这帮妖猪。妖猪就在山顶上修了个猪圈，要永远在这里安身。

可这七位星神犯愁了，自己没地方了，上哪儿去呀？一想，还是去找乾隆吧。他们来到皇宫正赶上乾隆在睡午觉，他们就在床前跪下，把这事儿原原本本地启奏给乾隆。乾隆醒来，觉得梦中情景真切，就下了两道旨意：一是将野猪皮的原称"努尔哈赤"去掉一音改为"努哈赤"。努尔哈赤作为太祖专称；二是派官员去祭祀长白山神，求它赶走妖猪，好让朱雀七星归位。

长白山神知道这群妖猪神通广大，要赶走它，得需用一位勇士，正好原住在这江湾里的江龙，愿为出力，它就到天宫阿克占恩都力那里去借雷锤。

阿克占恩都力说："你自己到五雷库去拿头两种雷锤就够了。"江龙到五雷库里一看，雷锤分惊、威、退、僵、轰五种。惊，是警告；威，是恫吓；退，是退去所修道行；僵，是使之僵化；轰，是轰灭身形。江龙过去曾与这帮妖猪为争夺江湾较量过多次，每次都被妖猪打得遍体鳞伤，

---

① 恩都力：满语，神。

彼此结下了深仇大恨。它想，今天若是拿头两种雷锤，只能吓唬吓唬，使它们害怕，不能解恨。于是它就选了后两种，拿了僵锤和轰锤。江龙回到江湾时，妖猪已在江里胡闹够了正往南山走呢。江龙举起雷锤向猪群扑去。妖猪一见雷锤，就赶忙往山顶上的猪圈里跑。跑在最前头的是苏尔哈①，它腿长、身轻跑得最快，眨眼工夫就登上了山顶。江龙一看它快进圈了，就把雷锤抛进了猪圈。苏尔哈一见雷锤，纵身腾空往东去了。这僵锤一响，洒克达和那群妖猪都僵化在山坡上，不能动了。这时江龙又匆忙去追赶苏尔哈。苏尔哈在空中无处藏身，就跳下来，刚要往松花江里钻，江龙将尾巴一甩，就把大、小风门②一齐打开，寒风立刻把松花江冻结了。小妖猪苏尔哈傻眼了，回头又往山下跑。长白山神一看它是准备到神猪洞去藏身，就捡了块石头往它前边一扔，变成一座大石砬子，把这趟沟门关住了（现称为关门砬子，在蛟河市南边）。苏尔哈一看神猪洞也去不了了，就转头朝狼头沟奔去。狼头沟口就是从蛟河城流过来的蛟河，它一头钻进这条河里。哪知，天旱，蛟河里的水太浅，藏不住身子，江龙赶上就是一轰锤，轰得苏尔哈血肉横飞，沉入江底，变成了鱼食。鱼吃了苏尔哈的肉，滋味就变得分外鲜美。因此这里的鱼，一度被称作苏尔哈鱼，鱼价比别处高一倍（现在这地方已称作苏尔哈渔场）。这样江龙觉得还不够解恨，它又回到南山，想用轰雷把那些僵化了的妖猪，再来个轰灭身形。长白山神一看，它干得太过分了，忙用手往南山上一指。当江龙来到南山抬头看时，山上已不是一帮妖猪，而是一个老方丈领几个小和尚在那儿讲经呢，江龙这才作罢。

但是，它已违犯了天条。第一，随意打开风门，弄乱了时令节气，冻坏了庄稼，坑害了百姓；第二，为泄私愤，错动雷锤，残害生灵。于是这江龙被锁上，投进东山水牢，成了孽龙。从此这水牢就被称为龙潭了。据说，如今这条长长的铁锁链，锁的就是那条江龙。

那群僵化了的妖猪，年深日久就变成了石头猪，永远留在这南山上了。所以人们又称这南山为猪山。

---

① 苏尔哈：满浯，两岁黄毛子小野猪。
② 大、小风门：据说即现在的大、小丰满。

十二、鄂多哩人搬家

长白山下的女真人，早在靠打猎捕鱼过日子的时候，就修下了鄂多哩城。"鄂多哩"是满语，"风口"的意思。大风经常刮得这儿树摇草响，正适合打大山牲口。住在这鄂多哩的人，都能骑善射，个儿顶个儿是举刀劈虎，抡拳打豹的好猎手。他们世世代代生活在这里。直到努尔哈赤做城主的时候，他见到南边的一些部落，男耕女织，都过着安居乐业的生活，他就把自己的部落，搬到了赫图阿喇①。图伦城主尼堪外兰，见努尔哈赤把人马搬过来了，他非常不满。就串通哈达城主孟格布禄、叶赫城主纳林布禄，要一同来打努尔哈赤领来的这些鄂多哩人。他们来到赫图阿喇一看，这支常年跟虎豹打交道的鄂多哩人马太棒了，怕打不过。于是他们就在城外偷着商量用毒豆来谋害鄂多哩人。这一阴谋却被在城边的鸡、驴、狗听到了。

第二天，各城主派人送来许多黄米，还有像酸枣那么大的鲜红的豆子。说是用来表示欢迎鄂多哩人到此安家落户。努尔哈赤指着红豆问："这是什么豆？"送豆的人说："有一年，人们吃够了黏米饭，恩都力就从云彩里撒下了这种豆。我们把它放在黄米里，煮成豆干饭，面糊糊的可好吃了。因为它是从云彩里落下来的，我们就管它叫云豆。"

努尔哈赤听了非常高兴，从心底感谢那些城主。他拿出一些珍贵的皮张，作为答谢礼物。送东西的人走后，努尔哈赤把黄米和云豆分给了各家，吩咐明天上山打围。他对大伙说："用各城祝贺咱们落户的吉祥米、豆，做豆干饭，一定能打个快当围。"

鸡、驴、狗虽然知道云豆有毒，吃不得，可是它们都不会说话，干着急也想不出办法。半夜过去了，各家女主人都起来做饭了。她们点着火就往锅里淘米，洗豆。住在锅台后的公鸡一看，急坏了，它伸长脖子喊出"豆，豆——"一遍一遍地叫个不停。可是女主人不理解它的意思，还是把云豆下到锅里煮上了。公鸡忍不住哭了，它哭着喊"豆，豆——嗷，嗷——"驴一听鸡哭了，就知道它喊"豆，豆"主人没理解，驴就决定把那几个爱蛮②的名字告诉主人。但是驴的记性不好，大嘴一张就把那些

---

①　赫图阿喇：新宾县旧城。

②　爱蛮：满语，外族的头领。

名字的上半截忘了，光喊"外兰——外兰。"喊了几声刚要闭嘴，又想起了另外两个人叫什么"布禄"。于是又忙添了两声"布禄，布禄!"狗一听，不对呀，应该叫尼堪外兰、纳林布禄、孟格布禄。它就指责毛驴子忘事，对着驴"忘，忘!"不停地叫着。主人正在吃饭，听见狗总叫，就端着饭碗出来了。狗一看，有办法了，上去一爪子将饭碗扒掉在地上，把饭全吃了，单单把云豆甩出来。意思是说这云豆有毒，你千万别吃，可是主人并不明白它的用意，捡起碗又重新盛一碗。这豆干饭确实好吃，主人吃得登登饱。狗、鸡、驴忙乎了一夜全白费了。直到如今，公鸡还在为这事儿伤心，每到起早做饭的时候，就"豆，豆——嗷，嗷——"地啼叫着；毛驴子也总没想起那几个爱蛮的名字，它一张嘴还是"外兰——外兰——，布禄，布禄"地叫着；狗也一直在指责毛驴子忘事，它一张嘴就："忘忘，忘忘!"并且至今仍然不吃云豆。

鄂多哩人吃饱了饭，进山去打猎，走着走着，他们就觉得浑身发烧，四肢无力，不得不在山梁上躺下休息。这时就听有人说："猎人不打猎，怎么在山梁上放片儿①呢!"

大家一看，是一位背着弓箭的白发老猎人，就都支撑着坐了起来。努尔哈赤忙解下系在腰上的野猪皮坐垫，铺在地上，请老猎人坐下。老猎人见大伙都不振作，仔细一端详，吃惊地说："哎呀，你们吃了有毒的东西，要得痘瘟哪!"

经老猎人这么一提，大伙儿才想到一定是那云豆有毒。努尔哈赤问老猎人："难道我们吃了这云豆，只有等痘瘟把我们瘟死吗?"

老猎人摇摇头说："不，你们都是天下少有的好猎手，哪能让你们死去呢。我教你们一个办法。"说着，老人从腰里掏出一把跟小米粒一般大的籽种，嘱咐他带回去撒到地里，三天就出菜苗。这就是白菜，它能解毒。有了这种菜，一年四季总吃云豆也没事了。冬天把这种菜装进缸里，用长流水儿②一泡，照样解毒。(这就是后来的酸菜)

可是人们对这种暗中下毒的手段，非常气愤，都主张去把这些部落打服。老猎人说："打是打不服的，只有让人家真心敬服你们才行。我看你们还是把祖坟迁来吧，让人家知道你们永远居住赫图阿喇的决心，他们也许就不会往外挤你们了。"说完走了。努尔哈赤回到赫图阿喇就把

---

① 放片儿：幽默俗语，称躺倒，为"放片儿"。
② 长流水儿：河里流动的水，认为吉祥，可除灾患。

籽种撒到地里了。果然三天就长出了嫩绿的小白菜。他把小白菜分给了各家，让人人都吃。一场痘瘟解过去了。他想，把祖坟迁来并不难，但是要人家真心敬服我们，并不是件容易的事啊。

不管怎么的，先把祖坟迁来再说。于是他回到鄂多哩城，就把祖宗的骨尸装在木头匣里，背到了赫图阿喇。可是骨尸不能随便进城，正好城南有一棵一搂多粗的大榆树，树根上有个大窟窿，他就把骨尸匣子放在树窟窿里了。然后派人去请叶赫、哈达、图伦等城主带着人马来参加安葬仪式。鄂多哩人全部来到大榆树下，对着祖宗的骨尸发誓，永居赫图阿喇。一人领念，众声附和，宣誓的声音能穿过几层山。念完誓言，每人取出一支箭射在大榆树上，表示坚定不移。每射上一支箭，大伙就喊一声"亏哈①"。众人射完了，这大榆树就像长了一身刺。最后一支箭由努尔哈赤来射，等他射完就该举行埋葬仪式了。他刚摘下弓，就见旁边递过来一支箭，努尔哈赤回头一看，见白发老猎人笑眯眯地说："用我这支吧。"

努尔哈赤恭恭敬敬地接过来搭在弓上，一箭射去，正射在榆树分丫处。没等大伙喊亏哈，就见榆树一抖，撒下一团雪片似的东西，纷纷扬扬地把树都遮住了。眨眼间地上落了老厚一层。人们走近一看，原来是像小银圆一样的树籽。再看这榆树，已从一搂粗变成三搂多粗了。树窟窿已长合拢了，骨尸匣子被裹到了里边。在场的人都十分吃惊。老猎人往树后一指说："你们看，这坟茔地冒青气了，后人应当做皇帝。"

大伙儿抬头一看，树后的烟筒碴子真的冒出了一缕缕的烟雾。这时，老猎人拍拍努尔哈赤的肩膀，高声说道："恭喜你了，天下少有的猎人。当了皇上别忘了猎人的本分。"

老猎人说完就呵呵地笑着腾空而起，朝东向长白山飘去。鄂多哩人恍然大悟：这位白胡子老猎人，原来是长白山里的班达玛发，下界来保佑我们的。于是都向东方叩拜起来。叶赫、哈达、图伦等处来的人，看到榆树的变化和老猎人的飞腾，都惊得目瞪口呆，一致认为鄂多哩人是受天神保佑的，他们搬到这里是阿布卡的意思。我们应按天意办事。于是各城主都真心实意地欢迎这新迁来的部落了，并按老猎人的话，尊努尔哈赤为汗。鄂多哩人也就世代居住在赫图阿喇了。

后来努尔哈赤真的在盛京当上了大汗。人们就认为这是他把祖宗的

---

① 亏哈：满语，射中了。

骨尸葬在榆树里的结果，因而人们就把榆树当成吉祥的象征了。凡是有榆树的地方，人们就喜欢以它为名。榆树，满语叫"海兰"，所以东北就有了海兰路、海兰部、海兰窝集、海兰江、海兰河、海兰泡等名称。

十三、黑娘娘的传说

早年，镜泊湖边上有个小姑娘，从小死了额娘，整天跟着阿玛在湖里打鱼，脸晒得又红又黑，大伙都叫她黑妞。黑妞心灵手巧，炕上的活计，过眼就会；打鱼的本事，就更不用说了，甩竿撇叉，登船撒网，下拦河绳，挡冰水亮子，样样精通。

黑妞长到十八岁，成了这镜泊湖边上的一株牡丹，俊俏得出奇。那时候，在旗的女人都穿着古代传下来的肥大衣裙。黑妞打鱼常在江边儿上转，树棵挂挂扯扯很不方便，她就自己剪裁了一种连衣带裙的长衫，两侧开叉。下河捕鱼的时候，可将衣襟撩起系在腰上。平时把扣襻一直扣到腿弯儿，当裙子用。穿上这长衫，黑妞显得越发俊俏了。这本来是件好事儿，谁曾想，她却因此丧了命。

黑妞的姑姑住在东京城附近。一天，有人捎信来说姑姑病了，治病要用老鳖的鲜血。她就跳进了万人淳里，捉来一只老鳖，亲自到东京城给姑姑送去。姑姑想吃豆腐，她就端个小泥盆儿，到街上去买了一块。回来时，经过渤海古都的旧城围子，看到这里人山人海，闹哄哄的不知出了什么事儿。她就登上了半坍的城墙，去看个究竟。原来这里正在选娘娘。

皇帝要选新娘娘，那些皇亲国戚、娘娘妃子、朝廷大臣都来劝阻。皇上就说，这是先王托梦嘱咐的，有一位身骑土龙，头戴平顶卷沿乌盔，手托刀切白玉方印，身穿十二锁锦袍的娘娘，能帮助他治理天下。一定要大臣立即去寻访。钦差大臣就按照皇上说的样子，四处去查寻。可是走了许多地方，也没找着。最后来到东京城，把城里和附近村庄的八旗格格，都招到这渤海古都的旧城围子里。请来一个察玛①，把皇上说的样子告诉了他，让他借助神灵来帮助寻找。察玛在前面敲着手鼓，甩着腰铃，一边走，一边左摇右摆。一帮人跟在他的屁股后，在千百个姑娘中间穿来穿去。日头又毒，人又多，钦差热得上气儿不接下气儿，也没找

---

① 察玛：萨满。

到皇上说的那样的娘娘。察玛也热得汗流满面，当他抬头擦汗的工夫，一眼看见了黑妞。他喊道："墙上的那位就是娘娘！"

他这一喊，把黑妞吓了一跳。当时她正骑在墙上，她嫌日头晒脑袋，就把那块豆腐托在手上，将泥盆扣在头上遮阴凉，碰巧被察玛看见了。钦差问察玛：

"怎么见得她就是娘娘呢？"

察玛指着黑妞说："你看，她头上扣的那个小泥盆，不正是平顶卷沿儿乌盔吗？手上托的那块豆腐，不正是刀切的白玉方印吗？那身钉着十二道扣襻的长衫，就是十二锁锦袍；她骑的那坍了一半的城墙，不正是一条土龙吗？"

钦差听了，觉得有道理，立即吩咐随从："赶快请娘娘上轿。"话音刚落，呼拉上去一帮人，不容分说，七手八脚地就把黑妞拉进轿里，抬往北京城去了。

来到皇宫，钦差上殿回禀皇上："臣已把先王指的那位娘娘找到了，现已抬进宫来候旨。"

皇上一听，暗吃一惊，心想，我是为了避免大臣们的阻拦，才胡诌了那么一位娘娘。哪能这么巧，真就有这样一个人呢。于是就问了一句："这个人是怎么选到的？"

钦差就把她骑城墙、穿长衫、头顶泥盆儿、手托豆腐的事说了一遍。把皇上弄得哭笑不得。心想不管怎么样，先看看人再说吧。黑妞的豆腐在上轿前就抢碎了，泥盆还没舍得扔。她手拿泥盆，穿着那件长衫从轿里走出来，显得更加苗条动人。皇上一下子就看呆了。老半天才说了句："选得好！选得好哇！"

他重赏了钦差。准备封黑妞为西宫娘娘。可是原有的娘娘、妃子嫉妒她，就一起向皇上奏本，不要封黑妞为娘娘。

有的说："这么黑的人哪能当娘娘。"

有的说："当娘娘哪有这么黑的人。"

有一个贵妃嚷道："你们看，她还端个讨饭的泥盆，她的脸色和泥盆差不多。"

娘娘妃子们为了叫黑妞难堪，就故意大笑了起来。没想到皇上却接过来说："说来说去不就是黑吗，那就封她为黑娘娘吧。"于是，黑妞就成了黑娘娘。黑娘娘进宫后，过不惯衣来伸手、饭来张口的宫廷生活，整天闷闷不乐，想念家乡。皇上看她成天流眼泪，就问她："你们那镜泊湖，有什么好东西，值得你这样想？"

黑娘娘顶了他一句："好东西可多着哪！"

皇上说："边外出三宝——人参、貂皮、鹿茸角。你要想这些东西，只要我一句话，布特哈①的总管马上就会把这三种土贡送来。"

黑娘娘一听到逼死过多少人命的土贡，就气愤地说："我们镜泊湖的人，从来不把人参、貂皮、鹿茸角这些玩意儿看成宝。"

皇上一听，忙问："边外还有比这更好的宝物吗？"

黑娘娘眼睛一转说："我家乡的三宝是草莓、湖鲫、烟袋草。"

黑娘娘为什么把这些极平常的东西说成三宝呢？因为她知道皇上最贪心，若说什么东西好，他非得弄到手不可。所以她挑了三种又便宜又好淘换的东西，一旦皇上要贡，家乡父老不受难为。皇上却想，这三宝想必是更好，若不黑娘娘哪能想得直哭呢。于是就下令把边外的土贡由人参、貂皮、鹿茸角改成了草莓、湖鲫、烟袋草。

这一下可把边外的百姓乐坏了，特别是三江②两岸，直到小海③海滨的布特哈捏玛④，点着了渔火，敲起了八角鼓，连唱带跳，像过八腊节⑤一样，歌颂黑娘娘的功德。

皇上要的东西就得拿到手里，吃到嘴里。没过几天湖鲫运到了，银白色的大鲫鱼，淡红色的分水翅，活蹦乱跳的真招人喜欢。黑娘娘一看这成车的湖鲫，顶小的也够半斤八两，大的都三四斤。她想，这大湖鲫很稀少，皇上要吃顺口了，天天要，家乡父老又得遭殃。她就赶忙对皇上说："这又老又大的湖鲫，万万吃不得，若吃了这种鱼，人就老得快。湖鲫以半斤八两的为最好。肉嫩味美，吃了能使人延年益寿。"

皇上一听，就下令把大鱼放回江湖。所以，后来打皇鱼的都以半斤八两为限。

皇上尝过了湖鲫的滋味，又想到了草莓果。就让黑娘娘说出草莓果的好处。黑娘娘提到的草莓果，指的是伊勒哈穆克⑥。她用古老的猎人山歌回答了皇上：

---

① 布特哈：满语，渔猎之意。

② 三江：指牡丹江、松花江、黑龙江。

③ 小海：鄂霍次克海的旧称。

④ 布特哈捏玛：满语，以渔猎为生的人。

⑤ 八腊节：清初宫廷祭祀日月、山川、草木诸神，民以联欢。

⑥ 伊勒哈穆克：满语，野草莓。

手捧伊勒哈穆克，

送给巴图鲁阿哥。

饿了你就当饭吃，

渴了你就当水喝。

鲜果放着不耐久，

吃到嘴里甜在心窝。

阿哥问我："你可要点啥？"

"也要伊勒哈穆克。"

　　皇上一听，定亲表达情意时都用伊勒哈穆克，就越发想尝尝。可是草莓果摘下来，放不了多久就烂了，所以跑死了许多马，杀了不少人，也没运回来一个。

　　皇上见大臣们都犯了愁，就叫娘娘妃子也都献献智谋，看谁能想出办法把草莓果运进皇宫。那些娘娘、妃子们，为了讨皇上欢心，有的拿出自己的金盆，有的拿出玉钵。除黑娘娘以外，每人都拿出一件，说是无论什么东西，只要装进她们这珍贵的器皿里，就永远不会烂。皇上听信了她们的话，派了很多人保护着金盆、玉钵去装草莓果。哪知草莓果装进这金玉的器皿里，烂得更快。那些娘娘、妃子们都被皇上骂了一顿。她们都暗中怨恨起黑娘娘来。有一个妃子当着皇上的面质问黑娘娘："你既然能荐举贡品，为啥不设法把贡品运进宫呢？"

　　黑娘娘看出她是不怀好意，因而也丝毫不示弱地回嘴挖苦道："我以为娘娘、贵妃们用你们的金盆玉钵，早就把草莓果给皇上运来了呢。"

　　这句话把娘娘妃子们噎得脸红脖子粗。一个妃子狠狠地指着黑娘娘说："我们的金盆玉钵运不来草莓果，也比你那个讨饭的泥盆强；你若能运来，再张嘴说别人也不晚！"

　　黑娘娘冷笑一声说道："没有弯弯肚子，不吃镰刀头子，运点鲜果有何难。"

　　皇上一听黑娘娘说能运来，就忙问："你用什么东西装运呢？"

　　"就用那个讨饭的泥盆。"黑娘娘说完，瞟了那些娘娘、妃子一眼，就叫宫女把小泥盆儿拿到金銮殿上。她对皇上说："若想吃到鲜果，就得做三千个和我这个一模一样的小泥盆儿。将草莓连根带土挖出，放进泥盆里，每盆三棵，让我阿玛协助送进京来。"

　　皇上按照黑娘娘的办法，没过多久，三千盆结着鲜果的草莓，运进了京城。黑娘娘看到运这贡品也太劳民伤财了。等皇上摘去了鲜果，她就把秧棵发下去，不分旗人、民人只要住在城郊，每家一盆，栽到房前屋后。从此，伊勒哈穆克就在北京安家了。

皇上吃到了新鲜的草莓果，就想封赏协助运草莓的老阿玛为国丈。一问钦差才知道，老阿玛压根儿就没来。钦差说："老阿玛说他不是这里的虫蝇，不到这里来。他告诉我，一路上别忘了给草莓浇水。说完他又打鱼去了。"

听到这句话，黑娘娘点了点头。皇上说："他不受皇封，就赏他三千两银子吧。"

等钦差把银子送到，老阿玛已经离开镜泊湖躲到别处去了。费了很大劲儿，才在离东京城不远的江边儿上找到了他。给他银子，他又不要。钦差说这是圣旨，老阿玛说："这样吧，用这三千两银子，给这一带的渔民修三道鱼亮子吧。"

三道鱼亮子就这样修起来了。这里的渔民都感谢黑娘娘爷俩。事隔几百年了，到现在三道亮子的名字还保留着。

黑娘娘在皇宫里，用她的智慧，为穷人们做了许多好事儿。后来，她见到宫里穿的山河地理裙，在地上拖拉半截，任凭脚踩鞋蹬，实在太可惜。她就把这山河地理裙剪开，改制成她穿的那种连衣带裙的长衫。她想让宫里的女人都穿这种既节俭又方便的衣装。可是那些娘娘、贵妃，却认为随意糟蹋这些上等的丝绢，是她们的福分；反倒说黑娘娘是贱坯子，不该进宫。她们一起上殿去告黑娘娘的状。皇上把黑娘娘召上殿来，对她说，宫廷里要啥有啥，叫她学会享受这荣华富贵的生活。可是黑娘娘想到家乡父老的辛苦劳累，又琢磨了一番阿玛的话，对皇上说："我是渔家女儿，生来就不是这里的虫蝇，过不惯这种生活。"

皇上说："习惯有什么难的，别的娘娘怎样做，你就怎么做，久了就习惯了。"

说完就叫宫女给她脱去长衫，逼她穿上山河地理裙。黑娘娘瞥了一眼那些娘娘，说道："我至死也不能学她们的样子！"

皇上生气了，拉下脸来质问黑娘娘："那么你想怎么办哪？"

黑娘娘爽快地回答："我不愿意待在这里。还是把我放了，让我回家乡打鱼去好了。"

那些娘娘、妃子见皇上生黑娘娘的气了，就忙上前跪下，添油加醋地说："黑娘娘对这无忧无虑的太平江山，整天号丧，这是一种不祥之兆；

今天她又铰开一筒山河地理裙，这分明是有意剪断我主的一统江山。"

皇上听了十分气愤，离开龙墩，走到黑娘娘跟前，对黑娘娘喊了一声："你给我滚出皇宫！"

黑娘娘从进宫以来，对皇上没说一句感谢的话，今天听到叫她出皇宫，却高兴地说了一句："谢谢皇上。"回头就下金銮殿，她怕踩了裙子，就用手提着裙子走。皇上见了说："真是个贱人。"上前就是一脚，这一脚正踢在黑娘娘的后心上。她眼前一黑，随即吐了满地鲜血。黑娘娘就这样惨死在皇宫里。

边外的人民，听说黑娘娘死了，都大哭了三天。在旗人家的妇女，为了纪念黑娘娘，都穿起她剪裁的那种连衣带裙的长衫。这种长衫就被称为"旗袍"了。说也奇怪，凡是穿上旗袍的妇女，不论是旗人、民人，都变得十分苗条、秀美。据说，那都是黑娘娘暗中帮助打扮的。